NORA ROBERTS
VERLORENE LIEBE

NORA ROBERTS

VERLORENE LIEBE

ROMAN

Aus dem Amerikanischen
von Marcel Bieger

DIANA

FSC
www.fsc.org
MIX
Papier aus verantwortungsvollen Quellen
FSC® C014496

Verlagsgruppe Random House FSC® N001967

3. Auflage
Vollständige deutsche Taschenbuchneuausgabe 12/2019

Die Originalausgabe erschien 1988 unter dem Titel
Brazen Virtue bei Bantam, New York.

Neumarkter Straße 28, 81673 München
Umschlaggestaltung: t.mutzenbach design, München
Umschlagmotiv: © Shutterstock/Ambient Ideas,
EastVillage Images, Sean Pavone
Herstellung: Helga Schörnig
Satz: Leingärtner, Nabburg
Druck und Bindung: GGP Media GmbH, Pößneck
Printed in Germany

ISBN 978-3-453-36061-7

www.diana-verlag.de
Dieses Buch ist auch als E-Book lieferbar.

Für Amy Berkower
in Dankbarkeit und Zuneigung

Prolog

»Und was möchten Sie, dass ich für Sie tue?«, fragte die Frau, die sich Desiree nannte. Ihre Stimme war weich und sanft wie Rosenblätter. Sie erledigte ihre Arbeit gut, sehr gut sogar, und immer mehr Kunden verlangten nur sie. Im Moment hatte sie einen ihrer Stammkunden am Apparat, und sie kannte seine Vorlieben. »Das will ich gerne tun«, flüsterte sie. »Schließen Sie jetzt Ihre Augen und entspannen Sie sich. Schließen Sie die Augen. Ich möchte, dass Sie alles vergessen. Ihr Büro, Ihre Frau und Ihren Geschäftspartner. Es gibt nur noch Sie und mich.«

Als er wieder sprach, lachte sie leise und rauchig. »Ja, Sie wissen, dass ich das will. Habe ich das nicht immer gewollt? Schließen Sie nur die Augen und lauschen Sie meiner Stimme. Wir befinden uns in einem Raum voller Kerzenlicht. Dutzende von weißen, duftenden Kerzen brennen. Können Sie sie riechen?« Sie lachte wieder leise, rau und verlockend. »Ganz richtig. Weiß. Auch das Bett ist weiß. Groß, rund und weiß. Sie liegen darauf, nackt und bereit. Sind Sie bereit, Mr. Drake?«

Desiree verdrehte die Augen. Es nervte sie, dass der Mann wünschte, gesiezt und mit Mister angeredet zu werden. Aber in diesem Job kamen einem alle Arten von Männern unter. »Ich verlasse gerade die Dusche. Mein Haar ist nass, und kleine Wassertropfen bedecken meinen nackten Körper. Ein Tropfen hängt an meiner Brustwarze. Als ich mich aufs Bett knie, fällt er auf Sie herab. Können Sie den Tropfen fühlen? Ja, genau, er ist so kühl, und Sie sind so heiß.« Sie unterdrückte ein Gähnen. Mr. Drake keuchte bereits wie eine Dampfmaschine. Dem Himmel sei Dank, dass er sich so leicht hochbringen ließ. »Oh, wie ich Sie will. Meine Hände wollen Sie unablässig berühren. Ich will Sie spüren und schmecken. Ja, o ja, es bringt mich um den Verstand, wenn Sie das tun. Ohhh, Mr. Drake, Sie sind wahrhaftig der Größte. Der Allergrößte.«

Während der nächsten Minuten lauschte sie nur seinem lustvollen Stöhnen. Zuhören machte den größten Teil ihrer Arbeit aus. Mr. Drake stand kurz vor dem Höhepunkt, und Desiree warf dankbar einen Blick auf ihre Uhr. Seine Zeit war fast abgelaufen, und er war heute Abend ihr letzter Kunde. Sie flüsterte ihm leise etwas zu und brachte ihn so zum Ziel.

»Ja, Mr. Drake, es war ganz wundervoll. Sie sind wirklich der Tollste. Nein, morgen arbeite ich nicht. Am Freitag? Ja, ich freue mich schon darauf. Gute Nacht, Mr. Drake.«

Sie wartete aufs Klicken, legte dann auf, und aus Desiree wurde Kathleen. Zweiundzwanzig Uhr fünfundfünfzig, dachte sie seufzend. Um dreiundzwanzig Uhr war Schluss, und somit waren heute keine Anrufe mehr zu erwarten. Kathleen musste noch Klassenarbeiten korrigieren und für ihre Schüler ein Pop-Quiz vorbereiten. Als sie aufstand, warf sie einen Blick auf den Telefonapparat. Dank der Telefongesellschaft und der Firma Fantasy Incorporated, hatte sie heute Abend zweihundert Dollar verdient. Lachend packte sie ihre Kaffeetasse ein. Diese Arbeit war eindeutig besser, als irgendwo hinter einer Theke Kunden zu bedienen.

Ein paar Meilen entfernt betrachtete auch ein Mann sein Telefon. Seine Hand war feucht, und in seinem Zimmer roch es nach Sex, obwohl er sich allein hier aufhielt. Nur in seiner Vorstellung war Desiree bei ihm gewesen. Desiree mit ihrem weißen, tropfnassen Körper und ihrer süßen, leisen Stimme.

Desiree …

Sein Herz klopfte noch immer schnell, als er sich auf dem Bett ausstreckte.

Desiree.

Er musste sie unbedingt treffen – und zwar bald.

1

Das Flugzeug sauste über das Lincoln Memorial hinweg. Grace' Aktenkoffer lag offen auf ihrem Schoß. Dutzende Dinge wollten eingepackt werden, doch sie blickte in aller Ruhe aus dem Fenster und freute sich zu sehen, wie der Boden näher kam. Was sie betraf, gab es nichts, das sich mit dem Fliegen vergleichen ließe.

Das Flugzeug hatte Verspätung. Grace wusste das, weil der Mann auf Sitzplatz 3B sich ständig darüber beschwerte. Sie war versucht, sich über den Mittelgang zu beugen, seine Hand zu tätscheln und ihm zu versichern, dass eine zehnminütige Verspätung nun wirklich nicht den Untergang der Welt bedeutete. Aber er machte nicht den Eindruck, als sei er für solchen Trost empfänglich.

Kathleen würde bestimmt auch schon ungehalten sein, dachte Grace. Natürlich würde sie sich nicht lautstark beschweren oder ihrem Unmut sonst wie Luft machen, sagte sie sich mit einem Lächeln und lehnte sich zurück, um sich für die Landung anzuschnallen. Kathleen mochte genauso irritiert sein wie der Herr auf 3B, aber sie war viel zu sehr Dame, um sich wie der Mann in lautstarken Beschwerden zu ergehen.

Grace kannte ihre Schwester gut genug, um zu wissen, dass Kathleen eine Stunde vor der Zeit das Haus verlassen hatte, weil sie natürlich damit rechnete, irgendwo im unvorhersehbaren Verkehr von Washington stecken zu bleiben. Grace hatte deutlich aus der Stimme ihrer Schwester einen Vorwurf darüber herausgehört, dass sie sich ausgerechnet einen Flug ausgesucht hatte, der um achtzehn Uhr fünfzehn landen sollte, wenn die Rushhour ihren Höhepunkt erreichte. Kathleen war bestimmt zwanzig Minuten zu früh angekommen, hatte ihren Wagen auf den Platz für Kurzparker abgestellt, das Fenster hochgekurbelt, kontrolliert, ob alle Türen verriegelt waren, und sich dann, ohne sich von den Auslagen der Geschäfte ablenken zu lassen, direkt auf den Weg zur Ankunftshalle gemacht. Kathleen würde nie vor dem falschen Gate warten oder die Ankunftszeit durcheinanderbringen.

Kathleen war stets pünktlich. Grace hingegen kam ständig und überall zu spät. So war es immer gewesen, und so würde es immer sein.

Trotzdem hoffte Grace jetzt aus tiefstem Herzen, dass es zwischen ihnen ein paar Gemeinsamkeiten geben würde. Sie waren zwar Schwestern, hätten aber unterschiedlicher nicht sein können.

Das Flugzeug setzte auf, und Grace fing an, alles, was ihr zwischen die Finger kam, in den Aktenkoffer zu werfen: Lippenstift und Streichholzbriefchen, Kugelschreiber und Pinzette. Das war auch eines der Dinge, die eine so ordentliche Frau wie Kathleen nie verstehen konnte. Bei ihr hatte alles seinen festen Platz. Grace stimmte ihr da im Prinzip durchaus zu, aber irgendwie schienen sich bei ihr die Plätze für die Dinge von Mal zu Mal zu ändern.

Mehr als einmal hatte Grace sich gefragt, wie zwei so verschiedene Frauen Schwestern sein konnten. Sie selbst war sorglos, saumselig und erfolgreich, Kathleen hingegen liebte die Ordnung, war praktisch veranlagt und hatte es im Leben nie leicht gehabt. Dabei hatten sie dieselben Eltern, waren im selben Einfamilienhaus in einem Vorort von Washington aufgewachsen und hatten dieselben Schulen besucht.

Die Nonnen in der Schule hatten es nie vermocht, Grace beizubringen, ihre Hefte ordentlich zu führen. Aber schon in der sechsten Klasse waren sie davon fasziniert, wie geschickt und spannend das Mädchen Geschichten erfinden und erzählen konnte.

Als das Flugzeug am Gate stand, blieb Grace sitzen, während die eiligeren Passagiere bereits den Mittelgang verstopften. Sie wusste, dass Kathleen jetzt nervös vor dem Ausgang auf und ab lief und sich bereits fragte, ob ihre schusselige Schwester womöglich den Flug verpasst hatte. Aber Grace brauchte noch eine Minute, um sich zu sammeln. Wenn sie gleich ihrer Schwester gegenüberstand, wollte sie an die schönen Momente und nicht an die Wortgefechte denken.

Wie Grace es vermutet hatte, wartete Kathleen unmittelbar am Ausgang. Sie verfolgte, wie die Passagiere einer nach dem anderen herausströmten, und spürte eine neue Aufwallung von Ärger. Die ersten fünfzig Personen hatten sie passiert, und Grace war nicht unter ihnen gewesen. Vermutlich hält sie gerade mit den Flugbegleitern ein Schwätzchen, dachte Kathleen und bemühte sich, den Neid zu unterdrücken, der bei dieser Vorstellung in ihr hochstieg.

Grace hatte nie Mühe gehabt, Freunde zu finden. Im Gegenteil, die Menschen fühlten sich sofort zu ihr hingezogen. Schon zwei Jahre nach ihrem Abschluss hatte Grace, die auf der Wolke ihres Charmes durch die Schule geschwebt war, ihre Karriere begonnen. Ein halbes Leben später arbeitete Kathleen, die ihren Abschluss mit Auszeichnung bestanden hatte, an derselben Highschool, die sie und ihre Schwester früher besucht hatten. Sie saß zwar heute auf der anderen Seite des Lehrerpults, aber sonst hatte sich seit damals wenig geändert.

Aus dem Lautsprecher ertönten in endloser Folge Ankunfts- und Abflugzeiten. Änderungen der Gate-Nummer und Verspätungen wurden durchgegeben, und noch immer war keine Grace in Sicht. Gerade als Kathleen sich entschloss, an der Information nach ihrer Schwester zu fragen, kam Grace heranmarschiert. Der Neid in Kathleen verging, und ebenso verflog ihre Irritation. Es war unmöglich, auf Grace böse zu sein, wenn man ihr von Angesicht zu Angesicht gegenüberstand.

Warum sah Grace immer so aus, als käme sie gerade aus einem schweren Sturm? Ihr Haar, genauso tiefschwarz wie das von Kathleen, reichte bis auf Kinnhöhe herab und wirkte in seinem kühnen Schwung, als hätten sich diverse Böen daran ausgetobt. Beide Frauen besaßen den gleichen Körper, doch während er bei Kathleen zu stämmig aussah, wirkte er bei Grace schlank und biegsam. Sie ähnelte einer Weide, die sich geschmeidig im Wind beugt. Allerdings machte sie im Moment einen etwas verknitterten Eindruck. Sie trug einen hüftlangen Pullover über Leggings, eine Sonnenbrille, die von der Nase zu rutschen drohte, und gelbe hohe Turnschuhe, die farblich zum Pullover passten. Kathleen hingegen hatte noch immer den Rock und das Jackett an, in denen sie zum Unterricht erschienen war.

»Kath!« Kaum hatte Grace ihre Schwester erspäht, ließ sie alle Taschen fallen, die sie mit sich schleppte, ohne einen Gedanken daran zu verschwenden, dass sie den nachfolgenden Passagieren dadurch den Weg versperrte. Sie umarmte Kathleen mit dem Enthusiasmus, mit dem sie alles anzugehen pflegte. »Ich freue mich so sehr, dich zu sehen. Du siehst großartig aus. Oh, ein neues Parfüm.« Sie schnüffelte intensiv. »Hm, gefällt mir.«

»Lady, geht es heute noch mal weiter?«

Ohne Kathleen loszulassen, lächelte Grace den entnervten Geschäftsmann hinter ihr an und riet ihm: »Steigen Sie doch einfach über die Sachen.« Knurrend befolgte er ihren Vorschlag. Grace hatte ihn schon vergessen, so wie ihr Unannehmlichkeiten nie lange etwas anhaben konnten. »Und, wie gefällt dir mein Outfit?«, fragte sie ihre Schwester. »Was sagst du zu meiner neuen Frisur? Ich hoffe, du magst sie, denn ich habe ein wahres Vermögen für die Publicity-Aufnahmen hingeblättert.«

»Ich hoffe, du hast dich vorher wenigstens gekämmt.«

Grace fuhr sich mit einer Hand durchs Haar. »Wahrscheinlich.«

»Die neue Frisur steht dir gut«, urteilte Kathleen. »Und jetzt komm. Gleich bricht hier ein Aufstand los, wenn wir deine Sachen nicht endlich aus dem Weg räumen. Was ist denn das?« Sie hob einen klobigen Aktenkoffer.

»Maxwell«, antwortete Grace und sammelte ihre Taschen ein. Mein tragbarer Computer. Maxwell und ich haben die wundervollste Affäre, die du dir nur vorstellen kannst.«

»Ich dachte, du wolltest Urlaub machen.« Kathleen gelang es, sich den wiederaufkeimenden Ärger nicht anmerken zu lassen. Der Computer war ein zu deutliches Symbol für Grace' Erfolg und ihr eigenes Scheitern.

»Ich will ja auch Urlaub machen. Aber irgendwie muss ich mir doch die Zeit vertreiben, wenn du in der Schule unterrichtest. Hätte das Flugzeug noch weitere zehn Minuten

Verspätung gehabt, wäre das Kapitel zu Ende geschrieben.« Sie warf einen Blick auf ihre Uhr, stellte fest, dass sie schon wieder stehen geblieben war, und vergaß sie im nächsten Moment. »Ehrlich, Kath, das wird der sensationellste Mord, von dem du je gelesen hast.«

»Wo ist dein Gepäck?« unterbrach Kathleen sie rasch, weil sie wusste, dass Grace ihr sonst den ganzen Roman erzählt hätte.

»Meine Kiste wird morgen bei dir zu Hause abgeliefert.«

Die Kiste. In Kathleens Augen eine weitere Exzentrizität ihrer Schwester. »Grace, wann fängst du endlich an, wie normale Menschen mit Koffern zu verreisen?«

Sie liefen am Gepäckförderband vorbei, wo die Menschen dicht gedrängt standen, um sich beim Anblick ihres geliebten Samsonite-Koffers gegenseitig totzutrampeln. Erst wenn die Hölle zufriert, verreise ich so wie alle normalen Menschen, dachte Grace und lächelte. »Du siehst wirklich gut aus. Wie fühlst du dich?«

»Gut.« Doch weil sie schließlich ihre Schwester vor sich hatte, fügte Kathleen hinzu: »Eigentlich schon besser.«

»Du bist ohne den Mistkerl auch wirklich besser dran«, sagte Grace, als sie durch die automatischen Türen gingen. »Ich sage das nicht gern, weil ich weiß, wie sehr du ihn geliebt hast, aber es ist die Wahrheit.« Eine kalte Brise wehte aus dem Norden heran und ließ die Menschen vergessen, dass es bereits Frühling war. Über ihnen dröhnten startende und landende Flugzeuge. Grace lief, ohne sich nach links oder rechts umzusehen, auf die Straße und zum Parkplatz. »Das einzige Schöne, was er in dein Leben gebracht hat, war Kevin. Wo steckt mein Neffe eigentlich? Ich hatte gehofft, du würdest ihn mitbringen.«

Der schmerzhafte Stich kam und verging. »Er ist bei seinem Vater. Wir sind übereingekommen, dass es für ihn besser ist, wenn er während der Schulzeit bei Jonathan bleibt.«

»Wie bitte?« Grace blieb mitten auf der Fahrbahn stehen. Eine Hupe ertönte, aber sie kümmerte sich nicht darum. »Kathleen, das kann doch unmöglich dein Ernst sein. Kevin ist erst sechs! Er sollte bei seiner Mutter sein. Jonathan lässt ihn wahrscheinlich nicht die *Sesamstraße,* sondern irgendwelche Schundcomics gucken.«

»Die Entscheidung ist getroffen. Wir sind der festen Überzeugung, dass es so für alle am besten ist.«

Grace kannte den Gesichtsausdruck, den ihre Schwester bei diesen Worten aufsetzte. Er besagte, dass Kathleen jetzt nicht mehr darüber reden wollte. Sie würde das Thema erst dann wiederaufnehmen, wenn sie sich dazu bereit fühlte. »Okay«, sagte Grace und lief neben ihr her. Automatisch beschleunigte sie ihre Schritte, während Kathleen über den Parkplatz raste. Ihre Schwester hatte es immer eilig. Sie selbst hingegen wanderte eher ziellos hierhin und dahin. »Du weißt, dass du immer mit mir reden kannst, wenn du das Bedürfnis dazu hast.«

»Ja, das weiß ich.« Kathleen blieb neben ihrem gebrauchten Toyota stehen. Vor einem Jahr noch hatte sie einen Mercedes gefahren. Aber dieser Verlust war noch der geringste gewesen. »Tut mir leid, wenn ich eben etwas barsch geklungen habe, Grace. Es ist nur so, dass ich im Moment nicht daran erinnert werden möchte. Ich habe mein Leben fast wieder in den Griff bekommen.«

Grace sagte nichts dazu und stellte ihre Taschen in den Kofferraum. Sie sah dem Wagen an, dass er seine besten

Jahre hinter sich hatte, und sie wusste, dass er bei Weitem nicht dem Lebensstil entsprach, den ihre Schwester früher gepflegt hatte. Aber weitaus mehr als dieser soziale Abstieg besorgte sie der angespannte Unterton in Kathleens Stimme. Am liebsten hätte Grace sie jetzt in den Arm genommen, unterließ das aber, weil sie wusste, dass ihre Schwester Mitgefühl für eine Form von Mitleid hielt. »Hast du in der letzten Zeit mit Mom und Dad gesprochen?«

»Ja, letzte Woche. Es geht ihnen gut.« Kathleen setzte sich hinters Steuer und legte den Sicherheitsgurt an. »Wenn man sie hört, könnte man annehmen, Phoenix sei das Paradies auf Erden.«

»Solange es ihnen nur gut geht.« Grace nahm auf dem Beifahrersitz Platz und fand zum ersten Mal Gelegenheit, sich umzusehen. National Airport. Von hier aus war sie abgeflogen, vor acht, nein, großer Gott, schon vor zehn Jahren. Was für eine Angst sie damals gehabt hatte. Sie wünschte, sie könnte diese Mischung aus Elan und Bangen vor der Zukunft in all ihrer Unschuld und Frische noch einmal erleben.

Bist du es langsam müde, Grace? fragte sie sich, die zu vielen Flüge, die zu vielen Städte, die zu vielen Gesichter? Nun war sie zurückgekehrt, nur noch wenige Meilen von dem Haus entfernt, in dem sie ihre Kindheit verbracht hatte, und Seite an Seite mit ihrer Schwester. Eigenartig, dass sie nicht das Gefühl hatte heimzukommen.

»Was hat dich eigentlich dazu bewogen, nach Washington zurückzukehren, Kath?«

»Ich musste dringend raus aus Kalifornien. Und das hier war der einzige Ort, den ich kannte.«

Aber warum wolltest du nicht bei deinem Sohn bleiben?

Wie kannst du als Mutter dein Kind zurücklassen? dachte Grace, und sie musste an sich halten, das nicht laut auszusprechen; sie wusste aber, das dies nicht der rechte Moment war, ihre Schwester danach zu fragen. »Und jetzt unterrichtest du wieder an der Our Lady of Hope? Auch vertrautes Terrain, nicht wahr, obwohl sich dort so manches verändert hat.«

»Es gefällt mir da sehr gut. Vermutlich brauche ich die Disziplin, die das Unterrichten von mir fordert.« Kathleen fuhr den Toyota mit gewohnter Präzision aus der Parklücke und zum Schalter. Hinter dem Sonnenschutz steckten der Parkschein und drei Eindollarnoten. Grace fiel ein, dass Kathleen immer schon ihr Geld abgezählt bereitgelegt hatte.

»Und gefällt es dir im Haus?«

»Die Miete ist erträglich, und von dort fahre ich nur fünfzehn Minuten bis zur Schule.«

Grace unterdrückte das Bedürfnis zu seufzen. Konnte Kathleen denn nie Freude über etwas zeigen? »Und, hast du jemand Neues kennengelernt?«

»Nein.« Aber Kathleen setzte wenigstens ein leises Lächeln auf, als sie sich in den Verkehr einfädelte. »Sex interessiert mich nicht mehr.«

Grace zog die Brauen hoch. »Aber jeder interessiert sich doch für Sex. Was glaubst du denn, warum die Bücher von Jackie Collins immer auf den Bestsellerlisten landen? Aber davon abgesehen, ich meinte, ob du jemanden kennst, der hin und wieder mal mit dir etwas unternimmt, mit dem du reden kannst.«

»Im Moment steht mir nicht der Sinn danach, mit jemandem zusammen zu sein.« Dann legte sie eine Hand auf die ihrer Schwester, und das war mehr, als sie, mit Ausnahme von ihrem Mann und Kevin, je einem Menschen zu geben vermocht hatte. »Damit meine ich natürlich nicht dich. Im Gegenteil, ich bin richtig froh, dass du gekommen bist.«

Wie stets reagierte Grace ihrerseits mit Wärme, sobald sie solche empfing. »Ich wäre schon viel früher gekommen, wenn du mich gelassen hättest.«

»Du warst doch mitten in einer Tournee.«

»Tourneen kann man auch absagen.« Sie rutschte auf dem Sitz hin und her. Sie hätte die Tournee platzen lassen, wenn das ihrer Schwester hätte weiterhelfen können. »Na ja, jetzt ist die Sache ja ausgestanden, und ich bin hier.« Sie kurbelte das Fenster herunter und spürte den Aprilwind, der noch genauso wie der im März biss. »Frühling in Washington. Was machen die Kirschblüten?«

»Der späte Frosteinbruch hat ihnen großen Schaden zugefügt.«

»Hier bleibt doch stets alles gleich.« Hatten sie sich eigentlich immer noch so wenig zu sagen? Grace drehte das Radio auf, um die Kluft zwischen ihnen zu füllen. Wie konnten zwei Menschen miteinander aufwachsen, zusammen leben, miteinander streiten und sich doch fremd bleiben? Jedes Mal, wenn sie ihre Schwester sah, hoffte sie, diesmal würde es anders. Und regelmäßig wurde sie enttäuscht.

Als der Toyota die Fourteenth Street Bridge überquerte, erinnerte sich Grace an das Zimmer, das sie sich in der Kindheit mit Kathleen geteilt hatte: die eine Hälfte stets adrett und ordentlich, die andere ein immerwährendes Chaos. Dieser krasse Gegensatz war zwischen ihnen ein stetiger Stein des Anstoßes gewesen. Ein anderer waren die Spiele, die Grace sich ausdachte und die ihre Schwester mehr frustrierten als erfreuten. Wie lauten die Regeln? Kathleen hatte bei allem und jedem stets zuerst die Regeln auswendig gelernt. Und wenn es keine gab – oder zumindest keine klaren –, war Kathleen nicht in der Lage, das Spiel an sich zu begreifen.

Immer nur Regeln, Kath, dachte Grace, während sie schweigend neben ihrer Schwester saß. In der Schule, in der Kirche und im Leben. Kein Wunder, dass eine Regeländerung sie in tiefste Verwirrung stürzte. Und jetzt hatten sich die Regeln im Spiel ihres Lebens schon wieder gewandelt.

Hast du deine Familie einfach verlassen, Kath, so wie du früher immer aufgestanden und gegangen bist, wenn dir die Regeln eines Spiels nicht zusagten? Bist du hierher an den Anfang zurückgekehrt, um alle bisherigen Ergebnisse zu tilgen und nach deinen eigenen Regeln von vorn anzufangen? Ja, das ist deine Art, die Dinge anzugehen, dachte Grace und hoffte für ihre Schwester, dass es so endlich funktionieren würde.

Aber dann war sie doch überrascht, als sie die Straße sah, in die Kathleen gezogen war. Grace hatte ein hochmodernes Apartmenthaus erwartet. Die modernsten Einrichtungen und vierundzwanzigstündiger Hausmeisterdienst entsprachen mehr Kathleens Stil als diese altmodischen, leicht heruntergekommenen Häuser inmitten von hohen Bäumen.

Kathleens Haus war eines der kleinsten auf dieser Straßenseite. Obwohl Grace sich kaum vorstellen konnte, dass ihre Schwester mehr im Garten getan hatte, als den Rasen zu mähen, schoben sich am Rand des gepflegten Bürgersteigs die ersten Blüten aus dem Boden.

Als Grace neben dem Wagen stand, ließ sie den Blick über die Straße wandern. Vor jedem Haus lagen Fahrräder und standen mehrere Jahre alte Kombiwagen. Hier und da war ein frischer Farbanstrich auszumachen. Man sah den Häusern an, dass die Familien schon lange in ihnen wohnten, und die Gegend lag irgendwo in der Mitte zwischen frisch renoviert und altersschwach. Grace gefiel diese Straße; irgendwie fühlte man sich hier gleich wie zu Hause und geborgen.

Genau ein solches Viertel hätte Grace sich ausgesucht, wenn sie hierher zurückgezogen wäre. Und ihr Lieblingshaus wäre das nebenan gewesen, entschied sie sofort und ohne länger darüber nachzudenken. Das Gebäude musste dringend generalüberholt werden. Eines der Fenster war mit Brettern vernagelt, und auf dem Dach fehlten ein paar Ziegel. Aber im Garten hatte jemand Azaleen gepflanzt. Die Erde sah noch frisch umgegraben aus, und die Pflanzen waren in kleine Hügel eingebettet. Noch erreichten die Sträucher kaum einen halben Meter Höhe, aber schon zeigten sich die ersten Knospen, die bald aufblühen würden. Während Grace sie betrachtete, hoffte sie, sie könnte lange genug bleiben, um die Azaleen in voller Blütenpracht zu erleben.

»Oh, Kath, es ist wunderschön hier.«

»Na ja, ist nicht ganz Palm Springs«, entgegnete Kathleen, doch ohne Bitterkeit in der Stimme, und fing an, Grace' Sachen auszupacken.

»Nein, meine Liebe, ich meine es ernst. So stelle ich mir ein richtiges Zuhause vor.« Und sie sagte das wirklich nicht aus Höflichkeit. Ihre Fantasie und ihr Schriftstellerauge malten sich bereits aus, wie es sein musste, hier zu leben.

»Ich wollte Kevin etwas bieten … wenn er zu mir kommt.«

»Er wird sich sofort darin verlieben«, verkündete Grace mit der für sie typischen Selbstverständlichkeit. »Der Bürgersteig ist wie geschaffen für Skateboards und erst die vielen Bäume.« Ein Stück weiter stand ein Baum, der aussah, als sei der Blitz in ihn eingeschlagen, aber davon ließ Grace sich nicht beeinträchtigen. »Kath, wenn ich dieses wunderbare Haus so sehe, frage ich mich ernsthaft, was ich eigentlich noch in Upper Manhattan will.«

»Reich und berühmt werden.« Wieder war ihr nichts von ihrer Bitterkeit anzumerken. Sie reichte ihrer Schwester die Taschen.

Grace blickte abermals zum Nachbarhaus. »Ich denke, ein paar Azaleen könnte ich mir auch zulegen.« Sie hakte sich bei Kathleen ein. »Und jetzt musst du mir unbedingt zeigen, wie es drinnen aussieht.«

Die Einrichtung entsprach dem, was Grace erwartet hatte. Kathleen hatte es gern, wenn alles ordentlich war und hübsch an seinem Platz stand. Das Mobiliar war eine Spur zu wuchtig, aber geschmackvoll (und natürlich entstaubt und poliert). Genauso wie Kath, dachte Grace mit einer Spur Bedauern. Die vielen kleinen Zimmer, die irgendwie ineinander verschachtelt wirkten, gefielen ihr sehr.

Kathleen hatte in einem Raum ein Arbeitszimmer eingerichtet. Der Schreibtisch wirkte noch sehr neu. Sie hat wirklich nichts aus Kalifornien mitgenommen, sagte sich Grace. Nicht einmal ihren Sohn. Ihr fiel auf, dass auf dem Schreibtisch ein Telefon stand und nicht weit davon auf einem Stuhl noch eins. Aber sie schwieg dazu, wusste sie doch, dass Kathleen bestimmt eine durchaus einleuchtende Erklärung dafür hatte.

»Spaghetti-Soße!« Der Duft führte Grace geradewegs in die Küche. Wenn jemand sie nach ihrer Lieblingsfreizeitbeschäftigung fragen würde, hätte Essen bestimmt ganz oben auf der Liste gestanden.

Die Küche war genauso makellos gepflegt wie der Rest des Hauses. Grace war fest davon überzeugt, dass sich im Toaster kein einziger Krümel finden ließe, darauf hätte sie sogar gewettet. Ihre Schwester hob immer noch alle Reste in Plastikdosen auf und stellte sie ordentlich etikettiert in den Kühlschrank; die Gläser waren bestimmt der Größe nach geordnet im Küchenschrank untergebracht. So hatte Kathleen es immer schon gehalten und sich in dieser Hinsicht in dreißig Jahren um keinen Deut geändert.

Während Grace über den alten Linoleumboden lief, hoffte sie, dass sie nicht vergessen hatte, sich vor der Tür die Füße abzutreten. Dann hob sie den Deckel vom Topf auf dem Herd und sog das Aroma lange und tief ein. »Ich würde sagen, du hast deine Kochkünste nicht verlernt.«

»Ich habe mich wieder auf sie besonnen.« Und das nach Jahren in einem Haushalt voller Bediensteter und Köche. »Hast du Hunger mitgebracht?« Zum ersten Mal wirkte Kathleens Lächeln ehrlich und entspannt. »Was frage ich überhaupt.«

»Ach je, ich habe völlig vergessen, dass ich dir etwas mitgebracht habe.«

Während Grace in die Diele zurückeilte, stellte sich Kathleen ans Fenster. Warum nur wurde ihr nun, da Grace gekommen war, bewußt, wie leer sich ihr Haus vorher angefühlt hatte? Welchen besonderen Zauber besaß ihre

Schwester, mit dem sie einen Raum, ein Haus, ja vermutlich eine ganze Arena ausfüllen konnte? Und was um alles in der Welt sollte sie nur anfangen, wenn Grace wieder abgereist war?

»Valpolicella!«, verkündete sie, als sie in die Küche zurückkehrte. »Du siehst, ich habe schon mit einem italienischen Essen gerechnet.« Als Kathleen sich vom Fenster abwandte und zu ihr umdrehte, konnte sie die Tränen nicht länger zurückhalten. »Ach, du armes Liebes.« Mit der Flasche in der Hand lief Grace auf sie zu.

»Gracie, ich vermisse ihn so furchtbar, dass ich manchmal am liebsten sterben möchte.«

»Ich weiß, wie du dich fühlst. Ach, Kleines, mir tut es so leid für dich.« Sie fuhr ihrer Schwester übers Haar, und Kathleen strich die Strähnen sofort wieder gerade. »Lass mich dir helfen, Kath. Sag mir, was ich für dich tun kann.«

»Ach, da ist nichts.« Diese Worte auszusprechen, kostete sie mehr Kraft, als sie je zuzugeben bereit gewesen wäre, aber wenigstens hörten die Tränen auf. »Ich mache mich jetzt besser an den Salat.«

»Nein, tust du nicht.« Grace nahm ihren Arm und führte sie zu dem kleinen Küchentisch. »Setz dich hin. Es ist mir ernst, Kath.«

Obwohl sie ein Jahr älter war als ihre Schwester, gehorchte sie. So war es zwischen ihnen immer schon gewesen, und beide konnten es sich nicht anders vorstellen. »Ich möchte eigentlich nicht darüber reden, Grace.«

»Dann scheint es ja wirklich schlimm um dich zu stehen. Wo bewahrst du den Korkenzieher auf?«

»In der obersten Schublade links vom Ausguss.«

»Und die Gläser?«

»Im zweiten Fach im Schrank neben dem Kühlschrank.«

Grace entkorkte die Flasche. Obwohl draußen bereits die Dämmerung einsetzte, machte sie sich nicht die Mühe, in der Küche das Licht einzuschalten. Sie stellte ein Glas vor ihre Schwester und füllte es bis fast an den Rand. »Jetzt trink. Ist ein ziemlich edler Tropfen.« Sie fand ein leeres Mayonnaiseglas (an dem Platz, an dem ihre Mutter sie aufzubewahren pflegte) und schraubte den Deckel ab, um ihn als Aschenbecher zu benutzen. Grace wusste, wie sehr Kathleen das Rauchen ablehnte, und sie hatte sich auch fest vorgenommen, sich in dieser Hinsicht zurückzuhalten. Aber wie die meisten Vorsätze brach sie auch diesen ohne Anflug eines schlechten Gewissens. Sie zündete sich eine Zigarette an, füllte das zweite Glas und nahm am Tisch Platz. »Erzähl mir alles, Kath. Sonst muss ich dich so lange piesacken, bis du endlich den Mund aufmachst.«

Dazu war sie durchaus fähig, wusste Kathleen. Und sie hatte das schon gewusst, bevor sie zugestimmt hatte, dass Grace sie besuchen kam. Möglicherweise war das sogar der Grund dafür gewesen, dem Ansinnen ihrer Schwester zuzustimmen. »Ich wollte die Trennung nicht. Und du brauchst mir jetzt gar nicht vorzuwerfen, ich sei blöd, weil ich an einem Mann hänge, der mich nicht will. Ich weiß nämlich selbst, wie dumm das von mir ist.«

»Ich halte dich bestimmt nicht für dumm.« Grace stieß den Zigarettenrauch aus und verbarg sich schuldbewusst dahinter, denn sie hatte ihrer Schwester schon mehr als einmal mangelnde Intelligenz unterstellt. »Du liebst Jonathan und Kevin. Sie haben dir gehört, und du willst sie behalten.«

»Ich glaube, das trifft den Punkt.« Sie nahm einen großen Schluck. Grace hatte wie so oft recht. Der Wein war wirklich gut. Es widerstrebte ihr zutiefst, das zuzugeben, und sie hatte sich lange genug dagegen gewehrt, aber jetzt war es so weit: Sie musste dringend mit jemandem reden. Und dieser jemand sollte Grace sein; denn ihre Schwester würde trotz aller Differenzen, die zwischen ihnen bestanden hatten und immer noch bestanden, bedingungslos auf ihrer Seite stehen. »Eines Tages kam der Moment, an dem ich der Trennung zustimmte, zustimmen musste.« Sie war noch nicht in der Lage, das Wort »Scheidung« auszusprechen. »Jonathan war ... grausam zu mir.«

»Was soll das heißen?« Grace' leicht rauchige Stimme war wie Stacheldraht. »Hat er dich misshandelt, gar geschlagen?« Sie war aufgesprungen und bereit, sich sofort ins nächste Flugzeug nach Kalifornien zu setzen.

»Es gibt mehrere Arten von Grausamkeit«, antwortete Kathleen müde. »Zum Beispiel seelische. Er hat mich gedemütigt. Da waren andere Frauen, recht viele sogar. Oh, Jonathan war überaus diskret. Ich glaube, nicht einmal seine besten Freunde haben davon gewusst. Aber er hat dafür gesorgt, dass ich es erfahre ... hat mich geradezu mit der Nase draufgestoßen.«

»Das tut mir so leid.« Grace setzte sich wieder hin. Sie wusste, dass es eigentlich Kathleens Art gewesen wäre, ihm dafür eine runterzuhauen. Und wenn sie darüber nachdachte, musste sie zugeben, dass sie und ihre Schwester wenigstens in puncto ehelicher Untreue die gleiche Meinung vertraten.

»Du hast ihn doch nie gemocht.«

»Habe ich auch nicht, und es tut mir auch nicht leid.«

Grace schnippte heruntergefallene Asche in den Mayonnaisedeckel.

»Das spielt ja jetzt auch keine Rolle mehr. Wie dem auch sei, als ich in die Trennung eingewilligt habe, hat Jonathan deutlich klargemacht, dass sie zu seinen Bedingungen erfolgen würde. Er wollte die Vereinbarungen aufsetzen, und darüber sollte es keine Diskussion geben. Acht Jahre meines Lebens sind ausgelöscht, und niemandem ist ein Vorwurf zu machen.«

»Kath, du weißt, dass du diesen Bedingungen nicht zustimmen musstest! Wenn er dich betrogen hat, kannst du erst recht Ansprüche an ihn geltend machen.«

»Wie hätte ich ihm denn seine Seitensprünge nachweisen können?« Diesmal war flammende und scharfe Verbitterung in ihrer Stimme. Kathleen war anzumerken, dass sie sehr lange gewartet hatte, bis sie all die aufgestaute Enttäuschung herauslassen konnte. »Du weißt nicht, in was für einer Welt ich dort gelebt habe, Grace. Jonathan Breezewood der Dritte ist nicht wie jeder x-beliebige Normalbürger zu belangen. Er ist Anwalt, verdammt noch mal, und Partner in einer Familienkanzlei, die sogar Satan gegen Gott den Allmächtigen vertreten und eine gütliche Vereinbarung herausholen würde. Selbst wenn jemand von seinen Affären gewusst oder sie zumindest geahnt hätte, wäre er mir nicht zu Hilfe geeilt. Für unsere Freunde und Bekannten war ich nicht Kathleen, sondern Jonathans Frau, Mrs. Jonathan Breezewood III. Das war in den vergangenen acht Jahren meine ganze Identität.« Und abgesehen von Kevin war sie am schwierigsten aufzugeben gewesen. »Kein Einziger von ihnen würde einer Kathleen McCabe zur Seite stehen. Aber es war schließlich meine eigene

Schuld. Ich bin ganz darin aufgegangen, Mrs. Breezewood zu sein, ich wollte es unbedingt. Ich wollte die perfekte Ehefrau, die perfekte Gastgeberin, die perfekte Mutter und die Frau sein, die ihrer Familie ein perfektes Heim beschert. Und damit bin ich immer langweiliger geworden. Als ich ihm schließlich zu langweilig war, wollte er mich nur noch loswerden.«

»Verdammt noch mal, Kathleen, warum musst du dich selbst immer so runtermachen?« Grace drückte erregt die Zigarette aus und griff nach ihrem Weinglas. »Es war seine Schuld, Himmel noch mal, und nicht deine. Du hast ihm genau das gegeben, was er von dir verlangte. Du hast deine Karriere, deine Familie, dein Zuhause, einfach alles für ihn aufgegeben und dein ganzes Leben auf ihn ausgerichtet. Und jetzt ist es damit vorbei. Du verzichtest wieder mal auf alles und bist sogar bereit, Kevin herzugeben.«

»Ich gebe Kevin nicht her!«

»Aber du hast doch gesagt …«

»Ich habe mit Jonathan nicht um Kevin gestritten. Ich konnte es nicht, weil ich viel zu viel Angst davor hatte, was er dann tun würde.«

Grace war so wütend, dass sie ihr Weinglas lieber wieder hinstellte. »Angst davor, was er dir oder was er Kevin antun würde?«

»Nein, nicht Kevin«, antwortete Kathleen rasch. »Was immer Jonathan tun wird oder zu tun imstande ist, er wird dem Jungen kein Haar krümmen. Er liebt ihn über alles. Und mag er auch noch so ein schlechter Ehemann sein, als Vater ist er einfach wunderbar.«

»Na gut.« Grace wollte sich einstweilen ein Urteil darüber vorbehalten. »Aber du hattest Angst vor dem, was er dir antun könnte. Meinst du damit, er hätte dich körperlich angegriffen?«

»Jonathan hat nur sehr selten die Beherrschung verloren. Er hat sich gut im Griff, vermutlich weil er weiß, dass er sonst zur Gewalttätigkeit neigt. Einmal, als Kevin noch sehr klein war, habe ich ihm ein kleines Kätzchen geschenkt.« Kathleen erzählte vorsichtig und mit Bedacht, wusste sie doch, dass ihre Schwester voreilige Schlüsse zog und aus diesen eine ganze Geschichte zusammensetzte, von der man sie nur schwer wieder abbringen konnte. »Die beiden haben miteinander gespielt, und plötzlich hat das Kätzchen Kevin gekratzt. Als Jonathan später die Spuren davon auf Kevins Wange entdeckt hat, ist er so außer sich geraten, dass er das Tier vom Balkon geworfen hat. Und das aus dem dritten Stock.«

»Ich wusste ja immer, dass er etwas ganz Besonderes ist«, bemerkte Grace ironisch und nahm noch einen Schluck von dem Wein.

»Dann war da die Sache mit dem Aushilfsgärtner. Der Mann hatte aus Versehen einen Rosenstrauch ausgegraben. Es war wirklich nur ein Missverständnis, denn er sprach nicht sehr gut Englisch. Jonathan hat ihn auf der Stelle entlassen. Darüber sind die beiden in Streit geraten. Jonathan hat ihn so furchtbar verprügelt, dass der Mann ins Krankenhaus musste.«

»Allmächtiger!«

»Natürlich hat Jonathan später die Krankenhauskosten in voller Höhe übernommen.«

»Natürlich«, sagte Grace spitz, wusste aber, dass ihr Sarkasmus gar nicht zu Kathleen durchdrang.

»Jonathan hat ihm dann noch ein Schweigegeld bezahlt,

damit er die Presse aus dem Spiel ließe. Dabei ging es doch nur um einen Rosenstrauch. Ich weiß nicht, wozu Jonathan fähig wäre, wenn ich ihm Kevin wegnehmen würde.«

»Kath, Liebes, du bist doch seine Mutter. Und du hast Rechte. Ich bin mir sicher, dass es hier in Washington ein paar ausgezeichnete Anwälte gibt. Wir suchen einige von ihnen auf und lassen uns beraten. Es gibt doch bestimmt einiges, was du unternehmen kannst.«

»Ich habe mir bereits einen Anwalt genommen«, erklärte Kathleen und musste einen Schluck trinken, weil ihr Mund wie ausgetrocknet war. Der Wein half ihr, die Worte leichter über die Zunge zu bringen. »Und ich habe einen Privatdetektiv beauftragt. Es wird bestimmt nicht einfach, und man hat mir auch schon gesagt, dass die ganze Geschichte mich viel Zeit und Geld kosten wird. Aber so habe ich wenigstens eine Chance.«

»Ich bin sehr stolz auf dich.« Grace legte die Hände auf die ihrer Schwester und verschränkte die Finger ineinander. Die Sonne war fast untergegangen, und in der Küche breiteten sich Schatten aus. Grace' graue Augen leuchteten jedoch auf: »Liebes, Jonathan Breezewood III. erwartet eine unliebsame Überraschung, wenn er es mit den McCabes zu tun bekommt. Ich verfüge hier auch über die eine oder andere Verbindung.«

»Nein, Grace, ich muss sehr vorsichtig vorgehen. Niemand darf von der Aktion erfahren, nicht einmal Mom und Dad. Ich darf kein Risiko eingehen.«

Grace dachte einen Moment darüber nach, was sie über Familien wie die Breezewoods wusste. Alteingesessene Familien, Geldadel, Klans mit langen Tentakeln. »Also gut, vermutlich ist es am besten so. Ich kann dir trotzdem helfen.

Anwälte und Detektive kosten ein Vermögen. Und ich habe mehr Geld, als ich brauche.«

Zum zweiten Mal seit dem Wiedersehen füllten sich Kathleens Augen mit Tränen. Doch diesmal gelang es ihr, sie zurückzuhalten. Sie wusste, dass Grace über ein kleines Vermögen verfügte, und sie wollte ihr das auch nicht übel nehmen. Doch genau dieses Gefühl beherrschte sie, auch wenn ihr bewusst war, dass ihre Schwester es sich redlich verdient hatte. O Gott, warum konnte sie es ihr nicht einfach gönnen? »Ich muss da allein durch.«

»Kath, jetzt ist nicht der richtige Moment für falschen Stolz. Du kannst eine Schlacht wie diese nicht mit einem Lehrergehalt gewinnen. Und bloß, weil du dich wie eine Idiotin benommen und dich ohne einen Penny von Jonathan hast vor die Tür setzen lassen, musst du noch lange nicht meinen, du könntest jetzt auf meine finanzielle Hilfe verzichten.«

»Ich wollte nichts von Jonathan haben. Ich habe die Ehe mit genau dem verlassen, was ich in sie eingebracht habe: dreitausend Dollar.«

»Ich will dir jetzt gar nicht groß mit der Frauenemanzipation kommen, aber der Umstand bleibt bestehen, dass du dir nach acht Jahren Ehe mindestens eine Abfindung verdient hast. Und hier geht es doch nur darum, dass ich deine Schwester bin und dir helfen will.«

»Aber nicht mit Geld. Du kannst es falschen Stolz nennen, aber es ist sehr wichtig für mich, die Sache allein durchzustehen. Davon abgesehen habe ich mir eine Beschäftigung nach Feierabend gesucht.«

»Was denn? Etwa Tupperware-Partys abhalten? Oder denkfaulen Kindern Nachhilfe geben? Oder gehst du gar auf den Strich?«

Zum ersten Mal seit Wochen lachte Kathleen befreit auf. Sie schenkte für sie beide Wein nach. »Du hast ins Schwarze getroffen.«

»Du verkaufst wirklich Tupperware?« Grace brauchte eine halbe Sekunde, um das zu verdauen. »Führen sie immer noch diese kleinen Cornflakes-Schüsseln mit den undurchlässigen Deckeln?«

»Keine Ahnung. Ich vertreibe keine Tupperware.« Sie nahm einen langen Schluck. »Ich arbeite in Sachen Liebe.«

Sie erhob sich, um das Licht einzuschalten, und Grace musste dringend etwas trinken. Es kam selten genug vor, dass Kathleen einen Witz machte. Deshalb wusste sie jetzt nicht, ob sie lachen sollte. Sie entschied sich dafür, erst einmal nachzufragen: »Hast du nicht vorhin gesagt, du seist an Sex nicht mehr interessiert?«

»Auf mich persönlich trifft das auch voll und ganz zu, wenigstens für den Augenblick. Ich bekomme für einen siebenminütigen Anruf sieben Dollar, und wenn ich einen Stammkunden dranhabe, muss er insgesamt zehn ausspucken. Die meisten meiner Anrufer sind Stammkunden. Im Durchschnitt führe ich pro Abend zwanzig Telefonate, und das an drei Tagen in der Woche. Hinzu kommen fünfundzwanzig bis dreißig Anrufe an den Wochenenden. So komme ich in der Woche locker auf neunhundert Dollar.«

»Großer Gott!« Grace' erster Gedanke war, dass sie ihrer Schwester so viel Energie nie zugetraut hätte. Doch dann kam ihr gleich in den Sinn, dass Kathleen sich einen Scherz mit ihr erlaubte, um sie davon abzubringen, ihr Geld geben zu wollen.

Grace starrte ihre Schwester in dem grellen Neonlicht an. Nichts in ihrer Miene oder in ihrem Blick ließ den Schluss zu, dass sie scherzte. Im Gegenteil, sie machte einen durchaus selbstzufriedenen Eindruck. So wie damals, in ihrer Kindheit, als sie fünf Schachteln Pfadfinder-Plätzchen mehr verkauft hatte als Grace.

»Allmächtiger!«, stöhnte Grace wieder und zündete sich eine neue Zigarette an.

»Kommt keine Moralpredigt, Gracie?« – »Nein.« Sie schluckte hart und musste etwas trinken. Grace war sich noch lange nicht im Klaren darüber, welchen moralischen Standpunkt sie in diesem Fall einnehmen sollte. »Tut mir leid, Kath, aber das muss sich erst in mir setzen. Hast du das eben wirklich ernst gemeint?«

»Absolut ernst.«

Natürlich, Kathleen machte nie Witze. Zwanzig Anrufe in der Nacht, dachte Grace und schüttelte sich, um das Bild aus ihren Gedanken zu vertreiben. »Nein, du bekommst von mir keine Moralpredigt, aber ich werde dir wohl etwas über gesunden Menschenverstand erzählen müssen. Mein Gott, Kathleen, hast du überhaupt eine Ahnung, wie viele Irre und Spinner sich da draußen herumtreiben? Selbst ich weiß das, und ich hatte seit sechs Monaten keine richtige Verabredung mehr, nur geschäftliche Treffen und so. Und ich rede hier nicht davon, dass du dir dabei etwas holen kannst, das du neun Monate später auf den Knien schaukelst. Was du da treibst, Kathleen, ist nicht nur dumm, sondern auch gefährlich. Und wenn du nicht auf der Stelle damit aufhörst, werde ich …«

»Mom davon erzählen?«

»Mir ist es auch ernst!« Grace rutschte nervös auf dem Stuhl hin und her, denn ihr hatte genau das auf der Zunge gelegen, was Kath gesagt hatte. »Und wenn du schon nicht an dich selbst denken willst, dann wenigstens an Kevin. Falls Jonathan davon Wind bekommen sollte, kannst du es dir abschminken, deinen Sohn jemals wiederzusehen.«

»Ich denke dabei an Kevin. Er ist alles, woran ich in diesen Zeiten überhaupt denken kann. Jetzt trink deinen Wein, Grace, und hör mir zu. Du hast immer schon dazu geneigt, vorschnell zu urteilen, noch bevor du alle Fakten kanntest.«

»Eines dieser Fakten lautet ja wohl, dass meine Schwester nach Feierabend als Callgirl tätig ist.«

»Damit hast du den Nagel auf den Kopf getroffen. Ich bin ein ›Callgirl‹, eine Frau, die man anruft. Ich verkaufe meine Stimme, Grace, nicht meinen Körper.«

»Nach zwei bis drei Gläsern Wein arbeitet mein Verstand anscheinend nicht mehr so gut. Warum erklärst du es mir nicht in ganz einfachen Worten, Kath?«

»Ich arbeite für Fantasy Incorporated. Eine Firma, die sich auf Telefonservice aller Art spezialisiert hat.«

»Telefonservice?«, rief Grace. Sie zog kräftig an der Zigarette. »Du redest doch nicht etwa von Telefonsex, oder?«

»Über Sex zu reden, ist alles, was ich in den letzten zwölf Monaten gemacht habe.«

»In einem ganzen Jahr?« Grace musste jetzt erst recht schlucken. »Ich würde dir ja gern mein Beileid aussprechen, aber im Moment muss ich das erst einmal verdauen. Jetzt mal im Ernst: Du tust das, wofür im hinteren Anzeigenteil von Herrenmagazinen immer geworben wird?«

»Woher kennst du dich denn so gut mit Herrenmagazinen aus?«

»Im Rahmen von Recherchen musste ich mich auch einmal damit befassen. Und du willst mir sagen, bloß dafür, dich mit ein paar Männern am Telefon zu unterhalten, bekommst du tausend Dollar in der Woche?«

»Ich hatte immer schon eine besonders angenehme Stimme.«

»Ja.« Grace lehnte sich zurück und bemühte sich, ihre Gedanken zu ordnen. Sie konnte sich nicht daran erinnern, dass ihre Schwester auch nur einmal in ihrem Leben etwas Unkonventionelles gemacht hatte. Kathleen hatte sogar bis zur Hochzeitsnacht gewartet, ehe sie mit Jonathan ins Bett gegangen war. (Grace wusste das, weil sie gefragt hatte, sowohl sie als auch ihn.) Dann fiel ihr etwas ein, das sie zum Lachen brachte, weil es so komisch war. »Schwester Mary Francis hat damals in der achten Klasse erklärt, du hättest die sauberste und klarste Stimme der ganzen Jahrgangsstufe. Ich würde gerne wissen, was die treue Seele wohl sagen würde, wenn sie wüsste, dass diese wunderbare Stimme heute als Telefonhure arbeitet.«

»Ich finde diesen Ausdruck nicht besonders nett, Grace.«

»Ach, hab dich nicht so. Hört sich doch irgendwie lustig an.« Sie kicherte. »Tut mir leid. Dann erzähl mir doch bitte, wie das alles vor sich geht.«

Kathleen hätte wissen müssen, dass Grace sich erst einmal darüber amüsieren würde. Von ihrer Schwester hatte man selten Vorwürfe oder Anschuldigungen zu erwarten. Die Verspannung zwischen Kathleens Schultern löste sich langsam, als sie das Glas erneut zum Mund führte. »Also gut: Die Männer rufen bei der Nummer von Fantasy an, und wenn sie Stammkunden sind, verlangen sie eine bestimmte Frau. Erstanrufer werden gebeten, ihre persönlichen Vorlieben anzugeben, und dann sucht man dort die passende Dame für sie aus.«

»Was sind das denn für Vorlieben?«

Kathleen kannte Grace' Neigung, alles ganz genau erfahren zu wollen und notfalls nachzubohren. Doch nach drei Gläsern Wein ärgerte sie sich nicht mehr darüber. »Manche Männer reden lieber selber und erzählen dir dann, was sie sich gerade vorstellen, das sie mit dir machen, und was sie an sich selbst anstellen. Aber es gibt auch solche, die der Frau das Reden überlassen. Es heizt sie auf, wenn die Frau ihnen erzählt, wie sie aussieht, was sie anhat und wie es in dem Zimmer aussieht, in dem sie sich aufhält. Und dann gibt es Männer, die auf Sadomasochismus, Fesseln und Ähnliches stehen. Aber solche Kunden nehme ich nicht.«

Grace verzog das Gesicht, um nicht loszuprusten. »Du sprichst nur mit denen, die ehrlichen, schweißtreibenden Sex wollen.«

Zum ersten Mal seit sehr langer Zeit fühlte Kathleen sich auf die angenehmste Weise entspannt. »Ganz recht. Und ich bin sogar ziemlich gut auf meinem Gebiet. Viele Anrufer verlangen mich.«

»Da kann man ja nur gratulieren.«

»Weiter: Also die Männer rufen an und hinterlassen ihre Telefonnummer und die Nummer ihrer Kreditkarte. Das Büro überprüft dann die Karte und tritt mit einer von uns in Kontakt, zum Beispiel mit mir. Wenn ich zustimme und Zeit habe, rufe ich den Herrn von dem Telefon aus an, das Fantasy hier installiert hat und das über das Büro läuft.«

»Klar. Und dann?«

»Dann unterhalten wir uns.«

»Dann unterhaltet ihr euch … Deshalb hast du in deinem Arbeitszimmer auch den zweiten Apparat stehen, oder?«

»Dir entgeht auch nichts, was?« Kathleen stellte fest, wenn auch vollkommen ohne Reue, dass sie auf dem besten Wege war, einen Schwips zu bekommen. Es fühlte sich so gut an, Watte im Kopf zu haben, keine Last mehr auf den Schultern zu spüren und der eigenen Schwester am Tisch gegenüberzusitzen.

»Kath, was hindert diese Kerle denn daran, an deinen Namen und deine Adresse zu gelangen? Einer von ihnen könnte doch auf die Idee kommen, dass ihm deine Stimme nicht mehr ausreicht.«

Kathleen schüttelte langsam den Kopf und wischte mit einem Finger den feuchten Kranz vom Tisch, den das Glas hinterlassen hatte. »Alle Akten von Mitarbeitern der Firma stehen unter strengstem Verschluss. Einem Anrufer wird nie, unter gar keinen Umständen, unsere Privatnummer gegeben. Und fast alle von uns benutzen falsche Namen. Ich zum Beispiel melde mich als Desiree.«

»Desiree …« Grace wiederholte den Namen mit einiger Bewunderung.

»Ich bin ein Meter sechzig groß und blond. Und ich habe einen absoluten Traumkörper.«

»Was?« Normalerweise vertrug Grace Alkohol besser als ihre Schwester, aber sie hatte heute nicht mehr als einen Schokoladenriegel auf dem Weg zum Flughafen zu sich genommen. Die Vorstellung, ihre Schwester habe ein Alter Ego, erschien ihr jetzt nicht nur plausibel, sondern auch logisch. »Dazu kann man dir ja wirklich nur gratulieren. Aber was passiert, wenn einer der männlichen Angestellten von Fantasy Incorporated, beschließt, das Arbeitsverhältnis zu einer der weiblichen Angestellten auf eine mehr private Ebene zu verlagern?«

»Du arbeitest schon wieder an einem neuen Roman, was?«

»Schon möglich, aber trotzdem …«

»Grace, wir sind wirklich perfekt geschützt. Alles läuft streng auf rein geschäftlicher Ebene ab. Ich rede am Telefon, der Kunde bekommt das, wofür er bezahlt hat, die Firma macht dabei auch ihren Schnitt, und so sind alle Beteiligten glücklich und zufrieden.«

»Klingt vernünftig.« Grace schwenkte den Wein in ihrem Glas und versuchte, alle Zweifel zu verdrängen. »Und damit liegst du voll im Trend. Das neue Sexualverhalten der Neunziger. Von einem Telefongespräch kann man schließlich kein AIDS bekommen.«

»Ja, vom medizinischen Standpunkt ist das sehr vernünftig. Worüber lachst du denn?«

»Ich stelle mir das nur gerade vor.« Grace wischte sich mit dem Handrücken über den Mund. »›Haben Sie Angst vor einer festen Bindung? Sind Sie die Single-Bars leid? Dann rufen Sie Fantasy Incorporated, an und sprechen Sie mit Desiree, Delilah oder Dee-Dee. Orgasmus garantiert oder Geld zurück. Wir akzeptieren alle gebräuchlichen Kreditkarten.‹ Himmel, ich sollte wirklich auf Werbetexter umsatteln.«

»Ich habe diese Sache nie als Witz angesehen.«

»Du hast überhaupt nur sehr wenige Dinge im Leben leichtgenommen«, entgegnete Grace, wenn auch freundlich. »Hör mal, wenn der nächste Kunde anruft, darf ich dann neben dir sitzen und mithören?«

»Nein.«

Grace zuckte nach dieser Ablehnung nur mit den Achseln. »Na ja, da können wir später noch mal drüber reden. Wann essen wir denn?«

Als sie in dieser Nacht, angefüllt mit Pasta und Wein, in das Bett in Kathleens Gästezimmer schlüpfte, fühlte Grace eine Nähe zu ihrer Schwester, wie sie sie schon lange nicht mehr verspürt hatte. Wann war Kathleen zuletzt so lange aufgeblieben, hatte mit ihr getrunken und wie mit ihrer besten Freundin geredet? Es fiel Grace nicht leicht, sich einzugestehen, dass es eigentlich nie so zwischen ihnen abgelaufen war.

Kathleen unternahm endlich etwas Außergewöhnliches, und parallel dazu fing sie endlich an, auf eigenen Beinen zu stehen und sich um sich selbst zu kümmern. Solange ihre Schwester sich damit nicht in Schwierigkeiten brachte, war Grace nicht nur vollauf damit einverstanden, sondern geradezu begeistert darüber. Kathleen übernahm die Kontrolle über ihr Leben. Und allem Anschein nach ging es ihr richtig gut dabei.

In dieser Nacht lauschte er drei Stunden lang und wartete auf sie. Doch Desiree meldete sich nie. Natürlich hörte er andere Frauen, die exotische Namen trugen und sehr sexy Stimmen hatten, aber keine von ihnen kam Desiree nahe. Er lag zusammengerollt in seinem Bett, stellte sie sich vor und versuchte auf diese Weise, zum Höhepunkt zu gelangen, doch leider reichte das nicht. So streckte er schließlich frustriert und verschwitzt alle viere aus und fragte sich, wann er endlich den nötigen Mut aufbringen würde, Desiree aufzusuchen.

Bald, schwor er sich. Wie würde sie sich freuen, ihn endlich persönlich kennenzulernen. Desiree würde ihn einlassen und ihn dann auf diese Weise entkleiden, wie sie es ihm am Telefon immer beschrieb. Und dann durfte er sie berühren. Wo immer er wollte. Ja, er würde sie schon sehr bald aufsuchen.

Im schattigen Mondlicht erhob er sich und setzte sich an seinen Computer. Er wollte sie noch einmal sehen, bevor er sich schlafen legte. Der Terminal erwachte mit leisem Summen zum Leben. Seine schlanken, geschickten Finger tippten rasch ein paar Befehle ein. Sekunden später erschien sie auf dem Bildschirm: Desirees Adresse.

Sehr bald schon.

2

Grace hörte das leise Dröhnen, das nicht vergehen wollte, und machte den Wein dafür verantwortlich. Sie stöhnte nicht und beschwerte sich auch nicht über den Kater; schließlich hatte man ihr schon in früher Kindheit beigebracht, dass jeder Sünde, gleichgültig, ob lässlich oder schwer, die Bestrafung folgte. Dieser Grundsatz war einer der wenigen Aspekte ihrer katholischen Erziehung, die sie auch als Erwachsene nicht abgelegt hatte.

Die Sonne stand schon am Himmel, und ihre Strahlen drangen mühelos durch den dünnen Vorhang am Fenster. Um dem grellen Schein zu entgehen, vergrub sie ihr Gesicht im Kissen. Dem Licht entfloh sie damit, dem Dröhnen jedoch nicht. Grace konnte nicht mehr einschlafen, und das ärgerte sie wirklich.

Mit dem Gedanken an Aspirin und Kaffee stieg sie schließlich aus dem Bett. Erst jetzt erkannte sie, dass das schreckliche Geräusch nicht in ihrem Kopf war, sondern von draußen kam. Grace kramte in ihrer Tasche und zog schließlich einen abgetragenen Samtmorgenmantel heraus. Zu Hause in ihrem begehbaren Kleiderschrank hing einer aus Seide, ein Geschenk eines früheren Liebhabers. Ihre Erinnerungen an ihn waren voller Zärtlichkeit, aber trotzdem bevorzugte sie den alten Morgenmantel. Noch nicht ganz wach, stolperte sie zum Fenster und zog den Vorhang auf.

Ein wunderbarer Tag erwartete sie, leicht kühl und voll von den Düften des Frühlings und der erwachenden Erde.

Ein Maschendrahtzaun trennte Kathleens Garten vom Nachbargrundstück. Ein vernachlässigter und leicht verwilderter Forsythienstrauch wuchs daran. Er gab sich redliche Mühe zu erblühen, und in Grace' Augen wirkten die kleinen gelben Knospen mutig und kühn. In diesem Moment wurde ihr bewusst, wie sehr sie Treibhaus- und Zuchtblumen mit ihren perfekten Blüten satthatte. Herzhaft gähnend ließ sie den Blick über das Grundstück auf der anderen Seite wandern.

Und dann sah sie ihn nicht weit von der Hintertür des Nachbarhauses. Lange schmale Bretter ruhten auf Sägeböcken, und der Mann maß, markierte und schnitt sie mit einem lässigen Sachverstand, den Grace als überaus anziehend empfand. Fasziniert öffnete sie das Fenster, um besser sehen zu können. Die Morgenluft war kühler, als sie erwartet hatte, aber sie genoss die frische Brise dennoch, blies sie doch Klarheit in ihren Kopf. Wie der Forsythienbusch war der Mann den Anblick durchaus wert.

Paul Bunyan fiel ihr ein, und sie musste grinsen. Der Mann war ein Meter neunzig groß und besaß die Figur eines Footballspielers. Selbst aus dieser Entfernung konnte sie erkennen, wie sich die starken Muskeln unter seiner Jacke bewegten. Er hatte dichtes rotes Haar und trug einen Bart – nicht einen modisch getrimmten Dreitagebart, sondern einen richtigen Vollbart. Grace bemerkte, dass sich seine Lippen in diesem Haargewirr zum Gesang der Countrymusik bewegten, die aus einem Kofferradio drang.

Als das Dröhnen aufhörte, hatte sie sich aus dem Fenster gebeugt, stützte sich auf den Ellenbogen auf und lächelte ihm zu. »Hi!«, rief Grace. Ihr Lächeln wurde breiter, als er sich umdrehte und zu ihr hinaufblickte. Ihr fiel auf, wie sein

Körper sich dabei anspannte, nicht so sehr aus Überraschung, sondern eher wie bereit zur Aktion. »Ihr Haus gefällt mir!«

Ed entspannte sich, als er die Frau im Fenster entdeckte. In dieser Woche hatte er sechzig Stunden gearbeitet und einen Menschen getötet. Der Anblick einer hübschen Frau, die ihm vom ersten Stock des Nachbarhauses zulächelte, beruhigte seine strapazierten Nerven. »Danke.«

»Renovieren Sie gerade?«

»Ja, Stück für Stück.« Er schirmte die Augen mit einer Hand gegen die Sonne ab und betrachtete sie. Nein, das war nicht seine Nachbarin. Obwohl er und Kathleen kaum mehr als ein Dutzend Wörter miteinander gewechselt hatten, war ihm ihr Anblick vertraut. Allerdings sah die Frau im Fenster mit dem fröhlichen Gesicht und dem zerzausten Haar ihr ähnlich. »Sie sind zu Besuch hier?«

»Ja, Kathy ist meine Schwester. Ich schätze, sie hat das Haus schon verlassen. Sie ist nämlich Lehrerin.«

»Ach so.« In zwei Sekunden hatte er mehr über seine Nachbarin erfahren als zuvor in zwei Monaten: Die Kurzform ihres Namens lautete Kathy, sie hatte eine Schwester, und sie war Lehrerin. Ed legte das nächste Brett auf die Böcke. »Bleiben Sie länger?«

»Ich weiß noch nicht.« Sie beugte sich etwas weiter nach draußen, damit der Wind durch ihr Haar fahren konnte – ein Genuss, der ihr im temporeichen New York versagt blieb. »Haben Sie die Azaleen im Vorgarten angepflanzt?«

»Ja, letzte Woche.«

»Sie sehen toll aus. Ich denke, ich werde auch ein paar einsetzen, für Kath.« Grace lächelte wieder breit. »Bis bald.« Sie zog den Kopf ein und war verschwunden.

Ed starrte mindestens noch eine Minute auf das leere Fenster. Die Unbekannte hatte es offen gelassen, obwohl die Tagestemperatur noch nicht einmal fünfzehn Grad erreicht hatte. Er zückte einen dicken Bleistift und zog wieder Markierungsstriche. Das Gesicht kam ihm irgendwie bekannt vor. Die Gabe, nie ein Gesicht zu vergessen, kam ihm bei seiner Arbeit sehr zugute. Er wusste, dass ihm über kurz oder lang der Name zu diesen Zügen einfallen würde.

Im Haus zog Grace sich einen Pullover an. Ihre Haare waren vom Duschen noch feucht, aber sie hatte keine Lust, sich jetzt lange mit Fön und Stylingbürsten aufzuhalten. Schließlich warteten Kaffee und die Zeitung auf sie. Und dann musste noch ein Mord aufgeklärt werden. Wenn nichts dazwischenkam, konnte sie gleich ihren Maxwell einschalten und genug Arbeit erledigt haben, bis Kathleen von der Our Lady of Hope zurückkehrte.

Unten in der Küche schaltete sie die Kaffeemaschine ein und suchte im Kühlschrank nach etwas Essbarem. Am ehesten kamen noch die Spaghetti infrage, die von gestern Abend übrig geblieben waren. Grace griff hinter die Eier und zog den praktischen Plastikbehälter heraus. Nach einminütiger Inspektion der Küche stand fest, dass Kaths Einrichtung den Anschluss an das elektronische Zeitalter noch nicht so weit vollzogen hatte, um über so etwas wie eine Mikrowelle zu verfügen. Sie warf den Deckel des Behälters in die Spüle und war bereit, die Spaghetti kalt zu essen. Beim ersten Bissen entdeckte sie auf dem Küchentisch eine Nachricht. Kathleen hatte immer schon gern Zettel zurückgelassen.

Nimm dir in der Küche, was du brauchst. Grace lächelte und schob sich die nächste Gabelladung kalter Pasta in den

Mund. *Mach dir keine Gedanken um das Abendbrot, ich besorge uns unterwegs ein paar Steaks.* Sie wusste, dass ihre Schwester sie damit höflich darum bat, in der Küche keine Unordnung anzurichten. *Heute Nachmittag haben wir eine Sitzung. Ich werde so gegen halb sechs wieder da sein. Benutz auf gar keinen Fall das Telefon in meinem Arbeitszimmer.*

Grace zog die Nase kraus, als sie die Notiz einsteckte. Es würde viel Zeit kosten und einiger Überredungskünste bedürfen, um mehr über diese nächtlichen Abenteuer in Erfahrung zu bringen. Und dann musste sie auch noch den Namen von Kathleens Anwalt ausfindig machen. Trotz der Bedenken und des dummen Stolzes ihrer Schwester wollte Grace unbedingt persönlich mit dem Mann sprechen. Wenn sie es nur vorsichtig genug anginge, hätte Kathleen keinen Grund, sich bevormundet zu fühlen. Außerdem musste man gelegentlich kleine Unannehmlichkeiten in Kauf nehmen und direkt auf das Ziel vorstoßen. Solange ihre Schwester Kevin nicht zurückhatte, würde es ihr nie gelingen, ihr Leben in Ordnung zu bringen. Dieser elende Breezewood hatte nicht das geringste Recht, den Sohn als Waffe gegen seine Frau zu benutzen.

Er hat immer schon gewusst, dachte Grace, wie er das bekommt, was er haben will. Jonathan Breezewood III. war ein kalter und berechnender Manipulator, der seinen Familiennamen und sein Geld dazu einzusetzen wusste, seine Ziele zu erreichen. Aber dieses Mal sollte er nicht triumphieren. Grace würde schon eine Möglichkeit finden, alles zum Guten zu fügen, auch wenn sie sich dabei unter Umständen der gleichen Mittel wie Jonathan bedienen musste.

Als sie die Warmhalteplatte an der Kaffeemaschine einschaltete, klopfte es an der Tür.

Meine Kiste, schoss es ihr gleich in den Sinn. Sie eilte mit Gabel und Spaghettidose in die Diele. Zehn Dollar müssten eigentlich ausreichen, den Lieferanten zu überreden, das gute Stück hinauf in den ersten Stock zu befördern. Als sie die Tür öffnete, hatte sie schon ihr überzeugendstes Lächeln aufgesetzt.

»G. B. McCabe, habe ich recht?« Ed stand draußen und hielt ein Exemplar von *Murder in Style* in der Hand. Er hatte sich fast einen Finger abgesägt, als ihm der Name zu dem Gesicht endlich eingefallen war.

»Ja, stimmt.« Sie warf einen Blick auf das Autorenfoto auf dem Cover. Darauf war sie mit einer sehr modischen, gekräuselten Frisur abgebildet. Der Fotograf hatte die Schatten betont, um sie geheimnisvoll erscheinen zu lassen. »Sie haben aber ein gutes Auge. Auf dem Bild würde ich mich selbst kaum wiedererkennen.«

Jetzt, da er vor ihrer Tür stand, wusste er nicht mehr so recht weiter. So etwas widerfuhr ihm regelmäßig, wenn er aus einem Impuls heraus handelte; ganz besonders bei Frauen. »Ich mag Ihre Bücher. Die meisten davon habe ich gelesen.«

»Nur die meisten?« Sie lächelte ihn an und stieß die Gabel in die Pasta. »Wissen Sie denn nicht, dass Schriftsteller ein ebenso großes wie empfindliches Ego ihr Eigen nennen? In solchen Fällen müssen Sie sagen, dass sie jedes Wort von mir verschlungen haben und gar nicht genug davon bekommen können.«

Er entspannte sich ein wenig, weil ihr Lächeln ihn aufzufordern schien, das jetzt schleunigst nachzuholen. »Wie fallen Ihnen nur immer wieder so mörderisch gute Geschichten ein?«

»Ich bin ein Naturtalent.«

»Als mir eingefallen ist, wer Sie sind, verspürte ich sofort den Wunsch hierherzukommen, um festzustellen, ob ich richtig gelegen habe.«

»Tja, dann haben Sie jetzt den ersten Preis gewonnen. Aber warum kommen Sie denn nicht herein?«

»Danke.« Er schob das Buch von der einen in die andere Hand und kam sich vor wie ein Idiot. »Ich wollte aber eigentlich nicht stören.«

Grace betrachtete ihn für einen langen Moment. Aus der Nähe wirkte er sogar noch beeindruckender. Und seine Augen waren blau, ein dunkles, sehr interessantes Blau. »Wie, soll das heißen, Sie wollen kein Autogramm von mir?«

»Ja, doch, nur …«

»Dann müssen Sie aber hereinkommen.« Sie legte eine Hand auf seinen Arm und zog ihn in die Diele. »Der Kaffee ist noch warm.«

»Das trinke ich nicht.«

»Was, kein Kaffee? Wie haben Sie so lange überlebt?« Sie zeigte mit der Gabel nach hinten. »Kommen Sie trotzdem mit in die Küche. Dort wird sich schon irgendwas Trinkbares für Sie auftreiben lassen. Sie lesen also gerne Krimis?«

Die Art, wie sie sich bewegte, gefiel ihm – so ohne Hast und unbesorgt, als könnte sie sich jeden Moment dazu entschließen, in eine andere Richtung weiterzulaufen. »Man könnte sagen, Kriminalfälle sind mein Leben.«

»Genau wie bei mir.« In der Küche öffnete sie ein weiteres Mal die Kühlschranktür. »Kein Bier«, murmelte sie und beschloss, das bei nächstbester Gelegenheit zu ändern. »Und auch keine Cola oder Limonade. Gott, Kathy. Aber hier steht Saft. Sieht nach Orange aus.«

»Passt mir ausgezeichnet.«

»Ich habe hier noch Spaghetti. Wollen Sie was davon abhaben?«

»Nein, danke. Ist das Ihr Frühstück?«

»Hm.« Sie goss ihm ein Glas Saft ein, zeigte auf einen Stuhl und ging zur Kaffeemaschine. »Wohnen Sie schon lange nebenan?«

Eine Bemerkung über falsche Ernährung lag ihm auf der Zunge, aber er beherrschte sich. »Ich bin erst vor ein paar Monaten eingezogen.«

»Ich stelle mir das toll vor, ein Haus so zu gestalten, wie einem das vorschwebt.« Sie nahm noch einen Bissen Pasta. »Sind Sie denn Zimmermann? Ich meine, die Hände dafür haben Sie.«

Es erleichterte ihn sehr, dass sie nicht auf seine Figur angespielt und ihn gefragt hatte, ob er Footballspieler sei. »Nein, ich bin Polizist.«

»Ist nicht wahr! Ehrlich?« Sie schob die Dose beiseite und beugte sich zu ihm vor. Ihm wurde sofort bewusst, dass die Augen das Attraktivste an ihr waren. So viel Leben und Faszination steckte in ihnen. »Ich bin ganz verrückt nach Polizisten. Einige der besten Charaktere, die ich je entwickelt habe, sind Polizisten, manchmal sogar die Bösewichter.«

»Das weiß ich.« Er musste lächeln. »Bei der Lektüre ist mir aufgefallen, dass Sie ein wirkliches Gespür für die Polizeiarbeit haben. Das erkennt man allein schon daran, wie Sie einen Roman anlegen und aufbauen. Die Geschichten basieren auf Logik und Schlussfolgerung.«

»All meine Logik fließt ins Schreiben.« Sie nahm die Tasse hoch und entdeckte, dass sie vergessen hatte, Milch hineinzugeben. Doch da sie keine Lust hatte, sich vom Tisch zu entfernen, trank sie den Kaffee eben schwarz. »Was für eine Art Polizist sind Sie denn? Gehen Sie auf Streife, oder arbeiten Sie am Ende als verdeckter Ermittler?«

»Ich bin beim Morddezernat.«

»Das muss Schicksal sein!« Sie lachte laut und drückte seine Hand. »Einfach unfassbar. Da komme ich meine Schwester besuchen und finde mich neben einem Detective wieder. Arbeiten Sie gerade an einem Fall?«

»Um ehrlich zu sein, wir haben gerade gestern einen abschließen können.«

Muss eine harte Nuss gewesen sein, schloss sie aus der Art und dem leisen Tonwechsel, mit dem er das gesagt hatte. Obwohl ihre Neugier jetzt natürlich geweckt war, beherrschte sie sich lieber. »Ich persönlich arbeite auch gerade an einem ziemlich vertrackten Mordfall. Eigentlich geht es um eine ganze Mordserie. Ich habe …« Sie war in Gedanken bei ihrem Roman, erkannte Ed an der Weise, wie ihre Augen dunkler wurden. Grace lehnte sich zurück und legte die Füße auf einen freien Stuhl. »Ich könnte natürlich den Ort ändern«, erklärte sie dann langsam. »Ja, ich siedle die Geschichte hier in Washington an. Genau, so ist es schon viel besser. So könnte es funktionieren. Was halten Sie davon?«

»Na ja, ich …«

»Vielleicht besteht die Möglichkeit, dass ich mal auf der Wache vorbeischaue. Sie könnten mich dann ja etwas herumführen.« Grace war jetzt ganz bei der Sache, und gedankenverloren griff sie in die Morgenmanteltasche, um das Zigarettenpäckchen herauszuholen. »Das ist doch hoffentlich erlaubt, oder?«

»Ich könnte etwas arrangieren.«

»Großartig. Hören Sie, haben Sie eine Frau, oder sind Sie mit einer zusammen oder etwas in der Art?«

Ed starrte sie an, während sie sich eine Zigarette anzündete und nach dem ersten Zug den Rauch herausblies. »Im Moment nicht«, antwortete er zögernd.

»Nun, dann steht dem ja nichts im Wege, dass Sie sich hin und wieder an einem Abend ein paar Stunden für mich freinehmen.«

Er hob sein Glas und trank einen großen Schluck. »Ein paar Stunden?« wiederholte er. »Hin und wieder?«

»Ja. Ich erwarte nicht, dass Sie mir Ihre gesamte Freizeit widmen. Nur dann, wenn Sie gerade in der Stimmung sind.«

»Wenn ich in der Stimmung bin …«, murmelte Ed. Ihr Morgenmantel hing bis zum Boden herab, öffnete sich aber am Knie und gab den Blick auf ihre noch winterweißen, aber herrlich glatten Beine frei. Möglicherweise wurden ja doch Träume wahr, sagte er sich.

»Wissen Sie, Sie könnten so etwas wie mein Berater oder Sachverständiger werden. Ich meine, wer würde sich besser mit Mordermittlungen in Washington auskennen als ein Detective vom hiesigen Mordkommissariat?«

Berater. Etwas verlegen ob seiner Hintergedanken riss er den Blick mit Gewalt von ihren Beinen los. Er atmete vernehmlich aus und musste dann lachen. »Sie kommen gleich zur Sache, was, Miss McCabe?«

»Für Sie Grace, und ja, es stimmt, ich packe den Stier stets bei den Hörnern. Aber ich würde bestimmt nicht lange schmollen, wenn Sie Nein sagen würden.«

Während er sie ansah, fragte er sich, ob es auf der Welt

wohl irgendeinen Mann gab, der angesichts dieser Augen Nein sagen könnte. Aber dann fiel ihm ein, dass sein Partner Ben ihm oft genug vorwarf, viel zu leichtgläubig zu sein. »Nun ja, hin und wieder könnte ich sicher ein paar Stunden erübrigen.«

»Sehr schön. Wie wäre es denn gleich morgen mit einem Dinner? Bis dahin ist meine Schwester bestimmt überglücklich, mich für ein paar Stunden los zu sein. Wir könnten uns über Mordfälle unterhalten.«

»Ja, ich denke, das wäre mir recht.« Er erhob sich, und es kam ihm so vor, als hätte er gerade eine stürmische Fahrt ins Ungewisse angetreten. »Jetzt muss ich aber wirklich wieder an die Arbeit.«

»Dann will ich noch rasch Ihr Buch signieren.« Nach einer kurzen Suche fand sie neben dem Telefon einen Kugelschreiber. »Oh, ich kenne Ihren Vornamen noch gar nicht.«

»Ed. Ed Jackson.«

»Hi, Ed«, schrieb sie auf die erste Seite und steckte dann den Stift gedankenverloren in die Tasche des Morgenmantels. »Dann bis morgen, neunzehn Uhr?«

»Okay.« Er bemerkte, dass Grace Sommersprossen hatte. Ein halbes Dutzend dieser Punkte waren über ihren Nasenrücken verteilt. Und ihre schlanken Handgelenke wirkten zerbrechlich. Ed schob das Buch wieder von einer Hand in die andere. »Und vielen Dank für das Autogramm.«

Grace ließ ihn zur Hintertür hinaus. Er roch gut, dachte sie, nach frisch geschnittenem Holz und nach Seife. Als Ed fort war, rieb sie sich die Hände und begab sich nach oben, um den tragbaren Computer anzuschließen.

Sie arbeitete den ganzen Tag an ihrem Roman und begnügte sich zum Mittagessen mit einem Schokoriegel, den sie in der Tasche gefunden hatte. Wann immer sie aus der Welt, die sie dort erschuf, auftauchte und in die Wirklichkeit zurückkehrte, hörte sie das Hämmern und Sägen von nebenan. Grace hatte die Maschine direkt am Fenster aufgestellt, weil sie gern einen Blick auf das Nachbarhaus warf und sich dabei vorzustellen versuchte, was gerade innerhalb der vier Wände vor sich gehen mochte.

Einmal bemerkte sie einen Wagen, der dort vorfuhr. Ein breitschultriger, dunkelhaariger Mann stieg aus, marschierte über die Einfahrt und trat ein, ohne anzuklopfen. Grace ließ für ein paar Momente ihrer Fantasie über diesen Besucher freien Lauf. Dann versenkte sie sich wieder in ihre Arbeit. Als sie das nächste Mal aufschaute, waren zwei Stunden vergangen. Von dem Wagen war nichts mehr zu sehen.

Grace drückte den Rücken durch, zog die letzte Zigarette aus dem Päckchen und las die letzten Absätze, die sie geschrieben hatte. »Gute Arbeit, Maxwell«, lobte sie das Gerät. Dann flogen ihre Finger über ein paar Tasten. Der Computer hatte sein Tagespensum erledigt. Kathleen fiel ihr wieder ein, und sie stand auf, um ihr Bett zu machen.

Die Kiste stand mitten im Gästezimmer. Der Lieferant hatte sich tatsächlich einverstanden erklärt, sie nach oben zu bringen. Er hätte sie sogar für ein Lächeln von ihr ausgepackt. Grace betrachtete das sperrige Teil für einen Moment, rang mit sich und beschloss dann, sich erst später um das Chaos unter dem Deckel zu kümmern. Stattdessen begab sie sich wieder nach unten, fand im Radio einen Sender mit flotter Musik, und daraufhin dröhnte der neueste Song von ZZ Top durch das Haus.

Kathleen fand sie im Wohnzimmer, ausgestreckt auf der Couch, mit einem Glas Wein in der Rechten und einer Illustrierten in der Linken. Ungeduld brodelte in ihr hoch, aber sie kämpfte dagegen an. Sie hatte gerade einen anstrengenden Tag hinter sich, in dem sie sich bis zur Erschöpfung damit abgemüht hatte, etwas in die Hirne von hundertdreißig Teenagern hineinzuzwingen. Die Konferenz am Nachmittag hatte nur Zeit gekostet, aber keine Ergebnisse erbracht, und dann hatte auch noch ihr Wagen auf der Heimfahrt eigenartige Geräusche von sich gegeben. Und zu allem Überdruss traf sie ihre Schwester in schönstem Müßiggang an, so als wüchse das Geld auf Bäumen.

Ohne die Einkaufstüten abzusetzen, marschierte Kathleen als Erstes zum Radio und schaltete es aus. Grace blickte von der Illustrierten auf, blinzelte und lächelte dann. »Oh, hallo, ich habe dich gar nicht hereinkommen hören.«

»Das überrascht mich nicht. Die Musik aus dem Radio konnte man bis zur nächsten Straße hören.«

»Tut mir leid.« Grace dachte im letzten Moment daran, die Zeitung zurück auf den Tisch zu legen, statt sie achtlos auf den Boden fallen zu lassen. »War wohl ein anstrengender Tag, was?«

»Für einige von uns schon.« Kathleen ließ ihre Schwester stehen und verschwand in der Küche.

Grace schob die Beine vom Sofa und stützte den Kopf in die Hände. Nachdem sie mehrmals tief durchgeatmet hatte, erhob sie sich und folgte Kathleen in die Küche. »Ich habe die Reste von gestern Abend gegessen.«

»Schön.« Ihre Schwester legte bereits ein Backblech mit Bratenfolie aus.

»Möchtest du ein Glas Wein?«

»Nein, ich muss heute abend arbeiten.«

»Telefondienst?«

»Richtig. Telefondienst.« Kathleen knallte die Steaks auf das Blech.

»Hey, Kath, das war kein Vorwurf, sondern nur eine Frage.« Als Grace keine Antwort erhielt, goss sie sich ein Glas Wein ein. »Weißt du, was mir gestern eingefallen ist? Ich könnte das, was du nachts tust, in meinem Buch verwenden.«

»Du änderst dich wohl nie, was?«Ihre Schwester wirbelte herum. Ihr Blick hätte töten können. »Wo du auftauchst, gibt es kein Privatleben mehr!«

»Um Himmels willen, Kathy, ich habe doch nicht vor, deinen Namen oder deine momentane Situation darzustellen. Mir erscheint nur die Idee interessant, mehr steckt nicht dahinter. War ja auch nur so ein Einfall.«

»Bei dir ist alles Wasser auf die Mühle, auf deine Mühle. Warum verbrätst du nicht auch noch gleich meine Scheidung?«

»Ich habe dich nie benutzt«, entgegnete Grace leise.

»Du benutzt jeden, ob Freunde, Liebhaber oder Familienangehörige. Oh, nach außen hin gibst du dich teilnahmsvoll und tust so, als würdest du dich für unsere Probleme interessieren, aber im Innern denkst du einzig und allein daran, wie du dieses oder jenes in einer deiner Geschichten verwenden kannst. Kann man dir denn nichts anvertrauen, ohne dass es wenig später in einem Roman von dir auftaucht?«

Grace öffnete den Mund, um zu widersprechen, schloss ihn dann aber wieder und seufzte nur. Vermutlich sollte sie sich wirklich der Wahrheit stellen, so unangenehm die auch sein mochte. »Wahrscheinlich nicht. Es tut mir sehr leid.«

»Dann lass es in Zukunft, einverstanden?« Kathleen wurde übergangslos wieder ruhig. »Ich habe heute Abend keine Lust, mich zu streiten.«

»Ich auch nicht.« Sie überwand sich und unternahm dann einen neuen Versuch, ein Gespräch in Gang zu bringen. »Ich habe mir überlegt, ich könnte mir doch einen Leihwagen nehmen und ein bisschen die Gegend unsicher machen. Und wenn ich schon einen fahrbaren Untersatz habe, könnte ich doch auch gleich die Einkäufe übernehmen und dir so etwas Zeit sparen.«

»Gut.« Kathleen schloss den Backofen und kehrte ihrer Schwester halb den Rücken zu, damit die nicht sehen konnte, wie sehr ihre Hände zitterten. »Auf dem Weg zur Schule kommt man an einer Leihwagenfirma vorbei. Ich könnte dich morgen früh dort absetzen.«

»Okay«, sagte Grace. Und wie jetzt weiter? dachte sie, während sie einen Schluck Wein trank. »Ach, ich habe übrigens heute Morgen deinen Nachbarn kennengelernt.«

»Das hätte ich mir denken können.« Ihre Stimme klang recht hart, während sie den Backofen einschaltete. Sie wunderte sich nur, dass ihre Schwester sich noch nicht mit der ganzen Straße bekannt gemacht hatte.

Grace trank rasch noch etwas von ihrem Wein, um nicht die Beherrschung zu verlieren. Sie wusste nur zu gut, dass sie es war, die üblicherweise als Erste aus der Haut fuhr. Dieses Mal sollte es nicht dazu kommen, schwor sie sich. »Er ist sehr nett. Wusstest du, dass er bei der Polizei ist? Wir haben uns für morgen Abend zum Dinner verabredet.«

»Ist ja wunderbar.« Kathleen knallte einen Topf auf die

Herdplatte und füllte ihn mit Wasser. »Du bist immer schon forsch rangegangen.«

Grace nahm noch einen Schluck und stellte das Glas dann auf die Anrichte. »Ich glaube, ich gehe mir etwas die Beine vertreten.«

»Tut mir leid.« Kathleen lehnte mit geschlossenen Augen am Herd. »Ich habe es nicht so gemeint. Ich wollte nicht barsch werden.«

»Ist schon in Ordnung.« Normalerweise gehörte es nicht zu Grace' Charaktereigenschaften, rasch zu vergeben, aber hier stand sie ihrer einzigen Schwester gegenüber. »Warum setzt du dich nicht einfach für ein paar Minuten hin? Du siehst ziemlich erschöpft aus.«

»Nein, ich habe heute Abend Telefondienst, und ich möchte das Essen fertig haben, bevor der Apparat zum ersten Mal läutet.«

»Ich kann mich doch um das hier kümmern.« Sie nahm ihre Schwester am Arm und setzte sie auf einen Stuhl. »Was kommt denn in den Topf?«

»Die Tüte, die noch in der Einkaufstasche liegt.« Kathleen griff in ihre Handtasche, holte ein Fläschchen heraus und entnahm ihm zwei Tabletten.

Grace kramte in der Einkaufstasche. »Oh, Nudeln in Knoblauchsoße. Toll.« Sie riß die Tüte auf und schüttete den Inhalt in den Topf, ohne sich mit der Lektüre der Zubereitungsanleitung aufzuhalten. »Ich möchte nicht, dass du mir wieder gleich an die Kehle springst, aber hast du nicht Lust, dir alles von der Seele zu reden?«

»Da ist nichts. Ich habe nur einen langen, harten Tag hinter mir.« Sie schluckte die Tabletten ohne Wasser. »Und ich muss noch ein paar Klassenarbeiten durchsehen.«

»Tja, dabei kann ich dir leider nicht helfen. Aber wie wäre es denn, wenn ich für dich den Telefondienst übernehme?«

Kathleen setzte ein schiefes Grinsen auf. »Nein, danke.«

Grace holte die Salatschüssel aus dem Schrank und setzte sie auf den Tisch. »Ich bräuchte ja nur die Anrufe entgegenzunehmen und Notizen für dich zu machen.«

»Nein. Und wenn du nicht bald die Nudeln umrührst, kleben sie am Boden fest.«

»Oh!« Um keinen neuen Streit zu provozieren, wandte Grace sich gleich dem Topf zu. In dem Schweigen, das nun folgte, hörte sie, wie das Fleisch anfing zu brutzeln. »Nächste Woche ist Ostern. Bekommst du da nicht ein paar Tage frei?«

»Fünf, mit dem Wochenende.«

»Warum unternehmen wir dann nicht einen Kurztrip? Stürzen uns in das Getümmel in Fort Lauderdale und bekommen ein bisschen Farbe, oder?«

»Kann ich mir nicht leisten.«

»Dann lass dich von mir einladen, Kath. Komm, gib dir einen Ruck, wird bestimmt ein großer Spaß. Erinnerst du dich noch an unser letztes Jahr auf der Highschool, als wir so lange unsere Eltern angebettelt haben, bis sie uns fahren ließen?«

»Du hast das Betteln übernommen«, entgegnete Kathleen.

»Wie auch immer, am Ende sind wir gefahren, oder? Drei Tage lang nur Partys und Sonne. Und wir haben mindestens ein Dutzend Jungs kennengelernt. Kannst du dich noch an diesen Joe oder Jack erinnern, der versucht hat, durch das Fenster unseres Motelzimmers einzusteigen?«

»Ja, aber bloß, weil du ihm erzählst hast, ich wäre ganz scharf auf ihn.«

»Na, das warst du doch auch, oder? Der arme Tropf hat sich dabei fast umgebracht.« Grace lachte, stach nach ein paar Nudeln und fragte sich, ob sie schon gar waren. »Gott, was waren wir damals jung und unerfahren. Zum Teufel damit, Kathy, wir beide sehen immer noch knackig genug aus, dass ein paar College-Jungs bei unserem Anblick Stielaugen kriegen.«

»Trinkgelage und College-Bengel interessieren mich aber nicht. Davon abgesehen habe ich mich für das Wochenende in den Dienstplan eintragen lassen. Jetzt schalte die Nudeln auf eins herunter und wende die Steaks.«

Grace gehorchte und sagte nichts mehr, während Kathleen den Tisch deckte. Es ging Grace nicht ums Saufen oder um Jungs; sie wollte nur das alte Gefühl zwischen ihr und ihrer Schwester wiedererleben. »Du arbeitest wirklich zu viel«, sagte sie.

»Ich bin leider nicht in deiner Lage, Gracie. Und ich kann es mir ganz bestimmt nicht leisten, den ganzen Nachmittag auf der Couch zu liegen und Illustrierte zu lesen.«

Grace griff nach ihrem Weinglas und biss sich auf die Zunge. Es hatte mehr als einen Tag gegeben, an dem sie zwölf Stunden und mehr vor dem Bildschirm gehockt, und Nächte, in denen sie bis drei Uhr in der Frühe gearbeitet hatte. Und auf Lesetourneen war sie bis tief in der Nacht auf den Beinen und besaß dann nur noch genug Energie, um ins Bett zu fallen und in einen ohnmachtsähnlichen Schlaf zu fallen. Zugegeben, sie konnte sich glücklich schätzen angesichts ihres Erfolgs, und auch heute noch erstaunten sie manchmal die Summen, die auf ihr Konto strömten, aber wenn man gerecht sein wollte, musste man zugeben, dass sie sich dieses Geld auch redlich verdient hatte. Ihre Schwester wollte das aber partout nicht einsehen, und das verdross Grace immer wieder aufs Neue.

»Ich bin schließlich auf Urlaub.«

»Ich aber nicht.«

»Okay. Wenn du schon nicht verreisen willst, ist es dir doch hoffentlich recht, wenn ich mich ein bisschen im Garten nützlich mache.«

»Ich habe nichts dagegen.« Kathleen rieb sich die Schläfen. Die Kopfschmerzen wollten seit einiger Zeit überhaupt nicht mehr vergehen. »Eigentlich wäre mir das sogar sehr recht. Ich bin noch nicht dazu gekommen, mich großartig um ihn zu kümmern. In Kalifornien hatten wir einen so schönen Garten, weißt du noch?«

»Aber natürlich.« Grace hatte den Garten immer als zu ordentlich und damit langweilig empfunden. Der Garten war so wie Jonathan gewesen. Oder wie Kathleen. Grace hasste den kurzen Anflug von Bitternis, der sie bei diesem Gedanken befiel, und schob das Gefühl rasch beiseite. »Wir könnten ein paar Stiefmütterchen kaufen. Wie hießen doch noch gleich die Blumen, die Mom so sehr geliebt hat? Winden?«

»Ja, wäre schön.« Aber Kathleen war mit den Gedanken ganz woanders. »Grace, gleich brennt das Fleisch an!«

Später schloss sie sich in ihrem Arbeitszimmer ein. Grace hörte das Telefon klingeln, den Fantasy-Anschluss, wie sie ihn für sich nannte. Nach zehn Anrufen ging sie nach oben auf ihr Zimmer. Sie fühlte sich noch nicht müde und schaltete den Computer ein. Aber sie konnte sich nicht auf ihre Arbeit oder die Morde, die sie erfunden hatte, konzentrieren.

Das zufriedene und glückliche Gefühl, das sie in der vergangenen Nacht und fast den ganzen Tag über begleitet hatte, war restlos vergangen. Mit ihrer Schwester stimmte etwas nicht. Ihre Launen wechselten zu rasch und zu abrupt. Grace hatte es schon auf der Zunge gelegen, Kathleen eine Therapie vorzuschlagen, aber sie wusste nur zu gut, was für eine Reaktion das hervorgerufen hätte. Ihre Schwester hätte sie nur mit einem dieser harten, aggressiven Blick bedacht, und damit wäre das Thema für sie beendet gewesen.

Grace hatte Kevin nur einmal erwähnt. Kathleen hatte darauf scharf entgegnet, dass sie weder über ihn noch über Jonathan zu reden wünsche. Grace kannte ihre Schwester gut genug, um in diesem Moment zu begreifen, dass sie Grace' Besuch bereits bedauerte. Und schlimmer noch, Grace fing ebenfalls an zu bereuen, hierhergefahren zu sein. Kathleen hatte so eine Art an sich, immer die weniger angenehmen Eigenschaften ihrer Schwester hervorzulocken – Aspekte ihrer Persönlichkeit, die Grace ansonsten ganz gut im Griff hatte.

Doch sie war gekommen, um zu helfen. Irgendwie würde ihr das auch gelingen, trotz der Widerstände auf beiden Seiten. Natürlich brauchte das seine Zeit, beruhigte sie sich, während sie den Kopf auf den Arm legte. Sie entdeckte, dass im Nachbarhaus die Lichter angegangen waren.

Hier oben konnte Grace das Telefonklingeln aus dem Arbeitszimmer nicht mehr hören. Sie fragte sich, wie viele Anrufer ihre Schwester heute wohl noch entgegennehmen würde. Wie vielen Männern, die sie noch nie zu Gesicht bekommen hatte, würde sie Befriedigung verschaffen. Ob sie zwischen den Telefonaten die Klassenarbeiten durchsah? Grace stellte sich das komisch vor. Sie wünschte, die Vorstellung hätte sie tatsächlich erheitert, aber sie konnte Kathys angespanntes Gesicht nicht vergessen, während sie das Essen auf ihrem Teller hin und her geschoben hatte.

Grace rieb sich die Augen und sagte sich, dass sie heute Abend sowieso nichts mehr für ihre Schwester tun konnte. Kathleen war fest entschlossen, alles auf ihre Art zu regeln.

Wie wunderbar es war, ihre Stimme wieder zu hören, das rasche, rauchige Lachen zu vernehmen. Heute Abend trug sie etwas Schwarzes, ein dünnes durchsichtiges Nichts, das ein Mann ihr mit einem Ruck herunterreißen konnte.

Der junge Mann sprach kaum ein Wort. Das machte ihn glücklich. Wenn er die Augen schloss, konnte er sich vorstellen, sie spräche zu ihm. Nur zu ihm. Seit Stunden schon lauschte er ihrer Stimme und den zahllosen Telefonaten. Nach ein paar Worten spielten die Worte aus ihrem Mund für ihn keine Rolle mehr. Nur Desirees warme, lockende Stimme, die aus den Kopfhörern in sein Bewusstsein drangen, waren noch wichtig. Irgendwo im Haus lief ein Fernsehgerät, aber er bekam nichts davon mit, denn sein Kopf war angefüllt von ihr.

Desiree wollte ihn.

In seiner Vorstellung hörte er, wie sie ihn einige Male mit Namen anredete: Jerald. Sie sprach den Namen mit dem leisen Lachen aus, das er so sehr an ihr liebte. Sobald er zu ihr ging, würde sie die Arme ausbreiten und seinen Namen atemlos und langsam wiederholen: Jerald.

Und dann würden sie sich auf all die Arten lieben, die sie am Telefon immer beschrieb.

Er würde der Mann sein, der ihr endlich Befriedigung verschaffte. Und dann wäre er der Mann, den sie mehr wollte als jeden anderen. Seinen Namen würde sie wieder und wieder hauchen, stöhnen und hinausschreien.

Jerald! *Jerald!* JERALD!

Er erbebte, lehnte sich in seinem Schreibtischsessel vor dem Computer zurück und fühlte sich angenehm erschöpft.

Jerald war achtzehn Jahre alt und hatte bislang nur in seinen Träumen mit Frauen geschlafen. Heute Abend träumte er nur von Desiree.

Und er war verrückt nach ihr.

3

»Und wo willst du mit ihr hin?«

Ed hatte das kleine Gerangel für sich entscheiden können und durfte deswegen hinters Steuer. Er und sein Partner Ben Paris hatten den ganzen Tag vor Gericht zugebracht. Offenbar reichte es nicht, die bösen Buben dingfest zu machen, man musste auch noch im Gerichtssaal gegen sie aussagen.

»Was?«

»Ich habe gefragt, wo du mit ihr hinwillst.« Ben hielt eine Jumbotüte Schokoriegel in den Händen. »Mit deiner Schreiberin.«

»Weiß ich noch nicht.« Er schaltete vor einem Stoppschild in einen niedrigeren Gang, warf kurz einen Blick nach links und rechts und fuhr dann über die Kreuzung.

»Du hast nicht angehalten.« Ben biss in den ersten Riegel. »Wir haben abgemacht, dass du nur ans Steuer darfst, wenn du alle Verkehrsvorschriften einhältst.«

»Kam doch keiner. Was meinst du, soll ich mir eine Krawatte umbinden?«

»Woher soll ich das wissen, wenn du dir noch nicht einmal Gedanken darüber gemacht hast, wo du mit ihr hinwillst? Davon abgesehen siehst du mit Schlips wirklich zum Schießen aus. Wie ein Ochse mit einer Glocke um den Hals.«

»Vielen lieben Dank, *Partner.*«

»Ed, die Ampel schaltet um!« Er schob den angebissenen Riegel in die Tasche, als sein Kollege bei Rot über die Kreuzung fuhr. »Wie lange bleibt die berühmte Schriftstellerin denn in der Stadt?«

»Keine Ahnung.«

»Was soll das heißen? Du hast doch mit ihr geredet, oder?«

»Aber danach habe ich sie nicht gefragt. Irgendwie dachte ich, das geht mich nichts an.«

»Frauen mögen es aber, wenn man ihnen solche Fragen stellt.« Ben trat auf eine nicht vorhandene Bremse, als Ed mit quietschenden Reifen in die Kurve ging. »Sie schreibt tolle Sachen. Versteht wirklich was von dem, das sie zu Papier bringt. Ich hoffe, du hast nicht vergessen, dass ich es war, der dich auf ihre Romane aufmerksam gemacht hat.«

»Möchtest du, dass ich unser erstes Kind nach dir benenne?«

Grinsend drückte Ben auf den Zigarettenanzünder. »Und, sieht sie so aus wie auf dem Foto im Buch?«

»Noch viel besser«, lachte Ed und kurbelte das Fenster herunter, als sein Partner sich die Zigarette anzündete. »Sie hat große graue Augen. Und sie lächelt sehr viel. Ein tolles Lachen.«

»Bei dir dauert es wirklich nicht lange, bis du dich bis über beide Ohren verknallt hast.«

Ed rutschte unruhig auf dem Sitz hin und her und hielt den Blick auf die Straße gerichet. »Ich weiß nicht, wovon du sprichst.«

»Ist nicht das erste Mal, dass ich das bei dir erlebe.« Ben nahm den Fuß vom imaginären Bremspedal, als Ed hinter einer langsam fahrenden Limousine einscherte. »Da braucht nur eine Braut mit großen Augen und einem süßen Lächeln mit den Wimpern zu klimpern, und schon bist du hin und weg. Wenn es um Frauen geht, Kumpel, schmilzt du gleich dahin wie Butter in der Sonne.«

»Neuere Untersuchungen belegen, dass Männer, die noch keine sechs Monate verheiratet sind, die Tendenz entwickeln, ihrer Umgebung mit ungebetenen Ratschlägen auf die Nerven zu gehen.«

»Hast du das aus *Redbook?«*

»Cosmopolitan.«

»Hätte ich mir gleich denken können. Trotzdem, wo ich recht habe, habe ich nun einmal recht.« Der einzige Mensch, den Ben besser kannte als sich selbst, war Ed Jackson. Er hätte sogar zugegeben, dass er mehr von seinem Partner wusste als von seiner Frau. Und es bedurfte wirklich keines Mikroskops, um bei Ed die ersten Anzeichen von heftiger Verliebtheit zu erkennen. »Warum kommst du nicht mit ihr auf einen Drink bei uns vorbei? Dann können Tess und ich sie uns mal ansehen.«

»Ich sehe sie mir lieber allein an.«

»Könnte dir aber von Nutzen sein, Partner. Du musst wissen, dass ich jetzt, da ich verheiratet bin, Frauen sehr objektiv beurteilen kann.«

Ed grinste in sich hinein. »So viel Blödsinn auf einmal habe ich ja noch nie gehört.«

»Das ist die Wahrheit, nichts als die reine Wahrheit.« Ben legte einen Arm auf die Kopfstütze. »Hör mal, ich rufe Tess an, und dann arrangieren wir es so, dass wir beide euch heute Abend zufällig treffen. Natürlich nur, um dich vor dir selbst zu beschützen.«

»Heißen Dank, aber ich möchte mich diesmal lieber allein durchbeißen.«

»Hast du ihr denn schon mitgeteilt, dass du nur Körner, Wurzeln und Beeren zu dir nimmst?«

Ed warf ihm nur einen kurzen Blick zu. »Ich meine, das

könnte bei der Auswahl des Restaurants doch eine gewisse Rolle spielen, oder?« Ben warf seine Zigarette aus dem Fenster, aber das Grinsen verging ihm, als er entdeckte, auf welchen Parkplatz Ed fuhr. »O nein, nicht der Baumarkt. Nicht schon wieder!«

»Ich brauche noch ein paar Scharniere und Zargen.«

»Klar, das sagst du doch immer. Seit du das Haus gekauft hast, Jackson, hast du dich zu einer richtigen Nervensäge entwickelt.«

Sie stiegen aus, und Ed warf ihm eine Münze zu. »Geh doch dort drüben in den Laden und bestell dir einen Kaffee. Ich brauche nicht lange.«

»Ich gebe dir zehn Minuten. War schon schlimm genug, den ganzen Morgen Torcellis Anwalt auszumanövrieren, aber jetzt auch noch mit einem wild gewordenen Heimwerker zusammen zu sein ist echt die Härte.«

»Du hast mir schließlich geraten, das Haus zu kaufen.«

»Das tut hier doch nichts zur Sache. Und für einen Vierteldollar kriege ich keinen Kaffee.«

»Zeig ihnen deine Hundemarke. Vielleicht bekommst du dann Rabatt.«

Grummelnd lief Ben über die Straße. Wenn er schon irgendwo herumsitzen musste, während sein Partner sich durch Schrauben und Bolzen wühlte, konnte er das genauso gut bei einer Tasse Kaffee und einem Stück Kuchen tun.

Das kleine Café war so gut wie leer. Erst in ein paar Stunden würde die Feierabendmeute hier einfallen, um vor der Heimfahrt noch ein Sandwich oder einen guten Schluck zu sich zu nehmen. Die Bedienung hockte an der Kasse und las in einem Taschenbuch. Doch sie blickte gleich auf, als er eintrat. Hübscher Busen, entschied Ben ganz objektiv.

Am hinteren Ende des Tresens, bei der Mikrowelle und den Kochplatten, goss er sich eine große Tasse Kaffee ein, nahm dann den Wasserkessel und füllte eine Tasse mit heißem Wasser für Ed, der immer ein paar Teebeutel dabeihatte.

Lange Zeit war Ben der festen Überzeugung gewesen, sein Partner habe einen großen Fehler begangen, als er diese Ruine von einem Haus gekauft hatte. Aber als er dann mitbekommen hatte, wie es Stück für Stück zusammengeflickt, renoviert und verschönt wurde, hatte das bei ihm einiges Nachdenken ausgelöst. Vielleicht sollten sich Tess und er auch langsam nach eigenen vier Wänden umsehen. Natürlich nicht so eine Bruchbude wie die, die Ed sein Eigen nannte und in der es von Löchern im Dach und Ratten unter dem Boden nur so wimmelte, sondern etwa Solides mit einem richtigen Garten, in dem man sommers draußen grillen oder Steaks auf Holzkohle braten konnte. Ein richtiges Heim, in dem man Kinder aufziehen konnte … Er ermahnte sich, sich von seinen Gedanken nicht davontragen zu lassen. Musste wohl an der Ehe liegen, dass man plötzlich ebenso oft wie an den nächsten Tag ans kommende Jahr dachte.

Ben lief mit seinem Kaffee zur Kasse. Plötzlich stieß ihn jemand von hinten an, und die braune Flüssigkeit ergoss sich über sein Hemd.

»Verdammt noch mal!« rief er, verstummte aber augenblicklich, als er das Messer in der zitternden Hand des siebzehnjährigen Jungen erkannte.

»Das Geld.« Der Dieb richtete das Messer auf Ben, sprach aber zu der Bedienung. »Den Kasseninhalt. Und ein bisschen dalli.«

»Großartig«, murmelte der Polizist und warf einen Blick

auf die Frau hinter dem Tresen, die ziemlich blass geworden war und wie erstarrt dastand. »Hör mal, Junge, aus solchen Registrierkassen ist nie viel zu holen. Sie bewahren dort selten größere Summen auf.«

»Das Geld, los! Ich habe gesagt, Sie sollen mir die verdammte Kohle geben!« Die Stimme des jungen Mannes klang brüchig und schrill. Speicheltropfen flogen aus seinem Mund. Sie waren rötlich gefärbt, weil er sich die Unterlippe aufgebissen hatte. Er brauchte einen Schuss, und zwar verdammt dringend. »Setzen Sie endlich Ihren Arsch in Bewegung, blöde Kuh, sonst ritze ich Ihnen meine Initialen in die Stirn.«

Die Bedienung starrte auf das Messer, zog dann die Lade aus der Kasse und kippte sie auf dem Tresen aus. Kleingeld fiel klirrend zu Boden.

»Ihre Brieftasche!« verlangte er von Ben, während er anfing, sich Münzen und Scheine in die Taschen zu stopfen. Ganz klar, der junge Mann beging heute seinen ersten Überfall. Vermutlich hatte er sich nie vorgestellt, dass es so einfach sein könnte. Aber das Herz schlug ihm dennoch bis zum Hals, und die dunklen Flecke unter seinen Achselhöhlen wurden stetig größer. »Langsam aus der Jacke ziehen und dann vorsichtig auf die Theke legen.«

»Okay, nur die Ruhe.« Ben überlegte, ob er statt der Brieftasche die Dienstwaffe zücken sollte. Der Junge schwitzte wie ein Schwein, und in seinen Augen stand mehr Angst zu lesen als bei der Frau hinter dem Tresen. So zog Ben mit zwei Fingern seine Brieftasche heraus. Er hielt sie hoch und verfolgte, wie der Dieb darauf starrte. Dann ließ er sie kurz vor dem Thekenrand fallen. In dem Moment, in dem der Junge ihr hinterherblickte, wurde Ben aktiv.

Er schlug dem Dieb das Messer aus der Hand. Das Heft war vor Schweiß ganz glitschig geworden. In diesem Augenblick fing die Bedienung an, aus Leibeskräften zu brüllen. Ein Schrei folgte dem nächsten, während sie wieder wie angewurzelt dastand. Der Junge wehrte sich wie ein verwundeter Bär. Ben schlang von hinten seine Arme um den Bauch des Diebs, verlor aber dabei das Gleichgewicht; gemeinsam krachten sie gegen die Auslage. Die Scheibe zersplitterte; Tortenstücke, Snacks und Gebäck bedeckten Tresen und Tische. Der Junge fluchte, schrie und wand sich wie ein Fisch, um wieder in den Besitz des Messers zu gelangen. Bens Ellenbogen knallte gegen die Kühltruhe, und Sterne tanzten vor seinen Augen. Unter ihm lag der schmächtige Dieb, der jetzt nicht mehr nur an der Brust und an den Achselhöhlen nass war, sondern auch an Bauch und Beinen, weil seine Blase dem Druck nicht mehr standgehalten hatte. Der Polizist tat das Erste, das ihm einfiel: Er setzte sich auf den Jungen.

»Du bist verhaftet, Freundchen.« Er zog seine Polizeimarke und hielt sie dem Dieb vors Gesicht. »Und in dem Zustand, in dem du dich befindest, hätte dir nichts Besseres passieren können.« Der Junge weinte hemmungslos, als Ben ihm die Handschellen anlegte. Atemlos und von dem Geschrei genervt, wandte Ben sich an die Bedienung: »Wollen Sie nun endlich die Polizei rufen, meine Liebe?«

Ed kam mit einer großen Tüte voller Zargen, Messingtürgriffe und Keramikhaken aus dem Baumarkt. Letztere waren ein echtes Schnäppchen gewesen, passten sie doch im Ton hervorragend zu den Kacheln, die er für das obere Badezimmer, seinem nächsten Projekt, ausgesucht hatte.

Da er das Auto leer vorfand, ließ er den Blick über die Straße wandern und entdeckte schließlich den Streifenwagen. Seufzend stellte er die Tüte auf dem Rücksitz ab und machte sich auf den Weg zu seinem Partner. Ed betrachtete anzüglich Bens nasses und verfärbtes Hemd und warf dann einen Blick auf den zitternden und schluchzenden Jungen, der hinten im Streifenwagen hockte.

»Wie ich sehe, hast du doch einen Kaffee bekommen.«

»Ja, und auch noch auf Kosten des Hauses, du Mistkerl.« Ben nickte kurz in Richtung des uniformierten Beamten, schob dann die Hände in die Hosentaschen und machte sich auf den Weg zurück zum Auto. »Wegen dir muss ich jetzt einen verdammten Bericht schreiben. Und sieh sich nur mal mein Hemd an.« Er zog es von seiner Brusthaut, an der es kalt und klebrig klebte. »Was, zum Himmeldonnerwetter, soll ich nur gegen diese Flecken unternehmen?«

»Das Hemd einweichen und dann waschen.«

Kurz vor achtzehn Uhr kehrte Ed endlich heim. Er hatte viel zu lange auf der Wache herumgehangen, an seinem Schreibtisch getrödelt und sich ständig neue Beschäftigungen einfallen lassen. Der Grund dafür war einfach: Ed war sehr nervös. Er hatte nichts gegen Frauen, ganz im Gegenteil, er verstand sie bloß nicht. Der Beruf setzte seinem gesellschaftlichen Leben enge Grenzen, und wenn er sich mit einer Frau verabredete, dann möglichst mit einer, die nicht zu kapriziös war und auch nicht allzu viel auf dem Kasten hatte. So wie sein Partner war er nie rangegangen, der an jedem Finger zehn Bräute gehabt und sich wie ein Jongleur mal mit dieser und mal mit jener verabredet hatte. Noch viel weniger konnte Ed begreifen, warum Ben sich mit einem Mal um hundertachtzig Grad gedreht und sich einer Frau total unterworfen hatte.

Ed bevorzugte Frauen, die ihm nicht ständig um eine Nasenlänge voraus waren oder bei ihm zu viele Knöpfe auf einmal drückten. Selbstverständlich liebte er lange und tiefgehende Gespräche, aber bislang war er noch nie mit einer Frau zusammen gewesen, die ihm so etwas geboten hatte. Andererseits machte er sich auch nie die Mühe, die Gründe dafür zu analysieren.

Er bewunderte G.B. McCabes Verstand. Dummerweise hatte er keine Ahnung, auf welcher Ebene er ihr privat begegnen sollte. Ed war es einfach nicht gewohnt, dass eine Frau den ersten Schritt machte, sich mit ihm verabredete und darüber hinaus auch noch Ort und Zeit des ersten Ausgehens bestimmte. Er hatte bislang immer die Vorarbeit geleistet und die Initiative übernommen. Doch Ed wäre entsetzt und zutiefst beleidigt gewesen, hätte jemand ihn deswegen einen Chauvi genannt.

Seit Jahren schon unterstützte er aus ehrlicher Überzeugung die Frauenbewegung, aber das war eben Politik und damit etwas ganz anderes. Er hätte auch nicht einmal eine Braue gehoben, wenn statt Ben ein weiblicher Partner mit ihm Dienst getan hätte. Aber das war der Job und damit etwas ganz anderes.

Seine Mutter hatte, solange er zurückdenken konnte, gearbeitet, um ihre beiden Söhne und eine Tochter großziehen zu können. Seinen Vater hatte Ed nie kennengelernt, und als ältestes Kind hatte er schon in frühen Jahren den Mann im Haus ersetzen müssen. So war es für ihn eine Selbstverständlichkeit, wenn Frauen einen Job hatten, genauso wie er es gewohnt war, die Haushaltskasse zu verwalten und allein alle wichtigen Entscheidungen zu treffen.

Ganz am Rande seines Bewusstseins hielt sich allerdings hartnäckig die Vorstellung, dass die Frau, die er einmal heiraten würde, nicht dazu gezwungen sein musste, sich einen Job zu suchen. Er würde sich um sie kümmern, so wie sein Vater es bei seiner Mutter nie getan hatte – so wie er sich immer um sie hatte kümmern wollen.

An dem Tag, an dem sein Haus renoviert, die Wände frisch gestrichen und der Garten in Ordnung gebracht waren, würde er die Richtige finden und sie heimführen. Und sich um sie kümmern.

Während er sich umzog, warf er immer wieder einen Blick auf das Nachbarhaus. Grace hatte die Vorhänge nicht zugezogen und das Licht angemacht. Während er sich noch überlegte, wie er sie später möglichst höflich darauf hinweisen konnte, mehr auf ihre Privatsphäre zu achten, erblickte er die junge Frau. Sie stürmte in das Zimmer. Auch wenn er nur ihren Oberkörper erkennen konnte, war er sich sicher, dass sie gerade gegen etwas trat. Und danach marschierte sie energisch in dem Raum auf und ab.

Was sollte sie nur tun? Grace fuhr sich mit beiden Händen durchs Haar, als könnte sie die Antwort aus ihrem Kopf ziehen. Ihre Schwester steckte in Schwierigkeiten, und zwar in größeren, als sie bislang angenommen hatte. Und Grace wusste nicht, was sie dagegen unternehmen konnte.

Du hättest nicht die Beherrschung verlieren dürfen, tadelte sie sich. Kathleen anzuschreien, war so ziemlich das Gleiche, wie ›Krieg und Frieden‹ im Dunkeln zu lesen. Man bekam davon nur Kopfschmerzen, erzielte aber keinen

Erfolg. Aber sie musste etwas unternehmen. Grace warf sich aufs Bett, zog die Knie an und legte die Stirn darauf. Wie lange mochte das schon gehen, fragte sie sich. Seit der Scheidung? Da sie von Kathleen keine Antworten bekommen hatte, gelangte sie zu der Schlussfolgerung, dass wieder mal Jonathan an allem schuld war.

Aber was sollte sie nur tun? Kathleen war jetzt stinkwütend und würde bestimmt nicht auf sie hören. Grace kannte sich mit Drogen aus. Viel zu oft hatte sie schon mitbekommen, was Suchtmittel aus Menschen machen konnten. Sie hatte einigen, die davon loskommen wollten, auf ihrem schweren Weg geholfen; zu anderen, die sich kopfüber in die Selbstzerstörung stürzten, war sie auf Distanz gegangen. Einmal hatte sie sogar wegen Drogen eine Beziehung abgebrochen und den Mann radikal aus ihrem Leben entfernt.

Doch hier ging es um ihre Schwester. Sie presste die Finger an die Augen und versuchte nachzudenken.

Valium. Drei Flaschen, von verschiedenen Ärzten verschrieben. Und woher sollte sie wissen, ob ihre Schwester nicht auch noch in der Schule oder im Wagen oder Gott weiß wo Vorräte angelegt hatte?

Sie hatte nicht herumgeschnüffelt, wie Kathleen es ihr gleich vorgeworfen hatte. Grace hatte nur nach einem Bleistift gesucht und sich gesagt, dass ihre Schwester bestimmt einen im Nachtschränkchen neben dem Bett aufbewahren würde. Dort war sie tatsächlich auf Stifte gestoßen, aber auch auf die Valiumflaschen.

»Du hast ja keine Ahnung, was nervliche Belastung bedeutet«, hatte Kathleen ihr vorgehalten. »Du weißt ja nicht einmal, was wirkliche Probleme sind. Alles, was dir je untergekommen ist, hat sich auf wunderbare Weise in das verwandelt, wie du es sehen und haben wolltest. Ich aber habe meinen Mann verloren. Und meinen Sohn. Wie kannst du es da wagen, mir vorschreiben zu wollen, was ich gegen meine ständigen Kopfschmerzen unternehmen soll?«

Grace hatte nicht die richtigen Worte gefunden, denn in ihr hatten nur Zorn und Vorwürfe getobt. Nun stell dich dem endlich, verdammt noch mal. Versuch wenigstens einmal in deinem Leben, einer Sache objektiv entgegenzutreten. Warum hatte sie ihrer Schwester nicht sagen können: Ich möchte dir helfen. Ich bin für dich da. Das hatte sie ihr nämlich eigentlich erklären wollen. Aber dafür war es jetzt zu spät. Wenn sie jetzt nach unten ginge, würde sie nur eine Reaktion erzielen, gleichgültig ob sie schimpfte, flehte oder schrie: Sie würde wie gegen eine Wand reden. Grace hatte diese Wand schon früher bei Kathleen erlebt: an dem Tag, an dem sie mit einem langjährigen Freund Schluss gemacht hatte; an dem Morgen, als Grace die Hauptrolle in der Theateraufführung der Klasse erhalten hatte.

Familie. Man wandte sich nicht ab, wenn es um die Familie ging. Nach einem langen Seufzer lief Grace die Treppe hinunter.

Kathleen befand sich in ihrem Arbeitszimmer. Die Tür war zu. Grace nahm sich fest vor, nicht noch einmal aus der Haut zu fahren, und klopfte an: »Kath?« Sie erhielt keine Antwort, stellte aber fest, dass die Tür nicht abgesperrt war. Sie stieß sie langsam auf. »Kath, es tut mir leid.«

Ihre Schwester las erst den Test eines Zehntklässlers zu Ende, bevor sie aufblickte. »Du musst dich nicht entschuldigen.«

»Okay.« Sie hat sich wieder beruhigt, dachte Grace, wusste aber nicht, ob dafür die Tabletten verantwortlich waren. »Hör zu, ich habe mir überlegt, ich laufe rasch nach nebenan und teile Ed mit, dass wir uns besser für einen anderen Abend verabreden. Und dann können wir beide uns in aller Ruhe unterhalten.«

»Es gibt zwischen uns nichts mehr zu bereden.« Kathleen legte die durchgesehene Arbeit auf einen Stapel und nahm sich eine neue vor. Sie war viel zu ruhig. Das konnte nur das Valium bewirkt haben. »Außerdem habe ich heute wieder Telefondienst. Geh du ruhig aus und mach dir einen schönen Abend.«

»Kathy, ich mache mir Sorgen um dich. Du bist doch meine Schwester, und ich liebe dich.«

»Ich liebe dich auch.« Das war von Kathleen durchaus ernst gemeint, und sie wünschte, es wäre ihr möglich, diese Liebe deutlicher zu zeigen. »Du brauchst dir um mich wirklich keine Sorgen zu machen. Ich weiß genau, was ich tue.«

»Sieht doch ein Blinder, wie sehr du unter Stress stehst. Ich möchte dir so gern helfen.«

»Das ist wirklich nett von dir.« Kathleen strich eine falsche Antwort rot an und fragte sich, woran es wohl liegen mochte, dass ihre Schüler einfach nicht mehr Aufmerksamkeit aufbrachten. Überhaupt schien Aufmerksamkeit heutzutage aus der Mode gekommen zu sein. »Ich komme schon zurecht. Vorhin habe ich dir gesagt, wie froh ich bin, dass du zu mir gekommen bist. Das habe ich wirklich so gemeint. Und ich kann nur hoffen, dass du möglichst lange bleibst – solange du dich nicht in alle möglichen Dinge einmischst.«

»Ach, Liebes, mit einer Valiumabhängigkeit ist nicht zu spaßen. Ich möchte nicht, dass dir etwas zustößt.«

»Ich bin nicht abhängig.« Kathleen schrieb eine Vier minus unter den Test. »Sobald ich meinen Kevin zurückhabe, ist mein Leben wieder in Ordnung, und dann brauche ich die Tabletten nicht mehr.« Sie lächelte zuversichtlich und nahm sich die nächste Arbeit vor. »Hör endlich auf, dir Sorgen zu machen, Gracie. Ich bin kein kleines Mädchen mehr.« Das Servicetelefon klingelte, und sie verließ den Schreibtisch und setzte sich dort auf den Stuhl. »Ja?« Kathleen nahm einen Bleistift in die Hand. »Ja, ich nehme ihn. Geben Sie mir bitte die Nummer.« Sie notierte sich die Rufwahl und legte dann auf. »Gute Nacht, Liebes. Ich lasse das Verandalicht für dich an.«

Grace zog sich zurück, weil ihre Schwester bereits die Nummer auf dem Block anwählte. In der Diele nahm sie den Mantel vom Haken, wo Kathleen ihn aufgehängt hatte, und lief nach draußen.

Die kalte Aprilabendluft rief ihr Florida ins Gedächtnis zurück. Sie könnte Kathie immer noch zu dem Trip überreden. Es musste ja nicht unbedingt Florida sein. Auch die Karibik oder Mexiko kämen infrage. Im Grunde jeder Ort, an dem es jetzt schön warm war und man herrlich ausspannen konnte. Und wenn sie ihre Schwester erst einmal aus dem Haus hatte, konnte sie sicher auch mit ihr reden. Falls das dann immer noch mit Schwierigkeiten verbunden sein sollte, würde sie sich an die drei Ärzte wenden, die Kathleen das Valium verschrieben hatten. Grace hatte sich ihre Namen eingeprägt, die auf den Flaschenetiketten vermerkt waren.

Sie mühte sich immer noch in ihren Mantel, als sie schon vor Eds Tür stand und anklopfte.

»Ich weiß, ich bin zu früh dran«, sprudelte es aus ihr heraus, kaum dass er die Tür öffnete, »und ich hoffe, es macht Ihnen nichts aus. Ich dachte, wir könnten vorher noch einen Drink zu uns nehmen. Darf ich eintreten?«

»Aber natürlich.« Er machte ihr Platz und begriff instinktiv, dass sie, bis auf die letzte Frage, keine Antwort erwartete. »Ist mit Ihnen alles in Ordnung?«

»Sieht man mir das so deutlich an?« Sie lachte etwas zu schrill und fuhr sich durchs Haar. »Ich hatte nur einen Streit mit meiner Schwester. Nichts Dramatisches. Wir konnten noch nie länger als eine Woche zusammen sein, ohne dass es zu einigen Meinungsverschiedenheiten gekommen ist. Für gewöhnlich liegt es an mir.«

»Zu einem richtigen Streit gehören immer zwei.«

»Nicht wenn man mit mir unter einem Dach wohnt.« Wie gern hätte sie jetzt gern alles herausgelassen, was sich in ihr aufgestaut hatte. Ed hatte so liebe, verständnisvolle Augen. Aber der Krach von vorhin ging nur sie und Kathleen etwas an. Um sich abzulenken, sah sie sich gleich im Haus um. »Das ist ja ganz wunderbar hier.«

Grace' Blick fiel nicht auf die zerfetzten Tapeten, die Stapel von zugeschnittenen Bauhölzern und den herabrieselnden Verputz, sondern auf die hohe Decke und den schönen alten Dielenboden.

»Ich bin noch nicht bis zu diesem Raum vorgedrungen.« In seiner Fantasie wusste er jedoch genau, wie dieses Zimmer einmal aussehen würde. »Die Küche stand ganz oben auf meiner Liste.«

»Das würde ich genauso halten.« Sie lächelte und streckte eine Hand aus. »Was ist, wollen Sie mich nicht herumführen?«

»Aber gern, wenn Sie das möchten.« Normalerweise hatte er, wenn er die Hand einer Frau nahm, immer das Gefühl, sie würde von seiner mächtigen Pranke verschluckt. Doch hier war das anders. Grace' Rechte war zwar klein und schmal, aber sie erwiderte seinen Druck. Als sie am Treppenhaus vorbeikamen, blieb die junge Frau kurz stehen.

»Wenn Sie dieses Holz einmal abgeschliffen und gebeizt haben, sieht das bestimmt großartig aus. Ich liebe diese alten Häuser mit all den verschachtelten Zimmern. Komisch, nicht wahr, mein Apartment in New York besteht praktisch nur aus einem großen Raum, und ich fühle mich dort auch sehr wohl, nur … Oh, Mann, das ist ja einmalig!«

Ed hatte in der Küche alles Schadhafte herausgerissen, die Tapeten abgekratzt, die alte Farbe entfernt und alles viel schöner wieder hergerichtet. Zwei Monate Arbeit steckten in diesem Raum. Was Grace anging, so war jede Minute, die er in dieser Küche gewerkelt hatte, die Mühe wert. Die Anrichten prangten in Dunkelrosa, einer Farbe, die sie bei einem Mann nie erwartet hätte. Im Kontrast dazu hatte er die Schränke dunkelgrün gestrichen und weiß abgesetzt. Die Einrichtung war im Stil der Vierzigerjahre gehalten. Ein Steinherd mit Backofen war das Prunkstück dieses Raums, und er hatte ihn liebevoll restauriert. Sie vermutete, dass einst Linoleum den Boden bedeckt hatte, doch den hatte er zugunsten des Eichendielenbodens entfernt.

»Neunzehnhundertfünfundvierzig. Der Krieg ist vorbei, und in Amerika beginnt ein goldenes Zeitalter. Gefällt mir ausgezeichnet. Wo haben Sie denn den alten Herd aufgetrieben?«

Ed fiel auf, wie sehr Grace in diese Umgebung passte –

mit ihrem lose herabhängenden Haar und dem Mantel mit den gepolsterten Schultern. »Nun ja, oben in Georgetown gibt es einen Antiquitätenladen. Hat 'ne Stange Geld gekostet, all die Ersatzteile zusammenzubekommen.« »Es sieht wunderschön aus, einfach unbeschreiblich.« Sie lehnte sich an die Anrichte und sagte sich, dass sie hier Ruhe und Entspannung finden konnte. Der Ausguss war aus weißem Porzellan und erinnerte sie an zuhause und an harmonischere Zeiten. Auf dem Fensterbrett standen kleine Steinguttöpfe, aus denen bereits die ersten grünen Spitzen sprossen. »Was haben Sie denn da angepflanzt?«

»Och, nur ein paar Kräuter.«

»Kräuter? Wie Rosmarin oder so?«

»Eher oder so. Sobald ich die Zeit dazu finde, will ich draußen meinen eigenen Kräutergarten anlegen.«

Grace schaute aus dem Fenster und sah die Stelle, an der er gestern Holz gesägt hatte. Die Vorstellung, dort bald einen kleinen Kräutergarten erblicken zu dürfen, löste einen eigentümlichen Zauber in ihr aus, auch wenn sie Thymian nicht von Oregano unterscheiden konnte. Kräuter im Fenster und Kerzen auf dem Tisch. Eds Haus würde sehr angenehm und heimelig werden – nicht so gestelzt und verkrampft wie das Haus nebenan. Sie schüttelte die unangenehme Erinnerung mit einem leisen Seufzer von sich ab.

»Sie scheinen ja über viele Talente zu verfügen, Ed.«

»Wie meinen Sie das?«

Grace lachte ihn an. »Ich entdecke hier nirgends eine Geschirrspülmaschine.« Sie streckte wieder ihre Hand aus. »Kommen Sie, ich spendiere Ihnen einen Drink.«

Kathleen saß mit geschlossenen Augen am Telefon und hatte den Hörer zwischen Schulter und Ohr eingeklemmt. Dieser Kunde schien das Reden ganz allein übernehmen zu wollen. Von ihr wurde nur verlangt, angesichts seiner Beschreibungen hin und wieder zu gurren oder lustvoll zu stöhnen. So lasse ich mir die Arbeit gefallen, dachte sie und wischte sich eine Träne von den Wimpern.

Sie durfte sich nicht so viel von Grace gefallen lassen. Schließlich wusste sie sehr genau, was sie tat. Und wenn sie wirklich einmal ein wenig Hilfe brauchen würde, um die Anspannung zu lindern, waren ihr die Ratschläge ihrer Schwester willkommen, aber nur dann.

»Nein, hört sich geil an. O nein, ich will nicht, dass du aufhörst.«

Kathleen unterdrückte ein frustriertes Seufzen und wünschte, sie hätte nicht vergessen, vor der Arbeit Kaffee aufzusetzen. Grace hatte sie ganz durcheinandergebracht. Sie warf einen Blick auf die Armbanduhr. Der Kunde hatte noch zwei Minuten. Manchmal konnten sich hundertzwanzig Sekunden unfassbar lange hinziehen.

Sie blickte einmal auf, weil sie glaubte, ein Geräusch gehört zu haben, und wandte ihre Aufmerksamkeit dann gleich wieder dem Mann am anderen Ende zu. Vielleicht sollte sie sich wirklich von ihrer Schwester zu einem Trip nach Florida überreden lassen. Würde ihr bestimmt guttun, mal von zu Hause fortzukommen und etwas Sonne zu tanken. Und ein paar Tage lang nicht mehr grübeln zu müssen. Das Schlimme war nur, dass sie, sobald Grace in der Nähe war, automatisch an ihre Fehler und ihr Scheitern dachte. So war es schon immer gewesen, und Kathleen musste sich wohl darein fügen, dass es auch immer so bleiben würde.

Trotzdem hätte sie nicht so barsch zu ihrer Schwester sein dürfen, tadelte sie sich, während sie sich die Schläfen rieb. Aber daran ließ sich nun nichts mehr ändern, und außerdem hatte sie sich um ihre Kunden zu kümmern.

Jeralds Herz klopfte wie ein Presslufthammer. Er hörte Desiree seufzen, murmeln und stöhnen. Als sie wieder ihr rauchiges Lachen ausstieß, lief ihm ein Schauer über den Rücken. Seine Hände waren kalt wie Eis. Er fragte sich, wie es wohl sein würde, sich an ihrer Haut zu wärmen.

Wie würde sie sich freuen, ihn zu sehen. Er schlich näher heran und biss sich in den Handrücken; schließlich wollte er sie mit seinem Besuch überraschen. Es hatte ihn zwei Stunden und drei Linien Koks gekostet, bis er endlich genug Mut gefasst hatte, zu ihr zu gehen.

Letzte Nacht hatte er von ihr geträumt. Darin hatte sie ihn gebeten, ja geradezu angefleht, zu ihr zu kommen. Desiree wollte seine erste Frau sein.

Dunkelheit herrschte in der Diele, aber er sah das Licht, das unter der Tür ihres Arbeitszimmers herausdrang. Und er hörte von dort ihre Stimme. Oh, wie sie lockte, wie sie reizte.

Jerald musste stehen bleiben und sich mit einer Hand an der Wand festhalten. Der Sex mit Desiree würde wilder und heftiger sein als jede Droge, die er geschnupft oder eingeworfen hatte. Mit ihr zu schlafen, war die absolute Spitze, der ultimative Höhepunkt. Und wenn sie fertig waren, würde sie ihm sagen, dass er der Größte sei.

Sie hatte aufgehört zu reden. Er hörte, wie sie in dem Zimmer herumlief. Sicher wollte sie sich für ihn bereit machen. Langsam, weil ihm vor Erregung die Sinne zu schwinden drohten, schob er die Tür auf.

Und da war sie.

Er schüttelte den Kopf. Sie sah so ganz anders aus als die Frau in seinen Träumen. Desiree hatte schwarzes und nicht blondes Haar. Und sie trug auch keine schwarze oder weiße Reizwäsche, sondern einen ganz gewöhnlichen Rock und eine einfache Bluse. In seiner Verwirrung blieb Jerald in der Tür stehen und konnte sie nur anstarren.

Als ein Schatten auf ihren Schreibtisch fiel, blickte Kathleen auf und erwartete schon, Grace zu sehen. Als sie den Besucher erblickte, bekam sie nicht gleich einen Schrecken. Der junge Mann, der sie so unentwegt anstarrte, war vermutlich einer ihrer Schüler. Sie straffte ihre Gestalt und verwandelte sich von einem Moment auf den anderen in die Lehrerin zurück.

»Wie sind Sie hier hereingekommen? Wer sind Sie?«

Nicht seine Miene beunruhigte sie, sondern seine Stimme, die sie dann hörte. Alles andere um sie herum verschwamm, und sie nahm nur noch seine Worte wahr. Er trat lächelnd auf sie zu. »Du brauchst nicht überrascht zu tun, Desiree. Ich habe dir doch versprochen, dass ich kommen würde.«

Als er in den Lichtschein trat, bekam sie es mit der Angst zu tun. Man musste nicht Psychologie studiert zu haben, um einen Wahnsinnigen zu erkennen. »Ich weiß nicht, wovon Sie reden.« Der junge Mann hatte sie Desiree genannt, aber das war doch unmöglich. Niemand konnte wissen, wer sich hinter diesem Namen verbarg. Sie suchte auf dem Schreibtisch nach einer Waffe und versuchte gleichzeitig, die Entfernung zur Tür abzuschätzen. »Wenn Sie nicht auf der Stelle verschwinden, rufe ich die Polizei.«

Er lächelte immer noch. »Woche um Woche habe ich deiner Stimme gelauscht. Und, endlich, letzte Nacht hast du mich aufgefordert, zu dir zu kommen. Hier bin ich nun, bereit für dich.«

»Sie müssen verrückt sein. Ich habe noch nie mit Ihnen gesprochen.« Kathleen zwang sich zur Ruhe. »Sie haben sich geirrt, und jetzt bitte ich Sie zu gehen.«

Da war sie, Desirees Stimme. Er hätte sie unter Tausenden, unter Millionen wiedererkannt. »Jede Nacht habe ich dir zugehört. Jede Nacht.« Sein Glied war so steif, dass es schon wehtat, und sein Mund war wie ausgedörrt. Jerald hatte vorhin wohl nicht richtig hingesehen, denn sie war wirklich blond und begehrenswert schön. Vermutlich war eben das Licht falsch auf sie gefallen, oder er hatte sich von ihrem Zauber verwirren lassen. »Desiree«, flüsterte er, »ich liebe dich.« Ohne den Blick von ihr zu wenden, öffnete er seinen Gürtel. Kathleen bekam ihren Briefbeschwerer zu fassen, riss ihn hoch und sprang zur Tür. Der Schlag streifte seinen Kopf nur.

»Du hast es mir versprochen.« Sie befand sich in seiner Gewalt. Dünne, drahtige Arme legten sich wie Stahlklammern um ihre Hüfte. Sein Atem ging stoßweise, während er seine Wange an die ihre presste. »Du hast mir versprochen, mit mir die Dinge anzustellen, über die du am Telefon immer sprichst. Und ich will sie alle. Deine Stimme reicht mir jetzt nicht mehr, Desiree, ich verlange mehr von dir.«

Ein Albtraum, dachte Kathleen. Desiree war doch nur eine Erfindung. Ein Schutz für sie und ein Traum für die Kunden. Aber Träume fügten einem normalerweise keine Gewalt zu. Noch während sie sich wehrte, hörte sie, wie ihre Bluse aufgerissen wurde. Seine Hände waren überall, und sie konnte ihn nicht abwehren, sosehr sie auch um sich schlug und trat. Als sie ihn in die Schulter biss, schrie er, zwang sie aber im gleichen Moment zu Boden und schob ihren Rock hoch.

»Du hast es versprochen. Du hast es versprochen«, sagte Jerald immerzu. Er fühlte jetzt ihre Haut. Sie war warm und weich, genauso wie er sich das vorgestellt hatte. Nun konnte ihn nichts mehr aufhalten.

Als sie spürte, wie er in sie eindrang, fing sie an zu schreien.

»Aufhören.« Die Leidenschaft explodierte in seinem Kopf, aber nicht ganz so, wie er sich das wünschte. Desirees schrille Schreie stachen in seine Gedanken und verdarben ihm die ganze Freude. Das durfte nicht sein. Er hatte so lange auf diesen Moment gewartet, viel zu lange. »Ich habe gesagt, du sollst aufhören!« Er stieß härter zu, um zum Höhepunkt all ihrer Versprechen zu gelangen. Aber Desiree hörte nicht auf zu brüllen. Sie zerkratzte ihn, doch der Schmerz steigerte nur sein Verlangen – und seinen Zorn. Sie hatte ihn belogen. So, wie es jetzt geschah, hatte Desiree es nie beschrieben. Sie war eine Lügnerin und eine Hure – und trotzdem begehrte er sie immer noch.

Kathleen bekam eine Hand frei, holte weit aus, stieß gegen den Telefontisch und warf ihn um. Der Apparat landete neben ihrem Kopf auf dem Boden.

Jerald nahm die Schnur, wickelte sie Desiree um den Hals und zog sie fest zusammen, bis das Schreien aufhörte.

»Ihr Partner ist also mit einer Psychiaterin verheiratet.« Grace kurbelte das Fenster herunter, bevor sie sich eine Zigarette anzündete. Das Dinner hatte ihr gutgetan. Nein, berichtigte sie sich, Ed hatte ihr gutgetan. Man konnte sich mit ihm wirklich über alles unterhalten, und er hatte eine so niedliche und lustige Art, die Dinge des Lebens zu betrachten.

»Sie haben sich bei einem Fall kennengelernt, an dem wir vor ein paar Monaten gearbeitet haben.« Ed hielt an der Kreuzung tatsächlich an. Immerhin war Grace nicht Ben. Grace ließ sich überhaupt mit niemandem auf der Welt vergleichen. »Die Geschichte interessiert Sie vielleicht, denn da ging es um einen Serienmörder.«

»Ehrlich?« Bislang war es ihr noch nie in den Sinn gekommen, ihre Faszination für Morde zu hinterfragen. »Dann hat die Psychologin wohl ein Profil des Täters erstellt, oder?«

»Ganz genau.«

»Und hat sie gute Arbeit geleistet?«

»Sie ist die Beste auf ihrem Gebiet.«

Grace nickte und musste an Kathleen denken. »Ich würde sie gern einmal kennenlernen. Vielleicht veranstalten wir bei uns eine Dinnerparty. Kathleen kommt einfach nicht genug unter Leute.«

»Sie machen sich ziemlich viele Gedanken um sie, nicht wahr?«

Grace seufzte leise, als sie um die Ecke bogen. »Tut mir leid. Ich wollte Ihnen bestimmt nicht den Abend verderben. Trotzdem befürchte ich, keine angenehme Unterhaltung gewesen zu sein.«

»Ich habe mich doch gar nicht beschwert.«

»Ja, aber nur, weil Sie ein so höflicher Mensch sind.« Er fuhr auf die Einfahrt, und sie beugte sich zu ihm und küsste ihn auf die Wange. »Warum kommen Sie nicht noch auf einen Kaffee herein? Ach so, habe ich ganz vergessen, Sie trinken ja nur Tee. Ich setze Ihnen einen Tee auf und mache alles wieder gut.«

Grace war schon aus dem Wagen, noch ehe er eine Chance hatte, auszusteigen und ihr die Tür zu öffnen. »Sie müssen doch überhaupt nichts wiedergutmachen.«

»Ich könnte noch etwas Gesellschaft vertragen. Kathy liegt bestimmt schon im Bett, und ich habe noch keine Lust zu schlafen.« Sie kramte in ihrer Handtasche nach dem Schlüssel. »Wir könnten zum Beispiel besprechen, wann Sie mich auf dem Revier herumführen. Verdammt, ich weiß doch, dass er hier irgendwo sein muss. Die Suche würde mir wirklich leichter fallen, wenn meine liebe Schwester das Verandalicht angemacht hätte. Ah, da ist er ja.« Grace sperrte die Haustür auf und ließ den Schlüssel dann achtlos in die Manteltasche fallen. »Warum setzen Sie sich nicht ins Wohnzimmer und schalten die Stereoanlage ein, während ich in der Küche Ihren Tee aufbrühe?«

Sie entledigte sich im Gehen ihres Mantels und ließ ihn gedankenlos auf einen Sessel fallen. Ed fing ihn rasch auf, als er zu Boden gleiten wollte, und legte ihn ordentlich zusammen. Das Stück roch nach ihr. Dann nannte er sich in Gedanken einen Narren und legte den Mantel rasch wieder auf den Sessel. Er trat ans Fenster und begutachtete die Vorhangschienen. Seit er ein eigenes Haus besaß, hatte er es sich zur Angewohnheit gemacht, sich in anderen Wohnungen umzusehen und Ideen zu holen. Während er mit einem Finger darüber fuhr, stellte er sich vor, wie sich das wohl an seinen Fenstern machen würde.

Ed hörte, wie Grace mehrmals den Namen ihrer Schwester rief. Anfangs klang es wie eine Frage, dann wie Entsetzen.

Er fand sie neben dem Körper Kathleens auf den Knien. Sie rüttelte ihre Schwester an den Schultern und schrie sie an. Als Ed Grace hochzog, wehrte sie sich wie eine Furie.

»Lassen Sie mich los. Verdammt noch mal, loslassen! Es ist Kathy!«

»Gehen Sie nach nebenan, Grace.«

»Nein, es ist meine Schwester. Lieber Gott, so lassen Sie mich doch los! Sie braucht mich.«

»Gehen Sie in ein anderes Zimmer.« Er hielt sie fest an den Schultern und schob sich zwischen sie und Kathleen. Dann schüttelte er sie durch. »Sie gehen jetzt sofort in einen anderen Raum. Ich kümmere mich um Ihre Schwester.«

»Aber ich muss ihr doch …«

»Bitte, hören Sie mir jetzt gut zu.« Er sah ihr direkt in die Augen. Aber er wusste nicht, wie er sie beruhigen sollte, und er entdeckte hier auch keine Decke, die er ihr hätte umlegen können. »Gehen Sie in ein anderes Zimmer. Und rufen Sie die Polizei an. Neun-eins-eins. Haben Sie das verstanden?«

»Ja.« Sie nickte und taumelte zur Tür. »Ja, natürlich. Neun-eins-eins.« Er sah ihr nach, wie sie ins Wohnzimmer lief, und wandte sich dann ihrer Schwester zu.

Mit Neun-eins-eins war Kathleen Breezewood nicht mehr zu helfen. Ed kniete sich neben die Tote und wurde übergangslos zum Detective.

4

Alles verlief wie in einer Szene aus ihren Romanen. Nach dem Mord kam die Polizei. Einige von ihnen würden übermüdet sein, andere nicht bereit, irgendeine Auskunft zu geben, und wieder andere würden zynische Sprüche klopfen. Kam ganz auf die Stimmung ihres Buches an. Manchmal auch auf die Persönlichkeit des Opfers. In jedem Fall aber auf ihre Fantasie.

Die Beamten erschienen in einer dunklen Gasse oder in einem Hobbyraum. Die Erschaffung der richtigen Atmosphäre war stets der Knackpunkt in der Beschreibung einer solchen Szene. In dem Buch, an dem Grace gerade schrieb, ging es um einen Mord in der Bibliothek des Außenministers. Es gefiel ihr, den Geheimdienst, die hohe Politik und Spionage in ihren Roman einfließen zu lassen. Und natürlich die Polizei.

In ihrem neuesten Werk ging es um Gift und darum, dass jemand aus dem falschen Glas getrunken hatte. Ein Mord wirkte um so interessanter, je verwickelter die Hintergründe waren. Grace war mit dem Plot, den sie entwickelt hatte, höchst zufrieden. Noch hatte sie sich nicht entschieden, wer der Mörder sein sollte. Diese Frage ließ sie auch für sich selbst möglichst bis zum Schluss offen. Sie ließ der Handlung ihren Lauf und war oft genug selbst überrascht, wer sich am Ende als Täter entpuppte.

Denn der Bösewicht beging immer einen gravierenden Fehler.

Grace saß auf dem Sofa, schwieg und starrte vor sich hin.

Aus irgendeinem Grund blieb sie immer wieder an ihrem letzten Gedanken hängen. Der Selbstschutzmechanismus in ihrem Kopf hatte die Hysterie in einen lähmenden Schock verwandelt. Ein gelungener Mord erzielte noch mehr Wirkung, wenn jemand wie betäubt oder in völliger Verwirrung zurückblieb. Eine geradezu narrensichere Methode, den Leser in den Bann zu ziehen. Grace hatte immer schon ein besonderes Talent dafür gehabt, große Gefühle auszumalen: Kummer und Schmerz, Zorn, Herzeleid. Sobald sie ihre Charaktere verstand, fühlte sie geradezu mit ihnen. Wenn dieser Moment gekommen war, konnte sie stunden-, mitunter tagelang an der Geschichte arbeiten, die Emotionen und Beweggründe ausfeilen, ja geradezu in ihnen aufgehen und sich an den lichten wie dunklen Seiten der menschlichen Natur begeistern. Und danach war sie durchaus in der Lage, diese Gefühle ebenso einfach wie den Computer auszuschalten und ihr eigenes Leben fortzusetzen.

Schließlich war es doch nicht mehr als eine Geschichte, und im letzten Kapitel würde die Gerechtigkeit obsiegen.

Sie registrierte, welchen Tätigkeiten die Männer nachgingen, die durch das Haus liefen: der Gerichtsmediziner, die Männer von der Spurensicherung, die Polizeifotografen.

In einem Roman hatte Grace einen Polizeifotografen als Protagonisten eingesetzt und mit geradezu perversem Vergnügen die blutigen Details des Todes ausgemalt. Sie kannte die Prozedur, die hier vor sich ging, weil sie sie selbst wieder und wieder dargestellt hatte, und mittlerweile konnte sie das ohne Schaudern zu Papier bringen. Die Farben und Gerüche eines Mordes waren ihr nicht mehr fremd, wenigstens ihrer Fantasie nicht. Sie glaubte, wenn sie jetzt nur fest genug die Augen schlösse, würde das alles hier verschwinden, und dann könnte sie alles nach ihren Vorstellungen neu arrangieren, die mitspielenden Personen in Charaktere verwandeln, die ihrer Kontrolle unterlagen, Charaktere, die in ihrem Kopf bereitstanden und die sie nach Belieben herausnehmen oder hinzufügen konnte.

Nur ihre Schwester nicht. Nicht Kathy.

Grace zog die Beine an und nahm sich vor, den Plot umzuschreiben. Sie würde die Geschichte umändern, den Mord auf einen späteren Zeitpunkt verschieben und die Figuren neu strukturieren. Grace wollte so lange an allem herumfeilen, bis die Sache nach ihren Vorstellungen verlief. Dazu musste sie sich nur fest genug konzentrieren. Sie schloss wieder die Augen, schlang die Arme fest um ihre Brust und rang darum, alles vergehen zu lassen.

»Sie hat es ihm nicht leichtgemacht«, murmelte Ben, während er dem Gerichtsmediziner bei der Untersuchung der Leiche zusah. »Ich wette, sie stellen fest, dass einiges von dem Blut dem Mörder gehört. Und vielleicht stoßen wir an der Telefonschnur auf Fingerabdrücke.«

»Wie lange ist sie schon tot?« Ed notierte sich alles in einem Büchlein, während er sich bemühte, nicht dauernd an Grace denken zu müssen. Er konnte es sich jetzt einfach nicht leisten, sie in seinem Kopf zu haben. Wenn er nur daran dachte, dass sie wie eine zerbrochene Puppe nebenan auf der Couch hockte, würde er irgendein Detail, womöglich etwas entscheidend Wichtiges, nicht mitbekommen oder übersehen.

Der Gerichtsmediziner klopfte sich an die Brust. Das Chili mit Zwiebeln, das er zum Abendbrot gegessen hatte, machte sich immer wieder bemerkbar. »Höchstens zwei Stunden«, antwortete er und warf einen Blick auf seine Uhr, »eher weniger. Ich würde meinen, zwischen einundzwanzig und dreiundzwanzig Uhr. Sobald ich sie auf dem Tisch habe, kann ich was Genaueres sagen.« Er gab zwei Männern ein Zeichen. Noch während er sich mühsam erhob, wurde Kathleen Breezewood schon in einen schwarzen Plastiksack gelegt. Die Männer gingen sehr gründlich vor, und ihr Tun hatte etwas Endgültiges an sich.

»Ja. Danke.« Ben zündete sich eine Zigarette an und studierte den Kreideumriß auf dem Teppich. »Hat den Anschein, als hätte er sie überrascht. Die Hintertür wurde aufgebrochen. War ein Kinderspiel. Überrascht mich nicht, dass sie davon nichts mitbekommen hat.«

»Ist eine ruhige Gegend hier«, murmelte Ed. »Die Leute hier schließen nachts nicht einmal ihre Wagen ab.«

»Ich weiß, trifft einen umso härter, wenn in der eigenen Nachbarschaft so etwas geschieht.« Ben wartete auf eine Antwort, erhielt aber keine. »Wir müssen mit ihrer Schwester reden.«

»Ja.« Ed schob das Notizbuch in die Tasche. »Können Sie noch ein paar Minuten warten, bevor Sie den Sack hier hinaustragen?« Er nickte dem Gerichtsmediziner zu und machte sich auf den Weg ins Wohnzimmer. Vorhin hatte er Grace nicht davor bewahren können, auf die Leiche zu stoßen. Sie musste jetzt nicht auch noch mitbekommen, wie ihre Schwester nach draußen befördert wurde.

Ed fand sie, wo er sie zurückgelassen hatte. Grace kauerte immer noch auf dem Sofa. Ihre Augen waren geschlossen, und er hoffte, sie habe endlich Schlaf gefunden. Doch dann starrte sie ihn an. Ihre Augen waren groß und trocken.

Er hatte schon oft genug Menschen gesehen, die unter Schock standen, um sofort zu erkennen, in welchem Zustand sie sich befand.

»Ich kann es einfach nicht verändern.« Ihre Stimme schwankte nicht, doch sie sprach so leise, dass er kaum etwas verstehen konnte. »Die ganze Zeit schon versuche ich, die Szene neu zu strukturieren: Ich bin früh zurückgekommen und nicht ausgegangen. Kath hat beschlossen, den heutigen Abend mit mir zu verbringen. Aber nichts will funktionieren.«

»Grace, kommen Sie bitte mit in die Küche. Wir trinken eine Tasse Tee und reden.«

Sie nahm die Hand, die er ihr reichte, erhob sich aber nicht. »Nichts klappt, weil es schon viel zu spät ist, um noch etwas ändern zu können.«

»Das tut mir leid, Grace. Warum kommen Sie jetzt nicht mit mir?«

»Sie haben Kathy doch noch nicht fortgeschafft, oder? Ich muss sie noch einmal sehen, bevor …«

»Aber nicht jetzt.«

»Ich muss warten, bis sie sie mitnehmen. Ist mir klar, dass ich nicht mit ihr gehen kann. Deshalb muss ich warten. Schließlich ist sie meine Schwester.« Sie verließ die Couch, begab sich aber nicht in die Küche, sondern stellte sich in die Diele, um dort zu warten.

»Lass sie besser in Ruhe«, riet Ben Ed, der ihr nachgehen wollte. »Sie braucht das jetzt.«

Ed stieß die Hände in die Hosentaschen. »Niemand braucht so etwas.«

Er hatte andere gesehen, die einem geliebten Menschen einen letzten Gruß mit auf den Weg geben wollten. Doch nach all diesen Szenen, nach so vielen Opfern, spürte er nichts mehr dabei. Aber hier und jetzt zwang er sich, wenigstens etwas zu empfinden, und sei es auch noch so wenig.

Grace stand mit zusammengepressten Händen da, als Kathleen an ihr vorbeigetragen wurde. Keine Tränen traten in ihre Augen. Sie suchte tief in sich nach einer Regung, fand aber keine. Dabei wollte sie nichts lieber, als Schmerz und Trauer zu empfinden, brauchte das jetzt unbedingt. Doch aller Kummer schien sich in irgendeinem abgelegenen Winkel verkrochen zu haben und sie leer zurückzulassen. Als Eds Hand sich auf ihre Schulter legte, fuhr sie nicht zusammen und bekam auch keine Gänsehaut. Sie atmete lediglich tief ein.

»Jetzt müssen Sie mir sicher Fragen stellen, oder?«

»Nur, wenn Sie dazu bereit sind.«

»Ja.« Grace räusperte sich. Ihre Stimme hätte fester klingen müssen. Schließlich war sie von beiden immer die Stärkere gewesen. »Ich mache uns sofort einen Tee.«

In der Küche stellte sie den Wasserkessel auf den Herd und beschäftigte sich dann damit, nach Tassen und Untertellern zu suchen. »Kath hat immer auf Ordnung gehalten. Ich muss jetzt nicht mehr tun, als mich daran zu erinnern, wo meine Mutter das Geschirr aufzubewahren pflegte, und …« Grace' Stimme erstarb. Ihre Mutter. Sie musste die Eltern anrufen.

Tut mir leid, Mom, tut mir wahnsinnig leid. Aber ich war nicht da und konnte nichts dagegen tun.

Nein, nicht jetzt, sagte sie sich, während sie umständlich Teebeutel in die Tassen legte. Sie wollte jetzt nicht an ihre Eltern denken. »Ich vermute, Sie nehmen keinen Zucker, oder?«

»Richtig.« Ed stand verlegen da und wünschte, Grace

würde sich endlich hinsetzen. Ihre Bewegungen waren relativ normal, aber im Gesicht war sie leichenblass. Seit er sie gefunden hatte, wie sie sich über ihre Schwester beugte, war die Farbe nicht in ihre Züge zurückgekehrt.

»Und Sie? Sie sind doch Detective Paris, Eds Partner, nicht wahr?«

»Nennen Sie mich Ben.« Er legte eine Hand auf einen Stuhlrücken und zog den Stuhl unter dem Tisch hervor. »Ich nehme zwei Löffel Zucker.« Ebenso wie Ed war auch ihm ihre Blässe aufgefallen, aber er erkannte auch ihre Entschlossenheit, diese Sache durchzustehen. Grace McCabe war weniger zerbrechlich als vielmehr spröde, dachte er, und sie erinnerte ihn an ein Stück Glas, das nur in zwei Teile, nicht aber in tausend Scherben zerbricht.

Als sie die Tassen auf den Tisch stellte, warf sie einen Blick auf die Hintertür. »Durch die ist er hereingekommen, nicht wahr?«

»Ja, sieht ganz so aus.« Ben zückte sein eigenes Notizbuch und legte es neben die Tasse. Grace hielt ihren Kummer zurück, und als Polizist konnte er nicht anders, als diesen Moment zu nutzen. »Tut mir leid, dass wir Ihnen das jetzt zumuten müssen.«

»Macht nichts.« Sie hob die Tasse an den Mund und trank einen kleinen Schluck. Die heiße Flüssigkeit füllte ihren Mund aus, aber sie schmeckte nach nichts. »Eigentlich kann ich Ihnen nicht viel berichten. Als ich das Haus verließ, saß Kathleen in ihrem Arbeitszimmer, weil sie noch etwas durchsehen wollte. Ich bin gegen achtzehn Uhr dreißig gegangen, und als ich zurückkehrte, dachte ich zuerst, meine Schwester sei bereits zu Bett gegangen. Sie hatte das Verandalicht nicht eingeschaltet.« Details, dachte sie, während sie gegen eine neue Hysteriewoge ankämpfte. Die Polizei benötigte ebenso wie ein guter Roman Details. »Ich bin gleich zur Küche gegangen, und auf dem Weg dorthin fiel mir auf, dass die Tür zu ihrem Arbeitszimmer offen stand und das Licht darin nicht gelöscht war. Ich bin dann hineingegangen.« Sie hob wieder die Tasse, versteckte sich dahinter und sperrte aus ihrem Bewusstsein all das aus, was danach geschehen war.

Da Ed bei ihr gewesen war, brauchte Ben sie nicht zu bedrängen. Ed wusste genauso gut wie sie, wie es dann weitergegangen war. Deswegen konnte Ben sich anderen Fragen widmen: »War Ihre Schwester mit jemandem liiert?«

»Nein.« Grace entspannte sich ein wenig. Sie würden über andere, über logische Dinge reden, und nicht über das Unfassbare, was sich jenseits der Tür zum Arbeitszimmer abgespielt hatte. »Kathleen hatte gerade eine ziemlich unschöne Scheidung hinter sich und war noch lange nicht darüber hinweg. Sie hat sich lieber in die Arbeit gestürzt und darauf verzichtet, neue Bekanntschaften zu schließen. Ihr ganzes Streben und Denken war einzig und allein darauf ausgerichtet, genug Geld zusammenzubekommen, um einen Prozess anzustrengen und das Sorgerecht für ihren Sohn zurückzuerhalten.«

Kevin. Du lieber Himmel, Kevin ... Grace nahm die Tasse in beide Hände und trank einen Schluck.

»Ihr Mann war Jonathan Breezewood III. aus Palm Springs. Vornehme Familie und alter Reichtum. Und ein richtiges Charakterschwein.« Ihr Blick wurde hart, als sie noch einmal zur Hintertür sah. »Vielleicht finden Sie ja bei den Ermittlungen heraus, dass er einen Flug an die Ostküste gebucht hat.«

»Haben Sie irgendwelche Gründe zu der Annahme, der Ex-Mann Ihrer Schwester habe ihr nach dem Leben getrachtet?«

Sie sah Ed an. »Nun ja, die beiden sind nicht gerade als gute Freunde auseinandergegangen. Er hatte sie jahrelang betrogen, bis sie schließlich einen Privatdetektiv auf ihn ansetzte und sich an einen Anwalt wandte. Möglicherweise ist er dahintergekommen. Breezewood gehört zu den Namen, die keine Flecke auf ihrer weißen Weste dulden.«

»Wissen Sie vielleicht, ob er Ihre Schwester jemals bedroht hat?« Ben trank von seinem Tee und warf sehnsüchtige Blicke auf die Kaffeemaschine.

»Nein, gesagt hat sie mir jedenfalls nichts davon, aber sie hatte große Angst vor ihm. Kathleen hat nicht um ihre Sohn gekämpft, weil sie Jonathans Jähzorn und den Einfluss seiner Familie fürchtete. Sie hat mir erzählt, dass er einmal wegen einer Unstimmigkeit über einen Rosenstrauch einen Gärtner krankenhausreif geprügelt habe.«

»Grace.« Ed legte eine Hand auf die ihre. »Ist Ihnen hier in der Gegend irgend jemand aufgefallen, der Ihnen nicht ganz geheuer war? Oder hat jemand an der Tür geklingelt und irgendetwas gewollt oder geliefert?«

»Nein ... Doch, da ist der Mann gekommen, der mir meine Kiste gebracht hatte, aber der war harmlos. Ich war etwa fünfzehn oder zwanzig Minuten mit ihm allein im Haus.«

»Wie lautet der Name seiner Firma?« fragte Ben. »Äh, weiß ich nicht mehr ...« Sie rieb sich mit Daumen und Zeigefinger den Nasenrücken. Sonst fielen ihr immer rasch alle möglichen Details ein, aber jetzt kam es ihr vor, als müsse sie eine dichte Nebelwand durchdringen, um auf etwas zu stoßen. »Moment, ›Fix & Flott‹, ja – und der Mann hieß, äh, Jimbo, ja, Jimbo. Sein Name stand über der Hemdtasche. Und nach dem Akzent zu urteilen, stammte er aus Oklahoma.«

»Ihre Schwester hat als Lehrerin gearbeitet, nicht wahr?«

»Stimmt.«

»Hatte Sie vielleicht Probleme mit einigen Kollegen?«

»Die meisten Lehrkräfte dort sind Nonnen. Und denen kann man einfach nicht widersprechen.«

»Ja … Und wie steht's mit den Schülern?«

»Kathleen hat mir überhaupt nichts darüber erzählt. Wenn ich ehrlich sein soll, hat sie eigentlich noch nie über ihre Arbeit gesprochen.« Der Gedanke allein reichte aus, um ihren Magen wieder in Aufruhr zu bringen. »In der Nacht, in der ich hier angekommen bin, haben wir uns unterhalten und ein paar Gläser Wein getrunken. Da wa sie etwas lockerer und hat von Jonathan erzählt. Aber das war eine Ausnahme. Danach war sie in puncto Privatleben wieder so verschlossen wie eh und je. Genauso wenig wie Kathleen Freunde gewinnen konnte, jedenfalls gute Freunde, hat sie sich Feinde gemacht. Während der letzten Jahre war sie nur für ihre Familie da und ist völlig darin aufgegangen. Und da meine Schwester noch nicht lange wieder in Washington lebte, hat sie hier auch noch keinen richtigen Anschluss finden können – und ganz bestimmt niemanden kennengelernt, der ihr so etwas antun würde. Deswegen kann nur Jonathan oder ein Fremder sie umgebracht haben.«

Ben schwieg dazu. Wer immer hier eingedrungen war, hatte das Haus nicht ausrauben, sondern die Bewohnerin vergewaltigen wollen. Das sagte ihm ganz eindeutig sein

Polizisteninstinkt. Bis auf das Büro herrschte in allen Räumen noch die schönste Ordnung; doch über diesem Raum lag eine Atmosphäre von Gewalttätigkeit.

»Grace«, sagte Ed. Er war offenbar zu den gleichen Schlussfolgerungen gelangt wie sein Partner, aber noch einen Schritt weitergegangen. Der Eindringling mochte es auf die Hausbesitzerin abgesehen haben, konnte aber genauso gut hinter der Frau hergewesen sein, die hier vor ihm saß. »Grace, gibt es irgendwen, der etwas gegen Sie hat?« Als sie ihn verständnislos anblickte, fuhr er fort: »Waren Sie in der letzten Zeit mit jemandem zusammen, der möglicherweise einen Groll gegen Sie hegt?«

»Nein. Ich hatte einfach nicht genug Zeit, um mich mit irgendwem so weit einzulassen.« Trotzdem reichte allein schon die Frage, um Panik in ihr zu erzeugen. War der Mörder tatsächlich wegen ihr gekommen? War Kathy am Ende ihretwegen ermordet worden? »Ich habe gerade eine Lesetournee hinter mir. Und ich kenne keinen Menschen, der mir so etwas antun wollte. Nicht einen!«

Ben übernahm wieder die Befragung: »Wer wusste darüber Bescheid, dass Sie hier sind?«

»Mein Redakteur, mein Verleger und zig andere. Ich habe eine Tour durch zwölf Städte hinter mir, auf der kräftig die Werbetrommel gerührt wurde. Wenn jemand mir etwas hätte antun wollen, hätte er unzählige Gelegenheiten dazu gefunden. In diversen Hotelzimmern, in meinem Apartment, ja sogar in der U-Bahn. Aber Kathleen ist umgebracht worden. Ich war nicht einmal im Haus.« Grace brauchte einen Moment, um sich wieder zu beruhigen. »Er hat sie doch vergewaltigt, oder etwa nicht?« Noch ehe die beiden Polizisten darauf antworten konnten, schüttelte sie heftig den Kopf. »Nein, nein, ich will das jetzt nicht unnötig aufbauschen.« Grace sprang auf und fand in dem Schrank neben dem Fenster eine Flasche Brandy. Sie besorgte sich einen Cognacschwenker und füllte ihn zur Hälfte. »Gibt es noch mehr Fragen?«

Ed hätte am liebsten ihre Hand genommen, ihr über das Haar gestrichen und erklärt, sie solle sich keine Sorgen mehr machen. Aber er war Polizist genug, um die Pflicht an die erste Stelle zu setzen.

»Grace, haben Sie eine Ahnung, warum im Arbeitszimmer Ihrer Schwester zwei verschiedene Telefonanschlüsse installiert sind?«

»Ja.« Sie nahm einen tiefen Schluck und dann noch einen. »Es besteht wohl nicht die Möglichkeit, das streng vertraulich zu behandeln, oder?«

»Wir werden tun, was wir können.«

»Kathleen wäre es sicher nicht recht, wenn das bekannt würde.« Sie ließ sich wieder nieder und hielt den Schwenker zwischen den Händen. »Meine Schwester hat immer großen Wert auf ihre Privatsphäre gelegt. Hören Sie, ich glaube wirklich nicht, dass der zweite Anschluss irgendetwas mit dieser Sache zu tun hat.«

»Grace, jede Kleinigkeit kann uns weiterhelfen.« Ed wartete, bis sie noch einmal getrunken hatte. »Und jetzt kann es Kathleen ohnehin nicht mehr wehtun.«

»Nein, sicher nicht.« Der Brandy half ihr nicht besonders, musste sie sich eingestehen, aber ihr wollte keine bessere Medizin gegen die Übelkeit in ihrem Innern einfallen, und so blieb sie dabei. »Ich habe Ihnen doch schon erzählt, dass meine Schwester einen Anwalt nehmen wollte, um ihren Sohn zurückzubekommen. Um gegen Jonathan etwas zu erreichen, musste es schon ein sehr guter Anwalt sein, und mit einem Lehrerinnengehalt kann man sich solche Leute nicht leisten. Von mir wollte sie nichts annehmen. Kathy war viel zu stolz dazu, und überhaupt hat sie sich immer dagegen gewehrt, von … Aber lassen wir das.« Grace atmete tief durch. Der Brandy war direkt in ihren Magen geströmt und zettelte dort einen Aufruhr an. Trotzdem nahm sie noch einen Schluck. »Der zweite Anschluss ist … war für ihre Nebentätigkeit. Meine Schwester hat abends für die Firma Fantasy Incorporated, gearbeitet.«

Ben runzelte die Stirn, während er sich das notierte. »Fantasy-Telefon?«

»Das ist eine verharmlosende Umschreibung.« Grace seufzte und rieb sich mit den Handwurzeln die Augen. »In Wahrheit verbirgt sich dahinter Telefonsex. Ich war erstaunt, wie innovativ meine Schwester doch sein konnte, und ich habe sogar daran gedacht, das in meinen Roman einzuarbeiten.« Ihr Magen drehte sich um, und sie griff nach einer Zigarette. Ben kam ihr zu Hilfe, als ihre Finger zu sehr zitterten, um sie anzuzünden. »Danke.«

»Ganz ruhig«, sagte er ihr.

»Mir geht es gut. Kathleen hat dabei nicht schlecht verdient, und mir kam die ganze Angelegenheit relativ harmlos vor. Kein Kunde hat je ihren richtigen Namen oder ihre Telefonnummer erfahren, weil jeder Anruf über das Hauptbüro der Firma an sie vermittelt wurde. Sie hat dann den Kunden oder Freier oder wie auch immer zurückgerufen.«

»Hat Sie Ihnen gegenüber jemals einen Kunden erwähnt, der, äh, etwas zu enthusiastisch auf ihren Anruf reagiert hat?«

»Nein. Ich bin der festen Überzeugung, dass sie mir das gesagt hätte. Gleich am ersten Abend hat sie von dieser Tätigkeit gesprochen. Mir kam es so vor, als amüsiere es sie, Männern solche Sachen zu erzählen, vielleicht hat die ganze Geschichte sie auch etwas gelangweilt. Wenn ein Kunde in näheren Kontakt mir ihr hätte treten wollen, hätte er keine Möglichkeit gehabt, an ihre Privatadresse zu gelangen. Wie ich schon erwähnte, hat sie einen Künstlernamen verwendet. Ach ja, sie sagte noch, sie mache keine abartigen Geschichten, nur normalen Sex.« Grace legte eine Hand auf den Tisch. Genau hier hatten sie an jenem ersten Abend gesessen, während draußen die Sonne untergegangen war. »Keine Sado-Maso-Geschichten, kein Bondage und Ähnliches. Und Kathleen hat sich ihre Kunden sehr genau ausgesucht. Wenn ein Kunde etwas, na, sagen wir, Unkonventionelles wünschte, mußte er sich eine andere Telefondame suchen.«

»Und sie hat sich nie mit einem ihrer Kunden privat getroffen?« fragte Ed.

Dafür hatte Grace natürlich keinen Beweis, aber so etwas hätte einfach Kathleens ganzer Art widersprochen. »Nein, bestimmt nicht. Der Telefonservice war für sie ein Job, und den hat sie genauso ernst genommen wie ihre Lehrertätigkeit. Meine Schwester hat sich nicht mit einem Mann getroffen und auch keine Partys besucht. Die Schule und dieses Haus hier haben ihr ganzes Leben ausgemacht. Ed, Sie haben doch Tür an Tür mit ihr gelebt. Haben Sie je bemerkt, dass jemand zu ihr gekommen ist? Oder dass sie jemals noch nach einundzwanzig Uhr außer Haus war?«

»Nein, nie.«

»Wir werden das, was Sie uns mitgeteilt haben, natürlich überprüfen«, erklärte Ben und erhob sich. »Und wenn Ihnen noch irgendetwas einfallen sollte, rufen Sie uns bitte an.«

»Ja, das werde ich tun. Vielen Dank. Wird man mich informieren, wenn ... sobald ich sie übernehmen kann?«

»Wir versuchen, den Vorgang zu beschleunigen.« Ben warf einen Blick auf seinen Partner. Er wusste besser als die meisten anderen, wie frustrierend es sein konnte, in einen Fall wie diesen emotional involviert zu sein. Aber er kannte auch Ed gut genug, um ihm Zeit zu lassen. Sein Partner mußte sich da ganz allein durchbeißen. »Ich schreibe den Bericht. Du kannst dich ja hier um alles kümmern.«

»Klar.« Ed nickte seinem Partner zu, stand vom Tisch auf und trug die Tassen in den Ausguss.

»Ein netter Mann«, bemerkte Grace, nachdem Ben gegangen war. »Ist er auch ein guter Polizist?«

»Einer der besten.«

Sie biss die Lippen zusammen, weil sie seine Antwort akzeptieren musste, auch wenn diese ihr nicht gefiel. »Ich weiß, es ist schon spät, aber würde es Ihnen viel ausmachen, noch etwas hierzubleiben? Ich muss meine Eltern anrufen.«

»Kein Problem.« Er schob seine Hände in die Taschen. Grace sah noch viel zu zerbrechlich aus, als dass er gewagt hätte, sie anzufassen. Sie hatten gerade erst begonnen, Freunde zu werden, und jetzt musste er schon wieder den Polizisten spielen. Eine Blechmarke und eine Dienstwaffe tendierten dazu, eine Menge Distanz zwischen einem Detective und einem Normalbürger zu schaffen.

»Ich weiß nicht, wie ich es ihnen beibringen soll. Ich weiß nicht einmal, was ich sagen soll.«

»Ich kann Ihre Eltern ja anrufen.«

Grace saugte scharf an ihrer Zigarette, weil ihr diese Lösung als die angenehmste erschien. »Bislang hat mir immer irgendwer die unangenehmen Dinge abgenommen. Ich schätze, jetzt ist der Zeitpunkt gekommen, wo ich mich selbst darum kümmern muss. Diese schlimme Nachricht wird nur dann ein wenig erträglicher, wenn die beiden sie aus meinem Mund hören.«

»Ich warte gern so lange im Nebenzimmer.«

»Das wäre mir wirklich recht.«

Grace wartete, bis er den Raum verlassen hatte, und nahm dann allen Mut zusammen, um den Anruf zu tätigen.

Ed lief im Wohnzimmer auf und ab. Die Versuchung in ihm war groß, ins Arbeitszimmer zurückzukehren und dort nach Spuren zu suchen, aber er widerstand ihr. Er wollte nicht, dass Grace ihn jetzt dort sah. Für ihn gehörten gewaltsame Tode zwar zum beruflichen Alltag, aber selbst nach vielen Jahren Polizeidienst war auch er noch nicht vollkommen immun gegen das Schaudern geworden, das der Anblick einer Leiche in ihm auslöste.

Wenn ein Leben gewaltsam beendet wurde, blieben meistens ein Dutzend oder mehr Personen zurück, die davon mehr oder minder betroffen waren. Eds Arbeit bestand darin, logisch an einen solchen Fall heranzugehen, die Details zu überprüfen und das Wichtige vom Unwesentlichen zu trennen, bis er genügend Indizien für eine Festnahme beisammen hatte. Und gerade dieses Zusammentragen war ihm das Liebste an seinem Beruf. Während Ben instinktiv und intensiv vorging, arbeitete sich Ed eher methodisch vor. Für ihn glich ein Fall einem Mosaik, bei dem Fakt um Fakt hinzugefügt wurde. Emotionen hielt man dabei besser unter strikter Kontrolle, besser noch, man schaltete sie ganz aus. Ed hatte gelernt, auf einem schmalen Grat zu wandeln – dem zwischen Betroffenheit und Kalkulation. Wenn ein Polizist davon, gleich in welche Richtung, abwich, war er für diesen Beruf nicht mehr zu gebrauchen.

Seine Mutter war dagegen gewesen, dass er zur Polizei ging. Sie hätte es lieber gesehen, wenn er in das Bauunternehmen seines Onkels eingetreten wäre. Du hast große, kräftige Hände, hatte sie ihm immer wieder erklärt, du könntest es zum Facharbeiter bringen. Selbst heute noch, Jahre nach seiner Entscheidung, hoffte sie insgeheim, er würde die Polizeimarke gegen den Schutzhelm eintauschen.

Ed hatte nie vermocht, ihr begreiflich zu machen, warum ihm das unmöglich war, warum er den Polizistenberuf liebte. Bestimmt nicht wegen des Abenteuers. Observierungen, kalter Kaffee – oder wie in diesem Fall lauwarmer Tee – und Berichte in dreifacher Ausfertigung waren alles andere als aufregend. Und ganz gewiss hatte das Gehalt nicht den Ausschlag für seine Entscheidung gegeben.

Das Besondere daran war vielmehr das Gefühl. Nicht das Gefühl, wenn man sein Pistolenholster umband, und erst recht nicht das, wenn man gezwungen war, die Waffe zu ziehen. Vielmehr das Gefühl, das sich manchmal kurz vor dem Einschlafen einstellte und einem sagte, heute habe man etwas Gutes, etwas Richtiges getan. Wenn er hin und wieder in eine philosophische Stimmung verfiel, dozierte er darüber, dass das Gesetz die beste und wichtigste Erfindung der Menschheit sei. Doch tief in sich spürte er, dass noch viel mehr daran war.

Ed stand auf der Seite der Guten. Und gelegentlich ließ sich alles auf eine so simple Lösung reduzieren.

Doch dann kamen auch Tage wie dieser hier, wenn man auf eine Leiche blickte und begriff, dass es an einem selbst lag, ob der Täter gefunden und überführt werden würde. Als Polizist schützte man das Gesetz und setzte es durch – und überließ es dann den Gerichten, ihm Genüge zu tun.

Gerechtigkeit. Nicht Ed war es, der dieses Wort oft in den Mund nahm, sondern Ben. Für Ed war alles nur eine Frage von Richtig oder Falsch.

»Danke, dass Sie so lange gewartet haben.«

Er drehte sich um und erblickte Grace in der Tür. Wenn das überhaupt möglich war, war sie noch blasser geworden. Ihre Augen blickten dunkel und groß drein, und ihr Haar wirkte so zerzaust, als habe sie es mehrmals zerwühlt.

»Ist mit Ihnen alles in Ordnung?«

»Ich glaube, mir ist gerade klar geworden, dass – ganz gleich, was in meinem Leben noch alles geschieht – nichts so schmerzhaft werden kann wie das, was ich gerade hinter mich gebracht habe.« Sie zog eine Zigarette aus dem zerknitterten Päckchen und zündete sie an. »Meine Eltern nehmen den ersten Flug gleich morgen früh. Ich habe sie angelogen und ihnen mitgeteilt, ich hätte einen Priester hergebeten. So etwas ist den beiden nämlich sehr wichtig.«

»Sie können doch morgen immer noch einen rufen.«

»Jemand muss Jonathan Bescheid geben.«

»Darum können sich wirklich andere kümmern.«

Grace nickte. Ihre Hände fingen wieder an zu zittern. Sie nahm einen tiefen Zug, um sich zu beruhigen. »Ich weiß überhaupt nicht, wen ich alles anrufen muss. Die Beerdigung. Ich weiß, dass Kathleen etwas eher Schlichtes wollte.

Keinen Pomp und so. Und eine Messe muss für sie gelesen werden. Für meine Eltern ist so etwas unabdingbar. Der Glaube gibt dem Verzweifelten Trost – ich glaube, ich habe das einmal geschrieben.« Sie sog so kräftig an der Zigarette, dass sich die ganze Spitze in rote Glut verwandelte. »Wissen Sie, ich möchte so viel wie möglich erledigt haben, bevor meine Eltern hier eintreffen. O Gott, die Schule muss ja auch noch informiert werden.«

Ed erkannte, dass sie kurz vor einem Zusammenbruch stand. Ihre Bewegungen waren ruckartig, und ihre Stimme schwankte zwischen schrill und angespannt. »Morgen, Grace. Warum setzen Sie sich jetzt nicht einfach für ein paar Minuten hin?«

»Als ich aus dem Haus ging, war ich furchtbar wütend auf sie. Und als ich bei Ihnen vor der Tür stand, war ich immer noch furchtbar aufgebracht. Zur Hölle mit ihr, habe ich die ganze Zeit gedacht. Zur Hölle mit ihr …« Die zitternden Finger brachten die Zigarette nur mit Mühe an den Mund. »Die ganze Zeit muss ich daran denken: Wenn ich mich nur mehr angestrengt hätte, zu ihr durchzukommen, wenn ich doch etwas hartnäckiger gewesen und geblieben wäre, um sie zu einer Aussprache zu zwingen …«

»Das ist falsch. Es ist immer verkehrt, sich über Dinge den Kopf zu zerbrechen, über die man keine Kontrolle mehr hat.« Er streckte eine Hand aus, um sie ihr auf den Arm zu legen, doch Grace wich ihm aus und schüttelte den Kopf.

»Aber ich hatte doch alles unter Kontrolle! Verstehen Sie das denn nicht? Niemand versteht es so wie ich, Menschen zu manipulieren. Es war nur so, dass ich bei Kath nicht die richtigen Knöpfe gefunden hatte. Wir haben uns immer voneinander abgeschottet. Ich könnte Ihnen noch nicht einmal sechs Personen nennen, die im Leben meiner Schwester eine Rolle gespielt haben. Wenn ich sie härter bedrängt hätte, wüsste ich jetzt vermutlich mehr über ihre Biografie. Natürlich habe ich Fragen gestellt.« Sie lachte kurz auf. »Aber Kath hat gleich abgewehrt, und ich habe nicht nachgebohrt oder es noch einmal versucht. So war es für uns beide einfacher. Erst heute Abend habe ich herausgefunden, dass sie süchtig war – tablettensüchtig.«

Erst jetzt fiel ihr auf, dass sie den Polizisten zuvor nichts davon erzählt hatte. Vermutlich, weil sie es ihnen nicht mitteilen wollte. Grace atmete zitternd aus und erkannte, dass sie jetzt nicht zu Ed, dem Detective, sondern zu Ed, dem netten jungen Mann von nebenan, gesprochen hatte. Aber nun war es schon heraus, und sie konnte nicht mehr zurück. Zu spät, um auf der Hut zu sein und im Gedächtnis zu behalten, dass Ed nicht nur ein netter Mann mit freundlichen Augen war.

»Drei gottverdammte Flaschen Valium liegen in ihrem Nachtschränkchen. Ich habe sie entdeckt, und schon bekamen Kath und ich wieder Streit. Und als ich nicht zu ihr durchdringen konnte, bin ich gegangen, weil es so einfacher war.« Sie drückte die Zigarette aus, als könnte sie damit allen Schmerz in sich tilgen, und zog sofort eine neue aus dem Päckchen. »Sie steckte in großen Schwierigkeiten, sie war verletzt, und ich habe sie einfach verlassen.«

»Grace.« Er trat zu der jungen Frau und nahm ihr die Zigarette ab. »Meistens hilft es, wenn man sich selbst die Schuld gibt.«

Sie starrte ihn fast eine Minute lang an. Dann riß sie die Hände vors Gesicht, und der Damm brach. »O Gott, was muss Kath für Ängste ausgestanden haben. Sie war so allein, und niemand hat ihr geholfen. Warum nur, Ed? Wie konnte jemand ihr so etwas antun? Ich bekomme es einfach nicht auf die Reihe. Ich begreife es absolut nicht.«

Er legte seine Arme um sie und hielt sie sanft fest. Selbst dann, als ihre Finger sich in sein Hemd schoben, verstärkte er den Druck nicht. Ohne ein Wort zu sprechen, streichelte er ihr über den Rücken.

»Ich habe sie geliebt. Habe sie aus tiefstem Herzen geliebt. Als ich hier ankam, war ich überglücklich, Kath wiederzusehen, und für eine Weile hatte es wirklich den Anschein, wir könnten die Kluft zwischen uns schließen. Endlich, nach so vielen Jahren. Und nun ist sie nicht mehr, und ich kann nichts daran ändern. Meine Mutter … O Gott, Ed, meine Mutter. Ich kann es einfach nicht ertragen.«

Er tat das, was ihm in diesem Fall als einzig richtig erschien. Ed hob sie auf und trug sie zum Sofa, um sie zu wiegen und zu beruhigen. Er verstand wenig davon, eine Frau zu trösten, verstand nichts davon, die richtigen Worte und den rechten Tonfall zu finden. Ed kannte sich mit dem Tod aus und dem Schock und Unglauben, die ihm folgten. Aber Grace war nicht eine weitere Fremde, der er Fragen stellen oder sein Mitgefühl ausdrücken musste. Sie war die Frau, die ihm an einem schönen Frühlingsmorgen aus dem Fenster etwas zugerufen hatte. Er kannte ihren Geruch, den Klang ihrer Stimme und die kleinen Grübchen, die ihre Lippen beim Lächeln erzeugten. Und jetzt weinte sie an seiner Schulter.

»Ich kann es nicht ertragen, dass sie mich verlassen hat«, schluchzte sie schließlich. »Und ich kann es nicht ertragen, daran denken zu müssen, was ihr zugestoßen ist … oder an das, was jetzt wird.«

»Denken Sie nicht daran. Es hilft Ihnen nicht.« Er hielt sie fester, aber nur ein wenig. »Sie sollten heute Nacht nicht hierbleiben. Ich bringe Sie besser nach nebenan.«

»Nein, wenn meine Eltern nun anrufen … Ich … es geht nicht.« Grace presste ihr Gesicht an seine Schulter. Sie konnte einfach keinen klaren Gedanken fassen. Solange die Tränen aus ihren Augen quollen, war ihr Verstand wie gelähmt. Und es gab doch noch so viel zu tun. Aber der Schock verlangte seinen Tribut in Form von Erschöpfung, und sie konnte sich auf nichts mehr konzentrieren. »Könnten … könnten Sie nicht hierbleiben? Bitte, ich will jetzt nicht allein sein. Bleiben Sie, sagen Sie Ja.«

»Ja. Und jetzt entspannen Sie sich bitte. Keine Angst, ich gehe nicht fort.«

Er lag auf seinem Bett. Sein Herz hämmerte wie wild, und die Schreie hallten noch in seinem Kopf wider. Die Stelle am Arm, wo sie ihn gekratzt hatte, pochte dumpf. Er hatte sich einen Verband angelegt, damit kein Blut aufs Bett tropfte. Seine Mutter war sehr eigen, wenn es um die Laken ging. Der dumpfe Schmerz war wie eine ständige Erinnerung, wie ein Souvenir.

Grundgütiger, er hätte sich nie vorgestellt, dass es so werden würde. Sein Körper, sein Geist, sogar seine Seele, wenn es so etwas überhaupt gab, waren in ungeahnte Höhen aufgestiegen. Alles andere, was er ausprobiert hatte, der Alkohol, die Drogen, das Fasten, nichts davon kam dieser unverfälschten Leidenschaft auch nur annähernd gleich.

Er fühlte sich krank. Und er fühlte sich stark und unbesiegbar.

Was hatte ihn mehr erregt, der Sex oder das Töten?

Jerald lachte leise, während er sich auf seinem nass geschwitzten Laken drehte. Woher sollte er das wissen, wenn er beide Erfahrungen zum ersten Mal gemacht hatte? Vielleicht war ja gerade die faszinierende Kombination von beidem das Besondere gewesen. Wie auch immer, er würde es herausfinden müssen.

Für einen kurzen, kalten Moment überlegte er, ob er gleich nach unten gehen und eine der Dienerinnen im Schlaf ermorden sollte. Als die Vorstellung sein Blut aber nicht in Wallung brachte, verwarf er die Idee ebenso rasch und kalt wieder. Jerald musste noch ein paar Tage damit warten und erst alles sorgfältig und logisch planen. Eines stand aber jetzt schon fest: Eine Dienerin zu ermorden, die ihm im Grunde nichts bedeutete, würde ihn bei Weitem nicht so erregen, nicht so wie bei Desiree.

Er drehte sich auf die Seite und fing an zu weinen. Eigentlich hatte er ihr gar nicht wehtun wollen. Jerald hatte sie nur lieben und ihr zeigen wollen, wie viel er ihr zu geben hatte. Aber sie hatte einfach nicht aufgehört zu schreien, und das hatte ihn in den Wahnsinn getrieben, hatte ihn die Höhen einer Leidenschaft kosten lassen, von deren Existenz er nichts gewusst hatte. Ein unbeschreibliches Erlebnis. Er fragte sich, ob sie vor ihrem Tod noch diese wilde, mächtig anschwellende Flut gespürt hatte. Jerald hoffte es für sie, schließlich hatte er ihr sein Allerbestes geben wollen.

Und nun war Desiree nicht mehr. Obwohl sie in seinen Händen gestorben war und er dabei eine unerwartete Erregung erlebt hatte, war er jetzt über diesen Verlust tieftraurig. Nie wieder würde er ihre Stimme und ihre lockenden, verheißenden Worte vernehmen.

Er musste eine Neue finden. Schon bei dem Gedanken daran fingen seine Muskeln an zu zittern. Eine weitere Stimme, die nur zu ihm sprach. Ganz gewiss war es ihm nicht bestimmt, einen solchen allumfassenden Höhepunkt nur einmal in seinem Leben erfahren zu dürfen. Jerald würde seine Desiree wiederfinden, ganz gleich, wie sie sich dann nennen mochte.

Der junge Mann rollte sich auf die andere Seite und verfolgte, wie das erste Licht der Dämmerung durch sein Fenster kroch. O ja, er würde sie finden.

5

Grace wachte beim ersten Tageslicht auf. Sie erlebte keinen kurzen Moment der Orientierungslosigkeit oder der lähmenden Verwirrung. Ihre Schwester war tot, und diese nüchterne Tatsache hämmerte unerbittlich in ihren Gedanken, während sie sich aus dem Bett schob und damit fertigzuwerden versuchte.

Kathleen war nicht mehr, und sie konnte nichts daran ändern. Genauso wenig wie sie etwas gegen all das unternehmen konnte, was zwischen ihr und ihrer Schwester schiefgelaufen war. Jetzt, im hellen Tageslicht, konnte sie diese Wahrheit noch viel weniger akzeptieren, da der Ansturm heißen Kummers zu einem trockenen, dumpfen Schmerz verebbt war.

Sie waren Schwestern gewesen, aber niemals Freundinnen. Sie hatte Kathleen nie richtig gekannt, zumindest nicht so, wie es bei anderen Menschen der Fall war, die zu ihrem Freundeskreis gehörten. Nie war ihr das Privileg zuteilgeworden, in die Träume und Hoffnungen, die Fehlschläge und die Verzweiflung ihrer Schwester eingeweiht zu werden. Selbst als Kinder hatten sie nicht kichernd Geheimnisse oder kleine Schrecknisse miteinander geteilt. Und Grace hatte nie ausdauernd genug versucht, die Kluft zwischen ihnen zu überbrücken.

Und nun würde sie es nie mehr erfahren. Grace vergrub das Gesicht in den Händen. Nur für einen Moment, um Kraft für den nächsten Schritt zu sammeln. Nun würde sie nie mehr Gelegenheit haben herauszufinden, ob diese

Kluft jemals hätte überwunden werden können. Für sie gab es jetzt nur noch eins zu tun: sich mit den Details auseinanderzusetzen, die der Tod in seiner kalten Art für die Hinterbliebenen zurückgelassen hatte.

Grace schob die Decke fort, die Ed liebenswerterweise über sie gelegt hatte. Sie musste ihm danken. Er hatte mehr getan, als nur bei ihr zu bleiben und an ihrer Seite zu wachen, bis sie eingeschlafen war. Jetzt brauchte sie erst einmal einen Eimer Kaffee, um den Hörer abnehmen und all die erforderlichen Anrufe tätigen zu können.

Sie wollte nicht vor der Tür von Kathleens Arbeitszimmer stehen bleiben, sie wollte einfach daran vorbeigehen, ohne einen Blick darauf zu werfen. Und doch hielt sie wie unter einem Zwang an der Tür inne. Grace wusste, dass sie abgeschlossen und von der Polizei versiegelt war, aber in ihrer schriftstellerisch geschulten Fantasie blickte sie durch das Holz hindurch. Sie konnte sich jetzt auch an das erinnern, was ihr Verstand nach dem Schock herausgefiltert hatte: der umgestoßene Tisch, die in alle Ecken geflogenen Blätter, der zerbrochene Briefbeschwerer und das Telefon, das auf dem Boden gelegen hatte.

Und natürlich ihre Schwester: blutbeschmiert, halb nackt und misshandelt. Sogar die letzte Würde war ihr verwehrt worden.

Kathleen Breezewood war nun nur noch ein Fall, eine Akte und eine Schlagzeile für die Sensationslüsternen, die am Frühstückstisch oder im Stau die Zeitung aufschlugen. Grace half es wenig, sich einzugestehen, dass sie sich genauso auf die Schlagzeile gestürzt hätte, wenn Kathleen für sie eine vollkommen Fremde gewesen wäre. Sie hätte es sich am Tisch gemütlich gemacht und den Artikel von

Anfang bis Ende gelesen; und ihn danach ausgeschnitten und in ihren Unterlagen für zukünftige Romanprojekte abgeheftet.

Morde hatten immer schon eine große Faszination auf sie ausgeübt – schließlich verdiente sie sich ihre Brötchen damit.

Grace wandte sich vom Arbeitszimmer ab und lief durch die Diele. Details. Sie würde sich damit beschäftigen, Details zu untersuchen, bis sie wieder genug Kraft hatte, sich den Emotionen zu stellen. Zum ersten Mal in ihrem Leben wollte sie praktisch vorgehen. Was blieb ihr auch anderes übrig?

Grace hatte nicht erwartet, Ed in der Küche anzutreffen. Für einen Mann von seiner Statur bewegte er sich erstaunlich leise. Einen Moment lang verspürte sie Unbehagen, und das kam ihr eigenartig vor, denn nie zuvor hatte sie sich in der Gegenwart eines Menschen, den sie zumindest etwas kannte und der sich als sehr freundlich erwiesen hatte, derart verkrampft.

Ed war geblieben, nicht nur bis sie eingeschlafen war, sondern die ganze Nacht. Er war bei ihr geblieben. Vielleicht rief seine tief verwurzelte Nettigkeit das Unbehagen in ihr hervor. Grace blieb in der Tür stehen und fragte sich, wie man jemandem für seine Rücksichtnahme und sein dezentes Vorgehen dankte.

Er hatte die Ärmel hochgekrempelt, stand barfuß vor dem Herd und rührte in einem Topf, aus dem es zu ihrem großen Verdruss nach Haferbrei roch. Doch sie nahm auch das Aroma von Kaffee wahr.

»Hi.«

Ed drehte sich um und stellte mit einem Blick fest, dass

sie wie durch den Wolf gedreht aussah und tiefe Ringe unter den Augen hatte, aber insgesamt einen stabileren Eindruck als letzte Nacht machte. »Hallo. Ich dachte eigentlich, Sie würden es noch etwas länger im Bett aushalten.«

»Ich habe doch so viel vor. Und ich habe nicht damit gerechnet, Sie hier vorzufinden.«

Ed nahm einen Becher und füllte ihn mit Kaffee. Eigentlich war er gestern Nacht auch nicht davon ausgegangen, am nächsten Morgen immer noch hier zu sein. Aber es war ihm einfach unmöglich gewesen, sie allein zu lassen. »Sie haben mich doch gebeten zu bleiben.«

»Ich weiß.« Warum war sie wieder den Tränen nahe? Grace schluckte und atmete dann einige Male tief durch, um sich zu fassen. »Verzeihen Sie bitte. Vermutlich haben Sie die ganze Nacht kein Auge zutun können.«

»Ich habe ein paar Stunden im Sessel geschlafen. Bullen können überall ein Nickerchen machen.« Weil sie immer noch in der Tür stand, ging er zu ihr und reichte ihr den Becher. »Tut mir leid, aber mein Kaffee schmeckt miserabel.«

»Heute Morgen würde ich sogar Motoröl zu mir nehmen.« Sie nahm den Becher und auch seine Hand, bevor er sich wieder entfernen konnte. »Sie sind ein sehr netter Mann, Ed. Ich weiß nicht, was ich letzte Nacht ohne Sie angefangen hätte.«

Weil er nie so recht wusste, was er auf eine Freundlichkeit erwidern sollte, schwieg er lieber und drückte nur ihre Hand. »Warum nehmen Sie nicht Platz? Sie sehen aus, als könnten Sie etwas zu essen vertragen.«

»Ich glaube nicht, dass …« Das Telefon klingelte. Sie fuhr zusammen und verschüttete Kaffee auf ihre Hand.

»Setzen Sie sich, ich gehe ran.«

Ed schob sie auf einen Stuhl und nahm dann den Hörer des Wandtelefons ab. Er hörte einen Moment zu, warf einen Blick auf Grace und stellte die Flamme unter dem Topf ab. »Ms. McCabe kann zu diesem Zeitpunkt nichts dazu sagen.« Danach legte er auf und fing an, Haferbrei in eine Schüssel zu geben.

»Die verlieren wirklich keine Zeit, was?«

»Ja. Vermutlich wird das Telefon den ganzen Tag nicht mehr stillstehen. Die Presse weiß, dass Sie Kathleens Schwester und in der Stadt sind.«

»›Kriminalautorin entdeckt Leiche ihrer Schwester.‹ – Eine zündende Schlagzeile, was?« Sie nickte und starrte auf den Apparat. »Ich werde mit den Reportern schon fertig, Ed.«

»Wäre vielleicht besser, wenn Sie für ein paar Tage in ein Hotel ziehen.«

»Nein.« Grace schüttelte den Kopf. Sie hatte zwar noch nicht darüber nachgedacht, aber jetzt, da er das Thema angeschnitten hatte, stand ihr Entschluss fest. »Ich muss im Haus bleiben. Machen Sie sich keine Sorgen, ich weiß, wie man mit der Presse umgehen muss.« Es gelang ihr, ein Lächeln aufzusetzen, bevor er widersprechen konnte. »Sie erwarten doch wohl nicht ernsthaft, dass ich das hier esse, oder?«

»Doch.« Er stellte die Schüssel vor sie hin und reichte ihr einen Löffel. »Heute brauchen Sie mehr als nur kalte Spaghetti.«

Grace beugte sich über den Brei und schnüffelte daran. »Riecht ja köstlich«, murmelte sie wenig begeistert. Doch dann fiel ihr ein, dass sie Ed etwas schuldig war, und sie schob folgsam den Löffel in die Masse. »Muss ich auf die Wache kommen und irgendetwas unterschreiben?«

»Sobald Sie dazu in der Lage sind. Immerhin war ich ja die ganze Zeit hier, und das vereinfacht die Dinge erheblich.«

Grace nickte und probierte das Porridge. Es schmeckte ganz anders als bei ihrer Mutter. Ed musste irgendetwas hinzugegeben haben, Honig oder braunen Zucker. Aber Haferbrei war Haferbrei. Grace beschloss, es lieber mit dem Kaffee zu versuchen.

»Ed, können Sie mir eine ehrliche Antwort geben?«

»Wenn es mir möglich ist.«

»Glauben Sie, ich meine, sagt Ihnen Ihre Berufserfahrung, dass der Täter sich vielleicht zufällig für dieses Haus entschieden hat?«

Letzte Nacht, nachdem er überprüft hatte, ob Grace schlief, hatte er sich noch einmal Kathleens Arbeitszimmer vorgenommen. Doch da war nur wenig Wertvolles zu finden gewesen. Am ehesten noch die neue, unbenutzte elektronische Schreibmaschine. Er erinnerte sich, an Kathleens Hals ein goldenes Medaillon gesehen zu haben, das beim Pfandleiher gut und gerne seine fünfzig bis sechzig Dollar bringen würde. Was sollte er Grace jetzt sagen? Sie mit einer Lüge beruhigen? Nein, er las in ihren Augen, dass sie die Wahrheit bereits wusste.

»Das glaube ich nicht.«

Grace nickte und starrte in den Kaffee. »Ich muss die Schule anrufen. Vielleicht kann die Mutter Oberin mir eine Kirche und einen Priester empfehlen. Was meinen Sie, wann Kathy freigegeben wird?«

»Lassen Sie mich ein paar Telefonate führen, dann geht es etwas schneller.« Er hätte gern mehr für sie getan, aber ihm fiel nur ein, ihre Hand zu drücken. Was für eine unbeholfene Geste, dachte er. »Ich würde Ihnen gerne helfen.«

Sie blickte auf seine Rechte. Ihre beiden Hände konnten darin leicht verschwinden. Kraft ging von der Hand aus, diese Rechte schien alles abwehren zu können. Grace betrachtete sein Gesicht. Auch hier war Stärke zu entdecken und Verlässlichkeit. Bei dem Gedanken daran verzog sie ihren Mund zu einem bitteren Lächeln. Das Leben gab einem so wenig, auf das man sich wirklich verlassen konnte.

»Das weiß ich.« Sie führte seine Rechte an ihre Wange.

»Und Sie haben mir schon so viel geholfen. Die nächsten Schritte muss ich allein tun.«

Ed wollte sie noch nicht verlassen. Er konnte sich nicht daran erinnern, jemals so für eine Frau empfunden zu haben. Als ihm das bewusst wurde, beschloss er, lieber gleich zu gehen. »Ich schreibe Ihnen die Nummer vom Revier auf. Rufen Sie mich an, wenn Sie bereit sind, zu uns zu kommen.«

»Okay. Danke für alles. Ich bin Ihnen wirklich sehr dankbar.«

»Draußen halten sich immer noch Beamte auf. Trotzdem würde ich mich besser fühlen, wenn Sie hier nicht allein blieben.«

Grace hatte schon zu lange allein gelebt, um sich davor zu fürchten. »Keine Sorge, meine Eltern kommen bald.«

Sie wartete, bis die Tür sich hinter ihm geschlossen hatte, und stand dann auf, um zum Telefon zu gehen.

»Niemand hat etwas gehört oder gesehen.« Ben lehnte an seinem Wagen und zündete sich eine Zigarette an. Er und Ed waren den ganzen Morgen von Haus zu Haus gelaufen und hatten die Bewohner befragt. Jedes Mal mit dem gleichen Ergebnis. Im Moment hatte er gerade eine kleine Pause eingelegt und betrachtete die Gegend mit ihren müden Häusern und kleinen Vorgärten.

Wo waren bloß die Wichtigtuer?, fragte er sich. Und warum sah man hier niemanden, der hinter der Gardine stand und genau verfolgte, wer wann wo kam oder ging? Ben war in einem Viertel aufgewachsen, das sich von diesem hier nicht sonderlich unterschied. Wenn dort irgendwer eine neue Lampe bekam, wusste schon die ganze Straße darüber Bescheid, noch bevor der stolze Besitzer den Stecker in die Dose geschoben hatte. Vermutlich hatte Kathleen Breezewood ein so zurückgezogenes Leben geführt, dass niemand sich weiter für sie interessiert hat.

»Nach allem, was wir bislang zu hören bekommen haben, hat die Breezewood nie Besuch bekommen und ist jeden Abend zwischen halb fünf und sechs Uhr von der Arbeit zurückgekehrt. Die Frau scheint geradezu versessen darauf gewesen zu sein, allein zu bleiben. Und letzte Nacht hat niemand irgendetwas Ungewöhnliches gehört. Nur der Hund von Haus Nummer 634 fing gegen einundzwanzig Uhr dreißig an zu bellen. Daraus lässt sich unter Umständen schließen, dass der Täter seinen Wagen einen Block weiter abgestellt und sich dann durch den Garten von Nummer 634 hierhergeschlichen hat. Könnte nicht schaden, wenn wir uns auch die nächste Straße vornehmen und uns umhören, ob irgendwer einen fremden Wagen oder einen unbekannten Mann gesehen hat, der zu Fuß unterwegs gewesen ist.« Er sah seinen Partner besorgt an, weil der die ganze Zeit auf den Boden starrte. Im Breezewood-Haus waren die Vorhänge noch zugezogen.

Es wirkte verlassen, obwohl Grace sich noch darin aufhielt. »Ed?«

»Was ist?«

»Willst du eine Pause einlegen? Ich kann die nächsten paar Häuser auch allein abklappern.«

»Mich beunruhigt lediglich die Vorstellung, dass sie dort drüben ganz allein ist.«

»Dann geh doch zu ihr.« Ben trat seine Zigarette aus. »Ich komme schon allein klar.«

Ed zögerte und war noch dabei, sich einen Ruck zu geben, als ein Taxi vorbeifuhr und vor dem Grundstück anhielt. Die beiden Polizisten verfolgten, wie ein Mann und eine Frau ausstiegen. Der Mann bezahlte den Fahrer und nahm eine Reisetasche, während sie die Einfahrt hinaufging. Selbst aus der Distanz erkannte Ed die Ähnlichkeit zwischen der Frau und Grace, nicht nur in den Zügen, sondern auch in der Statur. Dann ging die Tür auf, und Grace kam aus dem Haus gestürmt. Als die Frauen sich in die Arme fielen, war das Schluchzen der Mutter durch die halbe Straße zu vernehmen.

»Daddy!« Sie ergriff die Hände des Mannes, und zusammen standen die drei für einen Moment da und schienen sich nicht zu genieren, in aller Öffentlichkeit ihren Kummer zu zeigen.

»Was für ein Drama«, murmelte Ben.

»Komm schon.« Ed wandte der Familie den Rücken zu und schob die Hände in die Taschen. »Vielleicht haben wir beim nächsten Haus ja mehr Glück.«

Er klopfte selbst an die Tür, um der Versuchung zu widerstehen, einen Blick zurück auf Grace zu werfen. Wenn er jetzt zu ihr hinübergesehen hätte, wäre ihm das wie ein

Eindringen in ihre Privatsphäre vorgekommen. In seinem Beruf kam es viel zu oft vor, dass er sich in die Intimsphäre anderer Menschen einmischen musste.

»Lowenstein kümmert sich um den Ex-Mann der Toten«, bemerkte Ben. »Sie hat bestimmt etwas für uns herausgefunden, wenn wir zum Revier zurückkehren.«

»Ja, bestimmt.« Ed rieb sich den Nacken. Seine Schultern waren vom Schlaf in dem Sessel noch etwas steif. »Irgendwie kann ich nicht so recht daran glauben, dass der Mann einfach hierhergeflogen, ins Haus geschlichen und seine Ex-Frau umgebracht haben soll.«

»Sind schon sonderbarere Dinge passiert. Denk doch nur mal an …« Ben schloss den Mund, als sich die Tür einen Spaltbreit öffnete. Die beiden bekamen nur einen mopartigen weißen Haarschopf und eine knorrige Hand mit billigen Glasringen an den Fingern zu sehen. »Polizei, Ma'am.« Er zeigte ihr seine Marke. »Dürfen wir Ihnen ein paar Fragen stellen?«

»Kommen Sie doch herein, kommen Sie. Ich habe Sie bereits erwartet.« Die Stimme klang von Alter und Aufgeregtheit brüchig. »Zurück, Boris und Lillian. Ja, meine Schätzchen, wir haben Besuch. Nun treten Sie doch ein!«, ächzte sie, und ihre Knochen knackten, als sie sich bückte, um eine verfettete Katze hochzuheben. »Keine Angst, Esmeralda, das sind Polizeibeamte. Leg dich wieder hin. Kusch.« Die Alte bahnte sich einen Weg durch die Katzenschar – Ben zählte fünf Tiere – und führte die Männer in einen staubigen kleinen Raum mit Stores und vergilbten Zierdeckchen. »Ich habe Esmeralda erst heute Morgen erklärt, dass wir heute noch Besuch bekommen. Sitzt. Kusch.« Sie bedeutete den Beamten mit einer Handbewegung, auf der von Katzenhaaren übersäten Couch Platz zu nehmen. »Es geht natürlich um die arme Frau, die arme Person, die in unserer Straße gelebt hat.«

»Ja, Ma'am.« Ed unterdrückte Niesreiz, als er sich vorsichtig am Sofarand niederließ. Eine orangefarbene Katze näherte sich sofort seinen Schuhen und fing an zu fauchen.

»Sei nicht so ungezogen, Bruno.« Die Frau lächelte und schuf damit ein neues Muster in den Falten auf ihrem Gesicht. »Ist er nicht süß? Ich bin Mrs. Kleppinger, Ida Kleppinger, aber das wissen Sie bestimmt.« Mit einer Umständlichkeit, die etwas von einer Zeremonie an sich hatte, setzte die Alte sich die Brille auf die Nase und blinzelte so lange, bis sie etwas erkennen konnte. »Aber Sie sind doch der junge Mann, der zwei Häuser weiter wohnt. Sie haben das Haus der Fowlers gekauft, nicht wahr? Schreckliche Menschen. Mochten keine Katzen. Sie haben sich ständig bei mir beschwert, die Katzen hätten den Müll durch die Gegend verstreut. Wissen Sie, was ich denen geantwortet habe? Sie sollen gefälligst die Deckel ihrer Mülltonnen richtig schließen, dann würde es meinen Babys im Traum nicht einfallen, sich über ihren stinkigen Unrat herzumachen. Sind nämlich sehr brave, müssen Sie wissen, und überhaupt nicht wild. Ich spreche natürlich von meinen Babys und nicht von diesen unmöglichen Menschen. Ich bin froh, dass sie fort sind, doch wirklich. Sind wir nicht glücklich darüber, Esmeralda?«

»Ja, Ma'am.« Ed räusperte sich und versuchte, dabei nicht zu tief einzuatmen. Ihm war gleich aufgefallen, dass die im ganzen Haus verteilten Katzenklos sich regen Zuspruchs erfreuten. »Wir würden Ihnen jetzt gern ein paar Fragen stellen.«

»Über die arme Mrs. Breezewood, ich weiß, ich weiß. Wir haben heute Morgen im Radio davon gehört, nicht wahr, meine kleinen Schätzchen? Ich besitze nämlich keinen Fernsehkasten. Die machen einen nämlich unfruchtbar, nicht wahr? Also, er hat sie erwürgt, oder?«

»Wir würden gerne wissen, ob Ihnen letzte Nacht etwas Ungewöhnliches aufgefallen ist.« Ben biss die Zähne zusammen, als ihm eine Katze auf den Schoß sprang und gefährlich nah an seinem Unterleib die Krallen in den Oberschenkel bohrte.

»Boris mag Sie. Ist das nicht herzig?« Mrs. Kleppinger lehnte sich zurück und streichelte ihre Esmeralda. »Wir haben letzte Nacht meditiert, und ich bin bis ins achtzehnte Jahrhundert zurückgereist. Ich war eine der Kammerzofen der Königin, müssen Sie wissen. Was war das damals für eine aufregende Zeit …«

»Ja, sicher.« Genug war genug. Ben erhob sich und hatte sichtliche Mühe, die Katze von seinem Bein zu entfernen. »Wir danken Ihnen, dass Sie uns Ihre Zeit geopfert haben.«

»Keine Ursache. Natürlich war ich nicht im Mindesten überrascht, von dem Mord zu hören. Ich habe schon lange damit gerechnet.«

Ed, der befürchtete, dass die Katze zu seinen Füßen sich über seine Schuhe hermachte, sah die Frau jetzt überrascht an. »Sie haben damit gerechnet?«

»Aber natürlich. Das arme Ding hatte doch nie eine Chance. Die Sünden der Vergangenheit holen einen immer wieder ein.«

»Die Sünden der Vergangenheit?« Ben blieb auf halbem Weg zur Tür stehen. »Haben Sie Mrs. Breezewood gut gekannt?«

»Sehr gut sogar. Wir beide haben gemeinsam die Schlacht bei Vicksburg überlebt. Im Bürgerkrieg, wissen Sie? War ein entsetzliches Ringen. Ich höre heute noch den furchtbaren Kanonendonner. Aber ihre Aura …« Mrs. Kleppinger schüttelte traurig den Kopf. »Ich fürchte, ein Fluch lastete auf ihr. Ein Trupp plündernder Yankee-Soldaten hat sie umgebracht.«

»Ma'am, verzeihen Sie, aber wir sind mehr daran interessiert, was Mrs. Breezewood letzte Nacht zugestoßen ist.« Ed, der sonst über eine Engelsgeduld verfügte, wurde zusehends kribbeliger.

»Natürlich, natürlich.« Die Brille rutschte an ihrer Nase hinab, und die Alte starrte die Polizisten halb blind an. »So eine traurige Frau. Sexuell unterdrückt, da bin ich mir hundertprozentig sicher. Ich dachte, es würde sie aufheitern, wenn ihre Schwester zu Besuch kommt; aber dem war wohl nicht so. Ich sehe die junge Frau jeden Morgen, wenn sie zur Arbeit fährt. Um die Zeit gieße ich nämlich immer meine Gardenien. Mrs. Breezewood wirkte sehr angespannt, ein einziges Nervenbündel, genauso, wie ich sie von Vicksburg in Erinnerung habe. Ach ja, an einem Morgen ist ihr ein Wagen gefolgt.«

Ben setzte sich wieder hin und ertrug still die nächste Katzenattacke. »Was für ein Wagen?«

»Oh, ein dunkler, einer von denen, die nur die Reichen fahren. Normalerweise hätte ich mir nichts dabei gedacht, und so habe ich weiter meine Gardenien gegossen. Man muss mit diesen Pflanzen sehr vorsichtig sein, sie sind unglaublich empfindlich. Nun denn, ich hielt gerade die Gießkanne in der Hand, als dieses fremde Auto auftauchte und hinter Mrs. Breezewood herfuhr. Ich habe davon richtig

Herzklopfen bekommen.« Die Frau wedelte mit der Hand vor ihrem Gesicht herum, als wollte sie sich Luft zufächeln. Die Glasringe an ihren Fingern waren zu stumpf, um das Sonnenlicht zu reflektieren. »Mein Herz hat so gepocht, dass ich mich hinsetzen musste. Wie damals in Vicksburg oder wie in der Zeit im Unabhängigkeitskrieg. Ich konnte nur noch an die arme Lucilla denken. So hieß sie nämlich damals – Lucilla Greensborough. Arme Lucilla, dachte ich, nun geschieht es also von neuem. Natürlich konnte ich es nicht verhindern.« Sie senkte die Hand und streichelte wieder die Katze. »Gegen die Mächte des Schicksals sind wir machtlos.«

»Haben Sie gesehen, wer am Steuer dieses Wagens saß?«

»Ach du liebe Güte, nein. Meine Augen sind schon lange nicht mehr so gut, wie sie einmal waren.«

»Dann vielleicht das Nummernschild?«

»Ach, mein Junge, ich könnte nicht einmal einen Elefanten im Nachbargarten erkennen.« Sie schob die Brille wieder hoch und machte ein verdutztes Gesicht, als ihre Augen allmählich die Besucher ausmachten. »Mich überkommen eigenartige Gefühle und Vorahnungen. Das fremde Auto hat sehr negative Strömungen in mir freigesetzt. Von wegen Tod und so. Tja, und da war ich nicht im Mindesten überrascht, heute Morgen im Radio von ihrem Tod zu hören.«

»Mrs. Kleppinger, können Sie sich noch an den Tag erinnern, an dem Ihnen der Wagen aufgefallen ist?«

»Zeit bedeutet gar nichts. Alles verläuft in einem ewigen Kreislauf. Der Tod ist ein natürlicher Vorgang und auf einen Zeitraum begrenzt. Mrs. Breezewood wird zurückkehren und dann vielleicht endlich ihr Glück finden.«

Ben schloss die Tür hinter sich und atmete erst einmal tief durch. »Gott, was für ein Gestank!« Vorsichtig tastete er die Gegend rings um seinen Oberschenkel ab. »Ich dachte schon, der kleine Mistkerl wollte mich zerfetzen. Vermutlich ist er nicht einmal geimpft.« Auf dem Weg zum Wagen bemühte er sich vergeblich, die Katzenhaare von seiner Kleidung zu entfernen. »Was hältst du denn von ihr?«

»Ich fürchte, damals bei Vicksburg hat sie einen mächtigen Schlag auf den Kopf erhalten. Aber es ist nicht auszuschließen, dass sie tatsächlich einen Wagen gesehen hat.« Er drehte sich zum Haus um und stellte fest, dass einige Fenster sauber genug waren, um einen Blick auf die Straße zu ermöglichen. »Aber ob der auch der Breezewood gefolgt ist, steht auf einem anderen Blatt. Wie dem auch sei, wir sollten die Sache weiterverfolgen.«

»Der Meinung bin ich auch.« Ben nahm hinter dem Steuer Platz. »Sollen wir dort drüben kurz anhalten.« Er nickte in Richtung von Kathleens Haus. »Du könntest auf einen Sprung vorbeischauen.«

»Nein, lass uns weitermachen. Sie hat jetzt bestimmt mit ihren Eltern vollauf zu tun.«

Grace hatte ihrer Mutter eine Tasse Tee gemacht und ihrem Vater die Hand gehalten. Und natürlich hatte sie wieder geweint, so lange, bis es ihr an der Kraft fehlte, weitere Tränen zu vergießen. Und um es ihren Eltern leichter zu machen, hatte sie ihnen ein paar Lügen aufgetischt. Danach habe Kathleen sich auf dem besten Weg befunden, ein neues Leben zu beginnen. Grace verlor kein Wort über die Valiumflaschen und die Verbitterung ihrer Schwester. Schließlich wusste sie, dass ihre Eltern die größten Hoffnungen in ihre älteste Tochter gesetzt hatten.

In den Augen der Eltern war Kathleen stets die Stabilere, die Verläßlichere gewesen, während der Gedanke an ihre zweite Tochter ihnen stets ein Lächeln, aber kaum mehr entlockt hatte. Sie erfreuten sich an Grace' Kreativität, ohne sie im Mindesten zu begreifen. Kathleen mit ihrer konventionellen Hochzeit, ihrer konventionellen Ehe und ihrer konventionellen Familie verstanden sie hingegen umso besser.

Natürlich war die Scheidung ein herber Schlag für sie gewesen, aber als liebende Eltern war es ihnen möglich gewesen, ihre Überzeugungen für einen Moment beiseitezuschieben und diese Schicksalsfügung zu akzeptieren. Insgeheim nährten sie allerdings die Hoffnung, dass Kathleen sich mit ihrem Mann aussöhnen würde und dann wieder mit ihrer Familie vereint wäre.

Und nun mussten sie sich der Tatsache stellen, dass es nie mehr dazu kommen konnte. Sie mussten sich damit abfinden, dass ihre älteste Tochter, in die sie all ihre Hoffnungen gesetzt hatten, tot war. Das war mehr als genug für sie, sagte sich Grace, fast schon zu viel.

Deswegen verschwieg sie lieber die häufigen Stimmungsumschwünge, den Tablettenkonsum und den Verdruss, der ihre Schwester von innen her aufgefressen hatte.

»Sie war hier also glücklich, Gracie?« Louise McCabe hockte zusammengesunken neben ihrem Mann und zerriss ein Kleenextuch in kleine Stücke.

»Ja, Mom.« Grace wusste nicht mehr, wie oft ihre Mutter diese Frage in der letzten Stunden schon gestellt hatte, aber sie wollte sie gern weiterhin beantworten. Grace hatte ihre

Mutter noch nie so hilflos erlebt. Ihr Leben lang hatte sie Louise McCabe als eine dominante Persönlichkeit gekannt, die sich nicht scheute, Entscheidungen zu treffen und dann auch durchzusetzen. Und der Vater war immer für sie alle da gewesen. Er steckte einem heimlich fünf Dollar zu, wenn man gerade wieder abgebrannt war, und er machte sofort sauber, wenn dem Hund auf dem Teppich ein Malheur unterlaufen war.

Als Grace ihn jetzt ansah, wurde ihr zum ersten Mal bewusst, wie sehr er gealtert war. Sein Haar war schütterer, als sie es aus der Kindheit in der Erinnerung hatte. Die viele Zeit, die er im Freien verbrachte, hatte ihm zu einer gesunden Gesichtsfarbe verholfen. Überhaupt waren seine Züge fülliger geworden. Eigentlich war er ein Mann in den besten Jahren, dachte sie, und doch wirkte er jetzt zusammengesunken, und seine lebenslustigen Augen hatten allen Glanz verloren.

Grace hätte diese beiden Menschen, denen sie viel von dem zu verdanken hatte, was aus ihr geworden war, jetzt am liebsten festgehalten und für sie die Uhr bis zu der Zeit zurückgedreht, als alle vier zusammen mit dem wuscheligen Hund in dem hübschen Vororthaus gelebt hatten.

»Wir hatten ihr vorgeschlagen, für einige Zeit nach Phoenix zu ziehen«, sagte Louise und tupfte sich mit einem Rest des Kleenextuches die Augen ab. »Mitch hat auf sie eingeredet. Du weißt doch, dass sie auf Dad immer gehört hat. Aber diesmal nicht. Wir waren überglücklich, als du dich dazu entschlossen hast, sie zu besuchen. All der Ärger, den Kathy durchmachen musste. Armer, kleiner Kevin.« Sie schloss die Augen. »Der arme, kleine Junge.«

»Wann können wir sie sehen, Gracie?«

Sie drückte die Hand ihres Vaters und beobachtete ihn genau. Sein Blick irrte durch das Zimmer, und Grace glaubte, er wolle das in sich aufnehmen, was von seiner älteren Tochter hier zurückgeblieben war. Aber es gab so wenig: ein paar Bücher, einen Topf mit Seidenblumen. Sie hielt seine Hand sehr lange und hoffte, er bemerke nicht, wie leer und kalt dieser Raum war.

»Vielleicht schon heute Abend. Ich habe Pastor Donaldson gebeten, am Nachmittag vorbeizukommen. Warum kommst du nicht mit mir nach oben, Mom, damit du ein wenig ausgeruht bist, sobald er erscheint? Du fühlst dich bestimmt besser, wenn du mit ihm redest.«

»Sie hat recht, Lou.« Er hatte es erkannt. Wie Grace besaß er ein Auge für Details. Das einzige Lebendige in diesem Zimmer war die Jacke, die sie nachlässig in einen Sessel hatte fallen lassen. Mitch McCabe hätte darüber mehr als über alles andere Tränen vergießen können, auch wenn er keinen Grund dafür wusste. »Komm, ich bringe dich jetzt nach oben,«

Louise, eine schlanke Frau mit dunklem Haar und breiten Schultern, lehnte sich schwer an ihren Mann. Als Grace den beiden hinterhersah, wurde ihr bewusst, dass Mom und Dad in ihrem Schmerz und Kummer ihre verbliebene Tochter zum Familienoberhaupt bestimmt hatten. Grace hoffte inständig, sie möge die nötige Stärke besitzen, um sich dieser Aufgabe würdig zu erweisen.

Ihr Verstand war vom vielen Weinen stumpf und angefüllt mit den Dingen, die sie bereits erledigt hatte, und vor allem mit denen, um die sie sich noch kümmern musste. Grace wusste, dass ihre Eltern, sobald der erste Schmerz sich gelegt hatte, in ihrem Glauben Trost finden würden.

Mit Kathleens Ermordung hatte Grace zum ersten Mal erkennen müssen, dass das Leben kein Spiel war, in dem man sich mit einem entschlossenen Grinsen und etwas Köpfchen durchaus behaupten konnte. Optimismus war keineswegs ein verlässlicher Schild, der einen gegen alle Widrigkeiten wappnete; und die negativen Seiten nur zu akzeptieren, reichte bei Weitem nicht aus.

Grace hatte noch nie zuvor einen solchen Schlag erlitten, weder in ihrem Privatleben noch in ihrer Karriere. Ihr war auch nie zu Bewusstsein gekommen, was für ein privilegiertes Leben sie führen durfte. Bislang hatte sie nie den Menschen gegenüber Geduld aufgebracht, die sich darüber beklagten, wie übel das Schicksal ihnen mitgespielt habe. In ihren Augen war jeder seines Glückes Schmied gewesen, nach dem Motto: Wenn das Leben dich voll erwischt, gönn dir einen Moment, um wieder zu dir zu kommen, und such dann nach dem günstigsten Ausweg.

Als Grace beschlossen hatte, Schriftstellerin zu werden, hatte sie sich einfach an den Schreibtisch gesetzt und mit ihrem Buch begonnen. Natürlich besaß sie ein angeborenes Talent, eine lebhafte Fantasie und genug Ausdauer, um eine angefangene Tätigkeit auch zu Ende zu führen. Aber in ihr wohnte auch das Wissen, alles erreichen zu können, wenn sie sich nur genug anstrengte. Grace hatte nie in einer Dachkammer hungern oder mit einer kreativen Blockade ringen müssen. Und nie hatten die Krisen oder die Agonie sie befallen, an denen so viele andere Künstler litten. Grace hatte damals einfach ihre Ersparnisse zusammengekratzt und war nach New York gezogen. Dort hatte sie eine Teilzeitarbeit angenommen, um die Miete bezahlen zu können, und dann in neunzig wilden und atemlosen Tagen ihren ersten Roman zu Papier gebracht.

Als ihr in den Sinn kam, es sei an der Zeit, sich zu verlieben, hatte sie auch das mit der gleichen Verve und Energie bewerkstelligt, und zwar ohne Zögern und ohne Bedauern. Sie hatte sich ihren Gefühlen hingegeben, solange diese anhielten, und als die Geschichte vorbei war, hatte sie das ohne Tränen oder Vorwürfe akzeptiert.

Grace war heute Ende zwanzig, und noch nie hatte man ihr das Herz gebrochen oder einen Traum zerstört. Gut, das eine oder andere Mal hatte es auch in ihrem Leben ein Beben gegeben, doch es war ihr stets gelungen, die Sache durchzustehen und erhobenen Hauptes daraus hervorzukommen. Doch nun war sie zum ersten Mal gegen eine Wand geprallt, die sich weder durchbrechen noch übersteigen ließ. Den Tod ihrer Schwester konnte sie nicht ungeschehen machen, indem sie einen anderen Gang einlegte. Der Mord an Kathleen ließ sich nicht einfach als eine der kleinen Irrungen und Wirrungen des Lebens abtun.

Während sie sich jetzt allein im Wohnzimmer aufhielt, verspürte sie den mächtigen Wunsch zu schreien, zu toben und etwas an die Wand zu werfen. Ihre Hände zitterten, als sie das Geschirr vom Tisch räumte. Wenn sie allein gewesen wäre, hätte sie diesem Drang sicher nachgegeben. Mehr noch, sie hätte den destruktiven Moment ausgelebt, bis all das aus ihr geströmt wäre, das sich in ihr angesammelt hatte. Aber sie tat nichts dergleichen, sondern nahm sich zusammen. Ihre Eltern brauchten sie. Zum ersten Mal waren sie auf ihre Tochter angewiesen. Und sie wollte sie nicht im Stich lassen.

Grace stellte das Geschirr ab, als es an der Tür klingelte.

Wenn das Pastor Donaldson war, könnte sie gleich mit ihm die Beerdigungsarrangements besprechen. Doch als sie die Tür öffnete, stand draußen kein Priester, sondern Jonathan Breezewood III.

»Grace.« Er nickte, reichte ihr aber nicht die Hand. »Darf ich eintreten?«

Sie musste wirklich an sich halten, um ihm nicht die Tür vor der Nase zuzuschlagen. Als Kathleen noch lebte, hatte er sich nicht um sie gekümmert. Was scherte sie ihn jetzt, wo sie tot war? Ohne ein Wort zu verlieren, trat sie beiseite.

»Gleich nachdem man mich informiert hatte, bin ich los.«

»In der Küche ist Kaffee.« Sie kehrte ihm den Rücken zu und eilte durch die Diele. Weil er ihr eine Hand auf die Schulter legte und mehr noch, weil sie ihm ihre Schwäche nicht zeigen wollte, blieb sie vor Kathleens Arbeitszimmer stehen.

»War es hier?«

»Ja.« Sie starrte ihn so lange an, bis sie auf seine Miene eine kurze Regung bemerkte. Aber sie war zu müde, um darin Trauer, Abscheu oder Bedauern zu erkennen. »Du hast Kevin nicht mitgebracht.«

»Nein.« Er schien den Blick nicht von der Tür wenden zu können. »Ich dachte, es sei das Beste, ihn für eine Weile bei meinen Eltern zu lassen.«

Da Grace dem kaum widersprechen konnte, schwieg sie lieber. Immerhin war Kevin ein Kind und noch viel zu jung, um mit der Beerdigung seiner Mutter oder der Trauer der Hinterbliebenen konfrontiert zu werden.

»Meine Eltern sind oben und ruhen sich aus.«

»Sind sie in Ordnung?«

»Nein.« Grace setzte sich abrupt wieder in Bewegung, so als treibe etwas sie dazu, möglichst viel Distanz zwischen sich und das abgesperrte Arbeitszimmer zu bringen. »Ich habe nicht damit gerechnet, dich hier zu sehen, Jonathan.«

»Kathleen war meine Frau und die Mutter meines Sohnes.«

»Ja, aber anscheinend hat das nicht ausgereicht, um dich zur ehelichen Treue anzuhalten.«

Er sah sie mit ruhigem Blick an. Man konnte ihm wirklich nicht absprechen, gut auszusehen: gerade, sauber geschnittene Züge, kalifornisch blondes dichtes Haar, eine gute Figur, ein durchtrainierter Körper. Nur seine Augen hatten Grace immer gestört: ruhig, stets gelassen, beinahe kalt.

»Nein, offenbar nicht. Ich bin mir sicher, dass Kathleen nicht gezögert hat, dir ihre Version des Verlaufs unserer Ehe zu erzählen. Im Augenblick erscheint es mir nicht schicklich, dich mit meiner Version zu belästigen. Ich bin eigentlich gekommen, um zu erfahren, was geschehen ist.«

»Kathie wurde ermordet!« Grace musste alle Kräfte aufbieten, um an sich zu halten, während sie ihm eine Tasse Kaffee einschenkte. »Sie wurde letzte Nacht in ihrem Arbeitszimmer vergewaltigt und erwürgt.«

Jonathan nahm die Tasse entgegen und ließ sich dann auf einem Küchenstuhl nieder. »Warst du im Haus, als … als es geschehen ist?«

»Nein, ich bin aus gewesen. Ich kam kurz nach dreiundzwanzig Uhr zurück und habe sie gefunden.«

»Verstehe.« Was immer er empfand, wenn er überhaupt

etwas fühlte, ließ sich an diesem einen Wort nicht erkennen. »Hat die Polizei schon einen Tatverdächtigen?«

»Zurzeit noch nicht. Aber ich schätze, du wirst dich mit den Herren noch unterhalten wollen. Die Detectives Jackson und Paris leiten die Ermittlungen.«

Jonathan nickte. Bei seinen Verbindungen konnte er sich binnen einer Stunde Kopien aller Ermittlungsunterlagen kommen lassen, ohne sich direkt an Ed und Ben wenden zu müssen. »Ist schon ein Termin für die Beerdigung festgelegt worden?«

»Übermorgen. Elf Uhr. Die Messe wird in St. Michael's abgehalten, unsere alte Gemeindekirche. Morgen kann man von Kathleen Abschied nehmen. Meine Eltern wollen es so. Im Bestattungsinstitut Pumphrey. Die Adresse steht im Telefonbuch.«

»Ich würde mich freuen, bei den Arrangements helfen oder bei den Kosten einspringen zu können.«

»Nein.«

»Gut.« Er erhob sich, ohne seinen Kaffee angerührt zu haben. »Ich bin im Hotel Washington zu finden, für den Fall, dass du mit mir in Kontakt zu treten wünschst.«

»Dazu wird es nicht kommen.«

Angesichts der Bitterkeit in ihrer Stimme runzelte er leicht die Stirn. Jonathan hatte nie die geringste Ähnlichkeit zwischen den beiden Schwestern feststellen können. »Du konntest mich noch nie ausstehen, nicht wahr, Grace?«

»Du drückst es noch gelinde aus. Aber wie wir beide zueinander stehen, dürfte im Moment kaum eine Rolle spielen. Eines möchte ich dir allerdings noch sagen.« Grace zog die letzte Zigarette aus dem Päckchen, und es gelang ihr, sie anzuzünden, ohne dass ihre Finger zitterten. Der Abscheu, den sie für Jonathan empfand, verlieh ihr eine Stärke, die ihr in diesem Moment höchst willkommen war. »Kevin ist mein Neffe. Ich erwarte, ihn zu sehen zu bekommen, wann immer ich mich in Kalifornien aufhalte.«

»Natürlich.«

»Das Gleiche gilt auch für meine Eltern.« Sie hielt einen Moment inne und presste die Lippen aufeinander. »Kevin ist alles, was ihnen von Kathleen geblieben ist. Sie sehnen sich nach einem regelmäßigen Kontakt zu ihrem Enkel.«

»Das ist doch eine Selbstverständlichkeit. Ich habe mich mit deinen Eltern immer auf einer vernünftigen Basis verständigen können.«

»Hältst du dich etwa für einen vernünftigen Mann?« Grace war selbst überrascht, wie viel schneidende Schärfe in ihrer Stimme mitschwang. Für einen Moment hatte sie sich tatsächlich so verbittert wie ihre Schwester angehört. »Hast du es etwa für vernünftig angesehen, Kevin von seiner Mutter fernzuhalten?«

Jonathan sagte zuerst nichts dazu. Obwohl seine Miene wie üblich undurchdringlich war, glaubte Grace doch zu spüren, wie es hinter dieser Fassade arbeitete. Dann erklärte er ebenso knapp wie ausdruckslos: »Ja. Ich finde allein zur Tür.«

Grace verfluchte ihn. Sie drehte sich um, stützte sich auf der Anrichte auf und verfluchte ihn, bis ihr keine Verwünschung mehr einfallen wollte.

Ed schob seinen Kopf in die mit kaltem Wasser gefüllte Spüle und hielt die Luft an. Fünf Sekunden. Zehn Sekunden. Dann spürte er, wie die Erschöpfung langsam von ihm abfiel. Ein Zehnstundentag war für ihn nichts Ungewöhnliches. Zehn Stunden Dienst nach zwei Stunden Schlaf konnten ihn auch nicht aus der Bahn werfen. Aber die Sorge machte ihm zu schaffen. Er musste feststellen, dass sie ihn mehr als ein paar Gläser Gin seiner Energie beraubte.

Was sollte er Grace bloß sagen? Er hob den Kopf aus dem Wasser, und die Tropfen rannen seinen Bart hinab. Die Polizei hatte noch keinen Verdächtigen, nicht einmal eine vage Ahnung. Grace war nicht dumm. Sie wusste, dass eine Spur nach den ersten vierundzwanzig Stunden rasch erkaltete.

Was konnten sie bislang überhaupt vorweisen? Da war die wunderliche alte Frau, die vielleicht einen Wagen gesehen hatte, der möglicherweise Kathleen Breezewood gefolgt war oder auch nicht. Und dann war da noch der Hund, der in der Nacht gebellt hatte. Kathleen Breezewood hatte weder Freunde, noch hatte sie einem Kollegen nahegestanden. Der einzige Mensch, den sie überhaupt an sich herangelassen hatte, war ihre Schwester gewesen. Und wenn Grace ihnen alles mitgeteilt hatte, was sie wusste, blieben die Ermittlungen auf Zufälle angewiesen. Jemand, der Kathleen auf ihrem Weg zur Arbeit, auf dem Markt oder im Garten gesehen hatte. In dieser Stadt gab es genauso viele Gewaltverbrechen wie andernorts auch, ob mit Vorsatz oder ohne. Zurzeit sah es so aus, als wäre Kathleen nicht mehr als ein weiteres Opfer.

Sie hatten heute Morgen einige Personen verhört, waren aber nicht weitergekommen. Darunter zwei Männer, die man wegen Überfälle auf Frauen festgenommen hatte, die aber von ihren Anwälten herausgeboxt worden waren. Beweise zu sammeln und einen Tatverdächtigen zu verhaften, führte nicht zwangsläufig zu dessen Aburteilung – genauso wenig wie Recht und Gerechtigkeit ein und dasselbe waren. Ben und Ed hatten gegen die beiden nicht genug in der Hand gehabt, um sie länger festsetzen zu können. Ed wusste zwar, dass die Männer früher oder später eine andere Frau vergewaltigen würden, ihm war aber auch klar, dass sie mit dem Verbrechen an Kathleen nichts zu tun hatten.

Die zehn Sekunden unter Wasser reichten nicht aus. Ed holte ein Handtuch aus dem Schrank Dessen Türen lehnten unten an einer Wand und warteten darauf, abgeschmirgelt zu werden. Er hatte eigentlich vorgehabt, heute Abend ein oder zwei Stunden an ihnen zu werkeln, damit er sie an seinem nächsten freien Tag einhängen konnte. Aber eine innere Stimme sagte ihm, dass die Arbeit mit den Händen ihn nicht von seinen düsteren Gedanken ablenken konnte.

Er vergrub das Gesicht im Handtuch und überlegte, ob er Grace anrufen sollte. Aber was hätte er ihr sagen können? Die Leiche würde morgen freigegeben, und Ed hatte dafür gesorgt, dass man Grace darüber in Kenntnis setzte. Der Bericht des Gerichtsmediziners hatte auf seinem Schreibtisch gelegen, als er um achtzehn Uhr aufs Revier zurückgekehrt war.

Nein, es hatte keinen Sinn, Grace alle Details zu berichten. Überfall mit Vergewaltigung. Tod durch Strangulation. Tod eingetreten zwischen einundzwanzig und zweiundzwanzig Uhr. Reste von Kaffee und Valium in ihrem Verdauungssystem festgestellt (und sonst kaum etwas). Blutgruppe: 0 positiv. Damit war erwiesen, dass das Blut der Gruppe A positiv vom Täter stammte. Kathleen hatte sich gewehrt und ihn nicht ganz ungeschoren davonkommen lassen.

Unter ihren Fingernägeln hatte man zusammen mit dem Blut Hautpartikel und Haare des Täters gefunden. Deshalb wusste man jetzt, dass es sich um einen Weißen unter dreißig gehandelt hatte.

Man hatte sogar einige bruchstückhafte Fingerabdrücke auf der Telefonschnur festgestellt. Ed schloss daraus, dass der Täter entweder dumm sein musste oder aber der Mord nicht geplant gewesen war. Leider halfen Fingerabdrücke nur dann weiter, wenn in den Unterlagen solche aufzufinden waren, die mit ihnen übereinstimmten. Und bislang war der Computer auf nichts dergleichen gestoßen.

Falls sie den Täter ausfindig machten, hatten sie jetzt schon genug Beweise zusammen, um ihn vor Gericht zu bringen. Möglicherweise reichten sie sogar zu seiner Verurteilung aus. Aber dazu mussten sie ihn erst einmal finden.

Und sie wussten nicht einmal, wo sie mit der Suche beginnen sollten.

Ed warf das Handtuch ins Waschbecken. War er so gereizt, weil der Mord im Nachbarhaus begangen worden war? Weil er das Opfer gekannt hatte? Oder weil die Schwester der Toten immer mehr Raum in seinen Gedanken einnahm?

Er lachte, strich sich die nassen Haare aus dem Gesicht und lief nach unten. Nein, sagte er sich, die Gefühle für Grace, wenn man überhaupt von so etwas sprechen konnte, hatten bestimmt nichts damit zu tun, dass sein Instinkt ihm sagte, in diesem Fall gebe es eine garstige Seite, die überhaupt noch nicht zutage getreten war.

Vielleicht hatte die Nähe etwas mit seiner Unrast zu tun. Aber er hatte Menschen verloren, die ihm bedeutend näher als Kathleen Breezewood gestanden hatten: Kollegen oder

Menschen aus Familien, mit denen er aufgewachsen war. Ihre Tode hatten in ihm Wut und Frustration hinterlassen, nicht eine solche Nervosität.

Verdammt, er würde sich bedeutend besser fühlen, wenn sie endlich dieses verwünschte Haus verließe.

Ed stürmte in die Küche. In diesem Raum, den er selbst umgebaut und ausgestaltet hatte, fühlte er sich stets wohler als in den anderen Zimmern. Er nahm sich einen Früchtekorb vor und fing an, das Obst zu schälen, um einen Salat zuzubereiten. Ed arbeitete präzise und hart, so wie jemand, der etwas loswerden musste, wie jemand, der sich sein Leben lang in Abwehrkämpfen befunden hatte.

Er kannte viele Männer, die sich damit begnügten, im Stehen den Inhalt einer aufgewärmten Konservendose oder eine Fertigmahlzeit zu sich zu nehmen. Für Ed war so etwas der deprimierendste Aspekt des Single-Daseins. Und die Mikrowelle verstärkte diesen Effekt nur noch. Man konnte eine komplette Mahlzeit in einer Alufolienschachtel in ein paar Minuten aufwärmen und sie ohne den Einsatz von Pfannen, Töpfen oder Geschirr verspeisen. Ein zeitsparendes, praktisches und sehr einsam machendes Verfahren.

Ed hatte oft allein gegessen und höchstens ein Buch zur Gesellschaft gehabt. Aber für ihn bedeutete Nahrungsaufnahme mehr, als nur auf Kohlenhydrate oder Cholesterinwerte zu achten. Schon vor langem war er für sich zu der Erkenntnis gelangt, dass es darauf ankam, wie man an Mahlzeiten heranging. An einem Tisch zu sitzen und Teller und Besteck zu benutzen, machte den großen Unterschied zwischen einem Dinner für eine Person und einem hastigen Verschlingen in Einsamkeit aus.

Er gab einige Karotten und etwas Sellerie in die Saftpresse und schaltete sie ein. Als es an der Hintertür klopfte, überraschte ihn das. Ben kam ihn gelegentlich besuchen, aber er machte sich nie die Mühe zu klopfen oder zu klingeln. Ehefrauen und Partner entwickelten ziemlich ähnliche Verhaltensmuster. Ed schaltete das Gerät aus, wischte sich die Hände an einem Geschirrtuch ab und öffnete dann die Tür.

»Hi.« Grace schenkte ihm ein kurzes Lächeln, behielt die Hände aber in den Hosentaschen. »Ich habe bei Ihnen Licht gesehen und mir gedacht, schau mal auf einen Sprung vorbei.«

»Kommen Sie doch herein.«

»Ich hoffe, es macht Ihnen nichts aus. Nachbarn können manchmal eine arge Plage sein.« Sie trat in die Küche und fühlte sich zum ersten Mal seit vielen Stunden geborgen und etwas wohler. Grace hatte sich vorher gesagt, sie wolle Ed nur besuchen, um ihm die Fragen zu stellen, deren Antwort sie erfahren musste. Aber jetzt wusste sie, dass sie auch gekommen war, um in seiner Nähe zu sein. »Oh, ich störe Sie gerade bei der Essenszubereitung. Na, dann belästige ich Sie doch lieber ein anderes Mal.«

»Nein, setzen Sie sich ruhig hin, Grace.«

Sie nickte dankbar und nahm sich im Innern fest vor, weder in Tränen auszubrechen noch zu wüten. »Meine Eltern sind in der Kirche. Ich hätte nie gedacht, wie einsam ich mich in dem Haus fühlen könnte.« Grace setzte sich, nahm die Hände aus dem Schoß, legte sie auf den Tisch und zog sie wieder auf die Oberschenkel zurück. »Ich wollte mich bei Ihnen dafür bedanken, dass Sie mir den Papierkram und all das andere abgenommen haben. Meine Eltern hätten keinen weiteren Tag durchgestanden, ohne

Kath zu sehen.« Die Hände erschienen wieder auf der Tischplatte. »Sie müssen es mir aber ehrlich sagen, wenn ich Sie aufhalte, okay.«

Fast wäre es ihr gelungen, ein Lächeln aufzusetzen. »Wir haben vorhin zu Abend gegessen. Ich sagte mir, die einzige Möglichkeit, sie dazu zu bewegen, etwas zu sich zu nehmen, bestünde darin, die beiden durch mein Beispiel dazu zu animieren. Ist wirklich komisch, wie sich in einer solchen Situation die Rollen umkehren ... Was ist denn das?« Sie starrte auf das Glas, das Ed auf den Tisch gestellt hatte.

»Möhrensaft. Möchten Sie welchen?«

»Sie trinken Karotten?« Trotz ihrer Stimmung musste sie ein wenig lachen. »Äh, im Kühlschrank steht nicht zufällig ein Bier, oder?«

»Aber sicher.« Er holte eine Flasche, vergaß nicht, auch ein Glas zu besorgen, und stellte beides vor sie hin. Als er auch noch eine Küchenschublade öffnete und einen Aschenbecher hervorzauberte, kannte ihre Dankbarkeit keine Grenzen.

»Sie sind ein echter Kumpel, Ed.« »Klar doch. Brauchen Sie morgen meine Hilfe?«

»Ich schätze, wir kommen auch so zurecht.« Grace schenkte dem Glas keine weitere Beachtung und trank aus der Flasche. »Tut mir leid, überhaupt zu fragen, aber ich möchte doch wissen, ob Sie schon etwas herausgefunden haben.«

»Nein, wir befinden uns immer noch im Anfangsstadium, Grace. Dauert halt alles seine Zeit.«

Sie nickte zwar, wusste aber so gut wie er, dass die Zeit im Moment der größte Feind war. »Jonathan ist in der Stadt. Werden Sie ihn befragen?«

»Natürlich.«

»Nein, ich meine, werden *Sie* ihn verhören?« Er setzte sich zu ihr, und sie zündete sich eine Zigarette an. »Ich bin mir sicher, dass Sie eine Menge guter Polizisten haben, aber wäre es möglich, dass Sie sich den Herrn vorknöpfen?«

»Lässt sich einrichten.«

»Er verheimlicht etwas, Ed.« Als er nichts dazu sagte, setzte sie die Flasche wieder an den Mund. Es nutzte niemandem etwas, wenn sie jetzt hysterisch würde und all die Anschuldigungen gegen Kathleens Ex-Mann vorbrächte, die ihr den ganzen Tag durch den Kopf gegangen waren. Ed mochte noch so freundlich und teilnahmsvoll sein, er würde nichts von dem ernst nehmen, was sie im Zustand äußerster Erregung von sich gab.

Und wenn sie sich selbst gegenüber ganz ehrlich war, musste sie zugeben, dass sie sich wünschte, Jonathan sei für den Mord verantwortlich. Damit hätte sie alles leichter ertragen können. Es war viel schwieriger, einen vollkommen Fremden zu hassen.

»Hören Sie, ich weiß, dass ich zurzeit nicht ganz ich selbst bin, und es fällt mir nicht leicht, Jonathan gegenüber unvoreingenommen zu sein …« Sie musste tief durchatmen, um sich unter Kontrolle zu halten. Bislang klang ihre Stimme noch ruhig und sachlich, glaubte sie; aber Ed hatte längst die leisen Schwankungen registriert, die ihre Verzweiflung und Erregung verrieten. »Aber er verheimlicht etwas. Und das ist mehr als nur ein vager instinktiver Verdacht. Ed, Sie haben gelernt, Menschen zu beobachten. Mir ist diese Fähigkeit angeboren. Von klein auf habe ich Menschen in Schubladen eingeordnet. Tut mir leid, ich kann einfach nichts dagegen tun.«

»Wenn man zu dicht vor etwas steht, Grace, verschwimmt die Sicht.«

Ihre Nackenhaare stellten sich auf, und der Stress der letzten vierundzwanzig Stunden machte sich bemerkbar. Sie spürte, wie sie die Beherrschung verlor und nichts dagegen tun konnte. »Also gut. Deswegen möchte ich ja auch, dass Sie mit ihm reden. Dann werden Sie es selbst feststellen und können mir danach davon berichten.«

Ed nahm langsam seinen Obstsalat zu sich. Je länger diese Situation hier andauerte, desto schwieriger würde es für ihn, mit ihr zurechtzukommen. »Grace, ich darf Ihnen nichts von den Ermittlungen erzählen. Keine Details, keine Verdachtsmomente. Nur das, was die Führung bereit ist, an die Presse weiterzugeben.«

»Ich bin kein gottverdammter Reporter, sondern ihre Schwester! Wenn Jonathan irgendetwas mit dem zu tun hat, was Kathleen zugestoßen ist, habe ich dann kein Recht, das zu erfahren?«

»Vielleicht.« Er sah ihr ruhig und distanziert in die Augen. »Aber ich habe kein Recht, Ihnen irgendetwas mitzuteilen, das noch nicht offizielle bekanntgegeben werden darf.«

»Verstehe.« Grace erhob sich langsam und drückte dann mit der Präzision, die nur über sie kam, wenn sie sich mit aller Kraft bemühte, die Fassung zu wahren, ihre Zigarette aus. »Meine Schwester wurde vergewaltigt und ermordet. Ich habe ihre Leiche gefunden. Und ich bin als Einzige übrig, um meinen Eltern Trost zu spenden. Doch der Herr Polizist sagt mir, die Ermittlungen sind vertraulich.« Sie stützte sich auf die Stuhllehne, um den sich ankündigenden Schreikrampf abzuwehren.

»Grace …«

»Nein, jetzt bitte keine Plattheiten. Dafür würde ich Sie nur hassen.« Sie zwang sich zur Ruhe und sah ihn dann an. »Haben Sie eine Schwester, Ed?«

»Ja.«

Grace machte sich auf den Weg zur Tür. »Dann denken Sie doch einmal darüber nach, wie viel Ihnen die Dienstvorschrift noch bedeuten würde, wenn man Ihre Schwester zu Grabe trüge.«

Als die Tür ins Schloss gefallen war, schob Ed den Teller von sich fort, nahm die angebrochene Bierflasche und leerte sie in zwei Zügen.

6

Jerald wusste nicht mehr genau, warum er zu ihrer Beerdigung Blumen geschickt hatte. Zum Teil sicherlich, weil er damit anerkannte, dass sie in seinem Leben eine ebenso sonderbare wie einzigartige Rolle gespielt hatte. Er glaubte, wenn er das auf diese Weise akzeptierte, konnte er das Kapitel damit abschließen und musste nicht mehr von ihr träumen.

Jerald war bereits auf der Suche nach einer Neuen. Stundenlang lauschte er den Telefonsexgesprächen, suchte nach der Stimme, die ihn wiederum in höchste Erregung versetzen konnte und ihn um den Verstand bringen würde. Er zweifelte keine Sekunde daran, früher oder später auf sie zu stoßen. Ein einziger Satz, ja nur ein Wort genügte, um sie sofort zu erkennen. Die Stimme würde ihn dann zu der Frau führen, und die wiederum brachte ihm einen neuen, alles umfassenden Höhepunkt.

Geduld war vonnöten, und das Timing musste stimmen, aber er wusste nicht, wie lange er auf die Richtige warten konnte. Die Erfahrung, die er mit Desiree gemacht hatte, war ebenso ungeheuer wie unerreicht gewesen. Dies noch einmal zu erleben, wäre gleichbedeutend mit Tod.

Er schlief zu wenig. Das war sogar schon seiner Mutter aufgefallen, und die bekam zwischen all ihren Cocktailpartys und Wohltätigkeitsempfängen kaum etwas mit. Natürlich hatte sie sich mit seiner Erklärung zufriedengegeben, dass er zu viel für das Studium büffeln musste, ihm die Wange getätschelt und ihn ermahnt, nicht so viel und so hart zu arbeiten. Was für eine Närrin sie doch war. Aber Jerald lehnte sie keineswegs ab. Ihre vielfältigen Tätigkeiten hatten ihm stets genügend Freiraum verschafft, um seinen eigenen Beschäftigungen nachzugehen. Im Gegenzug vermittelte er ihr die Illusion, den idealen Sohn zu besitzen. Der Junge spielte seine Musik nie zu laut und besuchte auch keine wilden Partys. Solche Dinge empfand er ohnehin als kindisch.

Tief in seinem Innern empfand er auch die Schule als Zeitverschwendung, obwohl er durchgehend gute, hin und wieder sogar hervorragende Noten mit nach Hause brachte. Doch er hatte früh genug gelernt, dass die einfachste Methode, sich Menschen vom Hals zu halten, darin bestand, ihnen das zu geben, was sie von einem wünschten – oder vor ihnen zumindest so zu tun, als ob.

Was sein Zimmer und seine Körperhygiene anging, so war er geradezu pedantisch. Dank dieses Gehabes hatte er das Personal dazu bringen können, sich von seinem kleinen Reich fernzuhalten. Seine Mutter sah darin nicht mehr als eine liebenswerte Marotte. Wie sollte sie auch ahnen, dass diese Maßnahmen vor allem dazu dienten, niemanden etwas von seiner Schachtel mit Drogen erfahren zu lassen.

Aber am allerwichtigsten war ihm, dass niemand, weder Familienangehörige noch Bedienstete, noch Freunde, jemals auch nur in die Nähe seines Computers kam.

Jerald besaß ein besonderes Talent für Maschinen und Geräte jeder Art. Für ihn waren Apparate um so vieles besser und sauberer als Menschen. Schon im Alter von fünfzehn Jahren hatte er das Konto seiner Mutter angezapft. Wie einfach es gewesen war, sich das zu besorgen, was er für sich benötigte – und wie viel lohnender, als sie um die

Beträge zu bitten. Später hatte er sich auch von anderen Konten bedient, das aber irgendwann aufgegeben, als Geld ihn nicht mehr interessierte.

Ungefähr zu diesem Zeitpunkt entdeckte er den Telefonservice – und wie aufregend es war, sich wie ein Geist einzuschalten und den Gesprächen zu lauschen. Auf die Fantasy-Leitung war er mehr durch Zufall gestoßen, doch schon bald beherrschte sie sein ganzes Denken.

Und jetzt konnte er damit nicht mehr aufhören; so lange nicht, bis er die nächste Stimme gefunden hatte, diejenige, die das Hämmern in seinem Kopf ruhigstellen konnte. Aber er wusste, dass er mit Umsicht vorgehen musste.

Seine Mutter war eine Idiotin, aber sein Vater … Wenn seinem alten Herrn etwas auffiele, würde er Fragen stellen. Allein schon der Gedanke daran brachte Jerald dazu, ein paar Pillen einzuwerfen. Obwohl er für gewöhnlich die Amphetamine den Barbituraten vorzog, wollte er heute Nacht durchschlafen und nicht von Träumen belastet werden.

Jerald wusste, wie clever sein Vater war. Jahrelang hatte er sein Talent vor Gericht eingesetzt, bevor er nahezu übergangslos in die Politik gegangen war. Vom Kongressabgeordneten zum Senator hatte Charlton P. Hayden sich den Ruf erworben, ein ebenso mächtiger wie intelligenter Mann zu sein. Er besaß das Image eines reichen, privilegierten Gentleman, der die Nöte der Masse kannte, sich auch für aussichtslose Fälle einsetzte und sie sogar zu einem glücklichen Ende bringen konnte. Ein Vorbild mit makellos weißer Weste. Jeralds Vater war stets sehr umsichtig, sehr entschlossen und sehr geschickt gewesen.

Der Junge zweifelte keine Minute daran, dass nach dem Ende des Wahlkampfes, wenn alle Stimmen ausgezählt und das letzte Konfetti zusammengefegt war, sein Vater als der jüngste und bedeutendste Mann seit Kennedy ins Weiße Haus einziehen würde.

Charlton P. Hayden wäre bestimmt nicht glücklich, wenn er erführe, dass sein einziger Sohn, sein Stammhalter und Erbe, eine Frau erwürgt hatte und schon auf der Suche nach dem nächsten Opfer war.

Aber Jerald war auch nicht ohne. Niemand würde je herausfinden, dass der Sohn des in allen Umfragen führenden Präsidentschaftskandidaten Geschmack am Mord gefunden hatte. Wenn er diese Vorliebe vor seinem Vater geheim halten konnte, würde auch sonst niemand jemals einen Verdacht gegen ihn hegen.

Deshalb hatte er die Blumen geschickt, und deshalb blieb er bis spät in der Nacht auf, um die richtige Stimme und die richtigen Worte zu vernehmen.

»Vielen Dank, dass Sie gekommen sind, Schwester.« Grace schalt sich eine Närrin, weil es ihr eigenartig vorkam, einer Nonne die Hand zu schütteln. Aber sie konnte sich nie gegen die Erinnerung an die nicht eben seltenen Male in ihrer Schulzeit wehren, an denen eine Nonne ihr mit einem Lineal auf die Hände geschlagen hatte. Und sie hatte sich noch nicht daran gewöhnt, dass solche Frauen keine Trachten mehr trugen. Die Nonne, die sich ihr als Schwester Alive vorgestellt hatte, war mit einem kleinen silbernen Kruzifix, einem konservativen schwarzen Kostüm und Schuhen mit niedrigen Absätzen, aber nicht mit Schleier und Robe erschienen.

»All unsere Gebete sind bei Ihnen und Ihrer Familie, Miss McCabe. In den wenigen Monaten, die ich Kathleen kannte, hat sie mir aufgrund ihres Einsatzes und ihrer Fähigkeiten als Lehrerin Respekt abgenötigt.«

Respekt abgenötigt. Diese Worte hatte Grace des Öfteren zu hören bekommen. Niemand schien je Zuneigung oder Freundschaft für Kathleen empfunden zu haben. »Vielen Dank, Schwester.«

Viele Mitglieder des Lehrkörpers und ein paar Schüler waren in die Kirche gekommen. Ohne sie hätte es in den Bankreihen recht leer ausgesehen. Jeder, dachte Grace, als sie auf einer hinteren Bank Platz nahm, wirklich jeder war aus Pflichtbewusstsein erschienen.

So viele Blumen. Grace betrachtete die Kränze und Gebinde, die im Mittelschiff aufgebaut waren, und fragte sich, ob sie die Einzige war, die unter den gegebenen Umständen die Farben der Blüten als obszön empfand. Die meisten dieser letzten Grüße stammten aus Kalifornien. Ein Strauß Gladiolen nebst formeller Beileidskarte war anscheinend alles, was man von den Menschen erwarten durfte, die einmal Bestandteil von Kathleens Leben gewesen waren. Oder besser: von Mrs. Breezewoods Leben.

Grace hasste den Duft der Blumen genauso sehr wie den glänzenden weißen Sarg, dem sie sich nicht nähern wollte. Und auch die Musik war ihr zuwider, die leise die Kirche erfüllte. Sie wusste, dass sie nie wieder Orgelmusik hören konnte, ohne an den Tod zu denken.

Dies war der Schmuck und das Ritual, das die Toten von den Lebenden erwarteten. Oder war es vielmehr so, dass die Lebenden glaubten, sie waren das den Toten schuldig? Grace wusste gar nichts mehr, außer dass sie, sobald ihre Zeit gekommen war, sich alle Zeremonien, Grabgesänge, Freunde und Verwandten, die mit tränenfeuchten Augen auf ihre sterblichen Überreste hinabstarrten, verbitten würde.

»Grace.«

Sie drehte sich um und hoffte inständig, dass ihr nichts von ihren Gefühlen anzumerken war. »Oh, Jonathan, du hier?«

»Selbstverständlich.« Anders als Grace blickte er den Mittelgang hinab auf den weißen Sarg, in dem seine frühere Frau lag.

»Immer noch ums Image bemüht, was?«

Die Köpfe, die sich nach Grace' Worten zu ihnen umdrehten, entgingen ihm nicht, aber er reagierte darauf lediglich mit einem Blick auf seine Uhr. »Ich fürchte, ich kann nur an der Messe teilnehmen. In einer Stunde will mich ein Detective Jackson sprechen. Und danach muss ich zum Flughafen.«

»Wie überaus liebenswert von dir, in deinem Terminplan noch etwas Zeit für die Beerdigung deiner Frau freigemacht zu haben. Stört es dich eigentlich nicht, ein solcher Heuchler zu sein? Kathleen hat dir doch überhaupt nichts … ach was, noch weniger als nichts bedeutet.«

»Ich halte weder den Ort noch den Zeitpunkt für geeignet, eine solche Diskussion zu führen.«

»Da irrst du dich.« Sie legte ihm eine Hand auf den Arm, damit er sich nicht von ihr entfernen konnte. »Es wird nie wieder einen besseren Ort oder Zeitpunkt geben.«

»Grace, wenn du mich bedrängst, wirst du Dinge zu hören bekommen, von denen du lieber nichts wissen willst.«

»Ich habe noch gar nicht angefangen, dich zu bedrängen. Es macht mich ganz krank, dich hier zu sehen und mitzuerleben, wie du den trauernden Gatten mimst – und das nach alldem, was sie deinetwegen hat durchmachen müssen!«

Das immer lauter werdende Gemurmel und die betroffenen, vorsichtigen Blicke der Anwesenden schienen ihn zur Umkehr zu bewegen. Er fasste Grace am Arm und zog sie nach draußen.

»Ich möchte Familiendebatten lieber privat führen.«

»Wir sind keine Familie.«

»Nein, und es wäre töricht, so zu tun, als hätte jemals die geringste Zuneigung zwischen uns bestanden. Du hast dir nie sonderliche Mühe gegeben, deine Verachtung mir gegenüber zu verbergen.«

»Ich habe noch nie etwas davon gehalten, eine falsche Fassade aufzusetzen, besonders dann nicht, wenn es um tief sitzende Gefühle geht. Kathleen hätte dich nie heiraten dürfen!«

»Wenigstens in diesem Punkt stimmen wir hundertprozentig überein. Kathleen hätte überhaupt nie jemanden heiraten sollen. Sie hat als Mutter komplett versagt und war auch als Gattin eine komplette Versagerin.«

»Wie kannst du es wagen? Wie kannst du dich erdreisten, vor mir zu stehen und so über Kathleen zu reden? Du hast sie gedemütigt und noch vor ihr mit deinen Affären geprahlt.«

»Hätte ich die kleinen Verhältnisse hinter ihrem Rücken haben sollen?« Er lachte leise auf und starrte an Grace vorbei auf eine alte Ulme, die bei der Grundsteinlegung der Kirche hier angepflanzt worden war. »Meinst du denn, es hätte ihr etwas ausgemacht? Dann bist du eine noch größere Närrin, als ich bisher geglaubt habe.«

»Sie hat dich geliebt!« Die Wut war deutlich aus ihrer

Stimme herauszuhören. Denn es tat ihr mehr weh, als sie je für möglich gehalten hatte, hier auf den Stufen zu stehen, über die sie früher so oft mit ihrer Schwester gelaufen war. Während der Fronleichnams- und Ostersonntagsprozessionen, an denen sie in hübschen weißen Kleidchen und gelben Mützen teilgenommen hatten. Wie oft waren sie als Kinder über diese Treppe geschritten, und jetzt befand sie sich ganz allein hier. Die Orgelmusik dröhnte nun laut und klagend durch die angelehnte Tür. »Du und Kevin wart ihr ganzes Leben.«

»Da liegst du grundfalsch, Grace. Ich will dir von deiner Schwester erzählen. Ihr hat niemand etwas bedeutet. Leidenschaft und tiefe Liebe waren ihr fremd, liefen geradezu ihrem Wesen zuwider. Und mit Leidenschaft meine ich sowohl die physische als auch die emotionale. Sie hat sich nie etwas aus meinen Affären gemacht, solange ich dabei diskret vorging und nicht das Einzige in Gefahr brachte, was ihr wirklich wichtig war: eine Breezewood zu sein.«

»Hör auf!«

»Nein, jetzt hörst du mir einmal zu.« Er hielt Grace fest, als sie in die Kirche zurückflüchten wollte. »Es war nicht allein der Sex, den sie nur als Mittel zum Zweck gesehen hat. Sie wollte einen Sohn, einen Breezewood, und sobald sie Kevin hatte, hielt sie damit ihre ehelichen Pflichten für beendet. Und Kevin war für sie weniger ein Kind als vielmehr ein Symbol.«

Damit traf er Grace an ihrer verwundbarsten Stelle, genau dort, wo ihre eigenen Gedanken über Kathleen schon vor Jahren angelangt waren. Und sie schämte sich grenzenlos. »Das ist nicht wahr. Sie hat Kevin über alles geliebt.«

»Soweit ihr so etwas überhaupt möglich war. Sag mir

doch, Grace, hast du je miterlebt, dass sie einmal spontan Zuneigung zeigen konnte, dir oder euren Eltern gegenüber?«

»Kathleen trug eben nicht das Herz auf der Zunge. Das bedeutet aber noch lange nicht, dass sie keine Gefühle hatte.«

»Kathleen war kalt wie ein Stein.« Grace prallte zurück, als hätte man ihr ins Gesicht geschlagen. Dabei überraschte sie nicht so sehr, solche Worte zu hören, sondern vielmehr zu erkennen, dass sie selbst ihr Leben lang insgeheim genau das von ihrer Schwester gedacht hatte. »Und ich glaube, das Schlimmste daran war, dass sie nichts dagegen tun konnte. Während der meisten Zeit in unserer Ehe ist jeder von uns seine eigenen Wege gegangen, weil das für uns beide so am besten war.«

Diese Worte riefen in ihr etwas Furchtbareres als Scham hervor: Grace fühlte sich elend; denn sie wusste, wie recht Jonathan damit hatte. Sie hatte ihre Schwester selbst so erlebt, auch wenn sie sich lange geweigert hatte, sich das einzugestehen. Sie sah, wie er sich das Haar glatt strich, nachdem eine leise Brise hindurchgefahren war. Die lässige Geste eines Mannes, der alles Unperfekte nicht ertrug. Kathleen mochte ihre Fehler gehabt haben, aber sie hatte damit nicht allein gestanden.

»Und irgendwann war das für dich nicht mehr das Beste, oder?«

»Stimmt. Als ich ihr die Scheidung vorschlug, hat sie zum ersten Mal seit vielen Jahren so etwas wie eine Emotion gezeigt. Sie weigerte sich einzuwilligen, sie hat mich bedroht und dann angefleht. Sie fürchtete sich keineswegs davor, mich zu verlieren, sondern die gesellschaftliche Stellung, an die sie sich so sehr gewöhnt hatte. Als Kathleen erkennen musste, dass es mir mit der Trennung ernst war, hat sie fluchtartig das Haus verlassen und sich geweigert, irgendeine Übereinkunft überhaupt in Erwägung zu ziehen. Drei Monate blieb sie fort, ehe sie wieder Kontakt zu mir aufnahm und sich nach Kevin erkundigte. Drei Monate lang hatte sie ihren Sohn weder gesehen noch gesprochen.«

»Sie musste erst ihren Schmerz verarbeiten.«

»Vielleicht. Aber mir war inzwischen klar geworden, dass ich von dieser Frau nichts mehr wollte. Ich habe ihr erklärt, dass ich es nicht zulassen würde, wenn sie Kevin aus seiner gewohnten Umgebung herausreißen wollte. Aber ich habe ihr auch Zeiten vorgeschlagen, wann sie den Jungen bei sich haben könnte.«

»Sie wollte um ihren Sohn kämpfen. Kathleen hatte Angst vor dir und deiner Familie, aber sie war trotzdem fest entschlossen, um ihren Kevin zu kämpfen.«

»Das ist mir bekannt.«

»Du wusstest, was sie getan hat?«

»Mir war bekannt, dass sie einen Anwalt und einen Privatdetektiv auf mich angesetzt hat.«

»Und was hättest du unternommen, um sie daran zu hindern, das Sorgerecht für Kevin zu bekommen?«

»Alles Menschenmögliche.« Wieder warf er einen Blick auf seine Uhr. »Es hat den Anschein, als würden wir die Messe aufhalten.«

Er öffnete die Tür und trat in die Kirche.

Als Ben vor der roten Ampel anhielt, zog er einen mit Zuckerguss überzogenen Doughnut aus der weißen Tüte. Draußen war es warm genug, um die Seitenfenster halb herunterzukurbeln, und die seichte Musik aus dem Wagen neben ihnen übertönte die Blues-Songs von B. B. King, die Ben eingelegt hatte.

»Wie kann sich jemand freiwillig einen solchen Scheiß anhören?« Er warf einen Blick auf das andere Auto, erkannte einen Volvo und verdrehte die Augen. »Ich habe den starken Verdacht, dass es sich dabei um eine groß angelegte sowjetische Verschwörung handelt. Sie haben insgeheim die Radiosender übernommen und überschwemmen uns jetzt so lange mit diesem James-Last-Brei, bis die Gehirne von allen aufrechten Amerikanern sich in Gelee verwandelt haben. Und während sie darauf warten, dass wir ins Barry-Manilow-Koma fallen, hören sie sich selbst Stones an.« Ben biss in seinen Doughnut und drehte die Lautstärke von B. B. King auf. »Und wir machen uns Sorgen wegen der SS-20 in Mitteleuropa.«

»Das solltest du unbedingt dem Pentagon schreiben«, bemerkte Ed.

»Dafür ist es längst zu spät.« Ben fuhr los und bog kurz hinter der Kreuzung rechts ab. »Die Burschen dort sind bestimmt im Carpenters-Taumel. Sie kleistern uns die Hirne zu, Ed. Die Russkis geben keine Ruhe, bis wir willenlose Zombies geworden sind.«

Ed sagte nichts mehr dazu, und Ben drehte die Lautstärke wieder herunter. Wenn es ihm schon nicht gelang, seinen Partner auf andere Gedanken zu bringen, konnte er genauso gut die Sprache auf das eigentliche Thema bringen.

»Heute findet die Beerdigung statt, nicht wahr?«

»Ja.«

»Sobald wir diesen Einsatz hier hinter uns haben, könnten wir uns ein paar Stunden freinehmen.«

»Sie will mich nicht mehr sehen, bis ich ihr was Neues berichten kann.«

»Vielleicht gäbe es da etwas.« Ben studierte die Hausnummern, an denen sie vorbeikamen. »Wann will sie denn zurück nach New York?«

»Weiß ich nicht.« Ed hatte sich bislang nach Kräften bemüht, nicht daran zu denken. »In ein oder zwei Tagen.«

»Ist es dir mit der Schriftstellerin ernst?«

»Hab noch keine Gelegenheit gefunden, mir darüber Gedanken zu machen.«

Ben parkte den Wagen an der Bordsteinkante. »Das solltest du aber schleunigst nachholen.« Er blickte an Ed vorbei auf einen kleinen Laden, der sich zwischen ein halbes Dutzend anderer drängte. Früher mochte das eine schicke Boutique oder ein Kunsthandwerk-Shop gewesen sein, heute hatte dort Fantasy Incorporated, sein Zuhause gefunden.

»Sieht nicht gerade wie ein Sündenpfuhl aus, was?«

»Was weißt du denn schon darüber?« Ben leckte sich Zuckerguss vom Daumen ab. »Für ein profitables, gut gehendes Unternehmen legen sie aber nicht allzu viel Wert auf ihr äußeres Erscheinungsbild.«

»Ich schaue mir regelmäßig *Miami Vice* an«, widersprach Ed. Er wartete, bis zwei Autos vorbeigefahren waren, und stieg dann aus.

»Hat ganz den Anschein, als kämen nicht sonderlich viele Kunden auf ein Schwätzchen vorbei.«

Das Büro war nicht größer als ein durchschnittliches Schlafzimmer und hatte offenbar noch nie einen Innenarchitekten gesehen. Die Wände waren weiß gestrichen, den Boden bedeckte ein billiger Teppich. Zwei Schreibtische, ausgemustertes Army-Inventar, bildeten eine von Wand zu

Wand reichende Trennlinie, und auf dem wenigen freien Platz standen ein paar Stühle, von denen keine zwei zusammenpassten und die allesamt den Eindruck machten, von diversen Flohmärkten zu stammen. Nur die Computer auf den Tischen sahen hochmodern aus.

Eine Frau saß an einem Monitor und hörte sofort auf zu tippen, als die beiden eintraten. Sie hatte sich das dichte braune Haar aus dem hübschen, runden Gesicht gekämmt. Auf der Rückenlehne des Schreibtischsessels hing ihr Jackett. Sie lächelte geschäftsmäßig und erhob sich.

»Hallo. Kann ich Ihnen helfen?«

»Wir würden gern mit dem Geschäftsführer sprechen.« Ben zog seine Marke. »Dienstlich.«

Sie nahm seine Marke, studierte sie und reichte sie zurück. »Ich bin die Geschäftsführerin. Was kann ich für Sie tun?«

Ben steckte seinen Ausweis wieder ein. Er wusste nicht mehr genau, wen er hier anzutreffen erwartet hatte, aber ganz gewiss keine adrette junge Frau, die aussah, als hätte sie gerade mit ihren Freundinnen ein Picknick geplant. »Wir würden uns gern mit Ihnen über eine Ihrer Angestellten unterhalten, Miss …«

»Mrs. Cawfield, Eileen Cawfield. Es geht um Kathleen Breezewood, nicht wahr?«

»Ja, Ma'am.«

»Nehmen Sie doch Platz, Detective Paris.« Sie sah Ed fragend an.

»Jackson, ebenfalls Detective.«

»Auch Sie dürfen sich setzen. Möchte einer der Herren Kaffee?«

»Nein, danke«, entgegnete Ed rasch, bevor Ben Ja sagen

konnte. »Sie wissen, dass Kathleen Breezewood ermordet wurde?«

»Ja, ich habe davon in der Zeitung gelesen. Wie furchtbar.« Sie ließ sich wieder an ihrem Schreibtisch nieder und faltete die Hände auf einer rosafarbenen Schreibunterlage. »Ich habe sie nur einmal gesehen, damals, als sie sich vorstellte. Trotzdem fühle ich mich allen meinen Damen sehr nahe. Sie war sehr beliebt. Im Grunde genommen war Desiree – Verzeihung, wir machen es uns hier viel zu oft zur Angewohnheit, den Künstlernamen unserer Angestellten zu gebrauchen – meine Topdame. Kathleen hatte eine so einschmeichelnde Stimme. So etwas ist in unserer Branche von großem Vorteil.«

»Hat Kathleen sich jemals über einen Anrufer beschwert?« Ed zückte sein Notizbuch und schlug es auf einer freien Seite auf. »Hat vielleicht jemand sie bedrängt oder bedroht?«

»Nein, Kathleen hat sich ihre Kunden sehr genau ausgesucht und nicht jeden genommen. Sie war eher, na ja, konservativ, und wir haben das natürlich respektiert. Ein paar von den anderen Damen, die für uns tätig sind, übernehmen die eher ausgefalleneren Wünsche.« Ihr Telefon läutete. »Verzeihen Sie bitte.«

Wie eine altgediente Empfangsdame hatte sie gleich einen Stift in der Hand. »Fantasy Incorporated … Aber natürlich, gern. Ich stelle gleich fest, ob Louisa zur Verfügung steht. Ich brauche die Nummer Ihrer Kreditkarte … Ja, danke, und jetzt noch die Gültigkeitsdauer bitte … Unter welcher Rufnummer kann man Sie erreichen? … Falls Louisa gerade verhindert ist, wäre Ihnen da eine andere unserer Damen recht? Aha, verstehe. Vielen Dank für den Anruf.«

Eileen legte auf und lächelte den Polizisten halb entschuldigend an. »Dauert nur noch eine Minute. Er gehört zu unseren Stammkunden, deswegen dürfte es ziemlich rasch gehen.« Sie tippte etwas auf ihrer Tastatur ein und nahm dann wieder den Hörer in die Hand. »Louisa? Ja, ich bin's, Eileen. Mir geht es gut, danke. Mr. Dunnigan würde gerne mit Ihnen plaudern. Ja, die übliche Rufnummer. Sie haben sie griffbereit? Ausgezeichnet ... Keine Ursache. Tschüss.« Nachdem sie eingehängt hatte, faltete sie wieder die Hände auf der Schreibunterlage. »Verzeihen Sie bitte die Unterbrechung.«

»Haben Sie viele von denen?«, fragte Ben. »Ich meine Stammkunden.«

»O ja. Es gibt so viele einsame, sexuell frustrierte Menschen. Und bei den heutigen Zuständen ziehen viele die Sicherheit und Anonymität eines Telefonanrufs den Risiken und Unwägbarkeiten vor, die der Besuch einer Single-Bar mit sich bringt.« Eileen lehnte sich zurück und schlug unter dem Schreibtisch die Beine übereinander. »In diesen Zeiten sind sich die meisten Menschen der Krankheiten bewusst, die durch Geschlechtsverkehr übertragen werden können. Das Sexualverhalten der Sechziger- und Siebzigerjahre hat sich seit der zweiten Hälfte der Neunziger deutlich gewandelt. Fantasy Incorporated, bietet da durchaus eine Alternative.«

»Natürlich.« Ed sagte sich, dass sie das wohl auch ihren Kunden erzählte, die sich sicher davon beeindrucken ließen. Im Grunde genommen stimmte er ihr ja auch zu, aber im Moment war er mehr an der Erörterung des Sexualverhaltens im ausklingenden zwanzigsten Jahrhundert interessiert. »Hatte Kathleen viele Stammkunden?«

»Wie ich schon erwähnte, war sie sehr beliebt. In den letzten Tagen haben etliche ihrer Kunden hier angerufen und waren sehr enttäuscht, als sie von mir erfahren mussten, dass Desiree nicht mehr für uns tätig ist.«

»Hat sich einer ihrer Stammkunden noch nicht gemeldet?«

Eileen dachte darüber nach, wandte sich dann an ihren Computer und fragte ihn ab. »Nein … Mir ist natürlich klar, dass Sie jeden befragen müssen, der mit Kathleen zu tun hatte. Aber verstehen Sie bitte, dass die Männer, die hier anrufen, sie nur als Desiree gekannt haben. Sie war für sie nur eine Stimme und gesichtslos, nein, besser gesagt, die Kunden konnten die Stimme mit dem Gesicht ihrer Wahl versehen. Wir haben hier ziemlich strenge Bestimmungen, sowohl um dem Gesetz Genüge zu tun als auch aus geschäftlichen Gründen. Unsere Damen nennen nie mehr als ihren Künstlernamen, und es ist ihnen nicht gestattet, einem Kunden ihre Privatnummer zu geben oder sich mit ihm zu treffen. Diese Art von Anonymität dient sowohl der Illusion, die wir verkaufen, als auch dem Schutz unserer Angestellten. Und keiner unserer Kunden hat die Möglichkeit, außerhalb der Büroanschlüsse von Fantasy Incorporated, mit einer der Damen in Kontakt zu treten.«

»Wer besitzt Zugang zu Ihren Unterlagen?«

»Mein Mann, seine Schwester und ich. Wir sind ein Familienunternehmen.« Wieder klingelte das Telefon. »Meine Schwägerin besucht noch das College und besetzt nachts das Büro. Entschuldigen Sie mich bitte für einen Moment.«

Eileen hob ab und erledigte den Anruf mit der gleichen Routine wie zuvor. Ed warf einen Blick auf seine Uhr. Viertel nach zwölf. Offensichtlich erfreute sich der Telefonsex besonders in der Mittagspause großen Zuspruchs. Er fragte sich, ob die Beerdigung bereits vorüber war und Grace wieder allein zu Hause hockte.

»Tut mir leid«, erklärte Eileen, »aber bevor Sie fragen, sage ich Ihnen lieber gleich, dass unsere Unterlagen streng vertraulich sind. Keiner von uns dreien spricht je mit einem Außenstehenden über unsere Kunden oder Angestellten. Hier geht es um ein Geschäft, Gentlemen, und wir plaudern auch in Bars oder auf Partys nicht darüber. Jeder von uns achtet strikt darauf, dass wir nicht mit dem Gesetz in Konflikt geraten und uns im Rahmen der allgemeinen Geschäftsbestimmungen bewegen. Unsere Damen sind keineswegs Huren. Sie verkaufen nicht ihre Körper, sondern Gespräche. Wir überwachen unsere Angestellten, natürlich auf diskrete Weise, und sollte eine von ihnen sich nicht an die Regeln halten, fliegt sie sofort raus. Selbstverständlich ist uns bewusst, dass es in unserer Branche Unternehmungen gibt, bei denen auch Kinder anrufen können, und zwar auf Kosten ihrer Eltern. Ich persönlich halte solches Geschäftsgebaren für unverantwortlich und sehe darin eine ziemlich traurige Entwicklung. Wir hier bei Fantasy Incorporated, nehmen nur erwachsene Kunden und machen jeden, bevor irgendetwas in Rechnung gestellt wird, auf unsere Geschäftsbestimmungen aufmerksam.«

»Wir sind vom Morddezernat, nicht von der Sitte«, erklärte Ben. »Davon abgesehen haben wir Ihre Firma längst überprüft und festgestellt, dass hier nichts Illegales geschieht. Im Augenblick sind wir einzig und allein an Kathleen Breezewood interessiert. Eine Liste ihrer Kunden käme uns bei unseren Ermittlungen wirklich sehr gelegen.«

»Das kann ich nicht tun. Aus offensichtlichen Gründen

ist unser Kundenverzeichnis streng vertraulich, Detective Paris.«

»Und aus ebenso offensichtlichen Gründen darf bei der Aufklärung eines Mordes nichts streng vertraulich bleiben, Mrs. Cawfield.«

»Ich verstehe Ihre Position, aber bitte verstehen Sie auch meine.«

»Wir könnten einen Gerichtsbeschluss erwirken«, ermahnte Ed sie. »Das würde uns nur Zeit kosten, aber nicht mehr.«

»Dann besorgen Sie sich einen Gerichtsbeschluss, Detective Jackson. Solange Sie mir den nicht vorlegen können, sehe ich mich gezwungen, meine Kunden zu schützen. Ich kann Ihnen nur noch einmal versichern, dass keiner unserer Anrufer in der Lage ist, eine der Damen ausfindig zu machen, es sei denn, er könnte sich Zugang zu diesem Computer verschaffen und den Code knacken.«

»Wir möchten uns auch mit Ihrem Mann und mit Ihrer Schwägerin unterhalten.«

»Selbstverständlich. Abgesehen vom Vertrauensbruch unseren Kunden gegenüber sind wir zu jeder Form der Zusammenarbeit mit den Behörden bereit.«

»Mrs. Cawfield, wissen Sie, wo sich Ihr Mann in der Nacht vom zehnten April aufgehalten hat?« Ed sah sie freundlich an, während er mit gezücktem Bleistift dasaß. Ben bemerkte, wie sie rasch die Finger zusammenzog.

»Ich sehe ein, dass Sie sich danach erkundigen müssen. Trotzdem erachte ich Ihre Frage als geschmacklos.«

»Ja«, sagte Ben und schlug die Beine übereinander. »Aber Morde sind nicht gerade eine geschmackvolle Angelegenheit.«

Eileen befeuchtete sich die Lippen. »Allen spielt Softball. In der fraglichen Nacht hatte er ein Spiel. Er hat alle neun Innings geschafft. Das habe ich selbst gesehen, ich war nämlich dort. Das Spiel war kurz vor einundzwanzig Uhr zu Ende, und danach sind wir mit Freunden Pizza essen gegangen. Wir kamen erst nach dreiundzwanzig Uhr nach Hause.«

»Wenn wir das überprüfen möchten, werden Sie uns dann die Namen Ihrer Freunde mitteilen?«

»Natürlich. Es tut mir wirklich sehr leid wegen Kathleen, aber mein Geschäft hat nichts mit ihrer Ermordung zu tun. Wenn Sie mich jetzt bitte entschuldigen wollen, aber ich muss mich um den nächsten Anrufer kümmern.«

»Vielen Dank, dass Sie so viel Zeit für uns erübrigt haben.« Ed verließ den Laden und wartete draußen auf dem Bürgersteig auf Ben. »Wenn sie uns nichts vorgemacht hat, und den Eindruck habe ich eigentlich gewonnen, dann war es tatsächlich keinem Kunden möglich, über das Büro an Kathleen heranzukommen.«

»Vielleicht hat Desiree sich nicht an die Regeln gehalten.« Ben zündete sich eine Zigarette an. »Irgendein Kerl hat sie interessiert, und da hat sie ihm ihre Privatnummer und Adresse gegeben. Womöglich hat sie sich auch mit ihm getroffen. Und er ist ihr dann heimlich gefolgt, weil er mehr von ihr wollte als nur reden.«

»Könnte sein«, murmelte Ed, auch wenn er sich nur schwer vorstellen konnte, dass es zu den Wesensmerkmalen seiner ehemaligen Nachbarin gehört, sich nicht an Vereinbarungen zu halten. »Ich frage mich, wie hoch deine Frau wohl die Wahrscheinlichkeit einschätzen würde, dass ein Mann, der sich von Telefonsex stimulieren lässt, auch zu Vergewaltigung und Mord fähig ist.«

»Tess arbeitet nicht an dem Fall, Ed.«

»War ja auch nur so eine Idee.« Ihm war nicht entgangen, wie angespannt Ben auf seine Überlegung reagiert hatte, und so verfolgte er das Thema nicht weiter. Sein Partner hatte schon genug daran zu beißen, dass seine Frau einmal bei einer Mordermittlung zu Hilfe gerufen worden war. »Weißt du, ich halte es für wahrscheinlicher, dass jemand zufällig in Kathleens Haus eingebrochen ist, dort von ihr überrascht wurde und dann die Nerven verloren hat.«

»Könnte sein, aber irgendetwas ist an dieser Theorie unstimmig.«

»Ja«, sagte Ed, als er die Wagentür öffnete, »irgendwie fühlt es sich nicht richtig an.«

»Wir sollten uns noch einmal mit Grace unterhalten.«

»Wird sich wohl nicht vermeiden lassen.«

Er musste wieder lauschen. Zu viel Zeit war vergangen. Nach Schulschluss eilte er sofort nach Hause und schloss sich in seinem Zimmer ein. Am liebsten hätte er die letzten Stunden geschwänzt, aber er wusste nur zu gut, dass man dann seine Eltern benachrichtigt hätte und sein Vater anfangen würde, Fragen zu stellen. So hatte er bis zum Schluss durchgehalten und ganz den ruhigen, wohlerzogenen und gescheiten Junge mit der klaren, deutlichen Stimme gegeben. Jerald verstand es so ausgezeichnet, sich seiner Umgebung anzupassen, dass keiner seiner Lehrer sonderlich auf ihn aufmerksam geworden wäre, hätte es sich bei ihm nicht um den Sohn des kommenden Präsidenten gehandelt.

Jerald vermied jedes Aufsehen, denn er mochte es nicht, wenn Menschen ihn beobachteten. Wenn sie ihn zu lange studierten, stießen sie womöglich auf eines seiner Geheimnisse.

Es kam nicht häufig vor, dass er sich schon tagsüber in die Leitung von Fantasy einklinkte. Die Dunkelheit der Nacht war ihm wesentlich lieber, denn dann konnte er sich die betreffende Frau viel besser vorstellen. Doch seit Desiree in sein Leben getreten war, hatte er kaum noch von seinem Hobby lassen können. Er setzte den Kopfhörer auf, schaltete das Terminal ein, lehnte sich zurück und wartete auf die richtige Stimme.

Jerald kannte die von Eileen. Sie interessierte ihn nicht, denn sie klang zu geschäftsmäßig. Und die von der anderen, die nachts die Anrufe entgegennahm, war ihm auch nicht recht. Deren Stimme klang zu jung und zu affektiert. Beiden Frauen gelang es nicht, ihn in irgendeiner Weise zu erregen.

Er schloss die Augen. Irgendwann würde er auf die Richtige stoßen, dessen war er sich absolut sicher.

Und dann hörte er sie: Roxanne.

7

Hyazinthen. Grace hockte auf den Stufen vor dem Haus ihrer Schwester und betrachtete die weißen und rosafarbenen Blüten, die sich geöffnet hatten. Zu ihrer Erleichterung verbreiteten sie nur einen leichten Duft. Grace hatte für heute mehr als genug vom Blumengeruch. Die Hyazinthen sahen auch ganz anders aus als die Kränze, Gebinde und Sträuße. Kräftig und zuversichtlich erhoben sie sich neben dem rissigen Beton. Diese Pflanzen erinnerten sie nicht an Särge und Tränen.

Grace hatte es bei ihren Eltern nicht mehr ausgehalten. Obwohl sie sich dafür hasste, war sie zuvor aufgesprungen und hatte die beiden mit ihrem endlosen Händchenhalten und Teetrinken allein gelassen, weil sie dringend frische Luft, freien Himmel und Zeit für sich brauchte. Es musste ihr gelingen, dem Kummer zu entkommen, sei es auch nur für eine Stunde.

Gelegentlich fuhr auf der Straße ein Auto vorbei, und dann blickte sie auf. Ein paar Nachbarskinder nutzten das schöne Wetter und die länger werdenden Tage, um auf den unebenen Bürgersteigen Rad oder Skateboard zu fahren. Ihr Vergnügen und ihre Rufe erinnerten an den Sommer, der bereits hinter der nächsten Ecke wartete. Hin und wieder starrte einer mit großen, runden und neugierigen Augen zum Haus hinüber. Grace sagte sich, dass mittlerweile alle in der Straße Bescheid wissen mussten, und wahrscheinlich hatten die Eltern bereits ihre Sprösslinge ermahnt, sich bloß nicht dem Grundstück zu nähern. Wenn

Kathleens Haus lange genug leer stand, würden die Kinder sich gegenseitig anstacheln, den Garten zu betreten und sich bis zur Veranda zu wagen. Die Mutigsten unter ihnen würden sich vielleicht sogar getrauen, bis zu einem Fenster zu laufen und einen vorsichtigen Blick hineinzuwerfen.

Das verwunschene Haus. Das Mordhaus. Die Kinder würden feuchte Hände bekommen, und ihre Herzen würden schneller schlagen, wenn sie das Grundstück fluchtartig wieder verließen, um ihren weniger tapferen Freunden von ihrem Heldenstück zu berichten. Grace hatte zu ihrer Zeit genau das Gleiche getan.

Morde besaßen eine unwiderstehliche Anziehungskraft.

Sie wusste, dass man in den ruhigen kleinen Häusern entlang der Straße bereits über die Bluttat redete und beschloss, neue Schlösser einzusetzen und jeden Abend doppelt zu überprüfen, ob alle Türen und Fenster fest verschlossen waren. Aber nach ein paar Wochen würde die allgemeine Wachsamkeit wieder nachlassen. Schließlich war der Mord ja nicht bei einem selbst, sondern ein paar Häuser weiter geschehen.

Aber Grace würde die Untat nie vergessen. Sie rieb sich die müden Augen. Nein, das konnte sie einfach nicht.

Als sie Eds Wagen erkannte, der gerade in die Ausfahrt einbog, atmete sie tief durch. Bis eben war ihr nicht klar gewesen, dass sie auf seine Rückkehr gewartet hatte. Grace erhob sich, lief über das Gras und erreichte ihn, als er gerade aus dem Auto stieg.

»Überstunden gemacht, Detective?«

»Lässt sich manchmal nicht vermeiden.« Er zog die Schlüssel ab und öffnete den Kofferraum. Von ihrem Make-up war nicht mehr als ein paar Mascara-Flecken übrig geblieben. »Ist mit Ihnen alles in Ordnung?«

»Geht so.« Sie warf einen Blick zurück auf das Haus ihrer Schwester. Ihre Mutter hatte gerade in der Küche Licht gemacht. »Morgen früh begleite ich meine Eltern zum Flughafen. Es hilft keinem von uns, wenn sie noch länger hierbleiben; deswegen fiel es mir nicht schwer, sie von der Notwendigkeit der Abreise zu überzeugen. Die beiden geben sich gegenseitig genug Halt.« Sie fuhr sich mit den Händen über die Hose, wusste nicht, wohin mit ihnen, und ließ sie schließlich in den Taschen verschwinden. »Wissen Sie, bis vor ein paar Tagen ist mir nie klar gewesen, wie sehr die zwei miteinander verheiratet sind, wie sehr sie ein Paar sind.«

»In solchen Situationen ist es sehr wichtig, einen Partner zu haben.«

»Ich denke, sie kommen darüber hinweg. Sie haben … sich bereits mit Kathleens Tod abgefunden.«

»Und wie steht's mit Ihnen?«

Grace sah ihn einen Moment an und wandte dann rasch den Blick ab. Die Antwort stand in ihren Augen zu lesen. Sie hatte den Verlust ihrer Schwester noch längst nicht verarbeitet. »Meine Eltern fliegen erst für ein paar Tage nach Hause und reisen dann nach Kalifornien, um Kevin, den Sohn meiner Schwester, zu sehen.«

»Fliegen Sie nicht mit ihnen dorthin?«

»Nein. Ich habe es mir durch den Kopf gehen lassen, aber im Moment wäre das keine so gute Idee. Ich weiß nicht, wie ich es erklären soll, aber irgendwie hat die Beerdigung sie beruhigt.«

»Sie nicht?«

»Ich habe die ganze Veranstaltung gehasst. Sobald ich wieder in New York bin, werde ich mich an ein Krematorium wenden, um Vorsorge für mein eigenes Begräbnis zu treffen.« Sie fuhr sich mit beiden Händen durchs Haar. »Gott, das klingt krank, nicht wahr?«

»Nein, nicht unbedingt. Beerdigungen zwingen einen, sich mit dem Tod auseinanderzusetzen. Das ist ihr eigentlicher Sinn und Zweck, oder?«

»Ich habe den ganzen Tag über ihren Sinn und Zweck nachgedacht. Und ich glaube, ich ziehe unter allen Formen die Wikinger-Bestattung vor. Draußen auf hoher See in einem brennenden Boot zu vergehen. Mir behagt einfach die Vorstellung nicht, in einer Kiste verscharrt zu werden.« Sie bekam sich wieder in den Griff und drehte sich zu Ed um. Wie viel angenehmer war es doch, sich von den Kindern, die auf der Straße spielten, und den erblühenden Blumen ablenken zu lassen. »Tut mir leid. Ich bin aus dem Haus geflüchtet, weil ich nicht länger grübeln wollte. Meinen Eltern habe ich gesagt, ich wollte einen kleinen Spaziergang unternehmen. Sehr weit bin ich nicht gerade gekommen, was?«

»Möchten Sie sich denn noch etwas die Beine vertreten?«

Grace schüttelte den Kopf und legte ihm eine Hand auf den Arm. Wie dezent er doch war. Sie war schon die ganze Zeit auf der Suche nach einer kurzen und treffenden Beschreibung für ihn gewesen, und gerade war sie ihr in den Sinn gekommen. »Sie sind ein sehr netter Mann. Ich möchte mich dafür entschuldigen, Sie gestern Abend so angefahren zu haben.«

»Ist schon okay. Sie hatten gar nicht so unrecht.« Eine

Mutter erschien auf einer Veranda und rief ihre Kinder zum Essen. Sie bettelten so lange, bis sie noch eine Viertelstunde herausgeschlagen hatten.

»Mir tut eigentlich nicht leid, was ich gesagt habe, sondern wie ich es gesagt habe. In meinem Leben gibt es immer wieder längere Perioden, in denen ich wenig Kontakt zu anderen Menschen habe. Und wenn ich mich dann wieder unters Volk mische, endet es regelmäßig damit, dass ich meine Umgebung bedränge oder aus der Haut fahre.«

Grace sah den Kindern beim Spielen zu. Sie erinnerte sich, dass sie in ihrer Kindheit versucht hatte, so schnell zu rennen, wie sie nur konnte, um den Sonnenuntergang zu schlagen. Kathleen und sie waren in einer Straße aufgewachsen, die sich von dieser hier kaum unterschied. »Dann sind wir immer noch Freunde?«

»Aber sicher.«

Er ergriff die Hand, die sie ihm hinhielt.

Genau das brauchte sie jetzt, wurde ihr in dem Moment klar, als er sie berührte. »Heißt das, dass wir uns noch zum Dinner verabreden können, bevor ich abreise?«

Er ließ ihre Hand nicht los und umschloss sie mit seinen kräftigen Fingern. »Wann wollen Sie denn fort?«

»Ich weiß noch nicht so genau. Es gibt hier noch allerlei zu erledigen. Vielleicht nächste Woche.« Ohne nachzudenken und nur, weil es ihr angenehm war, hob sie seine Hand an ihre Wange. Der Kontakt mit seiner Haut war unbeschreiblich schön. Sie wusste, dass sie solche Berührungen ebenso brauchte wie lange Phasen des Alleinseins. Doch in diesem Moment wollte sie nicht einmal daran denken, ohne Gesellschaft zu sein. »Waren Sie jemals in New York?«

»Bin leider noch nie so weit gekommen. Sie frieren ja«, murmelte er, als seine Fingerknöchel über ihr Gesicht strichen. »Sie hätten sich eine Jacke anziehen sollen.«

Grace lächelte und ließ seine Hand los. Doch sie blieb noch einen Moment auf ihrer Wange. Grace war immer ihrem Instinkt gefolgt und hatte sich sowohl mit den Niederlagen als auch den angenehmen Seiten solchen Vorgehens abgefunden. Bevor er seine Hand zurückziehen konnte, schlang sie die Arme um ihn. »Das macht Ihnen doch hoffentlich nichts aus, oder? Ich brauche jetzt einfach jemanden, der mir zeigt, dass ich noch lebe.«

Sie hob den Kopf und drückte sanft ihre Lippen auf die seinen.

Solide. Dieses Wort entstand in ihrem Bewusstsein. Das hier war solide und greifbar. Sein Mund war warm, und er erwiderte den Druck ihrer Lippen. Er drängte nicht, nahm nicht vollkommen Besitz von ihr und versuchte auch nicht, sie mit irgendwelchen raffinierten Kusstechniken zu beeindrucken. Er küsste sie genau so wie sie ihn. Sein Bart war ihr wie ein weiches Kissen. Und als seine Finger sich gegen ihre Haut pressten, erregte sie das. Wie wunderbar es doch war, noch einmal erfahren zu dürfen, dass sie so etwas brauchte und auch annehmen konnte. Ja, in diesem Moment wusste sie, dass sie noch lebte. Ein wunderbares Gefühl.

Sie hatte ihn überrascht, aber er ließ sich davon nicht aus der Fassung bringen, jedenfalls nicht lange. Schon seit geraumer Zeit wünschte er sich, Grace so zu halten und seine Finger durch ihr Haar wandern zu lassen. Die hereinbrechende Dämmerung brachte eine kühle Brise mit sich, und so zog er sie noch näher an sich heran, um ihr Wärme zu geben. Ed spürte, wie sich sein Puls beschleunigte und geradezu raste, als sie sich an ihn schmiegte.

Grace beendete den innigen Moment nur zögernd, weil sie von ihrer eigenen Reaktion wie gelähmt war. Er ließ sie los, auch wenn die wilde, romantische Vorstellung, sie hochzunehmen und in sein Haus zu tragen, sich noch lange in seinem Bewusstsein hielt.

»Danke«, brachte Grace schließlich hervor.

»Keine Ursache.«

Sie lachte, überrascht von ihrer Nervosität und entzückt über das, was seine Berührung in ihr ausgelöst hatte. »Ich glaube, ich lasse dich jetzt besser in Ruhe. Schließlich weiß ich doch, dass du auch nachts noch arbeitest.« Als er sie fragend ansah, ergänzte sie: »Ich sehe doch noch spät das Licht brennen.«

»Mit dem Badezimmer bin ich fast fertig. Fehlt eigentlich nur noch die Tapete.«

Grace warf einen Blick in seinen Kofferraum und entdeckte darin vier Zwanzig-Liter-Eimer Kleister. »Das reicht ja für einen ganzen Saal.«

»Den Kleister gab's als Sonderangebot.«

»Meine Mutter würde dich sofort ins Herz schließen«, lächelte sie. »Ich gehe jetzt besser wieder ins Haus, sonst machen sie sich noch Sorgen um mich. Bis bald.«

»Bis morgen. Ich lade dich zum Abendbrot ein.«

»Einverstanden.« Sie lief los, blieb aber mitten auf dem Rasen stehen und drehte sich um: »Aber keinen Möhrensaft, bitte.«

Roxanne hieß eigentlich Mary. Insgeheim hatte sie ihren Eltern immer einen leisen Vorwurf daraus gemacht, bei der

Namensgebung so wenig Fantasie bewiesen zu haben. Sie fragte sich oft, ob ihre Entwicklung mit einem exotischeren, klangvolleren oder frivoleren Namen anders verlaufen wäre.

Mary Grice war achtundzwanzig, alleinstehend und stark übergewichtig. Schon in ihrer Pubertät hatte sie Fett angesetzt und dafür gleich ihre Eltern verantwortlich gemacht. Das liege nur an den Fettgenen, pflegte ihre Mutter zu sagen. Und das war mindestens die halbe Wahrheit. Die volle lautete, dass die ganze Familie Grice dem Essen nicht widerstehen konnte – und das war schon immer so gewesen. Nahrungsaufnahme bedeutete für sie so etwas wie eine religiöse Erfahrung, und alle drei – Moma, Poppy und Mary – waren in dieser Hinsicht tiefgläubig.

Mary war in einem Haus aufgewachsen, in dem die Speisekammer und der Kühlschrank stets gut gefüllt waren und nie Mangel an Chips, kleinen Leckereien oder Schokoladensirup herrschte. Das Mädchen hatte schon früh gelernt, aus Brotscheiben, Wurst und Käse Sandwichtürme von ungeahnter Höhe zu bauen, diese mit Mengen von Schokomilch hinunterzuspülen und dann immer noch im Bauch Platz genug für eine Schachtel gefüllter Plätzchen zu haben.

Während der Pubertät hatte Marys Haut verrückt gespielt und sie bald wie eine der reichbelegten Pizzas aussehen lassen, die sie so gern verdrückte. Selbst heute noch war ihr Gesicht von Kratern und Unreinheiten übersät. Mary hatte es sich schon früh angewöhnt, ihre Züge mit einer zentimeterdicken Schicht Make-up zu bedecken. Bei wärmerem Wetter, wenn ihre Schweißdrüsen sich allzu bereitwillig öffneten, wurde es rissig und zerschmolz auf ihrem Gesicht wie eine Gummipuppe im Feuer.

Sie hatte die Highschool und das College ohne eine einzige Verabredung mit einem Jungen hinter sich gebracht. Schlimmer noch, es war ihr nicht einmal gelungen, eine rein platonische Freundschaft mit einem jungen Mann aufzubauen. Trost fand sie wie eh und je im Essen. Wann immer jemand ihre Gefühle verletzt hatte oder die Hormone in ihr revoltierten, stopfte sich Mary mit Cheeseburgern und Fritten voll.

Im Alter von zwanzig Jahren war ihr Hals unter mehreren Faltenlagen verschwunden. Sie trug ihr Haar lang und hielt es hinten mit einer Spange zusammen. Schönheitssalons mochte sie nicht, weil dort zu viele Spiegel angebracht waren. Doch hin und wieder überkam es sie, und dann färbte sie sich das Haar flammend rot, rabenschwarz oder blond wie weiland Jean Harlow. Nach jeder Tönung fühlte sie sich als neue Persönlichkeit. Jede neue Identität wäre ihr willkommen gewesen, insofern sie sich nur von ihrer wahren unterschied.

Als der Arzt sie wegen ihres zu hohen Blutdrucks und der Herzbelastung warnte, verstellte sie die Skala an ihrer Waage, sodass sie von nun an fünf Kilogramm weniger wog. Diese Illusion erfreute sie so sehr, dass sie sich beim Essen noch weniger Zurückhaltung auferlegte. Sie hatte die zehn Pfund bald wieder drauf und glaubte, ihr Normalgewicht wieder erreicht zu haben.

Und eines Tages erfand sie Roxanne.

Roxanne war verführerisch, wanderte von einem Bett zum anderen und besaß eine Traumfigur. Sie konnte einen Eisberg in eine Dampfwolke verwandeln, solange es sich bei diesem nur um einen Mann handelte. Roxanne kannte weder Zurückhaltung noch Moral.

Marys Alter Ego lebte für den Sex und frönte ihm an jedem Ort, zu jeder Gelegenheit und zu jeder Tageszeit. Wenn ein Mann harten, schnellen und schmutzigen Sex suchte, war er bei Roxanne genau an der richtigen Adresse.

Aus einer Laune heraus hatte Mary sich bei Fantasy Incorporated beworben. Auf das Geld war sie nicht angewiesen. Im College hatte sie über Roastbeeftellern und Käseplatten viel gebüffelt. Sie hatte ihren Abschluss in Volkswirtschaft gemacht und war mittlerweile in einem der führenden Broker-Häuser des Landes tätig. Für ihre Klienten war sie nicht mehr als eine Stimme am Telefon, und das hatte sie schließlich auf die Idee gebracht.

Vielleicht gehörte es zu den Launen der Natur, ihren aufgeschwemmten Körper mit einer wunderschönen Stimme zu versehen. Sie sprach sanft und in einer angenehmen, etwas zu hohen Tonlage. Wenn Mary aufgeregt war, klang sie leicht atemlos und erzeugte so das Bild einer kleinen und zierlichen Frau aus gutem Hause. Die Vorstellung, die Stimme zu mehr zu nutzen, als nur Aktien und Investmentpapiere an den Mann zu bringen, war zu stark gewesen, um ihr widerstehen zu können.

Mary betrachtete sich selbst als Telefonhure. Natürlich wusste sie, dass Eileen ihr Gewerbe als eine Art Sozialdienst ansah, aber Mary gefiel sich viel zu sehr in der Rolle einer Prostituierten. Alle Frustrationen, alle unerfüllten Sehnsüchte und alle Träume, aus denen sie schweißgebadet erwacht war, ließen sich durch die siebenminütigen Telefongespräche kompensieren und ertragen.

In ihrer Fantasie war Mary tatsächlich mit jedem einzelnen Mann im Bett gewesen, mit dem sie je über die Fantasy-Leitung telefoniert hatte. In der Wirklichkeit hatte sie es nie so weit gebracht. Die Gespräche mit den gesichtslosen Kunden waren die Überdruckventile für die erhitzten, unerfüllten Fantasien, die sich in ihr angestaut hatten. Für ein paar Dollar erfüllte sie in sieben Minuten die sexuellen Bedürfnisse ihrer Kunden und bekam von ihnen noch mehr zurück.

Tagsüber verfolgte sie Kursentwicklungen, verkaufte Wertpapiere und kaufte andere an. In der Nacht aber tauschte sie ihren Geschäftsanzug gegen sexy Wäsche von Frederick's of Hollywood aus und verwandelte sich in Roxanne.

Und sie genoss jeden Augenblick davon.

Mary war eine der wenigen Angestellten bei Fantasy, die an sieben Abenden in der Woche Anrufe entgegennahmen. Wenn eine ihrer Kolleginnen einen Kunden aus irgendwelchen Gründen ablehnte oder seine Wünsche als zu abartig empfand, sprang Roxanne gern für sie ein. Das Geld, das Mary dabei verdiente, gab sie für Reizwäsche aus roter Seide, Parfüms und Nahrungsmittel aus. Vor allem für Letzteres. Zwischen zwei Anrufen konnte sie mit Leichtigkeit eine Jumbotüte Kartoffelchips und dazu ein großes Glas Tzaziki mit viel Knoblauch verdrücken.

Sie erkannte Lawrence gleich an der Stimme, und sie wusste auch über seine Vorlieben Bescheid. Obwohl er nicht zu den Abartigsten unter ihren Stammkunden gehörte, liebte er es, gelegentlich mit Fantasien über Leder und Handschellen überrascht zu werden. Lawrence hatte ihr von Anfang an die Wahrheit über seine äußere Erscheinung gesagt. Sie glaubte ihm, denn wer würde schon freiwillig von sich behaupten, einen Überbiss zu haben und an Asthma zu leiden. Dreimal in der Woche rief er bei ihr an – ein Drei-Minuten-Quickie und zwei reguläre Gespräche zu sieben Minuten. Lawrence arbeitete als Buchhalter, und so hatten sie auch über den Sex hinaus noch ein gemeinsames Gesprächsthema.

Roxanne hatte überall in ihrem Zimmer Kerzen aufgestellt und angezündet. Sie schuf sich gern das passende Ambiente, während sie sich mit einer Zweiliterflasche der guten, alten zuckersüßen Coca-Cola auf ihrem überdimensionierten Bett ausbreitete. Mary machte es sich auf dem Satinbezug bequem, schob sich ein paar Kissen in den Rücken, und wenn sie mit Lawrence sprach, spielten ihre Finger mit der Telefonschnur.

»Du weißt, dass ich ganz besonders gern mit dir spreche, Lawrence. Mir wird schon bei dem Gedanken, deine Stimme zu hören, ganz kribbelig. Ich trage heute ein neues Negligé. Es ist rot, und der Stoff ist durchsichtig.« Sie lachte leise und schmiegte sich in die Kissen. Zurzeit hatte sie die Figur einer Mastkuh, und die Beine vermochten den Körper kaum noch zu tragen. »Du unartiger Junge, Lawrence. Wenn es wirklich das ist, was du von mir willst, nun, das tue ich gerade und stelle mir dabei vor, du wärst es. Also gut, dann hör nur zu. Lehn dich zurück, und ich erzähle dir ganz genau, was ich in diesem Moment mache.«

Er wusste, dass er zu schnell vorging, aber verdammt noch mal, er musste einfach feststellen, ob es noch einmal zu einem solchen Erlebnis kommen konnte. Roxanne schien wie geschaffen dafür. Kaum hatte er ihre Stimme zum ersten Mal vernommen, wusste er, dass sie die Richtige war. Auf seinen Armen hatte sich eine Gänsehaut gebildet, und sein Glied hatte sich so rasch und hart versteift, dass es ihm wehtat.

Roxanne musste die Nächste werden. Sie wartete schon auf ihn. Sie lockte ihn nicht mit heißen Versprechen wie Desiree, sondern bildete die nächste Stufe. Roxanne sprach von Dingen, die er sich selbst in seinen kühnsten Träumen nie vorgestellt hatte. Sie wollte, dass er ihr Schmerzen zufügte. Wie hätte er da widerstehen können?

Aber er musste vorsichtig sein.

In dieser Gegend hier ging es nicht so ruhig zu wie in der von Desiree. Auf der Straße herrschte reger Verkehr, und auf den Bürgersteigen eilten Passanten hin und her. Aber vielleicht war es nicht das Schlechteste, wenn jemand ihn bemerkte und sich womöglich später an ihn erinnerte. Die Vorstellung erhöhte seinen Nervenkitzel.

Das Haus, in dem sich Roxannes Apartment befand, stand in der Wisconsin Avenue. Jerald hatte seinen Wagen zwei Blocks davon entfernt abgestellt. Er zwang sich, langsam zu gehen, weniger, um nicht aufzufallen, als vielmehr um alles an dieser Nacht genießen zu können. Wolken zogen über den Himmel, und ein leichter Wind wehte. So blieb sein Gesicht kühl, doch die Hände in den Taschen seiner Schuljacke waren erhitzt und schwitzig. Seine Finger schlossen sich um das Seil, das er aus der Hausmeisterloge mitgenommen hatte. Roxanne würde es begrüßen, dass er an das gedacht hatte, was sie am meisten mochte. Oh, wie sehr würde sie sich dafür begeistern.

Offiziell hielt er sich jetzt in der Bibliothek auf, um für ein Referat über den Zweiten Weltkrieg zu recherchieren. Die Arbeit hatte er schon vor einer Woche geschrieben, aber das brauchte seine Mutter ja nicht zu wissen. Sie war nach Michigan geflogen, um für seinen Vater die Werbetrommel zu rühren.

Nach Ende des Schuljahres wurde von Jerald erwartet, sich zu den beiden zu gesellen und an ihrer Seite die heiße Phase des Wahlkampfs durchzustehen. Der Junge war sich noch nicht ganz schlüssig, wie er dem aus dem Wege gehen sollte; er wusste nur, dass er diesen Zirkus auf keinen Fall mitmachen würde. Aber bis dahin blieben ihm noch sechs Wochen Zeit.

Beschissene, verknöcherte Schule, schimpfte er leise, doch ohne sonderliche Verärgerung. Sobald er einmal auf dem College war, würde er sein eigener Herr sein. Dann brauchte er sich keine Entschuldigungen mehr auszudenken und die Bibliothek, irgendeinen Club oder einen Kinobesuch vorzuschieben, um nachts für ein paar Stunden aus dem Haus zu kommen.

Aber wenn sein Vater die Wahl gewonnen hatte, tauchte ein neues Problem auf: die Leibwächter vom Secret Service. Jerald machte sich allerdings keine allzu großen Sorgen um diese Männer. Im Gegenteil, er freute sich schon darauf, ihnen ein Schnippchen zu schlagen und sie an der Nase herumzuführen. Sie waren doch nur Roboter, die man in Anzug und Krawatte gesteckt hatte.

Jerald trat hinter einen Strauch und holte das Röhrchen mit dem Kokain aus der Tasche. Er schnupfte den Inhalt rasch und spürte gleich, wie sich in seinem Verstand ein einziger Gedanke kristallisierte:

Roxanne.

Mit einem glücklichen Lächeln lief er um das Apartmenthaus herum. Er machte sich nicht die Mühe, sich nach links und rechts umzusehen, ging aber umso umsichtiger vor, als er ein Stück aus dem Wohnzimmerfenster von Roxannes Parterrewohnung schnitt. Nun konnte ihn niemand mehr aufhalten. Dafür war er viel zu mächtig und kraftvoll. Und Roxanne wartete auf ihn.

Er schnitt sich in den Finger, als er durch das Loch nach dem Griff langte. Doch jetzt blieb keine Zeit, sich lange um die Wunde zu kümmern, und so saugte er nur daran. Im Apartment herrschte Dunkelheit, und Jeralds Herz klopfte ein wenig zu schnell. Er schwang sich hoch, stieg ein und hielt sich nicht damit auf, das Fenster hinter sich zu schließen.

Sie würde ihn bereits erwarten und sich danach sehnen, dass er ihr Schmerzen zufügte und sie zum Schwitzen und Schreien brachte. Roxanne verzehrte sich sicher bereits danach, dass er ihr zum ultimativen Orgasmus verhalf.

Sie hörte ihn nicht kommen. Lawrence hatte bereits seinen Höhepunkt erreicht, und der ihre stand kurz bevor.

Er sah Roxanne, wie sie ausgebreitet auf dem satinbezogenen Bett lag. Ihre von einem Schweißfilm überzogene Haut glitzerte im Kerzenschein. Jerald schloss die Augen und lauschte ihrer Stimme. Als er sie wieder öffnete, lag vor ihm keine fette Tonne mit herabhängenden Fleischlappen, sondern eine aufregende Rothaarige mit langen Beinen. Lächelnd trat er an ihr Bett.

»Der Moment ist gekommen, Roxanne.«

Sie riss die Augen auf. Noch halb benommen von ihren erotischen Fantasien konnte sie ihn nur anstarren. Ihre mächtigen Brüste hoben und senkten sich. »Wer sind Sie?«

»Du kennst mich.« Er lächelte immer noch, als er ihre Oberschenkel auseinanderzog.

»Was wollen Sie? Was suchen Sie hier?«

»Ich gebe dir alles, wonach du gebettelt hast, und noch viel mehr.« Er riss den dünnen Stoff von ihrem Busen.

Sie kreischte und stieß ihn fort. Der Hörer fiel auf die Matratze, als sie versuchte, sich aus dem Bett zu wälzen. »Lawrence! Lawrence, ein fremder Mann ist in meinem Schlafzimmer! Ruf die Polizei! Ruf Hilfe!«

»Es wird dir sehr gefallen, Roxanne.«

Die Frau besaß das Dreifache seines Gewichts, aber sie war vor Schrecken wir gelähmt. Hilflos schlug sie um sich und traf ihn einmal an der Brust. Doch er spürte nichts davon. Roxanne kreischte hysterisch, und ihr Herz, das für den mächtigen Körper zu schwach war, schlug viel zu schnell und setzte immer wieder einmal aus. Als Jerald ihr eine Ohrfeige verpasste, lief ihr Gesicht dunkelrot an.

»Es wird dir wirklich gefallen«, versicherte er ihr wieder, als sie auf die Kissen zurückfiel. Aus einem Reflex heraus riss sie die Hände vors Gesicht, um es vor einem neuen Schlag zu schützen. »Eine solche Erfahrung wirst du nie wieder machen.«

»Tun Sie mir nicht weh!« Tränen quollen aus ihren Augen und gruben Furchen in ihr Make-up. Roxannes Atem ging rasselnd, als er ihre Hände ans Bettgestell zog und dort mit dem Seil festband.

»So magst du es doch am liebsten. Ich habe es aus deinem Mund gehört und nicht vergessen.« Er drang hart in sie ein und grinste dabei wie ein Wahnsinniger. »Ich will, dass du es genauso genießt wie ich, Roxanne. Es soll für uns beide der absolute Höhepunkt werden.«

Sie heulte und wimmerte, und jeder Schluchzer ließ ihren Körper erzittern. Jerald ritt sie und geriet in einen Zustand der Erregung, der ihm die Sinne nahm. Er spürte, wie der Orgasmus mit tosender Macht herannahte, und wusste, dass der Zeitpunkt gekommen war.

Lächelnd und mit halb geschlossenen Augen band er die Telefonschnur um Roxannes Hals und zog kräftig zu.

Ed nahm schon nach dem ersten Klingeln den Hörer ab und war im selben Moment hellwach. Auf der Mattscheibe unterhielt David Letterman sein Late-Night-Publikum. Ed bewegte seinen eingeschlafenen Arm, starrte verwirrt auf den Bildschirm und räusperte sich.

»Jackson.«

»Zieh deine Hose an, Partner. Wir haben eine Leiche.«

»Wo?«

»Wisconsin Avenue. Ich hol dich gleich ab.« Ben lauschte für einen Moment und bemerkte dann: »Wenn du eine Frau hättest, würdest du nachts nicht bei David Letterman einschlafen.«

Ed legte auf und taumelte ins Badezimmer, um den Kopf unter kaltes Wasser zu halten.

Eine Viertelstunde später saß er in Bens Wagen auf dem Beifahrersitz. »Ich wusste, dass es zu schön ist, um wahr zu sein.« Ben biss ein Stück von seinem Schokoriegel ab. »Immerhin ist schon eine Woche vergangen, seit man mich zum letzten Mal mitten in der Nacht aus dem Bett geklingelt hat.«

»Wer hat dir das denn angetan?«

»Ein paar Streifenbeamte. Jemand hat bei ihnen angerufen und einen Überfall gemeldet. In einem Apartment im Erdgeschoss, das von einer alleinstehenden Frau bewohnt werde. Die Polizisten sind hin und haben ein offen stehendes Fenster entdeckt, aus dem ein Stück herausgeschnitten war. Sie sind dann hinein und stießen auf die Bewohnerin. Die hat es wohl hinter sich.«

»Einbruch?«

»Keine Ahnung. Mehr hat man mir leider nicht mitgeteilt. Der Polizist, der bei mir anrief, war wohl noch ein Frischling. Der Kollege meinte, der Junge hätte Mühe, sein Abendbrot bei sich zu behalten. Ach übrigens, bevor ich es vergesse, Tess hat sich beschwert, du würdest sie vernachlässigen. Warum kommst du nicht auf einen Drink bei uns vorbei? Und bring deine Schriftstellerin mit.«

Ed schnaubte leise und sah seinen Partner von der Seite an. »Will sie mich sehen oder Grace kennenlernen?«

»Beides.« Ben grinste und verdrückte das letzte Stück vom Schokoriegel. »Du weißt doch, wie sehr sie dich mag. Wenn ich nicht so viel besser aussähe als du, hättest du unter Umständen vielleicht Chancen bei ihr. So, da wären wir. Schau sich einer nur einmal diese Burschen an! Die wollen wohl sicherstellen, dass alle in der Straße von der Leiche erfahren!«

Er stellte sein Auto hinter zwei Streifenwagen ab. Die Lichter auf den Dächern drehten sich, und aus den Funkgeräten drangen immer neue Klanggewitter. Ben nickte dem ersten Beamten in Uniform zu, dem sie begegneten.

»Apartment Nr. 101, Sir. Offenbar ist der Eindringling durch das Wohnzimmerfenster hineingelangt. Das Opfer lag im Bett. Die Beamten, die sie gefunden haben, befinden sich in der Wohnung.«

»Spurensicherung?«

»Ist schon auf dem Weg, Sir.«

Ben schätzte den Mann auf höchstens zweiundzwanzig. Die werden auch jedes Jahr jünger, dachte er. Zusammen mit Ed marschierte er ins Haus und betrat die Wohnung. Zwei Polizisten standen im Wohnzimmer. Der eine kaute Kaugummi, der andere war leichenblass und schwitzte.

»Wir sind die Detectives Paris und Jackson«, erklärte Ed. »Gehen Sie nach draußen, frische Luft schnappen.«

»Danke, Sir.«

»Kannst du dich noch an deine erste Leiche erinnern?« fragte Ben seinen Partner auf dem Weg ins Schlafzimmer.

»Ja. Nach Dienstschluss habe ich mich gleich volllaufen lassen.« Ed stellte ihm nicht die gleiche Frage. Er wusste, dass Bens erste Leiche die seines eigenen Bruders gewesen war.

Als sie auf der Schwelle zum Schlafzimmer standen, fiel ihr Blick gleich auf Mary. Die beiden sahen sich an. »Scheiße«, war alles, was Ben sagen konnte.

»Hat ganz den Anschein, als hätten wir es mit einem Serienmörder zu tun. Der Captain wird alles andere als begeistert sein.

Ed behielt recht.

Um acht Uhr am nächsten Morgen befanden sich die beiden Detectives im Büro von Captain Harris. Ihr Vorgesetzter saß an seinem Schreibtisch und studierte mit seiner neuen und unmöglich aussehenden Brille ihre Berichte. Dank seiner Diät hatte er bereits fünf Pfund abgenommen, war aber auch im gleichen Maße verdrießlicher geworden. Mit den Fingern einer Hand trommelte er immerzu einen monotonen Takt auf die Schreibtischplatte.

Ben lehnte an der Wand und wünschte sich, er hätte die Zeit und die Energie, um seine Frau zu lieben. Ed hockte mit ausgestreckten Beinen auf einem Stuhl und tauchte einen Teebeutel in eine Tasse mit heißem Wasser.

»Die Spurensicherung hat ihren Bericht noch nicht geschickt«, erklärte der Captain schließlich. »Ich rechne allerdings nicht damit, dort auf Überraschungen zu stoßen.«

»Der Mann hat sich beim Einstieg durch das Fenster geschnitten«, sagte Ed. »Ich bin fest davon überzeugt, dass das Blut mit dem übereinstimmt, was wir im Arbeitszimmer von Mrs. Breezewood gefunden haben.«

»Wir haben der Presse nichts von der Vergewaltigung und dem Mordwerkzeug mitgeteilt«, ergänzte Ben. »Also dürften wir es kaum mit einem Nachahmungstäter zu tun haben. Beim zweiten Opfer scheint es allerdings keinen Kampf gegeben zu haben. Entweder hat er sich diesmal geschickter angestellt, oder die Frau hatte zu viel Angst, um sich zur Wehr zu setzen. Sie besaß ein ziemliches Gewicht, und trotzdem ist es ihm gelungen, sie ans Bettgestell zu fesseln, ohne dass dabei etwas umgestoßen worden wäre.«

»Nach dem, was wir bei ihr gefunden haben, muss sie Börsenmaklerin gewesen sein. Wir überprüfen das noch heute Morgen und stellen dann fest, ob es irgendeine Verbindung zwischen den beiden Opfern gegeben hat.« Als Ed von seinem Tee trank, fiel ihm auf, dass Ben sich an diesem Morgen schon die dritte Zigarette anzündete. »Eine Frau hat den Vorfall der Polizei gemeldet, aber leider versäumt, ihren Namen durchzugeben.«

»Lowenstein und Renockie sollen sich in der Nachbarschaft umhören.« Harris nahm zwei Grapefruittabletten, starrte sie mürrisch an und trank sie dann mit dem Glas lauwarmen Wassers, das auf seinem Schreibtisch stand. »Solange uns keine gegenteiligen Beweise vorliegen, suchen wir nach ein und demselben Täter. Wir müssen den Fall lösen, bevor er uns über den Kopf wächst. Paris, Ihre Frau war uns letztes Jahr eine große Hilfe. Sie hat nicht zufällig eine Idee, wie wir in dieser Angelegenheit vorgehen sollen, oder?«

»Nein.« Ben blies Rauch aus und beließ es bei dieser kurzen Antwort.

Der Captain trank sein Glas leer, und gleich fing sein Magen an zu knurren. Seit nunmehr einem Monat hatte er keine anständige Mahlzeit mehr zu sich genommen. »Bis sechzehn Uhr möchte ich neue Berichte vorliegen haben.«

»Der hat gut reden«, murrte Ben, als er die Bürotür hinter sich geschlossen hatte. »Es war schon ein echtes Kreuz mit ihm, als man ihn noch nicht auf Diät gesetzt hatte.«

»Entgegen landläufiger Meinung sind dicke Menschen nicht unbedingt fröhlicher. Überschüssiges Gewicht belastet den Körper nur. Der Betreffende fühlt sich unwohl, und das wirkt sich auf seinen Gemütszustand aus. Und eintönige Diäten verschlimmern das Unbehagen nur noch. Eine ausgewogene Ernährung, viel körperliche Bewegung und ausreichend Schlaf hingegen machen einen Menschen fröhlich und gesund.«

»Scheiße.«

»Genau, regelmäßiger Stuhlgang tut ein Übriges.«

»Die Drinks gehen auf mich.« Lowenstein trat von hinten zwischen sie und legte ihnen je einen Arm um die Taille.

»Erst seit ich verheiratet bin, bist du freundlich zu mir. Vorher wäre dir das nie eingefallen.«

»Mein Mann hat eine Gehaltserhöhung bekommen.

Dreitausend mehr im Jahr. O Mann, sobald die Kinder aus der Schule kommen, geht's ab nach Mexiko.«

»Wie wäre es mit einem kleinen Darlehen bis zum nächsten Zahltag?«, fragte Ed.

»Nichts da. Die Berichte von der Spurensicherung sind gekommen. Phil und ich dürfen Klinken putzen gehen. Vielleicht kann ich in der Mittagspause ein paar Einkäufe erledigen. Mann, ich habe schon seit drei Jahren keinen Bikini mehr angehabt.«

»Hör auf, du machst mich ganz scharf«, verdrehte Ben die Augen.

»Auf dass dich der Neid zerfresse, Paris: In genau sechs Wochen überquere ich im Süden die Grenze, und dann gibt es für mich nur noch Margaritas und fette Fajitas.«

»Vergiss nicht, Kohletabletten mitzunehmen«, sagte Ed und hockte sich auf Bens Schreibtischkante.

»Keine Bange, ich habe einen Magen aus Stahl. Komm schon, Renockie, setz deinen Hintern in Bewegung.«

Ben schlug den Bericht auf, der auf seinem Schreibtisch lag. »Kannst du dir Lowenstein im Bikini vorstellen?«

»Muss traumhaft aussehen. Was haben wir denn da?«

»Blutspuren am aufgeschnittenen Glas: A positiv. Und schau dir das an: Fingerabdrücke am Fensterbrett.« Er legte die Breezewood-Akte daneben. »Was sagst du dazu?«

»Ich würde sagen, wir haben eine Übereinstimmung.«

»Ja, das glaube ich auch. Jetzt müssen wir den Mann nur noch finden.«

Grace warf ihre Handtasche aufs Sofa und ließ sich daneben fallen. Sie konnte sich nicht erinnern, sich jemals so erledigt gefühlt zu haben. Weder nach einem Schreibmarathon von vierzehn Stunden noch nach einer Party, die bis in den frühen Morgen angedauert hatte, noch nach einer Lesetournee durch zwölf Städte.

Von dem Augenblick an, in dem sie ihre Eltern in Phoenix angerufen hatte, bis eben, als sie mit ihnen zum Flughafen gefahren war, hatte sie ihre Energie bis auf den letzten Rest aufgebraucht. Dem Himmel sei Dank, dass Mom und Dad einander hatten; denn sie konnte ihnen einfach nichts mehr geben.

Grace wäre am liebsten nach Hause geflogen, zurück nach New York, wo es so lärmend und hastig zuging, dass man alles andere darüber vergessen konnte. Es juckte sie schon in den Fingern, ihre Kiste zu packen, Kathleens ehemaliges Heim zu verriegeln und das nächste Flugzeug zu besteigen. Aber das wäre ihr dann doch wie Flucht vor der Realität vorgekommen. Außerdem gab es hier noch über hundert Dinge, um die sie sich kümmern musste: Versicherungen, Vermieter, Bankverbindungen und alles andere, was Kathleens Leben betraf.

Die meisten Besitztümer ihrer Schwester wollte sie zusammenpacken und der Kirche schenken. Doch da fanden sich bestimmt auch einige Gegenstände, die sie besser Kevin oder ihren Eltern schickte. Erinnerungen an die Mutter beziehungsweise die Tochter.

Aber nein, Grace spürte, dass sie noch lange nicht so weit war, die Kleider und den Schmuck Kathleens durchzusehen.

Dann musste sie eben mit dem Papierkrieg anfangen. Zuerst die Beerdigung und von dort aus weiter zurück. So viele Beileidskarten waren gekommen. Ihre Mutter wollte die bestimmt haben, um sie in einer Schachtel aufzuheben.

Vielleicht wäre das der günstigste Einstieg in die Arbeit. Die meisten Namen würden ihr sicher nichts sagen. Doch sobald sie einmal begonnen hatte, würde es ihr zunehmend leichter fallen, sich auch um die persönlicheren Angelegenheiten ihrer Schwester zu kümmern.

Aber als Allerallererstes musste sie Energie tanken. Grace setzte die Kaffeemaschine in Gang.

Sie nahm die dampfende Glaskanne mit auf ihr Zimmer und warf dort ihrem Computer einen sehnsuchtsvollen Blick zu. Seit Tagen hatte sie ihn nicht mehr eingeschaltet. Wenn sie den Abgabetermin für den neuen Roman nicht einhalten konnte, was zunehmend wahrscheinlicher wurde, brachte ihre Redakteurin gewiss Verständnis für die besonderen Umstände auf. Ein halbes Dutzend Freunde und Bekannte hatte bereits aus New York angerufen, um Mitgefühl auszudrücken oder Hilfe anzubieten. Das hatte Grace gutgetan und sie das Foto und die Schlagzeile in der Zeitung ertragen lassen. Ersteres zeigte sie auf der Beerdigung ihrer Schwester, Zweitere lautete:

SCHWESTER VON PREISGEKRÖNTER
AUTORIN BEIGESETZT

– G. B. McCabe nimmt an der Beerdigung ihrer auf brutale Weise ermordeten Schwester teil –

Grace war die Lust vergangen, auch noch den Artikel zu lesen.

Aber die Schlagzeilen waren doch eigentlich egal, sagte sie sich. Und wenn sie ehrlich war, hatte sie mit so etwas gerechnet. Sensationsmache gehörte als fester Bestandteil zum Spiel. Und bis vor ein paar Nächten hatte sie den ganzen Rummel auch noch als Spiel angesehen.

Grace trank ihre Tasse leer und füllte sie wieder auf, bevor sie sich an den großen Umschlag machte, der mit Karten vollgestopft war. Einen Moment lang war sie versucht, sie gar nicht erst herauszuholen, sondern gleich an ihre Mutter zu schicken. Doch dann legte sie sich aufs Bett und ging die Beileidsbekundungen eine nach der anderen durch. Einige der Absender erwarteten sicher eine Antwort. Das erledigte sie lieber gleich; sonst musste sich ihre Mutter später damit abplagen.

Eine Karte stammte von der Schülerschaft von Our Lady of Hope. Grace betrachtete sie und nahm sich vor, Geld für ein Stipendium in Kathleens Namen zu spenden. Sie legte die Karte beiseite, um die Angelegenheit später mit ihrem Anwalt zu erörtern.

Grace kannte nur einige wenige der Namen auf den Abschiedsgrüßen aus Kalifornien – reiche und mächtige Familien an der Westküste, mit denen Kathleen gesellschaftlichen Umgang gepflegt hatte. Sollte Jonathan sich doch um die kümmern, entschied sie und warf diese Karten auf einen Haufen.

Als sie auf einen Gruß von einer alten Nachbarin stieß, traten ihr wieder Tränen in die Augen. Ihre Familie hatte fünfzehn Jahre lang Tür an Tür mit Mrs. Brackleman gelebt. Schon damals war die Frau recht betagt gewesen, oder zumindest war sie Grace so vorgekommen. Bei ihr hatte es stets Plätzchen, die gerade aus dem Backofen kamen, oder Stoffreste gegeben, aus denen man herrliche Puppenkleider anfertigen konnte. Grace legte diese Karte ebenfalls beiseite.

Sie nahm die nächste in die Hand, überflog sie, stockte, rieb sich die Augen und starrte dann darauf. Da stimmte doch etwas nicht. Die Karte stammte von einem Floristen und zeigte einen Strauß Rosen und daneben den Aufdruck: IN MEMORIAM. Darunter war handschriftlich hinzugefügt:

Desiree, ich werde dich nie vergessen.

Das Kärtchen glitt ihr aus den Fingern, fiel zu Boden und landete auf der unbeschrifteten Seite.

Desiree. Das Wort schien zu wachsen, bis es die ganze Fläche bedeckte.

»Ich nenne mich Desiree«, hatte Kathleen ihr am ersten Abend mitgeteilt. *Ich nenne mich Desiree.*

»Großer Gott!« Grace fing an zu zittern. »O du mein Gott!«

Jerald hockte in der Klasse auf seinem Platz. Englische Literatur stand auf dem Stundenplan, und der Lehrer quasselte unermüdlich über die Subtilität und den Symbolismus in *Macbeth.* Jerald mochte das Stück, hatte es mehrere Male gelesen und konnte daher auf Mr. Brenners Interpretationsversuche verzichten. In dem Drama ging es um Mord und Wahnsinn. Und natürlich um Macht.

Jerald war mit der Macht aufgewachsen. Sein Vater war der mächtigste Mann der Welt. Und mit Mord und Wahnsinn kannte der Junge sich bestens aus.

Der Lehrer würde bestimmt einen Herzinfarkt erleiden, wenn Jerald jetzt aufstünde und ihm erklärte, wie es sich anfühlte, jemanden zu töten. Welche Geräusche das Opfer dabei von sich gab oder was für ein Gesicht es machte, wenn das Leben aus ihm wich. Und erst die Augen. Ihr Blick war das Unglaublichste daran.

Der Junge kam zu dem Schluss, dass ihm das Morden gefiel, genauso wie George Lowell, seinem Banknachbarn, der Baseball. In gewisser Weise konnte man vom Töten sogar als der ultimativen Sportart sprechen. Und wenn man bei diesem Bild blieb, konnte Jerald sich bestimmt schon tausend Punkte gutschreiben.

Nun gut, Roxanne hatte ihm nicht so viel bedeutet wie Desiree. Natürlich hatte er die Sekunde genossen, in der Tod und Orgasmus eins geworden waren, aber nicht so wie bei Desiree. Bei der war das Erlebnis viel unbeschreiblicher gewesen.

Wenn er diese Erfahrung doch nur noch einmal machen könnte. Wenn er doch nur noch einmal einer wie Desiree begegnen würde. Es wäre einfach nicht fair, wenn ihm dieser Rausch von Liebe und Erfüllung in Zukunft versagt bleiben sollte.

Jerald kam zu dem Schluss, dass die Erwartung viel zu der Einmaligkeit des Erlebnisses mit Desiree beigetragen hatte. Wie Macbeth vor seinem Mord an Duncan hatte er zunächst eine gewaltige Aufregung gespürt, dann war der schreckliche Moment gekommen, und dem folgte dann die Erfüllung. Roxanne hingegen war kaum mehr als ein Experiment gewesen. So wie ein Physiker einen Versuch durchführt, um eine Theorie zu beweisen.

Er musste es einfach noch einmal tun. Ein weiteres Experiment. Eine neue Chance, den vollkommenen Höhepunkt zu finden. Sein Vater würde das sicher verstehen können; schließlich gab er selbst auch keine Ruhe, bis er nicht die

Perfektion erreicht hatte. Und immerhin war Jerald der Sohn seines Vaters.

Der Junge war schon immer leicht Versuchungen erlegen, und Mord war für ihn eine neue Verlockung. Aber beim nächsten Mal wollte er vorher die Frau etwas besser kennenlernen. Er glaubte, es sei wichtig, ein Band zu ihr zu knüpfen.

Mr. Brenner schwafelte über Lady Macbeths Wahnsinn. Jerald strich sich mit der Hand über die Brust und wunderte sich über die Schürfwunden und den Schnitt am Finger.

8

Grace betrat nicht zum ersten Mal ein Polizeirevier, und wie stets war sie auch von diesem fasziniert. Ob Kleinstadtwache oder Großstadtrevier, ob im Norden oder im Süden, überall traf man die gleiche Atmosphäre des kontrollierten Chaos an.

Diese Station hier bildete keine Ausnahme. Auf dem Boden lag Linoleum, das schon ganz blasig und rissig geworden war. Die Wände präsentierten sich in Beige, mochten aber einmal weiß gewesen sein und diese Farbe im Lauf der Jahre angenommen haben. An mehreren Stellen hingen Plakate, auf denen, versehen mit der Dienststellennummer, vor verschiedenen Verbrechen gewarnt oder Hilfe angeboten wurde: Drogen, Selbstmord, Kindesmisshandlung und Ähnliches mehr. Die Jalousien mussten dringend abgestaubt werden, und am Süßigkeitenautomat hingen ein Schild mit der Aufschrift: AUSSER BETRIEB.

Im Mordkommissariat telefonierten etliche Detectives, während andere angestrengt über ihre Schreibmaschinen gebeugt waren. Ein Mann war auf der Suche nach etwas Trinkbarem halb im verbeulten Kühlschrank verschwunden. Grace drang der Geruch von Kaffee und einem Thunfisch-Sandwich in die Nase.

»Kann ich Ihnen helfen?«

Sie zuckte bei dieser Anrede zusammen, und ihr wurde bewusst, wie blank ihre Nerven lagen. Der Polizist war Mitte zwanzig, hatte dunkles Haar und ein Grübchen am

Kinn. Grace hielt krampfhaft die Handtasche fest, um ihre Finger nicht zu sehr zittern zu lassen.

»Ich muss dringend Detective Jackson sprechen.«

»Der ist zurzeit unterwegs.« Nach einer Minute erkannte der Polizist sie. Er schien kein großer Leser zu sein, hatte ihr Bild aber in der Morgenzeitung gesehen. »Miss McCabe?«

»Ja?«

»Sie können auf ihn warten. Oder ich könnte feststellen, ob der Captain für Sie zu sprechen ist.«

Der Captain. Sie kannte ihn genauso wenig wie diesen jungen Mann mit dem Kinngrübchen hier. Und schließlich war sie gekommen, um Ed zu sehen. »Danke, aber ich warte lieber.«

Da er zwei Colabecher und eine dicke Akte trug, konnte er sie nur mit einer Kopfbewegung auf den freien Stuhl in der Ecke hinweisen. Grace ließ sich dort nieder, schloss die Hände über der Handtasche und übte sich in Geduld.

Einmal bemerkte sie eine blonde, attraktive Frau, die hereinkam. In ihrem rosafarbenen Seidenkostüm erweckte sie nicht den Anschein, irgendetwas mit dem Mordkommissariat zu schaffen zu haben. Entweder eine Managerin oder die Gattin eines Politikers, vermutete Grace. Doch es mangelte ihr an der Energie, ihre Fantasie jetzt, wie sie es sonst zu tun pflegte, weiter zu bemühen und sich zu der Erscheinung eine Biografie auszudenken. Sie wandte den Blick wieder der Halle zu.

»Hallo, Tess!«, rief der junge Polizist von seinem Schreibtisch. »Wurde auch höchste Zeit, dass etwas Klasse in diesen Laden kommt.«

Sie lächelte und trat zu ihm. »Ist Ben nicht da?«

»Läuft draußen durch die Stadt und spielt Detective.«

»Ich habe gerade eine Stunde frei und dachte, er könnte sich etwas Zeit nehmen, um mit mir zu Mittag zu essen.«

»Ich könnte ja für ihn einspringen.«

»Tut mir leid, aber mein Mann ist ein sehr eifersüchtiger Bulle mit einer Kanone. Richten Sie ihm bitte aus, dass ich kurz hereingeschaut habe.«

»Werden Sie uns helfen? Uns ein Psychoprofil des Mörders erstellen?«

Tess zögerte. Natürlich hatte sie schon mit dem Gedanken gespielt und das auch einmal Ben gegenüber erwähnt. Aber seine grimmige Entgegnung und die vielen Fälle, um die sie sich sonst noch kümmern musste, hatten es ihr ratsamer erscheinen lassen, die Finger davon zu lassen. »Ich glaube nicht. Teilen Sie Ben bitte mit, dass ich was beim Chinesen besorge und um achtzehn Uhr zu Hause bin. Nein, besser achtzehn Uhr dreißig.«

»Einige Männer haben wirklich mehr Glück als Verstand.«

»Das müssen Sie ihm natürlich auch sagen.« Tess machte sich auf den Weg zur Tür, als ihr Blick auf Grace fiel. Sie erkannte sie gleich von den Fotos auf den Buchumschlägen und in der Zeitung wieder. Und sie bemerkte sofort den Stress und den Kummer in ihren Zügen. Der Psychologin in ihr war es unmöglich, jetzt einfach weiterzugehen. Sie trat zu ihr und wartete, bis sie aufblickte. »Miss McCabe?«

Bitte, kein Fan, dachte Grace. Nicht hier und nicht jetzt. Tess bemerkte, wie ihr Gegenüber in Abwehrhaltung ging, und streckte die Hand aus.

»Ich bin Tess Paris, die Frau von Ben.«

»Oh, hallo.«

»Warten Sie hier auf Ed?«

»Ja.«

»Sieht so aus, als hätten wir beide kein Glück. Möchten Sie einen Kaffee?«

Grace zögerte und wollte gerade höflich ablehnen, als eine weinende Frau in den Raum geführt wurde.

»Mein Sohn ist ein guter Junge. Ein lieber Junge. Er hat sich doch nur verteidigt. Sie dürfen ihn nicht hier festhalten.«

Grace verfolgte, wie ein weiblicher Detective sie zu einem Stuhl führte und dann beruhigend auf sie einredete. Beide Frauen waren blutbespritzt.

»Ja«, sagte sie rasch, »ein Kaffee wäre jetzt genau das Richtige.« Sie erhob sich und trat hinaus auf den Flur. Tess holte Kleingeld aus ihrer Handtasche und steckte es in den Automaten. »Mit Milch?«

»Nein, schwarz.«

»Eine gute Wahl.« Sie reichte Grace den ersten Becher. Als Psychologin wusste sie, dass man eine möglichst vertrauensvolle Atmosphäre schaffen musste, und es kam ihr zugute, eine natürliche Begabung dafür zu haben. Als sie das leise Zittern von Grace' Fingern bemerkte, war ihr berufliches Interesse vollends erwacht. »Sollen wir ein wenig an die frische Luft gehen? Ist ein wunderschöner Tag heute.«

»Einverstanden.«

Tess führte sie nach draußen und lehnte sich ans Geländer. Gern erinnerte sie sich daran, Ben hier mitten in strömendem Regen zum ersten Mal begegnet zu sein. »In Washington ist es im Frühling am schönsten. Bleiben Sie noch länger hier?«

»Ich weiß nicht.« Die Sonne strahlte fast schon etwas zu stark vom Himmel. Beim Herfahren war ihr das gar nicht aufgefallen. »Zurzeit fällt es mir schwer, Entscheidungen zu treffen.«

»Das ist in Ihrer Situation nicht ungewöhnlich. Nach einem schweren Verlust lassen sich die meisten Menschen für eine Weile treiben. Sobald Sie sich wieder gefangen haben, findet alles von selbst an seinen Platz zurück.«

»Ist es denn auch normal, Schuldgefühle zu entwickeln?«

»Weswegen?«

»Es nicht verhindert zu haben.«

Tess nippte an ihrem Kaffee und beobachtete, wie einige Narzissen von einer Brise hin und her bewegt wurden. »Hätten Sie es denn verhindern können?«

»Keine Ahnung.« Grace musste an die Karte denken, die sich in ihrer Handtasche befand. »Ich weiß es wirklich nicht.« Sie lachte bitter und hockte sich auf eine Stufe. »Es kommt mir so vor, als befände ich mich beim Psychiater. Fehlt nur noch die Couch.«

»Manchmal hilft es, mit einem Außenstehenden zu reden.«

Grace drehte sich zu ihr um und schirmte mit einer Hand die Augen vor dem Sonnenlicht ab. »Ed hält große Stücke auf Sie.«

»Er ist ja auch ein besonders lieber Mann.«

»Ja, das kann man wirklich sagen.« Sie legte wieder die Hände auf die Handtasche. »Wissen Sie, bisher war ich immer in der Lage, alles so zu nehmen, wie es kommt. Und oft genug ist es mir gelungen, die Entwicklung der Dinge so zu steuern, wie es mir am besten gefiel. Aber jetzt ist alles ganz anders. Ich hasse es, so verwirrt zu sein und nicht mehr zu wissen, ob ich mich nach links oder nach rechts wenden soll. In den letzten Tagen erkenne ich mich manchmal selbst nicht wieder.«

»Starke Persönlichkeiten haben größere Probleme mit der Trauer und einem großen Verlust.« Tess hörte das Quietschen von Bremsen und wusste gleich, dass Ed am Steuer sitzen musste. »Wenn Sie noch eine Weile hierbleiben und mit jemandem reden wollen, rufen Sie mich ruhig an.«

»Danke.« Sie stellte den Becher ab und erhob sich langsam. Als sie Ed kommen sah, wurden ihre Handflächen feucht, und sie rieb sie rasch an den Jeans ab.

»Grace.«

»Ich muss dir etwas zeigen.«

Ben nahm Tess' Hand und lief mit ihr in Richtung Eingang.

»Nein, bitte, warten Sie einen Moment.« Grace atmete langsam aus und öffnete ihre Handtasche. »Ich habe das hier heute morgen entdeckt, als ich die Beileidskarten durchsah.«

Sie öffnete das weiße Kuvert, in das sie das Kärtchen gesteckt hatte.

Ed hielt das Kärtchen so, dass Ben mitlesen konnte. »Hm, hat das irgendeine besondere Bedeutung?«

»Ja.« Sie schloss die Handtasche und wunderte sich über die Übelkeit, die plötzlich in ihr aufstieg. Dann fiel ihr ein, dass sie heute noch nichts gegessen hatte. »Das war Kathys Künstlername bei Fantasy. Sie nannte sich ihren Kunden gegenüber Desiree, damit niemand hinter ihre wahre Identität kommen konnte. Aber irgendwem ist das doch gelungen. Und der hat sie auch umgebracht.«

»Komm bitte mit auf die Wache, Grace.«

»Ich glaube, ich muss mich dringend setzen.«

Tess stieß Ed beiseite und drückte Grace den Kopf zwischen die Knie. »Ich bringe sie gleich zu euch«, teilte sie den beiden Detectives mit.

»Komm schon.« Ben hielt die Tür auf und legte Ed eine Hand auf die Schulter. »Wir erzählen besser dem Captain davon. Tess kümmert sich schon um sie«, drängte er, als sein Partner sich nicht rührte.

»Atmen Sie tief durch«, riet die Psychologin Grace und massierte ihr die Schultern.

»Verdammt, ich bin das alles so leid!« Grace kämpfte gegen die Übelkeit an.

»Dann sollten Sie besser damit anfangen, etwas zu essen, statt sich nur von Kaffee zu ernähren. Und Sie müssen sich unbedingt etwas Ruhe gönnen. Andernfalls wird Ihnen in der nächsten Zeit öfter schwarz vor Augen.«

Grace behielt den Kopf unten, drehte ihn aber, bis sie Tess ansehen konnte. Sie entdeckte in den Augen der Psychologin Mitgefühl, Verständnis und eine gute Portion gesunden Menschenverstand. Genau das, was sie jetzt brauchte. »Gut.« Als sie den Kopf hob, war sie immer noch bleich, aber ihr Puls ging schon wieder etwas schneller. »Der Mistkerl hat meine Schwester ermordet. Ganz gleich, wie lange ich dazu benötige, aber irgendwann wird er dafür bezahlen.« Sie strich sich die Haare aus dem Gesicht und atmete lange ein. »Ich glaube, jetzt geht es wieder.«

»Fühlen Sie sich fit genug hineinzugehen?«

Grace nickte und erhob sich. »Ja.«

Wenig später saß sie im Büro von Captain Harris. Langsam und der Reihe nach berichtete sie von Kathleens Beziehung zu Fantasy Incorporated.

»Zuerst war ich besorgt und befürchtete, sie könnte an den Falschen geraten, an irgendeinen Perversling, der sie in Gefahr bringen würde. Aber dann hat sie mir das Schutzsystem von Fantasy erklärt und dass niemand, bis auf die Zentrale, ihre richtige Nummer erfahren würde. Und natürlich, dass sie sich nicht mit ihrem eigenen Namen meldete. Alle Kunden kannten sie nur als Desiree. Dieses, sagen wir, Pseudonym, war mir ganz entfallen, bis ich diese Karte in Händen hielt. Nur die Leute von Fantasy und die Kunden kannten sie unter diesem Namen.«

Ben zog sein Feuerzeug aus der Tasche und spielte damit herum. Die Art, wie Tess ihn vorhin zum Abschied angesehen hatte, hatte ihm überhaupt nicht gefallen. Er ahnte, dass er sich heute Abend einiges würde anhören müssen. »Besteht die Möglichkeit, dass Ihre Schwester irgendwem von ihrer Nebentätigkeit erzählt und womöglich dabei ihren Künstlernamen erwähnt hat?«

»Nein, ausgeschlossen.« Sie nahm die Zigarette, die Ben ihr anbot. »Kathy war in solchen Dingen sehr zurückhaltend. Vielleicht hätte sie ihrer besten Freundin davon erzählt, wenn sie eine gehabt hätte.« Sie atmete den Rauch tief ein.

»Sie hat immerhin dich eingeweiht«, erinnerte Ed Grace.

»Ja, sie hat mir alles erzählt.« Grace schwieg für einen Moment, um ihre Gedanken zu ordnen. »Wenn ich mich recht erinnere, hat sie das Thema überhaupt nur angeschnitten, weil sie sich selbst nicht ganz sicher war, ob sie das Richtige tat oder nicht. Wahrscheinlich hat sie lediglich aus einem Impuls heraus damit angefangen und danach zutiefst bedauert, überhaupt darüber gesprochen zu haben. Ich habe danach versucht, etwas mehr über diese Tätigkeit zu erfahren, aber sie wollte kein Wort mehr darüber verlieren. Die Angelegenheit war allein ihre Sache und ging niemanden sonst etwas an. Kath war in solchen Dingen immer sehr stur.« In ihr drehte sich wieder alles. Sie schloss die Augen und versuchte, sich zu konzentrieren. »Jonathan … er könnte davon gewusst haben.«

»Ihr Ex-Mann?« fragte der Captain.

»Ja. Als ich während der Trauermesse mit ihm redete, hat er zugegeben, davon gewusst zu haben, dass meine Schwester einen Anwalt und einen Privatdetektiv beauftragt hatte. Wenn er das schon in Erfahrung gebracht hat, könnte er leicht auch alles andere ausspioniert haben. Ich habe ihn gefragt, was er unternommen hätte, um Kath daran zu hindern, ihren Sohn zugesprochen zu bekommen, und er hat geantwortet, dass er nichts unversucht gelassen hätte.«

»Grace.« Ed reichte ihr einen Styroporbecher mit Tee. »Breezewood befand sich in der Nacht, in der Kathleen ermordet wurde, in Kalifornien.«

»Männer wie Jonathan pflegen sich nicht selbst die Hände schmutzig zu machen. Sie bezahlen andere dafür, ihnen die Drecksarbeit abzunehmen. Er hat meine Schwester gehasst, hatte also ein Motiv.«

»Wir haben bereits mit ihm geredet.« Ed nahm ihr die Zigarette ab, die zwischen ihren Fingern verbrannte, und drückte sie im Aschenbecher aus. »Er hat sich sehr kooperativ verhalten.«

»Das kann ich mir denken.«

»Mr. Breezewood hat zugegeben, eine Detektei damit beauftragt zu haben, Kathleen zu überwachen.« Ed sah, wie sich ihr Blick verfinsterte. »Er hat sie nur observieren lassen, Grace, denn er wusste von ihrem Vorhaben, einen Prozess wegen des Sorgerechts für Kevin anzustrengen.«

»Und warum habt ihr ihn dann nach Kalifornien zurückfliegen lassen?«

»Weil wir nichts gegen ihn in der Hand hatten.«

»Meine Schwester ist tot. Verdammt noch mal, sie ist tot!«

»Uns liegt nicht ein Beweis dafür vor, dass Ihr ehemaliger Schwager in irgendeiner Weise an dem Mord an Ihrer Schwester beteiligt gewesen sein könnte.« Harris beugte sich vor. »Und erst recht können wir ihm im zweiten Mordfall nichts nachweisen.«

»Ein zweiter Mord?« Grace zwang sich dazu, langsam zu atmen. »Noch jemand ist getötet worden?«

»Ja, letzte Nacht.«

Sie wollte auf gar keinen Fall einen neuen Schwächeanfall hinnehmen und probierte den Tee, den Ed ihr gegeben hatte. Grace wusste, dass sie jetzt ruhig und vernünftig reden musste. »War es derselbe Mann? Der, der auch Kathy auf dem Gewissen hat?«

»Ja. Wir brauchen irgendeine Verbindung zwischen den beiden Opfern. Kanntest du eine Mary Grice?« fragte Ed.

Grace dachte nach. Sie hatte sich immer auf ihr Gedächtnis verlassen können. »Nein. Meinst du, Kathy habe sie gekannt?«

»Der Name stand nicht im Adressbuch Ihrer Schwester«, antwortete Ben.

»Dann ist es ausgeschlossen, dass die beiden sich je über den Weg gelaufen sind. Kathy war in solchen Dingen sehr gründlich. Eigentlich nicht nur in solchen Dingen.«

»Captain!« Der junge Polizist steckte seinen Kopf durch

die Tür. »Wir haben hier die Steuerunterlagen von Mary Grice.« Er warf Grace einen Blick zu, bevor er Harris die Papiere reichte. »Darin sind alle ihre Arbeitgeber des letzten Jahres aufgeführt.«

Der Captain überflog die Kopie und blieb an einem Namen hängen. Grace zündete sich eine von ihren eigenen Zigaretten an. Ihr war wieder etwas mulmig zumute. »Sie hat für Fantasy Incorporated, gearbeitet. Da haben wir ja unsere Verbindung!« Nach dem ersten Zug fühlte sie sich gleich besser.

Harris sah sie ernst an. »Unsere Ermittlungen sind streng vertraulich, Miss McCabe.«

»Glauben Sie, ich würde mit dieser Information gleich zur Presse laufen?« Sie erhob sich und stieß den Rauch aus. »Dann liegen Sie grundfalsch, Captain. Das Einzige, was mich interessiert, ist, dass der Mörder seine gerechte Strafe bekommt. Und jetzt entschuldigen Sie mich bitte.«

Ed holte sie auf dem Flur ein. »Wo willst du denn hin?«

»Zu Fantasy, um dort mit dem Besitzer zu reden.«

»Nein, das lässt du hübsch bleiben.«

Sie blieb stehen, um ihm einen wütenden Blick zuzuwerfen. »Sag du mir nicht, was ich zu tun oder zu lassen habe.« Sie kehrte ihm den Rücken zu. Mehr zu ihrer Überraschung als zu ihrer Verärgerung fühlte sie sich im nächsten Moment herumgewirbelt und in ein leeres Büro geschoben. »Ich wette, jedes Footballteam wäre überglücklich, jemanden wie dich in den eigenen Reihen zu wissen.«

»Setz dich, Grace.«

Das tat sie natürlich nicht, sondern drückte ihre Zigarette in einer leeren Tasse aus. »Weißt du, was mir aufgefallen ist? Ist mir gerade erst klar geworden, obwohl es sich schon seit einiger Zeit so abspielt: Du gibst Befehle, und ich befolge sie nicht.« Grace war ganz ruhig, fast schon zu ruhig, aber genauso war es ihr jetzt recht. »Gut, du bist größer und stärker als ich, aber bei Gott, wenn du jetzt nicht beiseitetrittst, mache ich dich nieder und steige über dich hinweg.«

Er bezweifelte nicht, dass sie das vorhatte, und wollte es lieber nicht darauf ankommen lassen. »Grace, das ist Sache der Polizei.«

»Es ist auch meine Sache. Hier geht es um meine Schwester. Und endlich gibt es etwas, das ich tun kann, statt nur an die Decke zu starren und ins Grübeln zu verfallen.«

Ihre Stimme schwankte mitten im Satz kurz, festigte sich dann aber wieder. Ed wusste, wenn er sie jetzt in den Arm nähme oder sie sonst wie zu trösten versuchte, würde sie ihn von sich stoßen. »Es gibt Regeln. Du kannst sie mögen oder nicht, sie bleiben trotzdem bestehen.«

»Die Regeln können mir den Buckel runterrutschen.«

»Okay, dann stoßen wir morgen auf die nächste weibliche Leiche. Und übermorgen auf eine weitere.« Er erkannte, dass er damit ins Schwarze getroffen hatte, und fuhr gleich fort. »Du schreibst verdammt gute Krimis, aber hier befinden wir uns in der Realität. Ben und ich erledigen unsere Arbeit, so gut wir nur können, und du gehst jetzt nach Hause. Weißt du, ich kann dich auch vierundzwanzig Stunden hier festhalten.« Er schwieg für einen Moment, als er sah, wie sie ihn mit einer Mischung aus Amüsement und Zorn anstarrte. »Ich könnte dich sogar in Vorbeugehaft nehmen. Das würde dir bestimmt nicht gefallen, oder?«

»Bastard!«

Ed wusste, dass sich hinter diesem Kraftwort das Eingeständnis ihrer Niederlage verbarg. »Fahr heim und leg dich ein bisschen hin. Nein, besser noch, du fährst zu mir.« Er griff in seine Tasche und zog den Schlüssel heraus. »Wenn du nicht mehr Acht auf dich gibst, kippst du über kurz oder lang wieder aus den Latschen. Und damit wäre nun wirklich keinem gedient.«

»Ich werde nicht irgendwo herumsitzen und Däumchen drehen.«

»Nein, sollst du ja auch nicht. Du wirst etwas essen, du wirst schlafen, und du wirst darauf warten, dass ich nach Hause komme. Und sollte ich irgendetwas in Erfahrung bringen, werde ich dich sofort informieren.«

Er warf ihr den Schlüssel zu, und sie fing ihn auf. »Und wenn er noch jemanden ermordet?«

Diese Frage hatte Ed sich selbst schon mehrere Male gestellt, seit sie auf Mary Grice gestoßen waren. »Wir kriegen ihn, Grace.«

Sie nickte, weil sie der festen Überzeugung war, dass das Gute am Ende immer siegte. »Wenn ihr ihn habt, will ich ihn sehen, ihm von Angesicht zu Angesicht gegenübertreten.«

»Darüber reden wir, wenn es so weit ist. Soll ich dir einen Wagen kommen lassen, der dich nach Hause bringt?«

»Nein, ich bin immer noch in der Lage, mich ans Steuer zu setzen.« Sie öffnete ihre Handtasche und ließ Eds Schlüssel hineinfallen. »Ich warte auf dich, Jackson, aber ich warne dich: Geduld gehört nicht zu meinen stärksten Seiten.«

Als sie sich an ihm vorbeidrängte, hob er mit zwei Fingern ihr Kinn. Ihr Gesicht zeigte wieder etwas Farbe, zum ersten Mal seit einigen Tagen. Trotzdem war er darüber nicht erleichtert. »Schlaf dich aus«, ermahnte er sie und hielt ihr die Tür auf.

Als sie das Büro von Fantasy Incorporated, betraten, telefonierte Eileen gerade. Sie hob den Kopf, aber keine Überraschung zeigte sich auf ihrer Miene, und sie führte das Gespräch ungerührt fort. Selbst als Ben ihr den Gerichtsbeschluss auf den Schreibtisch warf, verzog sie keine Miene. Eileen beendete das Telefonat in aller Ruhe, legte auf und studierte dann das Papier.

»Scheint in Ordnung zu sein.«

»Sie haben letzte Nacht eine weitere Angestellte verloren, Mrs. Cawfield.«

Sie sah kurz Ben an und dann wieder die richterliche Verfügung. »Das ist mir bekannt.«

»Dann dürfte Ihnen auch klar sein, dass Ihre Agentur die Verbindung zwischen beiden Morden darstellt. Sowohl Kathleen als auch Mary sind für Sie tätig gewesen.«

»Ja, das muss natürlich einen gewissen Verdacht hervorrufen.« Sie fuhr mit einer Fingerspitze über das Papier. »Aber ich glaube einfach nicht, dass wir etwas damit zu tun haben könnten. Ich habe Ihnen doch schon bei Ihrem ersten Besuch erklärt, dass wir keine von diesen schmuddeligen Pornobuden betreiben. Unser Unternehmen wird ordentlich geführt und erfüllt alle Auflagen.« Ein kurzer Anflug von Panik huschte über ihr Gesicht, der Ed nicht entging. Ihrer Stimme war jedoch nichts davon anzumerken, als sie fortfuhr: »Ich habe am Smithsonian meinen Abschluss in Betriebswirtschaftslehre gemacht. Und mein Mann ist Rechtsanwalt. Wir sind also keine besseren Zuhälter oder was auch immer, sondern ein Dienstleistungsunternehmen. Wir bieten Gespräche und Telefonunterhaltung an. Wenn ich das Gefühl hätte, in irgendeiner Weise für den Tod von zwei Frauen verantwortlich zu sein …«

»Mrs. Cawfield, dafür ist nur einer verantwortlich: der Täter.« Sie bedachte Ed mit einem dankbaren Blick. »Eine Frau hat gestern Nacht bei der Polizei angerufen und einen Einbruch in der Wohnung von Mary Grice gemeldet. Unsere Ermittlungen haben ergeben, dass es sich dabei nicht um jemanden aus dem Haus gehandelt hat.«

»Nein. Könnte ich eine von denen haben?«, fragte sie, als Ben sein Zigarettenpäckchen zückte. »Ich habe vor zwei Jahren damit aufgehört«, lächelte sie, als er ihr Feuer gab. »Zumindest glaubt mein Mann das. Er ist ein richtiger Gesundheitsapostel, wenn Sie wissen, was ich meine. Leb gesund, dann lebst du länger. Dein Körper ist ein Tempel, behandle ihn entsprechend. Ich kann Ihnen gar nicht sagen, wie sehr ich Tofu satthabe.«

»Der Anruf, Mrs. Cawfield«, drängte Ben.

Sie zog kräftig an der Zigarette und blies dann etwas zu rasch den Rauch aus. »Mary hatte gerade einen Kunden am Hörer, als … als sie angegriffen wurde. Er hörte ihre Schreie und Kampfgeräusche und hat dann hier angerufen. Meine Schwägerin wusste nicht, was sie tun sollte, und hat sich deswegen an mich gewandt. Kaum hatte sie mir alles erzählt, habe ich die Polizei verständigt.« Das Telefon auf ihrem Schreibtisch klingelte, aber sie schenkte dem keine Beachtung. »Verstehen Sie, der Kunde hätte das nicht der Polizei melden können, denn er wusste ja nicht, wie Mary wirklich hieß und wo sie wohnte. Das gehört schließlich zu unserem Schutzprogramm.«

»Wir benötigen den Namen dieses Kunden, Mrs. Cawfield.«

Sie nickte und drückte dann langsam ihre Zigarette aus. »Ich muss Sie bitten, so diskret wie nur irgend möglich vorzugehen. Es geht mir dabei weniger um die Zukunft meines Unternehmens, auch wenn mir klar sein dürfte, dass ich es in den Wind schreiben kann. Ich habe dabei vielmehr das Gefühl, das Vertrauen meiner Kunden zu missbrauchen.«

Ben starrte kurz auf ihr Telefon, als es wieder zu läuten begann. »Wenn es um einen Mord geht, kann man auf so manches keine Rücksicht mehr nehmen.«

Ohne etwas darauf zu antworten, wandte Eileen sich ihrem Computer zu. »Die Anlage ist vom Allerfeinsten«, erklärte sie, als der Drucker zu rattern begann. »Ich wollte von Anfang an nur die beste Ausstattung.« Sie nahm den Hörer ab und vermittelte den nächsten Kunden. Als sie wieder auflegte, zog sie den Ausdruck heraus und reichte ihn Ed.

»Der Gentleman, der letzte Nacht zur fraglichen Zeit mit Mary gesprochen hat, heißt Lawrence Markowitz. Seine Adresse habe ich natürlich nicht, aber seine Telefonnummer und die Kreditkartennummer.«

»Wir kümmern uns darum«, sagte Ed.

»Das hoffe ich sehr. Und kümmern Sie sich bald darum.«

Als die beiden Detectives das Büro verließen, fing das Telefon wieder an zu klingeln.

Sie brauchten nicht lange, um die Adresse von Lawrence K. Markowitz herauszufinden.

Er war siebenunddreißig, selbstständiger zugelassener Steuerberater und geschieden. Und er arbeitete bei sich zu Hause in Potomac, Maryland.

»Gott, schau dir nur diese Häuser an.« Ben nahm den Fuß vom Gas, bis sie nur noch Schrittgeschwindigkeit fuhren, und verdrehte den Hals, um die Villen bewundern zu können. »Hast du eine Ahnung, was solche Prachtbauten kosten? Mindestens vier- bis fünfhunderttausend. Die Gärtner, die hier angestellt sind, verdienen mehr als wir.«

Ed zerkaute einen Sonnenblumenkern. »Mein Heim gefällt mir besser. Hat mehr Charakter.«

»Mehr Charakter!«, schnaubte Ben und richtete den Blick wieder auf die Straße. »Die Grundsteuer von dem Kasten da vorn ist höher als deine Hypothekenzinsen.«

»Mag so ein Haus auch noch so teuer sein, ein gemütliches Heim ist es deswegen noch lange nicht.«

»Junge, das solltest du als Aufkleber auf deinen Wagen pappen. Sieh dir mal das Anwesen da an ... mindestens vier-, wenn nicht fünftausend Quadratmeter.«

Ed schaute hin, zeigte sich aber wenig beeindruckt. Und die Architektur des Hauses war für seinen Geschmack viel zu modernistisch. »Ich hatte keine Ahnung, dass du dich so für Immobilien interessierst.«

»Tu ich doch gar nicht. Na ja, bis vor Kurzem nicht.« Sie fuhren an einer rosafarbenen Azaleenhecke vorüber. »Ich denke nur, dass meine Seelenklempnerin und ich uns früher oder später nach einem Häuschen umsehen werden. Sie würde bestimmt hervorragend in eine solche Gegend passen«, murmelte er. »Ich nicht. Wahrscheinlich muss man hier draußen sogar den Müll nach Farben sortieren. Tja, Ärzte, Anwälte und nicht zu vergessen Finanzberater.« Und die Enkelinnen von Senatoren, fügte er in Gedanken hinzu, weil er gerade an seine Frau dachte.

»Und wehe einem Unkraut, das sich hier niederlässt.«

»Ich mag Unkraut. Da sind wir ja schon.« Er hielt vor einem zweigeschossigen, H-förmigen Haus mit gläsernen

Schiebetüren. »Muss sich ja wirklich auszahlen, anderer Leute Verdienst an der Steuer vorbeizumogeln.«

»Mit Steuerberatern verhält es sich wie mit Polizisten«, entgegnete Ed, während er die Tüte mit den Sonnenblumenkernen wegsteckte. »Sie werden immer gebraucht.«

Ben fuhr auf die steile Einfahrt, fand einen freien Platz und stellte den Automatikhebel auf P. Am liebsten hätte er Steine unter die Räder gelegt, um ganz sicherzugehen, aber in diesem gepflegten Garten war so etwas nicht zu entdecken. Drei Türen standen den beiden zur Auswahl. Sie entschieden sich für die in der Mitte. Eine Frau in den mittleren Jahren, die ein graues Kleid und eine weiße Schürze trug, öffnete ihnen.

»Wir möchten gern mit Mr. Markowitz sprechen.« Ed zeigte ihr seine Polizeimarke. »Wir müssen ihm ein paar Fragen stellen.«

»Mr. Markowitz befindet sich in seinem Büro. Ich führe Sie hin.«

Nach der Diele gelangten sie in einen großen, in Schwarz und Weiß gehaltenen Raum. Ed empfand die Einrichtung als zu aufdringlich, aber die Oberlichter interessierten ihn. Er nahm sich vor, sich nach den Preisen dafür zu erkundigen. Die Frau führte sie nach rechts. Hier trafen sie Bogenlampen, moderne Ledersessel und eine Sekretärin hinter einem Schreibtisch aus Ebenholz an.

»Miss Bass, diese beiden Herren möchten mit Mr. Markowitz sprechen.«

»Haben Sie einen Termin?« Die Frau am Schreibtisch machte einen sehr gestressten Eindruck. Ihr Haar stand in alle Richtungen ab, so als hätte sie es sich wieder und wieder zerwühlt. Sie schob den Bleistift hinter ein Ohr und suchte zwischen den Papieren auf dem Tisch nach dem Terminplaner. Das Telefon klingelte unaufhörlich. »Tut mir leid, aber Mr. Markowitz ist zurzeit sehr beschäftigt. Es ist ihm leider nicht möglich, neue Klienten anzunehmen.«

Ben zückte seine Marke und hielt sie ihr ins Gesicht.

»Oh.« Sie räusperte sich und aktivierte die Gegensprechanlage. »Dann will ich mal nachfragen, ob er Zeit für Sie hat. Mr. Markowitz …« Ben und Ed zuckten bei dem statischen Gewitter zusammen, das nun folgte. »Tut mir leid, Mr. Markowitz. Zwei Herren sind gekommen. Nein, ich habe mich noch nicht um den Vorgang Berlin kümmern können. Mr. Marko … Mr. Markowitz, die Herren sind von der Polizei.« Sie flüsterte das letzte Wort, so als handle es sich dabei um ein großes Geheimnis. »Doch, Sir, da bin ich mir sicher. Nein, Sir. Aber selbstverständlich, Sir.«

Sie legte die Lippen schief und blies nach oben, um eine Locke vor ihrem Auge zu entfernen. »Mr. Markowitz wird Sie jetzt empfangen. Gehen Sie bitte durch die Tür dort.« Da die Sekretärin damit ihre Pflicht erledigt hatte, wandte sie sich gleich dem Telefon zu. »Lawrence Markowitz und Co ….«

Wenn der Steuerberater tatsächlich Kompagnons haben sollte, so war von ihnen nichts zu sehen. Markowitz saß allein in seinem Büro, ein schmächtiger Mann mit Halbglatze, zu großen Schneidezähnen und einer starken Brille. Sein Schreibtisch war ebenfalls aus Ebenholz angefertigt und anderthalbmal so groß wie der seiner Sekretärin. Aktenstapel türmten sich darauf, und dazwischen standen und lagen zwei Telefone, ein Dutzend frisch gespitzter Bleistifte, ein Taschenrechner und eine Rechenmaschine. Aus Letzterer quoll ein Papierband bis zum Boden. In einer

Ecke stand ein Wasserkühler. Vor dem Fenster hing ein Vogelkäfig an einer Stange, und in dem hockte ein großer grüner Sittich.

»Mr. Markowitz?« Die beiden Detectives wiesen sich aus.

»Ja, bitte, was kann ich für Sie tun?« Er fuhr sich mit einer Hand über das wenige verbliebene Haar und leckte sich die Lippen. Was seinen Überbiss anging, so hatte er Roxanne gegenüber keineswegs übertrieben. »Ich fürchte, ich ersticke zurzeit in Arbeit. Wissen Sie, was für einen Tag wir heute haben? Den vierzehnten April. Jeder wartet bis zum letzten Augenblick und erwartet dann ein Wunder von mir. Dabei verlange ich von meinen Klienten doch nicht mehr, als ein wenig Planung und Vorsorge. Ich kann schließlich nicht für jeden Einzelnen eine Verlängerung erwirken. Sie scheinen zu glauben, ich könnte Kaninchen aus dem Hut zaubern.«

»Ja, Sir«, begann Ben und legte dann die Stirn in Falten. »Was ist denn mit dem vierzehnten April?«

»Ich habe meine Steuererklärung schon letzten Monat ausgefüllt«, bemerkte Ed.

»Das sieht dir ähnlich.«

»Tut mir leid, meine Herren, aber die neuen Steuergesetze treiben alle in den Wahnsinn. Wenn ich die nächsten vierundzwanzig Stunden durcharbeite, schaffe ich es vielleicht so gerade eben noch.« Markowitz' Finger kreisten über der Rechenmaschine.

»Scheiß auf das Finanzamt«, krächzte der Sittich.

»Ja, genau.« Ben fuhr sich über das dichte Haar. »Mr. Markowitz, wir sind nicht wegen irgendwelcher Steuerprobleme gekommen. Aber wo wir schon hier sind, wie hoch sind eigentlich Ihre Gebühren?«

»Wir möchten Ihnen ein paar Fragen zu Mary Grice stellen«, erklärte Ed rasch. »Sie kennen sie als Roxanne.«

Markowitz drückte aus einem Reflex heraus auf den Addierknopf, und sofort fing die Rechenmaschine an, leise zu surren. »Ich fürchte, ich weiß nicht, worüber Sie reden.«

»Mr. Markowitz, Mary Grice wurde letzte Nacht ermordet.« Er wartete einen Moment, beobachtete dabei den Steuerberater genau und erkannte, dass er davon schon in der Morgenzeitung gelesen hatte. »Wir haben Grund zu der Annahme, dass Sie zu dem Zeitpunkt, als sie überfallen wurde, gerade mit ihr telefoniert haben.«

»Ich kenne niemanden dieses Namens.«

»Aber Sie kannten eine Roxanne«, brummte Ben.

Markowitz' blasse Gesichtsfarbe nahm einen Stich ins Grüne an. »Ich verstehe nicht, was Roxanne mit einer Mary Grice zu tun haben soll.«

»Es handelt sich bei beiden um ein und dieselbe Person«, entgegnete Ben und sah, wie Markowitz hart schluckte.

Der Mann hatte es gewusst. Spätestens, seit er heute Morgen die Zeitung gelesen hatte, war es ihm bewusst geworden. Aber bis zu diesem Moment hatte er es nicht wahrhaben wollen. Doch die beiden Polizisten, die ihm jetzt gegenübersaßen, ließen keinen Zweifel mehr zu. »Ich betreue einige der umsatzstärksten Unternehmen in dieser Stadt. Etliche meiner Klienten sitzen im Senat oder im Kongress. Ich kann mir wirklich keinen Skandal leisten.«

»Wir können Sie aufs Revier vorladen«, entgegnete Ed, »oder aber mit der nötigen Diskretion vorgehen. Kommt ganz auf ihre Kooperation an.«

»Ach, es ist dieser verdammte Druck.« Markowitz nahm die Brille ab und rieb sich die Augen. Ohne seine Gläser wirkte er hilflos wie ein Blinder. »Für ein paar Monate im Jahr dreht sich mein ganzes Leben um nichts anderes als um Abschreibungs- und Absetzmöglichkeiten. Sie können sich nicht vorstellen, was da auf einen zukommt. Niemand will freiwillig auch nur einen Dollar ans Finanzamt abführen. Und ehrlich gesagt, man kann den Leuten auch keinen Vorwurf daraus machen. Die meisten meiner Klienten verfügen über sechsstellige Einkommen und sehen natürlich überhaupt nicht ein, warum sie fünfunddreißig Prozent und mehr davon der Regierung in den Rachen werfen sollen. Sie verlangen von mir, alle möglichen Schlupfwinkel für sie zu finden.«

»Das ist sicher hart«, stimmte Ben ihm zu und beschloss, einen der tiefen Designersessel auszuprobieren. »Uns interessieren aber Ihre Beweggründe nicht, die Dienste von Fantasy in Anspruch zu nehmen. Wir möchten vielmehr, dass Sie uns genau berichten, was vergangene Nacht geschehen ist, während sie mit Mary Grice telefoniert haben.«

»Mit Roxanne. Es fällt mir leichter, von ihr als Roxanne zu sprechen. Sie hatte eine wunderbare Stimme, und sie war so … so abenteuerlustig. Mir bleibt nicht mehr viel Zeit für Frauen – seit meiner Scheidung. Aber die ist Schnee von gestern. Wie dem auch sei, mit Roxanne habe ich eine für mich befriedigende Form der Beziehung aufbauen können. Dreimal in der Woche habe ich sie angerufen und konnte mich danach wieder über meine Einkommensteuerbescheide hermachen.«

»Was geschah letzte Nacht, Mr. Markowitz«, drängte Ed.

»Ja, richtig. Nun, wir hatten noch nicht allzu lange miteinander geplaudert, und ich fing gerade an, mich der Sache wirklich hinzugeben, zu entspannen, wenn Sie verstehen, was ich meine.« Er zog ein Taschentuch aus der Hose und fing an, sich das Gesicht abzutupfen. »Und plötzlich fing sie an, mit einem anderen zu sprechen. So als befände sich noch jemand bei ihr. Sie sagte so etwas wie: ›Wer sind Sie?‹ und ›Was wollen Sie hier?‹ Zuerst dachte ich, sie meine mich damit, und das sei nur ein Scherz von ihr. Also habe ich etwas möglichst Witziges entgegnet. Doch dann stieß sie einen lauten Schrei aus, und mir fiel beinahe der Hörer aus der Hand. Roxanne rief: ›Lawrence, helfen Sie mir! Rufen Sie die Polizei oder sonst wen!‹« Markowitz hüstelte, so als reize es seine Stimmbänder, diese Worte zu wiederholen. »Ich habe ihr Fragen gestellt, weil mir das alles so unwirklich vorkam. Und ich habe versucht, sie zu beruhigen. Aber dann hörte ich die andere Stimme.«

»Eine Männerstimme?« Ed notierte sich etwas in sein kleines Buch.

»Ja, ich denke schon. Er sagte, wenn ich mich recht erinnere, Folgendes: ›Es wird dir gefallen.‹ Und er nannte sie beim Namen.«

»Roxanne?« fragte Ben.

»Ja, genau. Ich hörte, wie er ihren Namen nannte, und dann …« Er bedeckte das Gesicht mit dem Tuch und schnaufte für einen Moment. »Bitte, Sie müssen das verstehen. Man könnte mich als ganz gewöhnlichen Mann bezeichnen, der sich bemüht, die Aufregungen und Komplikationen in seinem Leben auf ein Minimum zu begrenzen. Ich leide nämlich an niedrigem Blutzucker.«

Ed nickte ihm mitfühlend zu. »Berichten Sie uns einfach, was Sie dann gehört haben.«

»Ach, es waren ganz schreckliche Geräusche. So wie schweres Atmen und Schläge. Roxanne schrie nicht mehr, sie ächzte nur noch. Nein, eigentlich war es mehr Röcheln. Da habe ich aufgelegt. Ich wusste nicht, was ich tun sollte, und so habe ich eingehängt.«

Als er das Tuch herunternahm, war sein Gesicht grau. »Ich dachte, sie habe mir nur etwas vorgemacht. Die ganze Zeit habe ich mir einzureden versucht, dass Roxanne sich mit mir einen Spaß erlaubt hatte. Aber die Schreie wollten nicht aus meinem Kopf. Wieder und wieder hörte ich, wie sie kreischte und den Unbekannten anflehte, ihr nicht wehzutun. Und die Stimme des anderen, der sagte, sie wolle doch, dass er ihr Schmerzen zufüge, und ein solches Erlebnis würde sie nie wieder haben. Ich glaube, er hat auch noch geäußert, sie sehne sich doch nach Schmerzen, aber da bin ich mir nicht sicher. Es ging alles so schnell. Tut mir leid.«

Er erhob sich und ging zum Wasserkühler. Dort füllte er einen Pappbecher, leerte ihn auf einen Zug und hielt ihn dann wieder unter den Kran. »Ich wusste wirklich nicht, was ich tun sollte. Die ganze Zeit saß ich nur da, während in meinem Kopf die Gedanken durcheinanderpurzelten. Nach einer Weile habe ich mich wieder an die Arbeit gemacht, weil ich hoffte, darüber alles zu vergessen. Wie ich vorhin schon erwähnte, war ich mir nicht sicher, ob Roxanne mir nur einen Streich gespielt hatte. Aber es hatte für einen dummen Spaß viel zu ernst geklungen.«

Er leerte den Becher. »Je länger ich dasaß, desto weniger kam mir das Ganze wie ein Witz vor. Also habe ich mich schließlich aufgerafft, bei Fantasy angerufen und durchgegeben, dass Roxanne wohl in Schwierigkeiten stecke, dass ich sogar den Eindruck gehabt hätte, jemand versuche, sie zu ermorden. Dann habe ich aufgelegt und mich wieder den diversen Anträgen und Erklärungen gewidmet. Was hätte ich auch sonst tun können?« Sein Blick flog hastig zwischen Ed und Ben hin und her, ohne auch nur für einen Moment einen von den beiden direkt anzusehen. »Die ganze Zeit habe ich gehofft, Roxanne würde mich anrufen und mir sagen, alles sei okay und nur ein Spaß gewesen. Aber der Anruf kam natürlich nie.«

»Ist Ihnen irgendetwas an der fremden Stimme aufgefallen, irgendeine Besonderheit?« Ed bemerkte, dass der Steuerberater schwitzte. »Ein Akzent, ein eigentümlicher Tonfall oder eine merkwürdige Betonung gewisser Worte.«

»Nein, es war eine ganz normale Stimme. Ich habe sie kaum richtig verstehen können, weil Roxanne so laut gekreischt hat. Hören Sie, ich weiß nicht einmal, wie Roxanne ausgesehen hat, und ich will es eigentlich auch gar nicht wissen. Seien wir doch mal ehrlich: Sie war für mich nicht mehr als eine, na sagen wir, eine Angestellte in einem Supermarkt. Ich habe dreimal in der Woche ihre Dienste in Anspruch genommen, um mich von der Arbeit abzulenken.«

Es schien ihn deutlich zu beruhigen, so viel Distanz zwischen sich und ihr schaffen zu können. Immerhin war er nur ein Durchschnittsmensch, sagte er sich, eine grundehrliche Haut – na ja, bis zu einem gewissen Grad. Niemand verlangte von einem Steuerberater übertriebene Ehrlichkeit. »Ich nehme an, ihr Freund hat sie aufgesucht, weil er wegen dieser Telefonate eifersüchtig war. Ja, genau das denke ich.«

»Hat Sie denn einen Namen genannt?« fragte Ben.

»Nein, nur meinen. Sie hat Lawrence geschrien. Bitte, meine Herren, mehr kann ich Ihnen beim besten Willen nicht sagen. Ich habe alles getan, was ich konnte. Und eigentlich war ich gar nicht verpflichtet, bei Fantasy anzurufen.« Sein Tonfall änderte sich in dem Grad, in dem seine Selbstgefälligkeit zurückkehrte. »Ich hätte mich gar nicht in die Sache hineinziehen lassen brauchen.«

»Vielen Dank für Ihre Mitarbeit.« Ben wuchtete sich aus dem Sessel. »Sie müssen zur Wache kommen und Ihre Aussagen unterzeichnen.«

»Detective, wenn ich mich vor morgen Mitternacht von diesem Schreibtisch entferne, bin ich für ein Dutzend Strafbefehle verantwortlich.«

»Früh gemachter Bescheid hat noch nie gereut«, gab der Sittich zum Besten.

»Dann suchen Sie uns doch am sechzehnten morgens auf. Und fragen Sie nach mir oder Detective Paris. Wir tun unser Möglichstes, Ihren Namen aus der Sache herauszuhalten.«

»Vielen Dank. Sie können hier hinaus.« Er zeigte auf eine Seitentür und beugte sich dann über seine Rechenmaschine. Soweit es ihn betraf, hatte er seine Pflicht als Staatsbürger mehr als erfüllt.

»Ist es schon zu spät, noch eine Verlängerung zu beantragen?«, erkundigte sich Ben auf dem Weg nach draußen.

»Dafür ist es nie zu spät.« Markowitz' Finger flogen schon über die Tasten.

9

Grace war sich nicht sicher, warum sie Eds Rat angenommen hatte und zu ihm nach Hause gefahren war. Vielleicht weil es ihr hier, wo sie nicht überall an ihre Schwester erinnert wurde, leichter fiel, über alles nachzudenken. Sie musste sich beschäftigen. Wenn ihre Hände zu tun hatten, arbeitete ihr Verstand viel besser. Also sah sie sich im Haus nach dem um, was zu erledigen war, und ging dabei die Möglichkeiten durch, die ihr blieben.

Es erschien ihr immer noch am sinnvollsten, persönlich mit der Leitung von Fantasy Incorporated, zu reden. Auf ernstere Gespräche hatte sie sich immer schon besonders gut verstanden. Mit ein wenig Bedrängen hier und etwas Locken dort würde es ihr gewiss gelingen, die Klientenliste in die Hände zu bekommen. Dann wollte sie Namen für Namen durchgehen, und wenn Kathleens Mörder sich unter ihnen befand, würde sie ihn auch ausfindig machen. Und was dann?

Dann würde sie auf ihren Instinkt vertrauen. Genau so, wie sie einen Roman anging. Und überhaupt ihr ganzes Leben ausrichtete. Mit beidem hatte sie bislang Erfolg gehabt.

Grace wusste, dass Rache hier eine ihrer Hauptantriebsfedern war. Dieses Gefühl erlebte sie jetzt zum ersten Mal, und sie gestand sich ein, dass es durchaus befriedigend war. Der Wunsch nach Rache gab einem Kraft. Ihm nachzugeben, bedeutete aber auch, noch länger in Washington zu bleiben. Eigentlich konnte sie hier genauso gut arbeiten wie anderswo. Und wenn sie fertig war, würde New York nicht über Nacht verschwunden sein.

Wenn sie jetzt aber abreiste, wäre das so, wie der Redakteurin ein unfertiges Manuskript einzureichen. Und niemand außer G.B. McCabe sollte das letzte Kapitel schreiben.

So schwierig konnte es schon nicht werden. Grace war immer der Überzeugung gewesen, dass Polizeiarbeit vor allem Timing, Beharrlichkeit und Gründlichkeit verlangte. Und ein Quäntchen Glück. Und ebenso verhielt es sich mit der Schriftstellerei. Jemandem, der so viele Mordfälle ersonnen und gelöst hatte wie sie, sollte es auch möglich sein, einen richtigen Killer zu stellen.

Sie brauchte die Klientenliste, die Ermittlungsberichte und einige Zeit zum Nachdenken. Das einzige Problem, das sich ihr stellte, war, einen Weg um den ebenso sturen wie kräftigen Detective Jackson herum zu finden.

Während sie noch ihre Strategie zurechtlegte, hörte sie, wie die Haustür aufging. Grace betrachtete ihr Gesicht im Spiegel und sagte sich, dass Ed nicht leicht zu täuschen sein würde. Und was die ganze Sache noch verschlimmerte, war der Umstand, dass sie ihn mochte. Sie rieb sich einen Klecks von der Nase und lief dann nach unten.

»Da bist du ja.« Grace blieb auf der letzten Stufe stehen und lächelte ihn an. »Hattest du einen schönen Tag?«

»Ja, war ganz okay.« Er hielt eine große Einkaufstüte im Arm. Grace trug immer noch wie schon am Morgen die hautenge Jeans und den ausgebeulten Sweater. Doch beide Kleidungsstücke waren voller weißer Farbe. »Was um alles in der Welt hast du denn angestellt?«

»Dein Badezimmer tapeziert.« Sie ging zu ihm und nahm

ihm die Tüte ab. »Sieht jetzt großartig aus. Du hast wirklich einen Blick für Farbkompositionen.«

»Du hast was getan?«

»Jetzt sieh mich nicht so entgeistert an. Ich habe nichts vermasselt, du brauchst keine Angst um deine Tapete zu haben. Nur der Boden sieht schlimm aus. Aber ich dachte mir, es sei nur fair, wenn du dort das Saubermachen erledigst.« Sie strahlte ihn an. »Eine halbe Rolle ist übrig geblieben.«

»Toll. Ah, Grace, ich bin dir wirklich dankbar, dass du dich hier nützlich machen wolltest, aber das Tapezieren erfordert einige Grundkenntnisse.« Er musste es wissen, schließlich hatte er eine ganze Woche Do-it-yourself-Handbücher gewälzt.

»Man schneidet die Rolle in Bahnen, kleistert sie ein und klebt sie auf Stoß. Ich habe ein wenig in deinen Heimwerkerbüchern geblättert.« Grace warf einen Blick in die Tüte, entdeckte dort aber nichts, was ihr den Mund wässrig machte. »Nun geh schon nachschauen. Übrigens, ich habe mir erlaubt, den Rest von deinen Erdbeeren aufzuessen.«

»Das macht nichts.« Sie sah seiner besorgten Miene an, dass er gerade nachrechnete, wie viel ihn neue Tapeten und zusätzlicher Kleister kosten würden.

»Und ja, Mineralwasser ist ja ganz prima, aber du könntest ruhig deinen Vorrat an Limo und Cola ergänzen.«

Er blieb auf halber Treppe stehen, um sich für das zu wappnen, was ihn gleich erwartete. »So etwas trinke ich nicht.«

»Ich schon. Na ja, ich habe mich erst mal mit einem Bier beholfen. Ach, das hätte ich beinahe vergessen: Deine Mutter hat angerufen.«

Ed blieb ein weiteres Mal stehen. »Und?«

»Sie ist eine sehr nette Dame. Und sie hat sich wirklich gefreut, als sich eine weibliche Stimme meldete. Ich hoffe, es macht dir nichts aus, aber ich wollte sie nicht enttäuschen. Also habe ich ihr gesagt, dass wir fest miteinander liiert seien und uns schon Gedanken darüber gemacht hätten, vor den Traualtar zu treten, bevor das Baby käme.«

Weil er sich nicht sicher war, ob ihr Lächeln bedeutete, dass sie ihn nur auf den Arm nehmen wollte, schüttelte er lediglich den Kopf. »Vielen Dank, Grace, das hast du großartig gemacht.«

»Keine Ursache. Deine Schwester hat übrigens einen neuen Freund. Er ist Anwalt für Körperschaftsrecht. Der Bursche hat ein eigenes Haus und auch noch ein Condo in einer Stadt mit Namen Ocean City. Sieht sehr vielversprechend aus zwischen den beiden.«

»Gott«, konnte er nur stöhnen.

»Und der Blutdruck deiner Mutter beläuft sich zurzeit auf hundertzwanzig zu achtzig. Soll ich dir was zu trinken holen?«

»Ja, tu das bitte.«

Sie marschierte in die Küche und fing an zu summen. Ed war wirklich ein Schatz. Sie fand in der Tüte eine Flasche Weißwein. Und er hatte auch Geschmack. Grace fing an auszupacken. Sie stieß auf ein klumpiges Gebilde, das entfernt an ein Bündel Spargel erinnerte. Vorsichtig schnüffelte sie daran und verzog dann das Gesicht. Geschmack, ja, aber nicht auf allen Gebieten.

Grace beförderte des weiteren Blumenkohl, Schalotten und Erbsen zutage. Das Einzige, was sie halbwegs mit

Freude erfüllte, war ein Beutel mit Weintrauben. Sie zögerte nicht, sich sofort davon zu bedienen.

»Sieht großartig aus.«

Grace schob sich noch eine Traube in den Mund, drehte sich um und sah ihn in der Tür stehen.

»Das Badezimmer. Hast du wirklich prima hinbekommen.«

»Ich bin halt sehr geschickt mit den Händen.« Sie hielt ihm das spargelähnliche Bündel entgegen. »Was macht man denn damit?«

»Kochen.«

Sie legte es auf die Anrichte. »Das habe ich befürchtet. Ich habe dich gar nicht gefragt, was du zu trinken haben möchtest.«

»Das kann ich doch auch selbst erledigen. Bist du heute überhaupt dazu gekommen, dir etwas Ruhe zu gönnen?«

»Ich fühle mich prächtig.« Sie sah ihm zu, wie er eine Flasche Apfelsaft aus dem Kühlschrank holte. Sofort bekam sie Durst. »Ich bin viel zum Nachdenken gekommen, während ich die Tapete angebracht und mit deiner Mutter ein Schwätzchen gehalten habe.«

»Und worüber hast du nachgedacht?« Er füllte einen Krug mit Apfelsaft, besorgte sich dann eine Flasche Wodka und gab zwei Gläschen davon hinein.

»Damit bekommst du jeden dazu, sein Vitamin C zu schlucken.«

»Möchtest du lieber einen Apfel?«

»Nein, danke. Also gut, wenn du schon fragst: Ich habe mir überlegt, ob ich nicht für eine Weile in Kathys Haus einziehen sollte. Dann habe ich mehr Ruhe, mich um alles zu kümmern.«

Ed, der gerade dabei war, zwei Gläser zu füllen, stellte

den Krug abrupt ab. Sosehr es ihm als Mann gefallen hätte, wenn sie noch eine Weile bliebe, wusste doch der Polizist in ihm, dass sie besser schnellstmöglich nach New York zurückkehrte. »Worum willst du dich denn noch kümmern?«

»Nun, da muss einiges mit ihrem Anwalt beredet werden, und dann gibt es da auch noch ihre Versicherung.« Das könnte sie genauso gut auch von New York aus erledigen. Grace sah ihm an, dass er das wusste und sie durchschaute. Ein törichter Versuch von ihr, ihn an der Nase herumzuführen. Auf der anderen Seite fiel es ihr auch verdammt schwer, unaufrichtig zu ihm zu sein – was sie zutiefst verblüffte. Früher hatte es ihr nie Mühe bereitet, es mit der Wahrheit nicht so ganz genau zu nehmen. »Also gut, das ist nicht der eigentliche Grund. Ich kann einfach nicht von hier fort, ohne dass alles aufgedeckt ist. Kathy und ich haben uns nicht allzu nahegestanden. Es ist mir nie leichtgefallen, das zuzugeben, aber so war es nun einmal. Wenn ich hierbliebe und herausfinde, wer ihr das angetan hat, dann habe ich etwas für uns beide getan. Ich kann nicht einfach von hier verschwinden, so als sei nichts gewesen, Ed. Erst wenn ich alle Antworten kenne, bin ich bereit, Washington zu verlassen.«

Er wünschte, dass er ihre Beweggründe nicht so gut verstehen könnte. »Es ist aber nicht deine Aufgabe, den Mörder deiner Schwester aufzuspüren, sondern meine.«

»Ja, für dich ist es ein Job, für mich aber ein dringendes Bedürfnis. Begreifst du das denn nicht?«

»Es kommt nicht darauf an, was ich begreife, sondern was richtig ist.«

Sie zerknüllte die Papiertüte, bevor er sie ihr abnehmen,

glatt streichen und für einen weiteren Einkauf zusammenfalten konnte. »Und was ist richtig?«

»Normalbürger dürfen sich nicht in Polizeiermittlungen einmischen, Grace. Sie verschlimmern nur alles und laufen Gefahr, verletzt zu werden – oder Schlimmeres.«

Sie fuhr sich mit der Zungenspitze über die Oberlippe und trat einen Schritt auf ihn zu. »Und was davon besorgt dich am meisten?«

Grace hatte unwahrscheinliche Augen. Man konnte stundenlang hineinblicken und darin versinken. Diese Augen sahen ihn nun fragend und abwartend an. Ebenso fasziniert wie vorsichtig strich er ihr mit dem Daumen über den Wangenknochen. »Ich weiß es nicht.« Und dann, als sich ihre Lippen leicht bewegten, musste er sie einfach küssen.

Sie schmeckte so, wie er es sich vorgestellt hatte. Und als seine Finger sich auf ihr Gesicht legten, fühlte sie sich genau so an, wie er es erwartet hatte. Ed wusste, wie verrückt das war, was er hier tat. Grace kam aus New York und war grelle Lichter und hektische Partys gewöhnt. Er war ein Kleinstadtpolizist, der nicht wusste, wann er wieder Blut an den Fingern hatte. Und trotzdem konnte er nicht von ihr lassen.

Als ihre Lippen sich trennten, öffnete Grace langsam die Augen. Sie atmete tief aus und setzte dann ein Lächeln auf. »Weißt du, die Welt dreht sich schneller, wenn du das tust. Vielleicht solltest du es dir zur Angewohnheit machen.« Sie drückte sich an ihn und knabberte an seinem Kinn entlang, bis sie seinen Mund gefunden hatte. Als seine Hände sich auf ihre Hüften legten, seufzte sie leise. Es war lange her, viel zu lange, seit sie zum letzten Mal die Versuchung verspürt hatte, sich hinzugeben. Grace schlang ihre Arme um seinen Hals und spürte zu ihrer großen Befriedigung, dass sein Herz genauso schnell schlug wie das ihre. »Willst du etwa mit mir schlafen, oder was?«

Er vergrub seine Lippen an ihrem Hals und wollte unbedingt mehr von ihr. Wie einfach wäre es gewesen, sie jetzt hochzunehmen, sie hinauf in sein Schlafzimmer zu tragen und den Dingen ihren Lauf zu lassen. So, wie es sich früher abgespielt hatte. Aber nein, etwas sagte ihm, dass es mit Grace nicht so einfach gehen durfte. Mit ihr könnte er sich nie im Bett vergnügen, ohne einen Gedanken an den nächsten Morgen zu verschwenden. Er gab ihr noch einen Kuss auf die Stirn und ließ sie dann los.

»Ich werde dich füttern.«

»Oh.« Grace trat einen Schritt zurück. Es kam nicht oft vor, dass sie sich einem Mann an den Hals warf. Dazu bedurfte es mehr als bloßer sexueller Anziehung, nämlich auch großer Zuneigung und eines gewissen Mindestmaßes an Vertrauen. Und soweit sie zurückdenken konnte, war sie noch nie von einem Mann zurückgewiesen worden. »Bist du dir sicher?«

»Ja.«

»Dann ist es ja gut.« Sie drehte sich um, nahm den Blumenkohl von der Anrichte. Es würde ihr bestimmt guttun, ihm die Knolle an den Kopf zu werfen. Aber dann entschied sie sich dagegen. »Wenn du mich so wenig attraktiv findest, dann …«

Zum zweiten Mal wirbelte er sie herum. Diesmal musste sie die Erfahrung machen, dass der Zusammenstoß mit seiner Brust etwas von einem Aufprall gegen eine Wand an sich hatte. Wenn er nicht ihren Mund mit dem seinen blockiert hätte, hätte sie ihn bestimmt wütend angefahren.

Diesmal ging er nicht so sanft und behutsam vor. Als sie seine leidenschaftliche Zunge und die Anspannung spürte, die seinen ganzen Körper befallen hatte, fühlte sie Freude und Glück. Und binnen Sekunden bestand die Welt für sie nur noch aus seinen Küssen, seinen Händen und der Reaktion ihres Körpers darauf.

Ed verlangte so sehr nach ihr, dass er sie am liebsten gleich hier in der Küche genommen hätte. Doch er wollte mehr als nur das kurze Aufwallen der Leidenschaft, als den Genuss eines flüchtigen Augenblicks. Und er brauchte Zeit, um herauszufinden, was er wirklich wollte.

»Glaubst du immer noch, dass du mich nicht anziehst?«

Grace sank von den Zehenspitzen auf die Fußballen zurück. »Woher soll ich wissen, dass ich mich nicht irre?« Sie räusperte sich und strich sich mit dem Zeigefinger über die Lippen, die von seinem Kuss vibrierten. »Schwebe ich noch?«

»Sieht ganz so aus.«

»Gut. Okay. Dann reißen wir jetzt das Fenster auf, damit sich etwas von der Hitze verzieht, die sich hier angesammelt hat. Und danach erzählst du mir, womit du mich füttern willst.«

Er lächelte und streichelte ihr Haar. »Gefüllte Artischockenböden à la Bordelaise.«

»Aha«, sagte sie nur. Nach einer kleinen Pause fragte sie: »Das willst du doch wohl nicht alles noch zubereiten und kochen, oder?«

»Dauert nur eine halbe Stunde.«

»Ob ich so lange warten kann?« Als er die Zutaten zusammenstellte, setzte sie sich an den Tisch. »Ed?«

»Ja?«

»Hast du vielleicht vor, mit mir eine Beziehung anzufangen?«

Er wusch gerade Gemüse unter kaltem Wasser und warf ihr über die Schulter einen Blick zu. »Ich habe daran gedacht.«

»Gut, wenn es mit uns klappen sollte, schließen wir ein Abkommen. Wenn du wieder mal Artischocken machst, gibt es am nächsten Abend Pizza.«

»Aber nur vegetarische, und der Teig muss aus ungeschrotetem Weizenmehl sein.«

»Darüber können wir dann reden, wenn es so weit ist.« Sie stand auf und suchte den Korkenzieher.

Ben rutschte auf dem Beifahrersitz hin und her und wartete darauf, dass die Ampel umschaltete. Neben ihm trommelte Tess mit den Fingern aufs Lenkrad. Sie wusste, dass sie recht hatte, aber ihr Problem bestand darin, dass sie nicht mehr allein war und auch auf die Gefühle ihres Partners Rücksicht nehmen musste.

»Ich hätte auch allein fahren können«, begann sie. »Du kriegst bestimmt keinen Wagen.«

»Ed setzt mich sicher ab.«

Die Ampel schaltete auf Grün. Tess bewegte sich im zähflüssigen Strom des Morgenverkehrs. »Es tut mir leid, dass du jetzt deswegen sauer bist. Versuch doch bitte, mich zu verstehen. Ich tue das ganz gewiss nicht aus irgendeiner Laune heraus.«

Verärgert suchte er einen neuen Sender. »Mich hat schon

keiner nach meiner Meinung gefragt, als du dich damals in den Fall eingeschaltet hast. Und irgendwie beschleicht mich das Gefühl, dass ich diesmal genauso wenig zu sagen habe.«

»Du weißt, dass das nicht wahr ist. Deine Meinung bedeutet mir sehr viel.«

»Dann lass mich hier raus, und fahr zu deinem Büro. Und misch dich nicht ein.«

Tess schwieg angestrengt für eine halbe Minute. »Also gut.«

»Also gut?« Seine Hand, die sich auf dem Weg zum Zigarettenanzünder befunden hatte, stockte auf halbem Weg. »Einfach so?«

»Ja.« Sie rückte wie selbstverständlich eine lose Haarnadel gerade und bog dann zur Wache ab.

»Ohne weitere Debatte?«

»Letzte Nacht haben wir genug darüber geredet. Es besteht kein Grund, alles noch einmal durchzukauen.« Tess fuhr auf den Parkplatz. »Dann bis heute Abend.« Sie beugte sich zu ihm und küsste ihn.

Er hielt ihr Kinn mit einer Hand fest, bevor sie sich abwenden konnte. »Du setzt wieder eine deiner Psychomaschen gegen mich ein, stimmt's?«

Ihre klaren violetten Augen lächelten ihn an. »Aber woher denn!«

»Ich hasse es, wenn du das tust.« Er ließ sich in seinen Sitz zurücksinken und fuhr sich mit beiden Händen über das Gesicht. »Du weißt genau, was es mir ausmacht, wenn du dich in diesen Teil meines Lebens einmischst.«

»Und du weißt genau, was es mir ausmacht, auch nur von einem Teil deines Lebens ausgeschlossen zu sein. Ben …«

Sie strich ihm mit einer Hand über das Haar. Noch vor einem Jahr hatte sie nicht einmal gewusst, wer er war. Und mittlerweile war er der Dreh- und Angelpunkt ihres ganzen Lebens geworden – ihr Mann und der Vater des Kindes, von dem sie glaubte, dass sie es bereits in ihrem Bauch trug. Trotzdem war sie auch immer noch Psychologin. Sie hatte wie jeder Arzt den hippokratischen Eid abgelegt. Und sie konnte einfach nicht vergessen, wie Grace' Finger gezittert hatten, während sie den Kaffeebecher hielten.

»Ich könnte euch wirklich weiterhelfen. Zumindest euch seine Denkweise näherbringen. So etwas ist mir früher auch schon gelungen.«

»Und dabei hätte ich dich fast verloren.«

»Aber das lässt sich mit dem jetzigen Fall doch nicht vergleichen. Ich bin heute nicht so in die Geschichte involviert wie damals. Ben, glaubst du, er wird einen weiteren Mord begehen? Ben …« Sie nahm seine Hand, ehe er sich vollends von ihr abwenden konnte. »Glaubst du, er mordet wieder?«

»Aber klar. Alles spricht dafür.«

»Leben retten – geht es nicht genau darum? Sowohl in deinem als auch in meinem Beruf?«

Er starrte die Ziegelsteinmauer der Wache an. Sie strahlte Tradition aus. Seine Tradition. Tess durfte nichts damit zu tun haben. »Mir wäre es wirklich lieber, wenn du weiter in deinem schmucken kleinen Büro in der City arbeiten würdest.«

»Und mir wäre es lieber, du würdest hinter einem Schreibtisch sitzen und über den Papierkrieg knurren. Aber so kann es leider nicht immer sein. Weder für dich noch für mich. Ich habe euch einmal geholfen, und ich bin mir ziemlich sicher, dass ich euch diesmal wieder weiterbringen kann. Dieser Mörder ist kein gewöhnlicher Mensch. Das vermag ich schon aus dem wenigen zu analysieren, das du mir über ihn erzählt hast. Ich halte ihn für sehr krank und sehr gefährlich.«

Bens Nackenhaare stellten sich auf. »Du darfst nicht schon wieder deine ganze Energie in diesen Fall stecken.«

»Zunächst will ich euch nur dabei behilflich sein, ihn zu finden. Und was danach geschieht, bleibt abzuwarten.«

»Ich kann dich nicht davon abhalten.« Doch als er ihre Hand in der seinen spürte, wusste er, dass er sehr wohl die Möglichkeit dazu besaß. »Gut, ich will mich dir nicht in den Weg stellen, aber ich verlange, dass du dich auch um deine anderen Fälle kümmerst, um die Klinik und die Privatpatienten.«

»Ich kenne meine Grenzen.«

»Ja.« Die Debatte ermüdete ihn zusehends. »Wenn du deine normale Arbeit vernachlässigst, verpetze ich dich bei deinem Großvater, und der wird dir schon den Kopf geraderücken, verlass dich drauf.«

»Wenigstens bin ich jetzt gewarnt.« Sie zog ihn zu sich heran. »Ich liebe dich, Ben.«

»So? Wie wäre es dann mit einem kleinen Beweis?« Ihre Lippen pressten sich auf die seinen, zogen sich aber einen Moment später wieder zurück, als Ed seinen Kopf durchs Fenster steckte.

»Habt ihr zwei noch nie etwas von verschwiegenen Seitenstraßen gehört?«

»Verpiss dich, Jackson.«

»Guten Morgen, Ed.« Sie rieb ihr Gesicht an Bens Wange.

»Kommt nicht oft vor, Tess, dass wir dich hier innerhalb einer Woche zweimal zu sehen kriegen.«

»Dann mach dich mal drauf gefasst, dass sie dir von nun an häufiger über den Weg läuft«, knurrte Ben und stieg aus dem Wagen. »Die Seelenklempnerin will uns ihre Hilfe andienen.«

»Ehrlich?« Ed kannte Ben und Tess gut genug, um sofort zu spüren, dass ihre Meinungen in dieser Frage geteilt waren. »Na, dann willkommen an Bord.«

»Es ist immer wieder eine Freude, ein paar Gesetzeshütern zur Hand gehen zu dürfen.« Tess hakte sich bei Ed ein. »Wie geht es Grace?«

»Von Tag zu Tag besser. Sie hat beschlossen hierzubleiben, bis der Fall geklärt ist.«

»Verstehe. Sehr gut.«

»Wie meinst du das?«

»Meiner Ansicht nach handelt es sich bei Grace um eine Persönlichkeit, die ihre Probleme damit hat, wenn um sie herum alles drunter und drüber geht. Sie kommt besser mit allem zurecht, wenn sie etwas tun kann, einige Kontrolle auszuüben vermag. Am schlimmsten bei der Trauer ist die Hilflosigkeit. Wenn man die überwindet, ist man eigentlich schon halb über den Berg.« Sie wartete, bis er ihr die Tür geöffnet hatte. »Gar nicht zu reden davon, dass es dir nicht leichtfallen dürfte, ihr den Hof zu machen, wenn sie wieder im fernen New York sitzt.«

Ben schloss zu den beiden auf. »Unsere Seelenklempnerin hier hat deine Telefonnummer, Ed. Deine Grace scheint mir eine lohnende Beute zu sein. Sie hat was im Kopf, sieht toll aus und ist vermögend.« Er legte Tess einen Arm um die Schultern. »Gefällt mir, dass du endlich auf den Trichter gekommen bist und meinem Beispiel folgen willst.«

»Tess ist doch nur auf dich hereingefallen, weil sie verstörten Schwachsinnigen noch nie widerstehen konnte.« Er betrat seine Abteilung und war froh, dass die anstehende Arbeit das Thema beenden würde.

Sie kamen im Konferenzraum zusammen. Tess breitete die Akten der beiden Fälle vor sich aus. Darin befanden sich Fotos der Opfer, Autopsieberichte und die Ermittlungsergebnisse ihres Mannes. Sie stellte rasch fest, dass bei der vorliegenden Mordserie viel mehr Gewalt im Spiel war als bei dem früheren Fall, bei dem sie mit dem Kommissariat zusammengearbeitet hatte – insofern man Mord überhaupt an dem Grad der Gewaltanwendung messen konnte. Worum es bei der Tötung der beiden Frauen ging, war ihr rasch genauso klar wie den Detectives, doch sie entdeckte darin noch etwas anderes, etwas Bedrohliches und zutiefst Beängstigendes.

Aufmerksam studierte sie die Aussage von Eileen Cawfield, die Ergebnisse der Befragung von Markowitz und Eds offiziellen Bericht über die Ereignisse in der Nacht, in der Kathleen Breezewood ermordet wurde.

Ben gefiel es nicht, seine Frau so zu erleben, wie sie sich ernsthaft mit den Belegen und Dokumenten der grimmigeren Seite seines Berufs auseinandersetzte. Es war ihm schon nicht leichtgefallen, ihre Arbeit zu akzeptieren, wenn sie in ihrer Praxis in Uptown saß. Natürlich sagte ihm sein Verstand, dass er sie nicht vor allen dunkeln Facetten der heutigen Zeit abschirmen konnte, aber es machte ihn erst recht nervös, sie hier auf dem Revier zu sehen.

Sie fuhr mit einem hübschen, sorgfältig manikürten

Finger über die Seiten des Berichts der Gerichtsmediziner. Bens Eingeweide verknoteten sich.

»Mir fällt auf, dass beide Morde zur gleichen Zeit verübt worden sind.«

Harris rieb sich mit einer Hand über den Bauch. Sein Magen fühlte sich jeden Tag etwas leerer an. »Wir dürfen wohl annehmen, dass dies zum Vorgehensmuster des Täters gehört.« Er brach ein winziges Stückchen von einem Rosinenbrötchen ab, das langsam hart wurde. Vor einigen Tagen schon hatte er sich einreden können, dass es nichts weiter ausmachte, wenn er Kalorien in kleinen Dosen zu sich nahm. »Ich habe Ihnen noch gar nicht sagen können, wie sehr die Abteilung sich über Ihre Mitarbeit freut, Dr. Paris.«

»Ich schätze, die Abteilung wird sich noch mehr freuen, wenn ich auch ein paar Resultate liefern kann.« Sie nahm kurz die Lesebrille ab, um sich die Augen zu reiben. »In diesem Stadium der Ermittlungen dürfen wir wohl feststellen, dass wir es mit jemandem zu tun haben, der zu extremen Gewaltausbrüchen neigt, und dass diese Gewaltausbrüche eindeutig sexuell orientiert sind.«

»Das ist doch eigentlich bei Vergewaltigungen der Normalfall«, brummte Ben.

»Nein, bei einer Vergewaltigung handelt es sich nicht um ein Sexual-, sondern um ein Gewaltdelikt. Und der Umstand, dass die Opfer nach der Gewalttat ermordet wurden, muss nicht als außergewöhnlich angesehen werden. Ein Vergewaltiger kann Frauen aus einer Vielzahl von Gründen überfallen: Frustration, niedriges Selbstwertgefühl, der Ansicht, dass Frauen minderwertig seien, Wut. Gerade Letzteres spielt fast immer eine Rolle. Und in den Fällen, in denen der Vergewaltiger sein Opfer kannte, kommt noch der Wunsch nach Dominanz hinzu, das Verlangen, männliche Stärke und Überlegenheit zu demonstrieren oder sich das zu holen, von dem er glaubt, dass es ihm zusteht oder dass es ihm angeboten wurde. Der Täter steht oft unter dem Eindruck, das Opfer wehre sich nur, um für ihn den Reiz zu erhöhen, und in Wahrheit wolle die Frau mit Gewalt genommen werden.«

Tess setzte die Brille wieder auf und lehnte sich zurück. »In den beiden vorliegenden Fällen beschränkte sich die Gewaltanwendung auf jeweils einen Raum, in dem die Opfer dann auch aufgefunden wurden. Der Täter benutzte sowohl bei Kathleen als auch bei Mary die gleiche Waffe: eine Telefonschnur. Und höchstwahrscheinlich ist das Telefon auch seine Verbindung zu den beiden Frauen. Über den Hörer haben sie ihm zuvor etwas in Aussicht gestellt, ihn mit etwas gelockt. Und so ist er zu ihnen gegangen, um sich das zu holen, was sie ihm versprochen haben. Er kam aber nicht durch die Haus-, beziehungsweise Wohnungstür, sondern ist bei ihnen eingebrochen. Möglicherweise, um sie zu überraschen oder auf diese Weise die Erregung zu steigern. Ich neige zu der Ansicht, dass es sich bei der ersten Tat um einen Mord im Affekt gehandelt hat, dass er Kathleen aus irgendeinem Impuls oder Reflex heraus umgebracht hat. Sie hat sich gegen ihn gewehrt und ihn physisch oder seelisch verletzt, vielleicht auch beides. Vermutlich entpuppte sich Kathleen nicht als die Frau, die er erwartet hatte; oder anders gesagt, als die Frau, als die sie sich in seiner Fantasie am Telefon dargestellt hatte. Er war der Ansicht, eine Beziehung mit ihr zu haben. Deshalb hat er auch zu ihrer, besser gesagt, zu Desirees

Beerdigung Blumen geschickt. Es ist von größter Wichtigkeit, sich ständig vor Augen zu halten, dass der Täter Kathleen Breezewood gar nicht kannte, sondern nur Desiree. Er hat sie nie, selbst im Moment der Ermordung nicht, als die Frau gesehen, die sie war. Desiree war für ihn auch als Kathleen die Frau, die er sich in seiner Fantasie erschaffen hatte.«

»Aber wie konnte er sie dann überhaupt ausfindig machen?«, wandte Ben ein. »Wie konnte er, ausgehend von einer Stimme am Telefon, das Haus finden, in dem die Frau wohnte? Was hat ihn auf ihre Spur gebracht?«

»Ich wünschte, ich wüsste die Antwort darauf.« Tess hätte gern seine Hand genommen. Wenn sie allein gewesen wären, hätte sie das bestimmt auch getan. Aber hier auf dem Revier entstand immer eine gewisse Distanz zwischen ihnen. »Alles, was ich sagen kann, ist, dass dieser Mann über eine enorme Intelligenz verfügt. Auf seine Weise geht er höchst logisch vor und folgt Schritt für Schritt einem bestimmten Muster.«

»Der erste Schritt besteht wohl darin, eine geeignete Stimme zu finden«, murmelte Ed, »um sich dann in seiner Fantasie die dazugehörige Frau zu erschaffen.«

»Das kommt der Wahrheit wohl ziemlich nahe. Der Täter besitzt eine überdurchschnittliche Vorstellungskraft. Mehr noch, für ihn verwischen die Grenzen zwischen Fantasie und Wirklichkeit. Er neigt dazu, an das zu glauben, was er sich vorstellt. Dass er an beiden Tatorten Fingerabdrücke hinterlassen hat, geschah nicht etwa aus Unvorsichtigkeit. Der Mann ist vielmehr der Ansicht, unverwundbar zu sein, weil die Realität der Welt, die er sich geschaffen hat, nichts anhaben kann. Er lebt seine Fantasien aus und damit auch die, von denen er annimmt, dass sie die seiner Opfer sind.«

»Soll das etwa heißen, er vergewaltigt und ermordet Frauen, weil er glaubt, es würde ihnen gefallen?« Ben zog eine Zigarette aus seinem Päckchen und zündete sie an. Tess registrierte die Anspannung in seiner Stimme.

»Einfach ausgedrückt, ja. Nach dem, woran Markowitz sich erinnern konnte, hat der Täter so etwas von sich gegeben wie: ›Ich weiß, dass du es gerne hast, wenn ich dir wehtue.‹ Vergewaltiger rechtfertigen ihre Tat gern mit solchen Überzeugungen. Mary Grice hat er die Hände ans Bett gefesselt, Kathleen Breezewood hingegen nicht. Ich halte das für ein wichtiges Moment. Nach den uns vorliegenden Unterlagen hat Desiree eher konservative, normale Sexfantasien angeboten. Ganz anders hingegen Roxanne. Sie brachte auch gern schon einmal Fesselungen und andere Sadomaso-Praktiken ins Spiel. Deswegen hat der Täter den Frauen das gegeben, was sie seiner Überzeugung nach bevorzugten. Und dann hat er sie umgebracht, weil er die psychotische Lust entdeckte, die eine Vereinigung von Orgasmus und Tötung bewirkt. Wir müssen wohl davon ausgehen, dass er glaubt, seine Opfer hätten die gleiche Lust verspürt wie er. Kathleen hat er aus einem Impuls heraus umgebracht. Bei Mary hingegen handelt es sich um eine Rekonstruktion seiner Tat, weil er höchstwahrscheinlich dieses besondere Lustgefühl noch einmal erfahren wollte.« Sie drehte sich zu Ben um. Er mochte noch immer nicht davon begeistert sein, seine Frau hier zu sehen, aber wenigstens hörte er ihr zu. »Was hältst du denn von dem Umstand, dass beide Morde zur gleichen Zeit verübt wurden?«

»Was soll ich denn davon halten?«

Sie lächelte. Sonst war er es stets, der ihr vorwarf, eine Frage immer mit einer Gegenfrage zu beantworten. »Beide Taten ereigneten sich abends, aber nicht sehr spät. Ich nehme an, das gehört irgendwie zu seinem Vorgehensmuster. Vielleicht ist der Mann verheiratet oder lebt mit jemandem zusammen, der von ihm erwartet, zu einer bestimmten Zeit zu Hause zu sein.«

Ben studierte die Spitze seiner Zigarette. »Vielleicht ist er aber auch nur jemand, der gern zeitig schlafen geht.«

»Könnte natürlich auch sein.«

»Tess«, begann Ed, während er einen Teebeutel in heißes Wasser tauchte, »allgemein wird doch davon ausgegangen, dass ein Voyeur oder jemand, der Frauen am Telefon belästigt, es dabei belässt und nicht zu Gewalttätigkeiten neigt. Warum ist das bei diesem Täter nicht der Fall?«

»Weil er nicht nur zusieht, sondern teilnimmt. Er glaubt, die Frauen haben zu ihm gesprochen. Hier fehlt die Distanz, sei es die tatsächliche oder die emotionale, die für jemanden besteht, der mit einem Fernglas in fremde Wohnungen späht. Und auch die Anonymität ist nicht vorhanden, in der derjenige sich sicher fühlt, der Frauen am Telefon belästigt. Unser Mann kannte seine Opfer. Natürlich nicht Kathleen oder Mary, aber Desiree und Roxanne. Ich hatte einmal eine Person in Behandlung, bei der es zu einer Vergewaltigung nach einer Verabredung gekommen war.«

»Dr. Paris, bei allem Respekt, die Sichtweise des Opfers hilft uns hier wohl kaum weiter«, erklärte der Captain.

»Ich habe mich vielleicht etwas unglücklich ausgedrückt: Ich musste mich um den Vergewaltiger und nicht um das Opfer kümmern. Er hat die Frau nicht zum Sex gezwungen, weil er sich persönliche Befriedigung verschaffen wollte, sondern weil er glaubte, sie erwarte das von ihm. Er hat gedrängt und keine Ruhe gegeben, weil er an irgendeinem Punkt des Abends zu der Überzeugung gelangte, sie überlasse ihm nicht nur die Initiative, sondern erwarte geradezu von ihm, endlich etwas zu tun. Und schlimmer noch, wenn er das unterließ, würde sie ihn für unmännlich, für einen Schwächling halten. Wenn er sie aber bedrängte, erhielte er dadurch nicht nur Befriedigung, sondern beweise sich auch als richtiger Mann und erfahre so Anerkennung. Meiner Meinung nach muss unser Täter hier sich nicht selbst beweisen, sondern will Macht demonstrieren. Er hat Desiree und Roxanne nicht deswegen ermordet, damit sie ihn nicht mehr identifizieren können, sondern weil es in seinen Augen die höchste Form der Machtausübung ist, jemandem das Leben zu nehmen. Daraus lässt sich schließen, dass er in einer Umgebung aufgewachsen ist, in der er nicht viel zu sagen hatte, wo er sich sehr starken Persönlichkeiten beugen musste. Dieser Täter muss als sexuell repressiv angesehen werden, als ein Mann, der jetzt nach Auswegen aus seiner Verklemmung sucht.«

Tess öffnete eine Akte. »Bei seinen Opfern handelt es sich um unterschiedliche Frauentypen, sowohl äußerlich als auch hinsichtlich der Persönlichkeiten, als die sie sich am Telefon ausgaben. Das mag natürlich Zufall sein, aber wir sollten lieber davon ausgehen, dass auch hier ein Vorsatz dahintersteckt. Das Einzige, was diese Frauen gemeinsam hatten, waren der Sex und das Telefon. Beides hat er höchst gewaltsam gegen sie eingesetzt. Sein nächstes Opfer wird vermutlich schon wieder ein ganz anderer Typ sein.«

»Ich hoffe, wir müssen es nicht erleben, dass diese Theorie sich in der Praxis bewahrheitet.« Harris brach ein weiteres Bröckchen von dem Rosinenbrötchen. »Könnte er damit aufhören? Ich meine, von einem Tag auf den anderen?«

»Das glaube ich nicht.« Tess schloss die Akte und legte sie auf seinen Schreibtisch. »Den Täter plagen weder Gewissensbisse noch die Furcht, erwischt zu werden. Die Worte auf seiner Beileidskarte lauten nicht: ›Es tut mir leid‹ oder ›Verzeih mir‹, sondern: ›Ich werde dich nicht vergessen.‹ Damit meint er weniger Desiree als Person, sondern mehr das Erlebnis, das sie ihm verschafft hat. Dieser Mann plant seine Züge sorgfältig im Voraus. Er zerrt nicht einfach eine x-beliebige Frau in eine Seitenstraße, ein Gebüsch oder einen Wagen. Wir dürfen nicht vergessen, dass er seine Opfer kennt oder zumindest zu kennen glaubt, und sich von ihnen das holt, von dem er meint, dass es ihm zusteht. Unser Täter ist in gewisser Weise ein typisches Produkt unserer heutigen Gesellschaft, in der man nur den Telefonhörer aufzunehmen braucht, um sich schlichtweg alles zu bestellen, von Pizza bis Pornografie. Man muss nur noch eine Nummer wählen, und schon bekommt man *das,* was man will, mehr noch, was einem zusteht. In diesem Fall haben wir es mit einer Mischung aus den Annehmlichkeiten der Technologie und soziopathischen Tendenzen zu tun. Ihm erscheint es nur logisch, sich frei zu bedienen.«

»Oh, Verzeihung.« Lowenstein zeigte sich in der Tür. »Wir haben eben die Kreditkartennummern überprüft.« Harris nickte, und sie reichte Ed die Blätter. »Nicht eine Übereinstimmung.«

»Nicht eine?« Ben stellte sich hinter seinen Partner und schaute ihm über die Schulter.

»Null. Wir haben uns auch die Namen, die Adressen und die möglichen Decknamen angesehen. Rein gar nichts.«

»Damit stehen wir also wieder ganz am Anfang.« Ben nahm die Papiere, die Ed ihm reichte.

»Nicht so vorschnell. Wir haben etwas anderes herausgefunden, als wir den Blumengruß des Täters überprüften. Der Strauß wurde telefonisch bei Bloom Town in Auftrag gegeben, und zwar mit Angabe der Kreditkartennummer. Die Karte gehört einem Patrick R. Morgan. Hier ist seine Adresse.«

»Steht der vielleicht auch auf dieser Kundenliste hier?« fragte Ed.

»Nein.«

»Dann sollten wir diesem Herrn einen Besuch abstatten.« Ben warf einen Blick auf seine Uhr. »Er wird wohl bei der Arbeit sein. Haben wir Namen und Adresse des Unternehmens, bei dem er beschäftigt ist?«

»Ja, das Kapitol. Mr. Morgan ist Kongressabgeordneter.«

Heute war der Volksvertreter jedoch in seinem renovierten Heim in Georgetown anzutreffen. Die Frau, die den beiden Polizisten öffnete, wirkte sauertöpfisch und ungeduldig, was vielleicht mit dem Riesenberg Akten in Zusammenhang stand, den sie mit beiden Armen hielt. »Ja?«, fragte sie nur unfreundlich.

»Wir würden gern den Kongressabgeordneten Morgan sprechen.« Ed schaute an ihr vorbei in die große Diele und bewunderte die Mahagoni-Täfelung, die aus echtem Holz angefertigt war.

»Tut mir leid, aber der Abgeordnete ist zurzeit nicht zu sprechen. Wenn Sie einen Termin wünschen, rufen Sie sein Büro an.«

Ben zeigte ihr seine Marke. »Es geht um eine polizeiliche Ermittlung, Ma'am.«

»Selbst wenn Sie der liebe Gott persönlich wären, würde ich Sie nicht einlassen.« Sie schenkte seinem Ausweis keinerlei Beachtung. »Wie ich schon sagte, er ist nicht zu sprechen. Versuchen Sie es nächste Woche in seinem Büro.«

Ed lehnte sich mit der Schulter an die geöffnete Tür, um die Frau daran zu hindern, sie ihnen vor der Nase zuzuschlagen. »Ich fürchte, wir müssen darauf bestehen. Entweder wir reden hier mit ihm, oder wir lassen ihn aufs Revier vorladen.« Er sah ihren Blick und erkannte, dass sie festen Willens war, ihn trotz seiner Größe hinauszuschubsen.

»Margaret, zum Himmeldonnerwetter, was geht denn da vor?« Der Frage folgte eine Niessalve. Dann zeigte sich der Kongressabgeordnete. Er war klein, dunkelhaarig und Ende vierzig. Und er präsentierte sich blass, rotäugig und in einem Morgenmantel.

»Diese Herren bestehen darauf, Sie zu sprechen, Sir, obwohl ich ihnen erklärt habe, dass …«

»Ist schon in Ordnung, Margaret.« Trotz seines Zustands setzte er ein breites Politikerlächeln auf. »Tut mir leid, Gentlemen, aber wie Sie sehen können, leide ich etwas unter der Witterung.«

»Verzeihen Sie bitte, Herr Abgeordneter.« Ben zeigte ihm seine Marke. »Aber die Angelegenheit ist wirklich dringend.«

»Verstehe. Nun, dann treten Sie doch ein. Ich muss Sie nur bitten, Abstand von mir zu halten. Zurzeit geht wohl höchste Ansteckungsgefahr von mir aus.«

Er führte sie durch die Diele in einen in Blau und Grau gehaltenen Salon, an dessen Wänden gerahmte Zeichnungen und Stiche der Stadt hingen. »Margaret, hören Sie endlich damit auf, die Beamten so argwöhnisch zu beäugen, und kümmern Sie sich um die Akten.«

»Sie bekommen noch einen Rückfall«, beschwerte sich Margaret, zog sich dann aber pflichteifrig zurück.

»Sekretärinnen sind schlimmer als Ehefrauen. Nehmen Sie doch Platz, Gentlemen. Sie sehen es mir hoffentlich nach, wenn ich mich lieber auf die Couch setze.« Er ließ sich auf dem Sofa nieder und legte sich eine Angoradecke über die Knie. »Die Grippe«, erklärte er, während er nach einem Papiertaschentuch griff. »Den ganzen Winter hindurch habe ich vor Gesundheit gestrotzt, aber kaum fangen die Blumen an zu blühen, wirft es mich nieder.«

Ed setzte sich vorsichtshalber auf den Stuhl, der am weitesten von dem Kranken entfernt stand. »Die Menschen sehen sich im Winter eher vor.« Er bemerkte den Teekessel und den Saftkrug. Zumindest nahm der Abgeordnete viel Flüssigkeit zu sich. »Wir wollen Sie auch nicht länger als unbedingt nötig belästigen.«

»Es gehörte immer zu meinen vornehmsten Pflichten, mit der Polizei zusammenzuarbeiten. Schließlich stehen wir auf derselben Seite, oder etwa nicht?« Morgan schneuzte sich herzhaft.

»Gesundheit«, sagte Ed.

»Danke. Nun, meine Herren, was kann ich für Sie tun?«

»Kennen Sie ein Unternehmen mit Namen Fantasy Incorporated?«, fragte Ben wie beiläufig, während er die Beine übereinanderschlug. Doch er ließ den Mann keine Sekunde aus den Augen.

»Fantasy? Nein, nie gehört«, antwortete der Abgeordnete nach einem Moment des Nachdenkens. »Da klingelt bei mir überhaupt nichts.« Ihm war nicht einmal bewusst, welches Wortspiel er da von sich gegeben hatte. »Was ist das denn für eine Firma?«

»Telefonsex.« Ed musste an die Bakterien denken, die hier durch die Luft flogen. Der Berufsalltag eines Polizisten war mit mannigfaltigen Gefahren angefüllt.

»Aha.« Morgan verzog das Gesicht, so als wollte er grinsen, beließ es dann aber bei dem Versuch. »In der Tat ein Thema, über das sich trefflich streiten ließe, aber doch wohl eher eine Angelegenheit für das Gewerbeaufsichtsamt oder die Gerichte als für einen Kongressabgeordneten. Zumindest in meiner momentanen Verfassung.«

»Ist Ihnen eine Kathleen Breezewood bekannt?«

»Breezewood ... Breezewood ...« Er rückte sein Kissen gerade. »Ich fürchte, auch da muss ich passen.«

»Oder Desiree?«

»Nein, ganz bestimmt nicht«, lächelte er. »Welcher Mann könnte einen solchen Namen vergessen?«

Ed zückte sein Notizbuch und blätterte darin, so als wollte er sich etwas ins Gedächtnis zurückrufen. »Wenn Sie Mrs. Breezewood nicht gekannt haben, warum haben Sie dann Blumen zu ihrer Beerdigung geschickt?«

»Habe ich das getan?« Morgan machte ein verwundertes Gesicht. »Nun, diese Dame gehörte gewiss nicht zu meinem engeren Bekanntenkreis, aber ich schicke zu den unterschiedlichsten Gelegenheiten Blumen. Meist aus politischen Gründen. Meine Sekretärin kümmert sich für gewöhnlich darum. Margaret!« Er rief sie wohl etwas zu laut, denn er erlitt gleich einen Hustenanfall.

»Sie bringen sich noch ins Grab!«, schimpfte die Frau, als sie in den Raum eilte. »Trinken Sie Ihren Tee, und hören Sie auf, hier herumzuschreien.«

Er hat doch gar nicht geschrien, dachte Ed. »Margaret, kenne ich eine Kathleen Breezewood?«

»Meinen Sie vielleicht die Frau, die vor ein paar Tagen ermordet wurde?«

Die Rötung, die der Husten auf seinem Gesicht ausgelöst hatte, verging, und er wandte sich an Ed. »Meine ich die Kathleen Breezewood?«

»Ja, Sir.«

»Haben wir ihr zur Beerdigung Blumen geschickt, Margaret?«

»Warum sollten wir? Sie haben die Frau ja nicht einmal gekannt.«

»Bei einer Blumenhandlung namens Bloom Town wurde mit Ihrer Kreditkarte ein Strauß für die Beerdigung bestellt.« Ed warf einen Blick in sein Notizbuch und trug die Nummer vor.

»Ist das meine Karte?« fragte der Abgeordnete.

»Ja, aber ich habe dort kein Gebinde bestellt. Wenn es um Blumen geht, wenden wir uns sowieso stets an Lorimar Florists, weil wir dort ein Konto unterhalten. Bei Bloom Town haben wir noch nie etwas bestellt. Und seit mindestens zwei Wochen haben wir keinen Strauß mehr in Auftrag gegeben. Der letzte ging an die Frau von Parsons, als sie ihr Baby bekommen hat.« Sie sah Ben triumphierend an. »Steht alles im Haushaltsbuch.«

»Holen Sie das Buch bitte, Margaret.« Morgan wartete, bis sie das Zimmer verlassen hatte. »Gentlemen, ich erkenne nun, dass die Sache ernster ist, als ich bislang angenommen habe, aber auf Ehre und Gewissen, ich fürchte, ich kann Ihnen nicht weiterhelfen.«

»Kathleen Breezewood wurde am Abend des zehnten April ermordet.« Ed wartete, bis der Kongressabgeordnete sich ein weiteres Mal geschneuzt hatte. »Können Sie uns sagen, wo Sie sich an dem betreffenden Tag zwischen zwanzig und dreiundzwanzig Uhr aufgehalten haben?«

»Am zehnten April.« Morgan rieb sich mit zwei Fingern die Augen. »Da hat doch die Spendenparty in Shoreham stattgefunden. Sie wissen schon, wir haben Wahlkampf. An dem Tag fing es bei mir mit der Erkältung an. Ich habe mich trotzdem hingeschleppt. Meine Frau war deswegen sehr böse. Wir haben an der Veranstaltung teilgenommen von neunzehn Uhr bis, äh, irgendwann nach zweiundzwanzig Uhr. Danach sind wir direkt nach Hause gefahren, weil mich am nächsten Morgen ein Arbeitsfrühstück erwartete.«

»In dem Buch sind seit dem Parsons-Baby keine Blumenbestellungen aufgeführt.« Margaret kehrte zurück und reichte es Ben. »Es gehört zu meinen Aufgaben, immer zu wissen, wann wem Blumen geschickt werden müssen.«

»Abgeordneter«, begann Ed, »wer außer Ihnen kann noch Ihre Kreditkarte benutzen?«

»Nun, Margaret. Und meine Frau, obwohl sie ihre eigenen Karten hat.«

»Und Ihre Kinder?«

Morgan verkrampfte sich kurz, bevor er antwortete: »Meine Kinder benötigen noch kein Plastikgeld. Meine Tochter ist erst fünfzehn. Und mein Sohn besucht im zweiten Jahr die St. James Prepatory Academy. Beide erhalten regelmäßig Taschengeld, und größere Ausgaben müssen sie erst mit uns besprechen. Offensichtlich ist der Verkäuferin in der Blumenhandlung ein Fehler unterlaufen, als sie die Nummer der Kreditkarte notierte.«

»Könnte sein«, murmelte Ed, obwohl er bezweifelte, dass die Verkäuferin auch noch den Namen falsch verstanden haben sollte. »Es würde uns vielleicht weiterhelfen, wenn Sie uns sagen würden, wo sich Ihr Sohn an dem betreffenden Abend aufgehalten hat.«

»Das lehne ich ganz entschieden ab.« Trotz seiner Erkältung setzte Morgan sich kerzengerade auf.

»Abgeordneter, wir haben es mit zwei Morden zu tun.« Ben schloss das Haushaltsbuch. »Wir sind leider nicht in der Lage, Sie mit Samthandschuhen anzufassen.«

»Ihnen ist doch hoffentlich bewusst, dass ich keine Ihrer Fragen beantworten muss. Aber um des lieben Friedens willen werde ich darauf eingehen.«

»Das kommt uns sehr gelegen«, entgegnete Ben milde. »Also, zu Ihrem Sohn.«

»Er hatte eine Verabredung.« Morgan goss sich ein Glas Saft ein. »Michael trifft sich seit einiger Zeit mit der Tochter von Senator Fielding. Julia. Ich glaube, sie wollten an dem Abend ins Kennedy Center. Er war um dreiundzwanzig Uhr zurück. Schließlich musste er am nächsten Tag in die Schule.«

»Und wo war er vergangene Nacht?« fragte Ben.

»Gestern war er den ganzen Abend über zu Hause. Wir haben bis gegen zweiundzwanzig Uhr Schach gespielt.«

Ed notierte sich alles. »Könnte sich einer Ihrer Mitarbeiter Ihrer Kreditkarte bedienen. Oder kennt sonst noch jemand die Kartennummer?«

»Nein.« So wie Morgan dieses Wort aussprach, wurde

klar, dass seine Geduld und sein Wille zur Kooperation erschöpft waren. »Meiner Meinung nach ist jemandem in der Blumenhandlung ein Fehler unterlaufen. Mehr habe ich dazu nicht zu sagen. Wenn Sie mich jetzt bitte entschuldigen würden.«

»Vielen Dank für Ihre Mühe.« Ed erhob sich und steckte das Notizbuch weg. Er hatte bereits beschlossen, sich spätestens im Revier eine Extradosis Vitamin C zu verabreichen. »Wenn Ihnen noch irgendein Grund dafür einfallen sollte, warum man mit den Blumen Ihr Konto belastet haben könnte, lassen Sie es uns bitte wissen.«

Margaret schien es Genugtuung zu bereiten, die beiden zur Tür zu bringen. Als die Tür hinter ihnen vernehmlich ins Schloss fiel, schob Ben die Hände in die Hosentaschen. »Irgendwas sagt mir, dass der Abgeordnete etwas zu verbergen hat.«

»Ja. Die Teilnehmer der Spendenparty zu überprüfen, dürfte nicht schwierig sein, ich würde mich aber trotzdem lieber zuerst mit der Tochter des Senators unterhalten.«

»Da stimme ich dir zu.«

Sie liefen zum Wagen zurück. Trotz Bens Protesten nahm Ed hinter dem Steuer Platz. »Weißt du, Tess hat da vorhin etwas gesagt, das mir einfach nicht aus dem Kopf will.«

»Und was?«

»Nun, dass man nur den Hörer von der Gabel zu nehmen braucht, um sich alles ins Haus kommen zu lassen. Ich mache das ja genauso.«

»Pizza oder Pornografie?«

»Spachtel und Makulatur. Ich habe mir letzten Monat eine Ladung davon kommen lassen. Der Verkäufer wollte erst meine Kreditkartennummer wissen, bevor er die Lieferung zusammengestellt hat. Wie oft hast du schon am Telefon deine Kreditkartennummer durchgegeben? Heutzutage braucht man doch nur noch die Nummer und den Namen zu nennen. Ausweis oder Unterschrift sind längst nicht mehr erforderlich.«

»Stimmt.« Ben ließ sich seufzend auf dem Beifahrersitz nieder. »Ich schätze, das engt den Kreis der Verdächtigen auf lediglich ein paar Hunderttausend ein.«

Ed startete. »Wir können immer noch hoffen, dass Michael seine Julia versetzt hat.«

10

Mary Beth Morrison war eine geborene Mutter. Schon im Alter von sechs Jahren hatte sie eine ganze Kollektion von Puppen besessen, die gefüttert, gewickelt und angezogen werden mussten. Einige von ihnen hatten sprechen, andere laufen können, aber Mary Beths Herz konnte sich ebenso für ein altes Stofftier, dem eines der Knopfaugen fehlte und ein Arm aufgerissen war, erwärmen.

Im Gegensatz zu anderen Kindern beschwerte sie sich nie über die Arbeiten im Haushalt, die ihre Eltern ihr zuwiesen. Sie liebte es sogar, zu waschen und Staub zu wischen. Mary Beth besaß ein kleines Bügelbrett, einen Miniaturherd und ein Teeservice. Im Alter von zehn verstand sie sich schon besser aufs Backen als ihre Mutter.

Ihr einziges Lebensziel bestand darin, einen eigenen Hausstand zu gründen und eine Familie um sich zu scharen, um die sie sich kümmern konnte. Visionen von Chefetagen in großen Unternehmen oder mit wichtigem Inhalt gefüllten Aktenkoffern waren nie über sie gekommen. Mary Beth sehnte sich nach einem hübschen weißen Gartenzaun und einem Kinderwagen.

Sie glaubte fest daran, dass jeder, gleich ob Mann oder Frau, das tun sollte, wozu er und sie am besten geeignet war. Ihre Schwester hatte studiert und war in eine vornehme Anwaltskanzlei in Chicago eingetreten. Mary Beth war stolz auf sie. Sie bewunderte die schicken Sachen, die ihre Schwester trug, wie sie vor Gericht das Recht vertrat und mit wie vielen interessanten Männern sie zusammenkam. Doch sie verspürte keinerlei Neid, denn so etwas war ihr zutiefst wesensfremd. Mary Beth schnitt lieber Gutscheine aus Zeitungen aus und backte Plätzchen für den Schulbasar. Für einige Zeit nahm sie auch aktiv an der Kampagne teil, die für Frauen gleiche Bezahlung für gleiche Arbeit forderte – obwohl sie ja doch nie Mitglied der arbeitenden Bevölkerung gewesen war.

Mit neunzehn heiratete sie ihre Jugendliebe. Diesen Jungen hatte sie sich schon in der Grundschule als ihren Zukünftigen ausgesucht. Er hatte nie auch nur den Hauch einer Chance, ihr zu entkommen. Mary Beth war ihm gegenüber stets aufmerksam, geduldig, verständnisvoll und hilfsbereit gewesen. Sie hatte ihn nicht durch eine List, sondern durch Aufrichtigkeit dazu gebracht, sie zum Traualtar zu führen. Mary Beth hatte sich an dem Tag in Harry Morrison verliebt, an dem ihn zwei Raufbolde auf dem Spielplatz niedergestoßen und ihm einen Schneidezahn ausgeschlagen hatten. Nach fünfundzwanzig Jahren (davon zwölf in der Ehe), die sie Harry nun schon kannte, und vier Kindern liebte sie ihn immer noch aus ganzem Herzen.

Ihre Welt drehte sich ausschließlich um ihr Heim und ihre Familie, und was draußen in der Welt vor sich ging, interessierte sie nur insoweit, als ihre Lieben davon betroffen wurden. Es gab viele Frauen – ihre Schwester eingeschlossen –, die der Ansicht waren, ihnen würden zu viele Grenzen gesetzt. Mary Beth hingegen fand genug Grund zum Lächeln, und wenn doch mal eine Sorge drohte, backte sie einen Kuchen. Sie war glücklich. Und sie besaß das, was ihr der schönste Lohn für alle Mühen war: die Liebe ihres Mannes und ihrer Kinder. Ob das die Anerkennung ihrer

Schwester oder all der anderen Frauen fand, war ihr überhaupt nicht wichtig.

Um ihrem Mann einen Gefallen zu tun, aber auch um zu sich selbst gut zu sein, achtete sie auf ihre Figur. Ihr zweiunddreißigster Geburtstag stand bevor, und sie war immer noch schlank und attraktiv. Ihre Haut wies kaum Falten auf, und ihre braunen Augen besaßen immer noch den sanften Blick. Dabei hatte Mary Beth durchaus Verständnis und Mitgefühl übrig für die Geschlechtsgenossinnen, die sich in ihrer Rolle als Hausfrau gefangen fühlten. Ihr wäre es sicher genauso ergangen, wenn sie in irgendeinem Büro hätte arbeiten müssen. Sobald sie Zeit dazu fand, engagierte sie sich für die Elternvereinigung oder für Wohltätigkeitsveranstaltungen. Ihre zweite große Liebe gehörte den Tieren; denn auch dies waren Geschöpfe, um die man sich kümmern musste.

Im Moment überlegte sie, dass sie noch ein Kind haben wollte, bevor sie in dieser Hinsicht genug getan hatte.

Ihr Mann vergötterte sie. Obwohl sie ihm die meisten Entscheidungen überließ – oder ihm zumindest das Gefühl gab, er habe sie getroffen –, war sie alles andere als ein Heimchen am Herd. Auch ihnen beiden waren mittlere und größere Kräche nicht unbekannt. Und wenn ihr eine Sache wichtig genug erschien, fand sie keine Ruhe, bis sie ihren Willen durchgesetzt hatte. Fantasy Incorporated, war zum Beispiel eine dieser wichtigen Angelegenheiten.

Harry sorgte dafür, dass die Familie ihr Auskommen fand. Doch es hatte auch Zeiten gegeben, in denen Mary Beth einen Teilzeitjob annahm, weil sein Gehalt für diese oder jene Anschaffung nicht ausreichte. So hatte sie sich einmal bei der Wohlfahrt beworben und sich um ältere

Mitbürger gekümmert, die allein nicht mehr zurechtkamen. Von dem Geld, das sie dabei verdiente, konnte sich die Familie einen zehntägigen Urlaub in Florida samt Disney-World-Besuch leisten. Die Fotos von diesem Trip hatte sie hübsch ordentlich in ein blaues Album geklebt, das die Aufschrift trug: UNSERE FAMILIE AUF REISEN.

Ein anderes Mal hatte sie am Telefon Zeitschriften verkauft. Obwohl ihre angenehme Stimme ihr dabei sehr zugutegekommen war, hatte sie diese Tätigkeit als wenig lohnend empfunden. Als Frau, die schon früh gelernt hatte, den Wert von Zeit und Haushaltsgeld zu ermessen, begriff sie rasch, dass der Aufwand, den sie für diesen Job betrieb, in keinem Verhältnis zu dem erzielten Einkommen stand.

Und nun, Anfang dreißig, wollte sie ein fünftes Kind und darüber hinaus etwas für den Collegebesuch der vier Sprösslinge, mit denen sie bereits gesegnet war, auf die hohe Kante legen. Das Gehalt ihres Mannes, der als Vorarbeiter bei einer Baufirma tätig war, reichte für die normalen Ansprüche, bot aber wenig Spielraum für Extras. Eines Tages stieß Mary Beth in einem der Herrenmagazine ihres Harry auf eine Anzeige von Fantasy Incorporated. Die Vorstellung, bloß fürs Reden am Telefon Geld zu bekommen, faszinierte sie schon vom ersten Moment an.

Sie brauchte drei Wochen, um ihren Mann von strikter Ablehnung zu einer gelinden Skepsis zu bewegen. Nach einer weiteren Woche hatte sie ihn so weit, dass er grummelnd seine Einwilligung gab. Mary Beth war immer schon sehr geschickt im Umgang mit Worten gewesen. Und jetzt wollte sie dieses Talent in klingende Münze umsetzen.

Harry und sie kamen darin überein, dass sie nur für ein Jahr bei Fantasy arbeiten sollte. In diesen zwölf Monaten wollte Mary Beth zehntausend Dollar verdienen. Damit ließe sich den vier Kindern ein hübscher Start am College ermöglichen und, wenn das Schicksal ihr und Harry gnädig war, ein weiterer Mund stopfen.

Mary Beth war jetzt schon im vierten Monat für Fantasy tätig, besaß eine ansehnliche Schar von Stammkunden und hatte die Hälfte ihres selbst gesteckten Ziels bereits erreicht.

Es machte ihr nichts aus, über Sex zu reden. Schließlich konnte man ihr nach zwölf Jahren Ehe und vier Geburten wohl kaum Prüderie unterstellen, erklärte sie ihrem Mann. Harry verfolgte mittlerweile den neuen Job seiner Frau mit Amüsement. Hin und wieder rief er sogar selbst bei ihr an, um sie zu trainieren, wie er behauptete. Er gab sich dann als Stud Brewster aus, und das brachte sie immer wieder zum Kichern.

Mochte es an ihrem mütterlichen Instinkt liegen oder an ihrem natürlichen Verständnis für Männer und ihre Probleme, die meisten Anrufer jedenfalls wollten von ihr weniger erregt werden, als sich vielmehr ausweinen. Die Stammkunden hatten bald herausgefunden, dass sie bei ihr den Frust am Arbeitsplatz oder den Stress in der Familie abladen konnten und dafür Mitgefühl und manchen guten Rat erhielten. Mary Beth klang nie so gelangweilt, wie diese Männer es von ihren Ehefrauen oder Freundinnen gewohnt waren. Sie kritisierte sie nie, und die Ratschläge, die sie ihnen erteilte, befanden sich auf dem Niveau der Kummerkastentanten in den einschlägigen Illustrierten. Doch das störte die Kunden nicht, denn darüber hinaus bekamen sie von ihr auch noch einen gewissen sexuellen Kick.

Sie war Mutter, Schwester oder Geliebte, ganz wie der Kunde es wünschte. Die Anrufer waren zufrieden, und Mary

Beth fing an, sich ernsthaft zu überlegen, ob es nicht langsam an der Zeit war, die Pille abzusetzen.

Mary Beth war eine unkomplizierte Frau, die mit beiden Beinen fest auf der Erde stand. Sie glaubte, dass die meisten Probleme sich mit etwas Zeit, gutem Willen und Selbstgebackenem aus der Welt schaffen ließen. Aber sie war nicht darauf vorbereitet, jemandem wie Jerald zu begegnen.

Er hatte sie entdeckt und lauschte ihr gern. Nacht für Nacht wartete er darauf, endlich wieder ihre Stimme zu hören. So viel Sanftheit und Ruhe ging von ihr aus. Jerald stand kurz davor, sich in sie zu verlieben. Und bald darauf ergriff ihn eine ähnliche Besessenheit wie bei Desiree. Roxanne hatte er längst vergessen. Sie war für ihn kaum mehr als eine Art Laborratte gewesen. Mary Beth hingegen verbreitete Güte, und etwas Vertrautes, Althergebrachtes schwang in ihrem Namen mit. Sie hatte sich keinen Künstlernamen zugelegt, weil ihr der richtige Name viel zu gut gefiel und sie sich so an ihn gewöhnt hatte. Ein Mann vertraute dem Rat, den eine Frau namens Mary Beth ihm gab. So eine würde bestimmt ihre Versprechen einhalten.

Mary Beth war eine ganz neue Erfahrung für Jerald.

Er glaubte ihr. Wollte sie treffen. Und ihr unbedingt seine Dankbarkeit beweisen.

Von frühabends bis spät in der Nacht lauschte er ihrer Stimme. Und legte sich seinen Plan zurecht.

Grace war es leid, nicht vom Fleck zu kommen und sich ständig in Geduld üben zu müssen. Eine Woche war bereits seit dem zweiten Mord vergangen, und falls die Ermittlungen überhaupt Fortschritte machten, schwieg Ed sich darüber aus. Grace glaubte, ihn zu verstehen. Er war großzügig und hatte keine Angst, seine Gefühle zu zeigen. Aber er war auch mit Leib und Seele Polizist und lebte nach den Vorschriften und seinen eigenen Regeln. Seine Disziplin konnte sie respektieren, sein Schweigen jedoch frustrierte sie. Die Zeit, die sie mit ihm verbrachte, wirkte sehr beruhigend auf sie. Wenn sie allerdings allein war, verfiel sie unweigerlich ins Grübeln. Und so fing sie eines Tages an, einen Plan zu schmieden.

Zuerst suchte sie bestimmte Personen auf. Die Treffen mit Kathleens Anwalt und dem Privatdetektiv, den sie angeheuert hatte, brachten kein Licht ins Dunkel. Beide konnten ihr kaum etwas erzählen, was sie nicht längst wusste. Dabei hatte sie so sehr gehofft, von ihnen irgendwelche Informationen zu erhalten, die sie gegen Jonathan einsetzen konnte. Tief in ihrem Herzen war er für sie immer noch der wahre Schuldige, obwohl ihr Verstand ihr immer häufiger das Gegenteil sagte. Aber Vorurteile haben ein zähes Eigenleben. Am Ende musste Grace sich eingestehen, dass Jonathan der Hauptverantwortliche für die Verfassung war, in der Kathleen sich vor ihrem Tod befunden hatte, mit ihrer Ermordung selbst jedoch nichts zu tun hatte.

Ihre Schwester war und blieb tot, und Grace musste auf anderen Wegen weiterforschen.

Der logischste und am leichtesten erreichbare führte sie zu Fantasy Incorporated.

Als Grace eintrat, saß Eileen wie üblich an ihrem Schreibtisch. Sie legte ihren Terminkalender beiseite und empfing die Besucherin mit einem freundlichen Lächeln. Eine Zigarette brannte in dem Aschenbecher neben ihrem Ellenbogen. Vor einer Woche hatte Eileen es aufgegeben, vor aller Welt so zu tun, als habe sie das Rauchen aufgegeben.

»Guten Tag. Kann ich Ihnen helfen?«

»Mein Name ist Grace McCabe.«

Eileen brauchte einen Moment, bis sie den Namen einordnen konnte. Grace trug einen roten Pullover, schwarze Leggings und Schlangenlederstiefel. In dieser Aufmachung besaß sie wenig Ähnlichkeit mit der trauernden Schwester auf dem Foto in der Zeitung. »Ja, Miss McCabe … Wir alle hier bedauern sehr, was Kathleen zugestoßen ist.«

»Danke.« Grace bemerkte sofort, wie ihr Gegenüber sich verkrampfte und für eine Auseinandersetzung wappnete. Es war sicherlich nicht die schlechteste Strategie, diese Frau noch für eine Weile in diesem Zustand zu halten. Grace hatte es noch nie Gewissensbisse bereitet, sich die Schuldgefühle anderer zunutze zu machen. »Es hat den Anschein, als wäre Ihre Firma der Katalysator für den Überfall auf meine Schwester gewesen.«

»Miss McCabe«, begann Eileen und zog kurz und nervös an ihrer Zigarette, »es tut mir leid, wirklich sehr leid, dass Kathleen ein solches Ende finden musste. Aber ich fühle mich in keiner Weise dafür verantwortlich.«

»Tun Sie nicht?«, lächelte Grace und nahm Platz. »Dann muss ich wohl annehmen, dass Sie auch jegliche Verantwortung für den Tod von Mary Grice von sich weisen. Kann man hier einen Kaffee bekommen?«

»Ja, selbstverständlich, natürlich.«

Eileen erhob sich rasch und verschwand in dem besenkammergroßen Raum hinter dem Schreibtisch. Sie fühlte sich alles andere als wohl in ihrer Haut und bedauerte schon zutiefst, nicht dem Vorschlag ihres Mannes für einen Kurztrip auf die Bermudas zugestimmt zu haben. »Sie wissen hoffentlich, dass wir die polizeilichen Ermittlungen in jeder uns möglichen Weise unterstützen. Jeder hier möchte diesen Irren hinter Gittern sehen.«

»Ja, sicher, aber ich will, dass der Mann für seine Verbrechen bezahlt. Keine Milch bitte.« Sie wartete, bis Eileen mit einem großen Steingutbecher zurückkehrte. »Sie verstehen sicher, dass diese Geschichte mir näher geht als Ihnen oder der Polizei. Und deswegen suche ich nach Antworten auf meine Fragen.«

»Ich weiß nicht, was ich Ihnen noch mitteilen könnte.« Eileen nahm wieder hinter ihrem Schreibtisch Platz. Kaum dass sie saß, griff sie auch schon nach ihrer Zigarette. »Ich habe der Polizei schon alles, wirklich alles gesagt. Verstehen Sie bitte, ich kannte Ihre Schwester nicht allzu gut. Wir sind uns nur einmal begegnet, an dem Tag, an dem sie sich hier vorgestellt hat. Alles Weitere wurde telefonisch geregelt.«

Nein, sie schien Kathleen wirklich nicht gut gekannt zu haben, sagte sich Grace. »Ja richtig, das Telefon. Ich denke, das Telefon ist der Dreh- und Angelpunkt. Mir ist bekannt, wie Ihr Unternehmen arbeitet. Kathleen hat mir alles darüber erzählt. Sie müssen es mir also nicht lang und breit erklären. Ich wüsste allerdings gern, ob die Männer, die zu Ihren Kunden zählen, sich schon einmal persönlich hier blicken lassen.«

»Nein, nie.« Eileen rieb sich die Stirn, um die Kopfschmerzen zu vertreiben, die sich dort seit dem Tod von Mary Grice festgesetzt hatten. »Wir teilen unseren Kunden unsere Adresse nicht mit. Natürlich könnte jeder uns mit etwas Aufwand ausfindig machen, aber dazu besteht eigentlich kein Anlass. Wir durchleuchten sogar potenzielle Angestellte, bevor wir ihnen unsere Adresse bekanntgeben. Verstehen Sie bitte, Miss McCabe, dass wir sehr viel Vorsicht walten lassen.«

»Hat irgendwann einmal ein Kunde hier angerufen und Fragen über Kathleen beziehungsweise Desiree gestellt?«

»Nein, nicht ein einziges Mal, und wenn doch, hätte er von uns keine Antwort bekommen. Entschuldigen Sie mich bitte einen Moment«, fügte sie hinzu, als das Telefon läutete.

Grace trank von ihrem Kaffee und hörte nur mit einem Ohr zu. Warum war sie überhaupt hierhergekommen? Sie hätte sich doch denken können, dass sie hier kaum etwas erfahren würde, was die Polizei nicht längst ermittelt hatte. Höchstens ein paar kleine Details. Grace kam sich vor wie jemand, der im Dunkeln tappt. Und doch musste hier irgendwo die Lösung liegen. Dieses kleine, nach außen hin nichtssagende Büro war der Schlüssel. Sie musste jetzt nur noch das Schloss dazu finden.

»Tut mir leid, Mr. Peterson, aber Jezebel hat heute keinen Dienst. Möchten Sie sich vielleicht mit einer anderen Dame unterhalten?« Noch während sie sprach, drückte sie auf ein paar Tasten an ihrem Computer und studierte dann den Bildschirm. »Denken Sie an jemand Bestimmten? Verstehe ... Nun, ich glaube, es würde Ihnen sicher gefallen, mit Magda zu reden ... Ja, das ist sie. Magda wird Sie gern zurückrufen. Natürlich, ich arrangiere alles.«

Nachdem Eileen aufgelegt hatte, warf sie Grace einen nervösen Blick zu. »Ich fürchte, das dauert jetzt einen Moment. Wenn ich Ihnen irgendwie helfen kann ...«

»Ist schon in Ordnung, ich warte gern.« Grace trank noch einen Schluck. Ihr war gerade eine Idee gekommen, und wie es ihrer Art entsprach, wollte sie die auch sofort in die

Tat umsetzen. Als Eileen alles erledigt hatte, lächelte Grace. »Sagen Sie mir doch bitte, was ich tun muss, um hier eine Anstellung zu bekommen.«

Ed war nicht in bester Stimmung, als er die Einfahrt erreichte. Er hatte den Großteil des Tages damit verbracht, im Gerichtsgebäude Däumchen zu drehen und darauf zu warten, seine Zeugenaussage in der Wiederaufnahme eines Falles zu machen, den er schon vor zwei Jahren abgeschlossen hatte. Ed hatte nie den geringsten Zweifel an der Schuld des Angeklagten gehabt. Die Beweise waren ebenso eindeutig wie das Motiv des Mannes. Ben und er hatten alles zusammengetragen und als komplettes Bündel an den Staatsanwalt weitergegeben.

Obwohl der Fall damals in der Presse für große Schlagzeilen gesorgt hatte, war den beiden Detectives die Aufklärung nicht sonderlich schwergefallen. Der Täter hatte seine Frau, die sehr reich und älter als er gewesen war, umgebracht und dann die Wohnung verwüstet, um einen Einbruch vorzutäuschen. Die Geschworenen hatten nur sechs Stunden beraten und den Mann dann einstimmig schuldig gesprochen. Laut Gesetz stand ihm aber eine Berufung zu. Und heute, zwei Jahre später, bescheinigte man dem Mörder der Frau, die er zu lieben, zu ehren und zu versorgen versprochen hatte, Opfer der Umstände geworden zu sein.

Ed wusste, dass der Mann gute Aussichten hatte, mit einem blauen Auge davonzukommen. An Tagen wie diesen fragte er sich, warum er sich morgens nach dem Aufstehen überhaupt die Mühe machte, seine Dienstmarke einzustecken. Die viele Papierarbeit erledigte er ohne zu klagen, und es machte ihm nichts aus, sein Leben aufs Spiel zu setzen, um die braven Bürger zu schützen. Selbst die Stunden und Tage, die er im Hochsommer oder im kältesten Winter in winzigen Verschlägen verbringen musste, um einen Verdächtigen zu observieren, vermiesten ihm die Freude an seiner Arbeit nicht; denn das alles gehörte zum Polizistendasein. Aber was ihn wirklich von Jahr zu Jahr mehr bedrückte, waren die Gesetzeslücken und juristischen Winkelzüge, mit denen er vor Gericht konfrontiert wurde.

Ed wollte den heutigen Abend damit verbringen, die Wände zu verputzen, Holz abzumessen und zu schneiden und so lange zu hämmern und zu bohren, bis er vergessen hatte, dass er am Ende immer mit leeren Händen dastand, mochte er sich bei seiner Arbeit auch noch so sehr angestrengt haben.

Wolken zogen von Westen heran und versprachen einen regnerischen Abend. Den Pflanzen, die er hier auf seinem Grundstück und ein paar Meilen entfernt im Gemeindegarten eingesetzt hatte, würde dieser Guss höchst willkommen sein. Ed hoffte, am Wochenende Zeit für seine Zucchinizucht zu finden. Als er aus dem Wagen stieg, hörte er das Brummen eines Rasenmähers. Er sah sich um und entdeckte Grace, die nebenan das Gerät auf und ab schob.

Sie sah wirklich süß aus. Jedes Mal, wenn sein Blick auf sie fiel, hätte er sie stundenlang betrachten können. Die Brise, die die Wolken herantrug, fuhr auch in ihr Haar und ließ es in den wunderbarsten Mustern um das Gesicht tanzen. Sie hatte sich Kopfhörer aufgesetzt, die mit dem kleinen Walkman verbunden waren, den sie am Gürtel trug.

Eigentlich hatte Ed vorgehabt, den Rasen für sie zu mähen, doch als er sie jetzt so sah, war er insgeheim froh, zu spät gekommen zu sein. Endlich hatte er Gelegenheit,

Grace in Ruhe zu betrachten, ohne dass sie etwas von seiner Anwesenheit ahnte. Während er so dastand, stellte er sich vor, wie es wohl sein würde, sie jeden Tag nach Feierabend hier anzutreffen.

Der Ärger, der sich in ihm zusammengeballt hatte, löste sich auf. Er ging zu ihr.

In den Ohren Chuck Berrys Gitarrendonner zuckte sie am ganzen Leib zusammen, als er ihr eine Hand auf die Schulter legte. Sie griff sich mit einer Hand ans Herz und konnte ihn dann anlächeln. Während »Maybelline« in ihrem Kopf dröhnte, sah sie, wie Eds Lippen sich bewegten. Ihr Lächeln verwandelte sich in ein Grinsen. Es tat ihr wirklich gut, ihn anzuschauen und ihm in die sanften freundlichen Augen zu blicken. Er hätte einen einmaligen Bergsteiger abgegeben, dachte sie. Ganz allein dort oben auf den Höhen, wo er sich mit allem selbst versorgte. Und die Indianer würden ihm vertrauen, weil seine Augen ihnen sagten, dass er nicht lügen konnte.

Vielleicht sollte sie sich einmal an einem historischen Roman versuchen, möglicherweise einem Western. Irgendeine Geschichte mit einer Verbrecherbande, langen Ritten und einem Sheriff, dessen Revolver immer traf und der einen roten Bart trug. »Hi, ich habe kein Wort von dem verstanden, was du gesagt hast.«

»Das ist mir schon aufgefallen. Du solltest die Musik nicht so laut aufdrehen. Das schadet nur deinen Ohren.«

»Rockmusik taugt nur etwas, wenn man sie laut hört.« Sie schaltete den Walkman aus. »Hast du heute früher frei?«

»Nein.« Beide mussten schreien, um sich trotz des Rasenmäherratterns verständlich zu machen. Schließlich stellte Ed das Gerät ab. »Du wirst vor dem Regen nicht damit fertig.«

»Was für Regen?« Verwundert starrte sie in den Himmel. »Wann soll der denn kommen?«

Er lachte herzhaft, und die langen Stunden im Gerichtsgebäude waren vergessen. »Bekommst du eigentlich überhaupt nichts von dem mit, was sich rings um dich tut?«

»Ich würde es nicht so drastisch ausdrücken, aber es kommt der Wahrheit irgendwie nahe.« Grace' Blick wanderte zwischen dem Himmel und dem noch zu mähenden Stück Rasen hin und her. »Na ja, den Rest kann ich morgen noch erledigen.«

»Die Arbeit nehme ich dir gern ab. Ich habe morgen nämlich frei.«

»Danke, aber du hast genug am Hals. Ich schiebe diesen Kasten jetzt wohl besser in die Garage zurück.«

»Lass mich dir dabei helfen.« Da ihm wirklich etwas daran gelegen zu sein schien, nahm sie die Hände von den Griffen und machte ihm Platz.

»Ich habe heute Ida getroffen«, sagte sie während er die Maschine, deren Motor noch nachdieselte, hinters Haus beförderte.

»Die alte Dame ein paar Häuser weiter?«

»Genau die. Sie muss mich im Garten beobachtet haben, denn plötzlich stand sie am Zaun. Mann, sie hat vielleicht nach Katze gerochen.«

»Das überrascht mich nicht.«

»Na ja, sie wollte mir nur mitteilen, dass sie, was mich beträfe, sehr gute Schwingungen gespürt habe.« Grace nahm die Plane, als Ed den Rasenmäher in eine Ecke geschoben hatte. »Sie wollte wissen, ob ich bei der Schlacht von Shiloh zugegen gewesen wäre, du weißt schon, 1862, im Bürgerkrieg.«

»Und was hast du ihr geantwortet?«

»Nun ja, ich wollte sie nicht enttäuschen.« Sie breitete die Plane über dem Gerät aus und streckte dann die Schultern. »Ich habe ihr gesagt, bei Shiloh hätte mich eine Yankee-Kugel ins Bein getroffen, und deswegen würde ich manchmal heute noch humpeln. Das scheint sie zufriedengestellt zu haben. Hast du heute Abend schon etwas vor?«

Er lernte langsam, sich auf ihre Art und vor allem ihre Gedankensprünge einzustellen. »Verputz.«

»Oh. Diese eklige Pampe? Brauchst du meine Hilfe?«

»Wenn es dir nichts ausmacht.«

»Hast du wenigstens etwas Anständiges zu essen im Haus?«

»Irgendwo findet sich sicher was.«

Grace musste an die eigenartig aussehenden Spargelstangen denken und schluckte. »Warte einen Moment.« Sie rannte ins Haus, und schon fielen die ersten Tropfen. Kurz darauf kehrte sie mit einer Jumbotüte Kartoffelchips zurück. »Notverpflegung. Ich bin Erster!« Noch bevor er wusste, wie ihm geschah, setzte Grace zu einem Sprint an. Er verfolgte amüsiert, wie sie über den Zaun grätschte. Drei Meter vor seiner Haustür überholte er sie, nahm sie in die Arme und riss sie hoch. Sie belohnte ihn mit einem dicken Kuss. »Du bist gut zu Fuß, Jackson.«

»Bleibt nicht aus, wenn man immer hinter bösen Buben her sein muss.« Der Regen fiel jetzt heftiger, und Ed presste seine Lippen auf ihren Mund. Der Kuss war süß, vor allem als er ihr leises Stöhnen hörte. Ihre Haut schmeckte feucht und kühl, und sie schien in seinen Armen überhaupt kein Gewicht zu besitzen. Er hätte noch Stunden so dastehen können. Doch plötzlich fing sie an zu zittern.

»Du wirst ja ganz nass.« Er rannte mit ihr zur Hintertür, setzte sie dort ab und schloss auf. Grace trat sofort ein und schüttelte sich in der Küche wie ein begossener Hund.

»Der Regen war ganz warm, so wie ich ihn mag.« Sie fuhr sich mit beiden Händen durchs Haar, bis es in heller Unordnung abstand – so wie es ihr besonders gut stand. »Ich weiß, dass ich jetzt die Stimmung ruiniere, aber ich hatte eigentlich gehofft, du hättest mir etwas zu berichten.«

Ed verging die gute Laune nicht, denn er hatte diese Frage schon erwartet. »Es geht ziemlich langsam voran, Grace. Die einzige Spur, die wir bislang finden konnten, hat sich als Sackgasse erwiesen.«

»Das heißt also, das Alibi von diesem Sohn des Kongressabgeordneten hält?«

»Steht bombenfest.« Er setzte Teewasser auf. »In der Nacht, in der Kathleen ermordet wurde, saß er in der ersten Reihe im Kennedy-Center. Der Junge konnte uns die abgerissenen Karten vorlegen. Seine Freundin hat seine Aussage bestätigt, und es gibt mehrere Dutzend Augenzeugen, die ihn dort gesehen haben.«

»Vielleicht hat er sich irgendwann einmal verdrückt.«

»Nein, das ist niemandem aufgefallen. Um einundzwanzig Uhr fünfzehn gab es eine Pause, aber da hat man ihn gesehen, wie er an der Bar Limonade trank. Tut mir leid, Grace.«

Sie schüttelte den Kopf, lehnte sich an die Anrichte und zündete sich eine Zigarette an. »Weißt du, was mir wirklich zu schaffen macht? Ich ertappe mich immer wieder dabei, mir zu wünschen, der Junge sei es gewesen. Die ganze Zeit habe ich gehofft, sein Alibi würde wie ein Kartenhaus zusammenfallen, und ihr könntet ihn festnehmen. Dabei kenne ich ihn noch nicht einmal.«

»Das ist doch verständlich, Grace. Du sehnst dich danach, die ganze Angelegenheit hinter dich zu bringen.«

»Ich weiß überhaupt nicht mehr, was ich will.« Sie seufzte, und dieses Geräusch klang so kläglich, dass sie darüber erschrak. »Zuerst war ich ganz versessen darauf, dass die Polizei Jonathan überführt. Ihn kenne ich schließlich, ihm traue ich alles Schlechte zu, und er … Aber das tut jetzt nichts zur Sache. Und nun stellt sich heraus, dass weder er noch der Junge etwas damit zu tun haben.«

»Wir werden den Täter schon finden, Grace.«

Sie betrachtete ihn, während Dampf aus der Kesseltülle strömte. »Das weiß ich doch. Ich könnte sonst mein Leben überhaupt nicht mehr in den Griff bekommen, hätte keine Ahnung, was ich morgen tun sollte.« Grace nahm einen langen Zug von ihrer Zigarette. Da war noch ein anderes Thema, das sie mit Ed besprechen musste und dem sie nicht ausweichen durfte. »Er wird nicht aufhören, oder? Sei ehrlich zu mir, Ed. Ich möchte nicht von der Wahrheit abgeschirmt werden.«

Er wollte sie aber beschützen, nicht nur weil er das für seine Pflicht als Polizist hielt, sondern auch, weil es um sie ging. Aber gerade weil sie ihm so wichtig war, durfte er sie nicht abschirmen. »Ich glaube nicht, dass er so bald aufhören wird.«

Grace nickte in Richtung des Wasserkessels. »Du solltest dich mal um das da kümmern, sonst verkocht dir noch alles.« Während er Tassen aus dem Schrank holte, musste sie wieder an das denken, was sie heute getan hatte. Sie durfte es ihm nicht verschweigen, mahnte erbarmungslos ihr

Gewissen. Natürlich würde sie es ihm mitteilen, beruhigte sie sich, aber erst dann, wenn es schon zu spät für ihn war, noch etwas daran ändern zu können.

Grace ging zu seinem Kühlschrank. »Du hast wohl nicht zufällig so etwas wie Hotdogs im Haus?«

Der entsetzte Blick, den er ihr zuwarf, hätte sie fast laut auflachen lassen. »So etwas willst du doch wohl nicht zu dir nehmen!«

»Nein, woher denn?« Sie öffnete die Tür und hoffte, wenigstens Erdnussbutter zu entdecken.

Bei der Arbeit kamen sie gut miteinander aus. Grace leerte fast die ganze Chipstüte, ehe sie sich an den Hammer wagte. Bevor sie ihn benutzen konnte, mußte sie erst lang und breit mit Ed darüber debattieren. Seine Vorstellung von ihrer Mithilfe bestand darin, dass sie sich ruhig hinsetzte und ihm bei der Arbeit zusah. Schließlich gab er ihrem Drängen nach, behielt sie aber die ganze Zeit über im Auge. Er fürchtete zum einen, dass sie irgendetwas kaputt machen oder vermurksen könnte, aber noch mehr besorgte ihn, sie könnte sich mit dem Hammer verletzen. Eine Stunde verging, ehe er davon überzeugt war, dass sie mit Werkzeug umgehen konnte. Mehr noch, er musste zugeben, dass sie sich durchaus auch auf solche Arbeiten verstand und genug Durchhaltevermögen besaß, um nach einer gewissen Eingewöhnungszeit wie ein Profi mit allem umgehen zu können. Nur mit dem Verputzen haperte es noch, aber das war nicht weiter schlimm, die Kleckse ließen sich leicht entfernen. Und die zusätzliche Zeit, die er dafür brauchte, beunruhigte ihn nicht im Mindesten. Es war doch eigenartig, sagte er sich, wie viel schneller und leichter die Arbeit von der Hand ging, wenn Grace bei ihm war.

»Dieses Zimmer wird bestimmt großartig.« Sie rieb sich mit dem Handrücken über eine juckende Stelle am Kinn. »Gefällt mir, wie du diesen Raum L-förmig anlegst. Ich finde, jedes anständige Schlafzimmer sollte über eine abgetrennte Sitzecke verfügen.«

Ed wünschte sich, dass es ihr gefiel. In Gedanken sah er schon vor sich, wie alles im fertigen Zustand aussehen würde. Bis hin zu den blauen Vorhängen, die man raffen konnte, um die Sonne hereinzulassen.

»Ich glaube, ich werde ein paar Oberlichter anbringen.«

»Ehrlich?« Grace setzte sich aufs Bett und drehte den Kopf, um die Verspannung im Nacken zu bekämpfen. »Dann könnte man nachts hier liegen und die Sterne betrachten. Oder wie heute den Regen.« Ja, das wäre bestimmt wunderbar, sagte sie sich, während sie die noch unfertige Decke betrachtete. Hier ließe es sich aushalten. Ein idealer Ort zum Schlafen, um sich zu lieben oder einfach nur vor sich hin zu träumen. »Wenn es dir je in den Sinn kommen sollte, nach New York zu ziehen, könntest du dort als Innenarchitekt für Dachräume ein Vermögen machen.«

»Vermisst du die Großstadt?« Er wagte es nicht, sie jetzt anzusehen, und beschäftigte sich lieber damit, eine Kante zu glätten.

»New York? Na ja, manchmal.« Eigentlich immer weniger, wurde ihr in diesem Moment bewusst. »Weißt du, was dort drüben noch fehlt? Eine richtige Fensterbank. Ich meine eine, wo man sich auch hinsetzen kann.« Sie lag jetzt halb auf dem Bett und zeigte auf das Westfenster. »Als ich noch ein kleines Mädchen war, habe ich mir immer eine solche Sitzbank gewünscht, weil man sich darauf prima zusammenkuscheln und seinen Träumen hingeben kann.«

Sie erhob sich und streckte die Arme. Eigenartig, wie rasch man in untrainierten Muskeln einen Krampf bekam. »Ich habe in meiner Kindheit viel Zeit in der Dachkammer verbracht, mich bei jeder sich bietenden Gelegenheit dort versteckt und meine Fantasien ausgelebt.«

»Und dort ist dir auch die Idee gekommen zu schreiben?«

Grace machte sich wieder über den Eimer mit der Spachtelmasse her. »Ich habe immer schon gerne gelogen.« Sie lachte und schmierte etwas von der Masse in ein Loch. »Keine großen Lügen, nur kleine, aber dafür clever ausgedachte. Ich habe mich mehr als einmal durch solche erfundenen Geschichten aus der Affäre gezogen. Meine Eltern haben sich in der Regel so sehr darüber amüsiert, dass sie auf die Standpauke verzichteten. Das hat Kathleen stets auf die Palme gebracht.« Grace schwieg abrupt, als die Erinnerung wieder hochkam. Sie wollte jetzt nicht an die Zeiten mit ihrer Schwester denken müssen. »Wer singt denn da so schön?«

»Patsy Cline.«

Grace lauschte dem Song für einen Moment. Normalerweise stand sie nicht auf Country & Western, aber sie mußte zugeben, dass diese Melodie etwas hatte. »Hat man nicht einen Film über ihr Leben gedreht? Sie ist doch irgendwann in den Sechzigern bei einem Flugzeugabsturz ums Leben gekommen, oder?« Grace musste wieder hinhören. Das Lied klang so vital, so lebensbejahend. Sie wusste bald nicht mehr, ob sie fröhlich lachen oder weinen sollte. »Ich glaube, ein anderer Grund fürs Schreiben war der, etwas zu hinterlassen. Ein Buch ist wie ein Song. Beide sind auch dann noch da, wenn man selbst schon im Grab liegt. In der letzten Zeit ist mir das immer öfter in den Sinn gekommen. Hast du auch schon einmal darüber nachgedacht, etwas hinterlassen zu wollen?«

»Natürlich.« Eigentlich eher in jüngster Zeit, sagte er sich, wenn auch aus anderen Gründen. »Urenkel.«

Sie musste laut lachen, und Spachtelmasse tropfte auf ihren Pullover. Aber das war ihr in diesem Moment vollkommen egal. »Wie hübsch. Ich kann mir vorstellen, dass du dir Urenkel wünschst, wo du doch aus einer großen Familie kommst.«

»Woher willst du denn wissen, dass wir zu Hause eine große Familie waren?«

»Deine Mutter hat davon gesprochen. Du hattest zwei Brüder und eine Schwester. Beide Brüder haben längst geheiratet. Dabei sind Tom und … äh, Scott jünger als du. Und du hast, Moment, drei Neffen. Du kommst mir vor wie Donald Duck und Tick, Trick und Track.«

Ed konnte nur den Kopf schütteln. »Vergisst du eigentlich nie etwas?«

»Nie. Deine Mutter wünscht sich endlich eine Enkeltochter, aber bislang hat ihr keines ihrer Kinder den Gefallen getan. Und sie hofft, du gibst endlich die Verbrecherjagd auf und fängst in der Baufirma deines Onkels an.«

Da ihm dieses Thema nicht behagte, fing er gleich an, Tapetennägel in eine Zierleiste zu klopfen. »Anscheinend habt ihr beide euch länger unterhalten.«

»Eigentlich hat sie die ganze Zeit geredet.« Ed errötete ein wenig, aber gerade genug, dass Grace ihn am liebsten umarmt hätte. »Wie dem auch sei, es passiert mir häufiger, dass Menschen mir Geheimnisse aus ihrem Leben anvertrauen. Ich weiß auch nicht warum.«

»Weil du gut zuhören kannst.«

Sie lächelte und hielt das insgeheim für ein dickes Lob, mehr, als er vermutlich ahnte. »Warum hast du eigentlich keine Lust, mit deinem Onkel Häuser hochzuziehen? Ich sehe doch, wie geschickt du mit den Händen bist.«

»Kleine Werkeleien im Haus entspannen mich.« Genauso wie die Nummer von Merle Haggard, die jetzt aus dem Radio ertönte. »Wenn ich aber damit meinen Lebensunterhalt verdienen müsste, würde mich das bald langweilen.«

Grace biss sich auf die Zunge und klatschte lieber Spachtelmasse in eine Fuge. »Du hast hier jemanden vor dir, der weiß, wie langweilig der Polizeidienst sein kann.«

»Kommt einem schon manchmal wie eine Sisyphusarbeit vor. Hast du als Kind jemals Puzzles gelegt, ich meine diese Riesendinger mit fünfundzwanzigtausend Teilen oder was weiß ich?«

»Aber klar. Doch nach einer Weile habe ich immer angefangen zu mogeln. Hat die, die sich nach mir darangesetzt haben, immer an den Rand des Wahnsinns getrieben, wenn sie feststellen mussten, dass ich von einigen Teilen die eine oder andere Ecke abgerissen hatte, um es passend zu machen.«

»Ich habe tagelang an so einem Monstrum gesessen und keinen Moment die Lust daran verloren, mich vom Rand zum Zentrum vorgearbeitet. Je mehr Teile ich legen konnte, desto mehr Details traten zutage. Und je mehr Details zu sehen waren, desto näher befand man sich am Zentrum.«

Sie nickte, weil sie genau begriff, was er damit sagen wollte. »Hast du denn nie den Wunsch verspürt, direkt ins Zentrum vorzustoßen, ohne dich lange mit den Details aufhalten zu müssen?«

»Nein, denn dann musst du viel mehr Zeit dafür aufwenden, die losen Enden zu verknoten und das eine vermaledeite Teil zu finden, das alles zusammenfügt und das Gesamtbild ergibt.« Er hatte den letzten Nagel eingeklopft und trat jetzt einen Schritt zurück, um sein Werk zu begutachten. »Der Moment, in dem man das letzte Teil legt und endlich das ganze Bild zu sehen bekommt, erfüllt einen doch mit enormer Befriedigung. Und was den Burschen angeht, hinter dem wir zurzeit her sind, nun, da haben wir halt einfach noch nicht alle Puzzleteile zusammen. Doch das ist nur eine Frage der Zeit. Sobald wir alle Details vor uns liegen haben, schieben wir sie so lange herum, bis sie ein Bild ergeben.«

»Funktioniert so etwas immer?«

Er drehte sich zu ihr um. Ihr Gesicht war voller Gips. Sie schien die Frage ernst gemeint zu haben. Ed wischte etwas von der weißen Masse von ihrer Wange. »Wie gesagt, ist eine Frage der Zeit.« Er nahm ihr Gesicht zwischen seine Hände. »Vertrau mir.«

»Das tue ich doch.« So liebe Augen und so starke Hände. Sie lehnte sich an ihn, um mehr Geborgenheit von ihm zu erhalten. »Ed …« Grace musste jetzt allen Mut zusammennehmen. Doch dann hämmerte unten jemand an die Tür, und sie schloss frustriert die Augen. »Hört sich so an, als würden wir Besuch bekommen.«

»Ja. Mit ein bisschen Glück kann ich ihn binnen fünf Minuten wieder hinauskomplimentieren.«

Grace zog die Brauen hoch. In seiner Stimme schwang ein Unterton mit, der sie erfreute und erregte. »Detective, das könnte heute noch dein Glückstag werden.« Sie nahm seine Hand, und zusammen liefen sie die Treppe hinunter.

Kaum hatte Ed die Tür geöffnet, da schob Ben auch schon Tess herein.

»Gott, Ed, ist dir eigentlich bewusst, dass man hier draußen ertrinken kann? Was um alles in der Welt …« Er bemerkte Grace. »Oh, hallo.«

»Hi, Ben. Wir haben uns gerade mit Spachtelmasse beworfen. War lustig. Hallo, Tess. Ich freue mich, Sie zu sehen. Ich bin noch gar nicht dazu gekommen, mich bei Ihnen zu bedanken.«

»War doch eine Selbstverständlichkeit.« Die Psychologin stellte sich auf die Zehenspitzen, um Ed einen Begrüßungskuss zu geben. »Tut mir ehrlich leid. Ich habe Ben mehrmals erklärt, er soll vorher anrufen und nicht unangemeldet hereinschneien.«

»Macht doch nichts. Setzt euch.«

»Aber gern, hier stehen ja genug Kisten und Bretterstapel herum.« Ben war seiner Frau beim Platznehmen behilflich und zog dann eine Flasche Wein aus dem Mantel. »Du hast doch hoffentlich Gläser, oder?«

Ed nahm die Flasche und runzelte die Stirn. »Was ist denn los? Normalerweise bringst du doch höchstens ein paar Dosen Bier mit, wenn du dich nicht gleich an meinem Kühlschrank bedienst.«

»Das soll eine Art Dankeschön im Voraus sein, weil wir dich als Patenonkel auserwählt haben.« Ben nahm Tess' Hand. »In sieben Monaten, einer Woche und drei Tagen ist es so weit. Na ja, ungefähr.«

»Ein Baby? Ihr beide bekommt Nachwuchs?« Ed nahm seinen Partner in den Arm. »Hast du ja wirklich fein hinbekommen.« Dann schloss er zwei Finger um Tess' Handgelenk, so als wollte er ihren Puls messen. »Wie geht es dir.«

»Ich fühle mich großartig. Ben ist zwar beinahe aus den Schuhen gekippt, aber mir geht es gut.«

»Ich bin keineswegs aus den Schuhen gekippt. Vielleicht habe ich ein paar Minuten lang wirres Zeug geredet, aber ich bin nicht zusammengebrochen. Pass auf, dass sie sitzen bleibt, während ich die Gläser hole, ja?«, forderte er Ed auf.

»Ich helfe Ihnen beim Suchen«, sagte Grace, nahm die Flasche und folgte Ben in die Küche. »Sie fühlen sich jetzt bestimmt wie auf dem Gipfel.«

»Ich fürchte, ich habe es noch gar nicht richtig begriffen. Eine Familie.« Er fing an, die Schränke zu durchstöbern, während Grace den Korkenzieher besorgte. »Früher habe ich eigentlich nie einen Gedanken daran verschwendet, einmal eine Familie zu haben. Aber dann trat wie aus heiterem Himmel Tess in mein Leben, und seitdem hat sich alles verändert.«

Grace hielt den Kopf gesenkt, während sie den Korken herauszog. »Ist doch komisch, wie eine Familie dem eigenen Leben einen ganz neuen Sinn gibt, nicht wahr?«

»Ja, und übrigens, wir sollten das Sie lassen.« Er legte ihr eine Hand auf die Schulter. »Wie kommst du denn mit allem zurecht?«

»Ganz gut. Die meiste Zeit jedenfalls. Am schwersten fällt es mir immer noch, mir klarzumachen, dass sie uns verlassen hat und ich sie nie wiedersehen werde.«

»Ich kenne das Gefühl. Ehrlich. Ich habe nämlich meinen Bruder verloren.«

Als sie den Korken aus der Flasche hatte, konnte sie ihn endlich ansehen. Auch seine Augen waren voller Freundlichkeit. Er mochte dynamischer sein als Ed, auch rastloser und sprunghafter, aber er besaß die gleiche Gutmütigkeit. »Wie bist du denn damit fertiggeworden?«

»Schlecht. Eine fantastische Zukunft erwartete ihn, und ich habe ihn aus tiefstem Herzen bewundert. Gut, wir waren nicht in allen Dingen einer Meinung, aber wenn es darauf ankam, haben wir zusammengehalten wie Pech und Schwefel. Kaum hatte er die Highschool hinter sich, musste er schon nach Vietnam.«

»Oh, tut mir leid. Muss schrecklich sein, jemanden, den man liebt, in einem Krieg zu verlieren.«

»Er ist nicht in Vietnam gefallen, er hat dort nur seinen Glauben an alles Gute und Richtige verloren.« Ben nahm die Flasche und fing an, die Gläser zu füllen. Wie seltsam, dachte er, sich nach so vielen Jahren so genau daran erinnern zu können. »Als er zurückkehrte, war er völlig verändert. In sich gekehrt, verbittert, verloren. Er hat Rauschgift genommen, um alles verdrängen zu können, aber das hat ihm natürlich nicht geholfen.« Ben sah Grace an, dass sie an Kathy denken musste, vor allem an die Valium-Fläschchen, die überall im Haus versteckt gewesen waren. »Ist ziemlich schwierig, einem solchen Menschen keinen Vorwurf daraus zu machen, sich für den scheinbar einfachen Weg entschieden zu haben.«

»Ja, ganz richtig, das ist es. Was ist aus deinem Bruder geworden?«

»Am Ende konnte er alles nicht mehr ertragen und hat seinem Leben ein Ende gemacht.«

»Oh, mein Gott. Es tut mir so leid.« Die Tränen, die sie seit Tagen zurückgehalten hatte, rannen jetzt aus ihren Augen. »Ich will das nicht, will nicht mehr weinen.«

»Klar.« Sie spürte, dass er sie auch in diesem Punkt

verstand. »Aber manchmal muss man den Tränen freien Lauf lassen, weil man sich danach etwas besser fühlt.«

»Alle sagen immer, wie furchtbar, wie schrecklich, aber in Wahrheit begreifen sie gar nichts.« Als er sie in den Arm nahm, wehrte sie sich nicht dagegen. »Man hat keine Ahnung, was es bedeutet, einen Teil von sich selbst zu verlieren, bis einem genau so etwas widerfährt. Es gibt keine Möglichkeit, sich darauf vorzubereiten, oder? Und später, wenn man sich um den Nachlass gekümmert und auch alles andere erledigt hat, fühlt man sich immer noch so verdammt hilflos. Das ist überhaupt das Schlimmste daran, dass man einfach nichts tun kann. Wie lange hat es bei dir gedauert, bis du es überwunden hattest?«

»Ich gebe dir Bescheid, wenn es irgendwann einmal so weit ist.«

Grace nickte und ließ den Kopf noch für eine Minute an seiner Schulter. »Bleibt einem wirklich nichts anderes übrig, als einfach weiterzumachen.«

»Ja, so ist es. Nach einer Weile denkt man nicht mehr in jeder freien Minute daran. Und irgendwann geschieht etwas – man begegnet einem Menschen so wie ich Tess –, dann kann man weitermachen, sein Leben weiterleben. Man vergisst zwar nicht, aber man kann weitermachen.«

Sie löste sich von ihm und wischte sich die Tränen aus den Augen. »Danke.«

»Geht's jetzt wieder?«

»Gleich.« Sie schniefte, und dann gelang es ihr, ein Lächeln aufzusetzen. »Komm, wir bringen das hier jetzt ins Wohnzimmer. Heute Abend gibt es etwas zu feiern.«

11

Mary Beth Morrison saß über ihrem Haushaltsbuch und hörte, wie sich ihre beiden Ältesten um ein Spiel zankten. Keinen Moment hat man Ruhe, dachte sie, während sie herauszufinden versuchte, wann und wo sie im Supermarkt zu viel ausgegeben hatte.

»Jonas, wenn du dich so aufregst, bloß weil Lori dir ein Land abnimmt, solltest du ›Risiko‹ nicht mehr spielen.«

»Lori schummelt!«, beschwerte sich der Junge. »Sie betrügt die ganze Zeit.«

»Tu ich gar nicht.«

»Tust du wohl!«

Wenn Mary Beth nicht gerade nach einer Möglichkeit gesucht hätte, hundert Dollar im Monat einsparen zu können, wäre der Streit kein Grund gewesen, sich einzumischen. Nach einer Weile hätten die beiden sich von allein wieder zusammengerauft. »Ich halte es für das Beste, wenn ihr zwei das Spiel jetzt einpackt und auf eure Zimmer geht.« Der milde Tadel erzielte die gewünschte Wirkung. Jonas und Lori wurden schlagartig leiser und setzten ihre Anschuldigungen im Flüsterton fort.

Die Jüngste der Familie, die Kleine Pat, wie die anderen Kindern sie gern nannten, kam herein, und verlangte von der Mutter, ihr die Schleife im Haar zu binden. Mit ihren fünf Jahren war sie schon eine richtige kleine Dame. Während Mary Beth das Band richtete, bemühte sich der vierte im Bunde, ihr sechsjähriger Sohn, den Streit zwischen Jonas und Lori wieder zu entfachen. Doch nach einer Weile verbündeten sich die beiden Größeren gegen ihn. Aus dem Fernsehgerät ertönte lautes Getöse, und das jüngste Kätzchen fauchte Binky an, den Cockerspaniel, einen Rüden, der seine Jugend längst hinter sich hatte. Alles in allem, ein typischer Freitagabend in der Familie Morrison.

»Ich glaube, der Chevrolet läuft jetzt wieder. Musste nur ein paar Schrauben anziehen.« Harry trat ein und wischte sich die Finger an einem Geschirrtuch ab. Mary Beth musste kurz daran denken, wie oft sie ihn schon darum gebeten hatte, die Tücher nicht im ganzen Haus zu verteilen, dann ließ sie sich von ihm auf die Wange küssen. Er roch angenehm nach dem Rasierwasser, das sie ihm zum Geburtstag geschenkt hatte.

»Mein toller Held. Ich hätte es wirklich nicht gern gehabt, wenn der Wagen am Sonntag auf dem Weg zum Kuchenverkauf auf halber Strecke liegen geblieben wäre.«

»Er läuft wieder wie ein Uhrwerk. Blas die Wangen nicht so auf, Jonas.« Er hob Pat hoch, um sie zu liebkosen. »Warum unternehmen wir nicht alle zusammen eine Probefahrt?«

Mary Beth erhob sich vom Tisch. Allein schon die Vorstellung, für eine Stunde aus dem Haus zu kommen, war verlockend. Unterwegs konnten sie sich ein Eis kaufen oder mit den Kindern eine Runde Minigolf spielen. Doch dann fiel ihr Blick wieder auf das Haushaltsbuch.

»Ich muss erst diese Nuss hier knacken, damit ich morgen etwas zur Bank bringen kann.«

»Du siehst müde aus.« Er gab Pat einen Kuss auf die Stirn und setzte sie ab.

»Nur ein kleines bisschen.«

Er studierte kurz die Zahlenkolonnen und die Quittungen. »Ich könnte dir doch etwas zur Hand gehen.«

»Danke, aber als du mir das letzte Mal dabei geholfen hast, habe ich sechs Monate gebraucht, um alles wieder in Ordnung zu bringen.«

»Gemeine Unterstellung«, lachte er und strich ihr übers Haar. »Wenn ich dich nicht besser kennen würde, käme mir der leise Verdacht, du hättest das wirklich so gemeint. Jonas, du befindest dich hart an der Grenze zu einem Donnerwetter.«

»Er nimmt diese Spiele viel zu ernst«, sagte Mary Beth leise. »Genau wie sein Vater.«

»Spiele wollen auch ernst genommen werden.« Er beugte sich zu ihr und flüsterte ihr ins Ohr: »Mir fällt da gerade ein besonders tolles Spiel ein. Wie steht's?«

Sie lachte. Diesen Mann kannte sie jetzt schon seit über zwanzig Jahren, und es gelang ihm immer noch, ihren Puls zu beschleunigen. »Dann bin ich ja um Mitternacht noch nicht fertig mit der Buchführung.«

»Wäre es dir lieb, wenn ich die Kinder für eine Weile beschäftige?«

Mary Beth strahlte ihn an. »Manchmal kannst du wirklich meine Gedanken lesen. Wenn ich eine Stunde in Ruhe arbeiten kann, finde ich vielleicht einen Weg, Geld für die neuen Reifen lockerzumachen.«

»Bin schon unterwegs.« Seine Lippen fanden die ihren. Jonas, der auf dem Boden kniete, verdrehte die Augen. Ständig mußten seine Eltern sich küssen. »Tu dir einen Gefallen und nimm die Kontaktlinsen heraus. Du hast sie schon wieder viel zu lange dringelassen.«

»Ja, vermutlich hast du recht. Danke, Harry, wenn ich dich nicht hätte, würde ich bald den Verstand verlieren.«

»Ich mag es aber, wenn du verrückte Sachen machst.« Er

küsste sie noch einmal und hob dann die Hände: »Alle, die Lust auf eine kleine Spritztour und ein Eis mit heißem Sirup haben, versammeln sich in zwei Minuten in der Garage.«

Augenblicklich brach die Hölle los. Spielsteine flogen in die Luft, Schuhe knallten über den Boden, und Binky fing an zu bellen, bis das Kätzchen ihn mit seinem Gefauche aus dem Zimmer verscheuchte. Mary Beth zog Pats pinkfarbenen Pullover, den mit den Strasssteinen, aus irgendeiner Ecke und ermahnte Jonas, sich zu kämmen. Das tat er natürlich nicht, aber zumindest hatte sie ihn darauf hingewiesen.

Binnen wenigen Minuten war das Haus leer. Mary Beth saß wieder an ihrem Schreibtisch und genoss für einen Moment die Stille. Morgen musste bestimmt groß aufgeräumt werden. Für den Augenblick aber wollte sie nicht einmal einen Blick auf die Verheerung werfen, die die Kinder hinterlassen hatten.

Mary Beth schätzte sich glücklich, besaß sie doch alles, was sie sich immer gewünscht hatte: einen liebenden Ehemann, Kinder die ihr eine Herzensfreude waren, ein Haus mit Charakter und einen Chevrolet, der, so Gott wollte, keine Macken mehr aufwies. Sie beugte sich über das Buch und fing wieder an zu rechnen.

Eine halbe Stunde später erinnerte sie sich an Harrys guten Rat, die Kontaktlinsen herauszunehmen. Brillen waren ihr schon immer verhasst gewesen, schon seit damals, als ihr im zarten Alter von acht Jahren die erste verpasst worden war. Auf der Highschool musste sie Gläser so dick wie Colaflaschenböden tragen, und immer wieder war sie lieber halb blind durch die Flure und Gänge geirrt, als sich die

Schmach einer solchen Verunstaltung anzutun. Da Mary Beth immer schon gewusst hatte, was sie wollte und wie sie das auch erreichte, hatte sie in den Sommerferien gearbeitet, bis es für Kontaktlinsen reichte. Seit jener Zeit hatte Mary Beth es sich zur Angewohnheit gemacht, sie schon morgens beim Aufstehen einzusetzen und erst abends beim Zubettgehen wieder herauszunehmen.

Beim Lesen oder der Buchführung fingen ihre Augen nach einer Weile an zu schmerzen. Dann musste sie die Linsen aus ihren Augen nehmen und war gezwungen, das Buch direkt vors Gesicht zu halten, um die Seite zu Ende lesen zu können. Jetzt war es wieder so weit. Sie begab sich nach oben und nahm im Badezimmer die Linsen heraus.

Wie in allen Dingen ging sie auch hier äußerst gewissenhaft vor. Mary Beth reinigte die Kontaktlinsen und legte sie in neue Lösung. Weil Pat gern in den Schubladen ihrer Mutter nach Lippenstift suchte, stellte Mary Beth die Dose mit den Gläsern ins oberste Fach des Medizinschranks. Danach lehnte sie an der Tür, betrachtete sich im Spiegel und überlegte, ob sie ihr Make-up auffrischen sollte. Harry und sie hatten schon seit Tagen keine Gelegenheit mehr gefunden, miteinander zu schlafen. Vielleicht heute Nacht, wenn die Kinder früh genug im Bett waren …

Lächelnd griff Mary Beth nach ihrem Lippenstift. Der Hund fing unvermittelt an zu bellen, aber sie achtete nicht weiter darauf. Wenn er sein Geschäft zu erledigen hatte, musste er sich eben noch eine Minute gedulden.

Jerald stieß vorsichtig die Tür auf, die von der Garage in die Küche führte. So gut wie heute war es ihm schon seit Tagen nicht mehr gegangen. Erst dieses Gefühl, am Abgrund zu stehen und womöglich schon einen Schritt darüber hinaus zu sein, machte sein Leben wirklich spannend. Warum war ihm das früher nicht bewusst geworden? Er fühlte sich wie einer jener Halbgötter aus der griechischen Sagenwelt, die einen Gott zum Vater und eine Sterbliche zur Mutter gehabt hatten. Helden, die ohne lange nachzudenken, zur Tat schritten und vom Olymp gesegnet waren. Ja, genau so ein Wesen war er. Sein Vater war wie Zeus der Mächtigste von allen, der, der alles sah. Und seine Mutter war schön genug, um den Göttervater zu verlocken, und gleichzeitig mit den Makeln der Sterblichen behaftet. Deswegen kannte er als ihrer beider Sohn sowohl das Gefühl der Macht als auch das der Furcht. Eine unbeschreibliche Kombination, und auch der Grund dafür, dass er für die Normalsterblichen nur Mitleid und Verachtung empfinden konnte. Sie liefen blindlings durchs Leben und wurden sich nie bewusst, wie nahe sie stets dem Tod waren.

Jerald war der festen Überzeugung, seinem Vater von Tag zu Tag ähnlicher zu werden, so wie er alles zu sehen und alles zu wissen. Bald würde er den Computer nicht mehr benötigen, um sich den Weg zeigen zu lassen. Dann würde er es dank seiner Göttlichkeit von allein wissen.

Er befeuchtete seine Lippen und spähte durch den Türspalt. Mit einem Hund hatte er nicht gerechnet. Jerald konnte das Tier deutlich ausmachen, wie es sich in eine Ecke der Küche zurückgezogen hatte und knurrte. Natürlich musste er den Köter töten. Während er darüber nachdachte, glitzerten seine Zähne in der Dunkelheit. Es wäre doch wirklich eine Schande, wenn er sich nicht die Zeit für ein solches Experiment nähme. Er schob die Tür ein Stück weiter auf und wollte schon in die Küche, als er ihre Stimme hörte.

»Himmel noch mal, Binky, jetzt reicht's aber. Nachher wird Mr. Carlyse sich wieder beschweren.« Mary Beth bewegte sich halb blind zur Hintertür und machte sich gar nicht erst die Mühe, das Licht anzuknipsen. »Mach schon, raus mit dir.«

Der Hund starrte immer noch auf die Tür zur Garage und knurrte.

»Hör zu, Junge, ich habe jetzt keine Zeit für deine Spielchen. Oben wartet eine Menge Arbeit auf mich.« Sie ging zu ihm und zog ihn am Halsband. »Geh nach draußen, Binky. Ich kann es gar nicht glauben, dass du dich wegen eines dummen Kätzchens so aufregst. Wart's nur ab, du wirst dich noch an unser Kleines gewöhnen.« Sie zerrte den Hund bis zur Tür und verabschiedete ihn mit einem nicht eben sanften Schubs in den Garten. Als sie sich umdrehte, blieb ihr das nachsichtige Lächeln im Halse stecken.

Genauso hatte Jerald sie sich vorgestellt: sanft, warm und verständnisvoll. Natürlich hatte sie auf ihn gewartet. Mary Beth hatte sogar den Hund vor die Tür geschickt, damit sie ungestört waren. Mit ihren schreckgeweiteten Augen und dem kaum verhüllten Busen wirkte sie unbeschreiblich anziehend. Sie duftete nach Weißdorn, und er erinnerte sich, wie sie davon gesprochen hatte, sich langsam und genussvoll auf einer Wiese zu lieben. Während er sie ansah, konnte er das Gras und den Klee schon riechen.

Jerald wollte sie in die Arme nehmen, damit sie all die wunderbaren Dinge tun konnte, die sie ihm versprochen hatte. Und danach sollte sie sein Bestes bekommen. Den ultimativen Höhepunkt.

»Was wollen Sie?« Mary Beth konnte kaum mehr als

einen Schatten wahrnehmen, aber das reichte schon aus, ihren Herzschlag zu beschleunigen.

»Alles, was du versprochen hast, Mary Beth.«

»Ich kenne Sie doch nicht einmal.« Bleib ruhig, befahl sie sich. Wenn der Mann gekommen war, um das Haus auszurauben, wollte sie ihn nicht daran hindern und ihm sogar noch das Kristall ihrer Großmutter aushändigen. Was für ein Glück, dass die Kinder nicht im Haus waren. Dem Himmel sei Dank dafür. Letztes Jahr waren die Feldspars ausgeraubt worden, und es hatte Monate gedauert, bis die Versicherung für den Schaden aufgekommen war. Wie lange war Harry schon fort? In ihrem Kopf purzelten die Gedanken durcheinander, während sie versuchte, sich wenigstens auf einen zu konzentrieren.

»Doch, du kennst mich. Du hast mit mir gesprochen in all diesen Nächten. Mit mir. Und du hast mich immer verstanden. Jetzt endlich können wir zusammen sein.« Er schritt auf sie zu. Mary Beth fuhr zurück, bis sie gegen die Anrichte stieß. »Ich gebe dir mehr, als du dir je erträumt hast. Ich weiß genau, was du brauchst.«

»Mein Mann kommt jeden Moment zurück.«

Er lächelte immer noch, aber seine Augen waren leer. »Ich möchte, dass du mich so ausziehst, wie du es mir am Telefon beschrieben hast.« Er griff in ihr Haar, aber nicht, um ihr Schmerzen zuzufügen, sondern um ihr seine Dominanz zu demonstrieren. Frauen mochten starke Männer, besonders die Frauen mit zierlicher Figur und sanfter Stimme. »Und nun, Mary Beth, legst du ganz langsam deine Kleidung ab. Und danach berührst du mich – überall. Mach all die hübschen Sachen mit mir, Mary Beth, all die wunderbaren Dinge, die du mir am Telefon versprochen hast.«

Er war ja noch ein halbes Kind, oder? Sie versuchte, sein Gesicht zu erkennen, aber in der Küche war es zu dunkel. »Das kann ich nicht. Und das wollen Sie doch auch nicht wirklich. Wenn Sie jetzt gehen, vergesse ich den ganzen …« Ihre Stimme versagte, als er mit aller Kraft an ihrem Haar riss. Dann legte er die freie Hand an ihren Hals, und Mary Beth erstarrte.

»Du möchtest also *überredet* werden? Meinetwegen, sollst du haben.« Er sprach ganz ruhig, aber die Erregung in ihm wurde immer stärker, breitete sich aus, erfüllte sein Herz und presste in seine Lunge. »Desiree wollte auch überredet werden. Ich habe ihr den Gefallen getan. Sie war perfekt, und ich glaube, das bist du auch. Aber ich muss natürlich sichergehen. Ich werde dich jetzt ausziehen und dich dort berühren, wo es dir am liebsten ist.« Als seine Hand sich vom Hals fort zu ihren Brüsten bewegte, holte sie tief Luft, um einen lauten Schrei auszustoßen. »Tu das nicht.« Seine Finger bohrten sich so tief in ihr Fleisch, dass es ihr wehtat, und seine Stimme hatte sich verändert. Sie klang jetzt irgendwie quengelnd und damit weitaus furchtbarer als vorhin. »Ich will nicht, dass du schreist. Das habe ich nicht von dir erwartet, und wenn du es doch tust, werde ich dir Schmerzen zufügen. Bei Roxanne hat mir die Schreierei gefallen, aber von dir wünsche ich das nicht. Roxanne war nur eine nichtswürdige Nutte, weißt du?«

»Ja.« Sie hätte ihm jetzt alles erzählt, was er hören wollte.

»Du bist keine dreckige Schlampe. Desiree und du, ihr seid etwas Besonderes. Das habe ich schon in dem Moment gespürt, in dem ich zum ersten Mal deine Stimme hörte.« Er schien sich wieder zu beruhigen, obwohl die Ausbuchtung seiner Hose unübersehbar war. »Ich möchte jetzt, dass du mir etwas erzählst, während ich anfange. Rede mit mir so wie am Telefon.«

»Ich habe keine Ahnung, was Sie damit meinen.« Ein bitterer Gallengeschmack trat in ihren Mund, während er sich an sie presste. Großer Gott, er hatte das doch wohl nicht ernstlich vor! Das konnte doch nicht wahr sein. Sie wollte Harry bei sich haben, und ihre Kinder. Und dass alles vorbei war. »Ich kenne Sie nicht. Sie müssen mich mit jemandem verwechseln.«

Seine Hand fuhr zwischen ihre Beine. Es schien ihm zu gefallen, wie sie sich wand und wimmerte. Mary Beth zeigte ihm damit an, dass sie für ihn bereit war. »Dieses Mal wird es ganz anders. Wir wollen uns nämlich Zeit nehmen. Ich will, dass du mir schöne Sachen zeigst und noch schönere mit mir tust. Und wenn ich fertig bin, wird es noch toller gewesen sein als bei den vorherigen Malen. Berühr mich, Mary Beth. Das haben die anderen nämlich nicht getan.«

Sie fing an zu weinen und hasste sich dafür. Dies war ihr Haus, ihr Heim, und hier durfte sie sich nicht so behandeln lassen. Mary Beth zwang sich, ihn dort zu berühren, wo er es von ihr verlangte. Als er anfing zu stöhnen, rammte sie ihm mit der Kraft der Verzweiflung den Ellbogen in den Bauch und rannte los. Gerade als ihre Hand den Türknauf zu fassen bekam, riss er sie mit brutaler Gewalt an den Haaren zurück. In diesem Moment wurde ihr bewusst, dass der Junge sie umbringen wollte.

»Du hast gelogen. Du bist eine elende Lügnerin und eine Hure wie all die anderen. Deswegen werde ich dich auch so behandeln.« Ihm standen selbst Tränen in den Augen, und so holte er weit aus und schlug ihr ins Gesicht.

Ihre Oberlippe platzte auf. Der Geschmack von Blut verlieh ihr die Energie, die sie benötigte.

Sie wollte sich nicht einfach so in ihrer eigenen Küche ermorden und ihren Mann und ihre Kinder im Stich lassen. Laut kreischend fuhr sie ihm mit den Fingernägeln durchs Gesicht, und als er gellend schrie, gelang es ihr, die Tür aufzureißen. Aber Binky wollte den Helden spielen.

Der Hund war nicht besonders groß, besaß aber scharfe Zähne. Er biß Jerald sofort in den Unterschenkel. Der junge Mann heulte vor Wut und trat den Hund fort. Doch als er herumwirbelte, sah er sich der Spitze eines langen Küchenmessers gegenüber.

»Hinaus aus meinem Haus!« Mary Beth hielt den Griff mit beiden Händen. Sie war viel zu verwirrt, um zu erkennen, dass sie sofort zustechen würde, wenn der Eindringling auch nur einen Schritt näher kommen sollte.

Binky rappelte sich wieder auf. Kaum hatte er sich durchgeschüttelt, fing er erneut an zu knurren.

»Du Biest!«, zischte Jerald sie an, während er sich rückwärts in Richtung Hintertür bewegte. Keine der Frauen hatte ihm bisher wehgetan. Sein Gesicht schmerzte, und er spürte, wie Blut durch den Stoff seiner Jeans drang. Dafür sollte sie bezahlen. Sie alle würden dafür bezahlen. »Verlogenes Hurenpack. Dabei bin ich nur gekommen, um dir das zu geben, was du dir gewünscht hast. Und glaub mir, ich hätte es dir schön gemacht.« Er klang jetzt wieder quengelnd, und ein kalter Schauer lief ihr über den Rücken. Ihr Gegenüber hörte sich an wie ein verzogenes Kind, das sein Lieblingsspielzeug kaputt gemacht hatte. »Ich wollte es dir wirklich traumhaft schön machen. Aber das hast du dir selbst verdorben. Das wirst du noch bitter bereuen. Beim nächsten Mal.«

Als Harry zwanzig Minuten später mit den Kindern zurückkehrte, hockte Mary Beth immer noch am Küchentisch, umklammerte das Fleischermesser und starrte auf die Hintertür.

»Für jeden Wein, mit Ausnahme der werdenden Mutter.« Grace reichte jedem ein Glas. »Du bekommst Saft, Tess. Frag mich nicht, was da drin ist. Bei Ed weiß man nie.«

»Papaya«, erklärte er, als die Psychologin vorsichtig an ihrem Glas roch.

»Ich möchte einen Trinkspruch ausbringen«, sagte Grace. »Auf neue Anfänge und Kontinuität.«

Sie stießen miteinander an.

»Wann willst du eigentlich Möbel hier reinstellen?«, fragte Ben, der neben seiner Frau auf einer Kiste hockte. »Du kannst doch nicht bis ans Ende deiner Tage auf einer Baustelle leben.«

»Ich habe halt Prioritäten gesetzt. Dieses Wochenende steht der Putz im Schlafzimmer an. Was machst du denn so morgen?«

»Da bin ich beschäftigt«, antwortete sein Partner sofort. »Ich, äh, werde das Gemüsefach im Kühlschrank reinigen. Tess kann ich in ihrem Zustand doch nicht zumuten, sich der Fron der Hausarbeit zu ergeben.«

»Den Satz werde ich mir merken«, grinste seine Frau und nippte an ihrem Saft. »Wie dem auch sei, ich muss sowieso morgen für ein paar Stunden in die Klinik. Ich könnte dich doch am Revier absetzen.«

Ben bedachte sie mit einem säuerlichen Blick. »Danke. Ed, meinst du nicht, dass Tess etwas kürzertreten und statt zu arbeiten lieber die Füße hochlegen sollte?«

»Na ja …« Er lehnte sich an einen Sägebock. »Ein reger Geist und viel Bewegung kommen sowohl der Mutter als auch dem Säugling zugute. Studien, die Geburtshelfer während der letzten zehn Jahre durchgeführt haben, besagen, dass …«

»Scheiße«, unterbrach Ben ihn. »Wenn man einmal eine einfache Frage stellt. Was hältst du davon, Grace? Du bist doch auch eine Frau. Meinst du nicht, dass eine werdende Mutter sich vor allem schonen sollte?«

Ohne sich um das Sägemehl zu scheren, hockte sie sich im Schneidersitz auf den Boden. »Kommt ganz darauf an.«

»Worauf.«

»Ob Tess dann nicht vor Langeweile eingehen würde. Mir erginge es bestimmt so. Wenn es aber darum ginge, an einem Marathonlauf teilzunehmen, sollte man das zumindest vorher diskutieren. Das denkst du doch auch, Tess?«

»Nun, ich dachte eigentlich, zuerst mit einem Hundertmetersprint zu beginnen.«

»So spricht eine wahre Mutter«, entschied Grace. »Tess ist eine wirklich sensible Frau. Du hingegen«, sie wandte sich an Ben, »verhältst dich mal wieder absolut typisch.«

»Wie meinst du das?«

»Na, eben typisch männlich. In diesem Fall und unter den gegebenen Umständen führst du dich päpstlicher als der Papst auf. Eigentlich ist das okay. Und irgendwie süß von dir. Ich bin mir sicher, dass Tess als Frau und erfahrene Psychologin dir das in den verbleibenden sieben Monaten, einer Woche und drei Tagen hinreichend klarmachen kann.« Sie nahm die Flasche und füllte Bens Glas auf.

»Danke. Jetzt hast du mir aber etwas zum Nachdenken gegeben.«

Grace lächelte ihn über den Rand ihres Glases an. »Ich mag dich, Detective Paris.«

Er grinste verlegen und stieß mit ihr an. »Ich dich auch, Gracie.« Das Telefon klingelte, und er sah auf. »Wenn du schon mal in der Küche bist, dann sieh doch bitte nach, ob es irgendwas Eßbares im Haus gibt, das nicht grün ist.«

»Amen«, murmelte Grace. Sie warf einen Blick über die Schulter und fügte dann leise hinzu: »Ihr werdet nicht glauben, was er mir neulich vorgesetzt hat: Artischockenböden.«

»Bitte«, erschauderte Ben, »nicht wenn ich gerade einatme.«

»Na ja, eigentlich waren sie nicht ganz so schlimm, wie ich befürchtet hatte. Ist er eigentlich immer schon so gewesen? Oder hat er sich auch mal von etwas anderem als Wurzeln und Unkraut ernährt?«

»Der Mann hat schon seit Jahren keinen Hamburger mehr in der Hand gehalten. Manchmal ist er mir richtig unheimlich.«

»Aber süß ist er doch«, sagte Grace und lächelte in ihr Glas. Tess wusste genau, was diese Geste zu bedeuten hatte.

»Tut mir leid«, erklärte Ed, als er zurückkehrte, »aber wir müssen zum Einsatz.«

»Himmeldonnerwetter, kann ein Mann denn nicht einmal mehr die Schwangerschaft seiner Frau feiern?«, schimpfte Ben, stand dann aber sofort auf.

»Wir müssen ins Montgomery County.«

»Und was liegt da an?«

Ed warf Grace einen Blick zu. »Versuchte Vergewaltigung. Siehst ganz so aus, als hätte unser Mann wieder zugeschlagen.«

»O mein Gott.« Grace fuhr so rasch hoch, dass Wein aus dem Glas auf ihre Hand spritzte.

»Was ist mit dem Opfer?« wollte Tess wissen.

»Ist noch ziemlich durcheinander, ansonsten aber unverletzt. Irgendwie ist es ihr gelungen, sich mit einem Messer zu bewaffnen. Zusammen mit dem und ihrem Hund ist es der Frau gelungen, den Mann abzuwehren.«

»Gib mir die Adresse. Ich fahre Tess rasch nach Hause und treffe dich dann dort.«

»Nichts da, ich komme mit.« Bevor Ben etwas einwenden konnte, legte Tess ihm schon eine Hand auf den Arm. »Ich kann helfen. Nicht nur dir, sondern auch dem Opfer. Du weißt, dass ich auf solche Fälle spezialisiert bin, und es wird ihr sicher angenehmer sein, mit einer Frau zu sprechen.«

»Deine bessere Hälfte hat recht.« Ed war schon auf dem Weg zum begehbaren Kleiderschrank in der Diele, um seine Waffe einzustecken. Grace sah ihn zum ersten Mal mit seinem Dienstrevolver. Sie versuchte, dieses Bild mit dem von dem Mann in Einklang zu bringen, der sie durch den Regen getragen hatte. »Zum ersten Mal treffen wir auf eines seiner Opfer, das überlebt hat. Tess könnte sicher einiges von der Frau in Erfahrung bringen.« Er zog sich die Jacke über. Ihm war Grace' Blick auf seine Pistole nicht entgangen, und so wandte er sich an sie. »Tut mir leid, ich kann dir nicht sagen, wie lange wir fortbleiben.«

»Ich will mitkommen und mit der Frau sprechen.«

»Das geht nicht. Ausgeschlossen.« Er hielt sie fest, als sie an ihm vorbeiwollte. »Mit ihr zu reden, hilft dir bestimmt nicht. Und dem Opfer wäre es bestimmt nicht angenehm.« Sie hatte eine trotzige Miene aufgesetzt. Ed hob ihr Gesicht, bis sie ihm in die Augen sehen musste. »Grace, die arme Frau hat Furchtbares durchgemacht. Denk doch auch einmal an sie. Sie will jetzt bestimmt nicht das Haus voller Leute haben; ganz besonders nicht von solchen, die sie mit ihren Fragen an das erinnern, was auch aus ihr hätte werden können. Selbst wenn ich in deinem Fall eine Ausnahme machen würde, wärst du uns und ihr keine große Hilfe.«

Grace wusste, dass er recht hatte. Und sie hasste ihn dafür. »Ich gehe nicht nach Hause, bis du zurück bist und mir alles berichtet hast. Verdammt, ich muss wissen, wie er aussieht. Ich brauche in meinem Kopf ein Bild von ihm.«

Ed gefielen ihre letzten Worte nicht. »Du sollst von mir auch alles erfahren. Aber es kann eine Weile dauern.«

»Dann warte ich eben.« Sie verschränkte die Arme vor der Brust. »Und zwar hier.«

Er küsste sie und hielt sie einen Moment länger fest, als er eigentlich vorgehabt hatte. »Vergiss nicht, alles abzuschließen.«

Mary Beth wollte keine Tranquilizer. Sie hatte seit jeher eine morbide Furcht vor Tabletten und nahm höchstens einmal, und auch das nur in Ausnahmefällen, ein Aspirin. Zu einem Glas Brandy aus der Flasche, die Harry und sie für besondere Gelegenheiten aufgehoben hatten, sagte sie jedoch nicht Nein.

Sobald Harry von seiner Frau erfahren hatte, was geschehen war, hatte er die Kinder zu Nachbarn gebracht. Er saß jetzt ganz nah neben seiner Frau, hatte einen Arm um ihre Hüfte gelegt und streichelte ihr Haar. Harry hatte sie immer schon von ganzem Herzen geliebt, aber der heutige

Vorfall hatte ihm klargemacht, dass sie der Anfang und das Ende seines Lebens war.

»Wir haben schon mit der Polizei gesprochen«, erklärte er, als Ed ihm seine Marke zeigte. »Wie oft muss meine Frau denn noch die immer gleichen Fragen beantworten? Hat sie denn noch nicht genug durchgemacht?«

»Tut mir leid, Mr. Morrison. Wir bemühen uns, es für Ihre Gattin so einfach wie nur möglich zu machen.«

»Das Einzige, worum Sie sich bemühen sollten, ist, dieses Schwein zu fassen. Dafür sind Polizisten schließlich da. Dafür bezahlen wir ihr Gehalt mit unseren Steuern.«

»Harry, bitte …«

»Tut mir leid, Schatz.« Sein Tonfall wurde augenblicklich sanfter, als er sich an seine Liebste wandte. Für ihn war es fast noch schlimmer, auf den schwarzblauen Fleck in ihrem Gesicht zu blicken, als sich vorzustellen, was unter anderen Umständen geschehen wäre. Schließlich war die Verletzung deutlich sichtbar, während der mögliche Albtraum zu schrecklich war, um ihn wirklich begreifen zu können. »Du musst nicht mehr reden, wenn dir alles zu viel geworden ist.«

»Wir haben auch nur ein paar Fragen.« Ben hockte sich auf einen Stuhl, weil er aus Erfahrung wusste, dass sitzende Personen leichter Vertrauen erweckten als solche, die im Stehen Auskünfte einholten. »Glauben Sie mir, Mr. Morrison, wir wollen nichts lieber, als diesen Mann aus dem Verkehr zu ziehen. Aber dazu benötigen wir Ihre Hilfe.«

»Wie würden Sie sich denn fühlen, wenn es Ihre Frau erwischt hätte?«, brauste Harry auf. »Wenn ich wüsste, wo ich ihn ausfindig machen könnte, wäre ich schon längst auf dem Weg dorthin.«

»Das hier ist meine Frau«, entgegnete Ben ganz ruhig und zeigte auf Tess. »Und ich weiß ganz genau, was in Ihnen vorgeht.«

»Mrs. Morrison«, begann Tess und hockte sich neben sie auf die Sofalehne, »vielleicht wäre es Ihnen lieber, mit mir zu sprechen. Ich bin Ärztin und Psychologin.«

»Ich brauche keinen Arzt.« Mary Beth starrte auf das Glas Brandy, als wäre sie überrascht, es zwischen ihren Händen vorzufinden. »Er hat nicht … Ich weiß, er wollte es, aber er hat es nicht getan.«

»Er hat sie nicht vergewaltigt«, sagte Tess leise. »Trotzdem wurde ihre Intimsphäre verletzt, hat er sie angegriffen und in Angst und Schrecken versetzt. Wenn sie alles schlucken und den Schock, die Furcht und die Scham nicht herauslassen …« Sie erkannte, dass die Scham für die Frau das Schlimmste war, und wartete einen Moment. »Das alles in sich hineinzufressen, bringt einem nur noch mehr Schmerzen und Pein. Es gibt Stellen, an die Sie sich wenden können. Dort treffen Sie Menschen an, die Ähnliches mitgemacht haben. Die wissen genau, wie es jetzt in Ihnen und in Ihrem Mann aussieht.«

»In meinem eigenen Heim …« Mary Beth fing zum ersten Mal seit dem Überfall an zu weinen. Die Tränen quollen aus ihren Augen und rannen dünn und heiß über ihre Wangen. »Alles ist so viel schlimmer, weil es in meinem eigenen Haus passiert ist. Die ganze Zeit beherrschte mich nur der Gedanke: Was wird er meinen Kindern antun. Und dann …« Tess hielt das Glas fest, als Mary Beths Hände zu zittern begannen. »Ich habe immerzu gebetet, das alles möge nur ein Traum sein … Er sagte, er kenne mich, und er nannte auch meinen Namen. Aber ich hatte ihn noch nie zuvor gesehen.

Für mich war er ein Fremder, ein Fremder, der gekommen war, um mich zu vergewaltigen … Und er hat mich … hat mich berührt … oh, Harry!« Sie legte den Kopf an seine Schulter und schluchzte.

»Mein armer Schatz, er wird dir nie wieder etwas antun.« Seine Hände strichen sanft über ihr Haar, aber in seinen Augen stand ein Blick, der besagte, dass der Mann gewillt war, einen Mord zu begehen. »Du bist jetzt sicher. Keiner wird dir mehr wehtun. Verdammt, sehen Sie denn nicht, wie Ihre Fragen meiner Frau zusetzen?«

»Mr. Morrison …« Ed wusste nicht so recht, wie er anfangen sollte. Die Wut des Mannes schien ihm gerechtfertigt zu sein. Er selbst verspürte jetzt Zorn auf den Täter, war aber Polizist genug, um sich davon nicht in seiner Pflichtausübung behindern zu lassen. Trotzdem gab es keinen Anlass, dieses Ehepaar im Unklaren zu lassen. »Wir haben Grund zur Annahme, dass Ihre Frau heute Abend großes Glück gehabt hat. Dieser Mann hat vorher schon zweimal zugeschlagen, und seine anderen Opfer haben das mit dem Leben bezahlt.«

»Er hat das schon einmal getan?« Die Tränen strömten immer noch, aber das schien Mary Beth gar nicht bewusst zu werden, als sie Ed fragte: »Sind Sie sich da sicher?«

»Dazu müssen wir Ihnen leider noch ein paar Fragen stellen.«

Sie atmete schwer, aber er erkannte, dass sie sich bemühte, ruhiger zu werden. »Einverstanden. Allerdings habe ich den anderen Beamten schon erzählt, was vorgefallen ist. Und ich möchte das nicht noch einmal durchmachen.«

»Das müssen Sie auch nicht«, beruhigte Ben sie. »Sind Sie bereit und in der Lage, zusammen mit einem unserer Zeichner ein Bild des Täters zu erstellen?«

»Ich habe ihn nicht sehr gut erkennen können. In der Küche war es so dunkel, und ich hatte meine Kontaktlinsen herausgenommen. Ohne die sehe ich so gut wie überhaupt nichts. Er war für mich nur als Schemen auszumachen.«

»Sie werden überrascht sein, wie viel Sie bemerkt haben, sobald Sie erst einmal anfangen, mit unserem Zeichner sein Gesicht zusammenzusetzen.« Ed zog sein Notizbuch aus der Tasche. Alles in ihm drängte danach, sie sanft zu behandeln. Mit ihrem schmucken kleinen Haus und dem lieben Gesicht erinnerte sie ihn stark an seine Schwester. »Mrs. Morrison, Sie sagten, er habe sie beim Namen genannt.«

»Ja, mehrere Male sprach er mich mit Mary Beth an. Es war sehr merkwürdig, ihn meinen Namen sagen zu hören. Und dann meinte er auch noch, ich hätte ihm allerlei Dinge versprochen. Und die wollte er sich jetzt holen.« Sie konnte Ed nicht länger ansehen und wandte sich an Tess. »Er verlangte, dass ich schöne Dinge mit ihm machen sollte. Daran kann ich mich noch genau erinnern, denn ich war vor Schrecken wie gelähmt, und es kam mir irgendwie unwirklich vor, das aus seinem Mund zu hören.«

Ben wartete einen Moment, während sie von ihrem Brandy trank. »Mrs. Morrison, sagt Ihnen vielleicht eine Firma namens Fantasy Incorporated, etwas?«

Mary Beth errötete so sehr, dass die Gesichtswunde noch auffälliger hervortrat. Aber sie nahm sich vor, keine falsche Aussage zu machen. »Ja.«

»Das geht Sie überhaupt nichts an«, platzte es aus Harry heraus.

»Die beiden anderen Opfer waren bei Fantasy angestellt«, erklärte Ed.

»Gott im Himmel!« Mary Beth schloss die Augen ganz fest. In ihnen waren keine Tränen mehr, sondern nur noch nackte Furcht.

»Ich hätte dir das von Anfang an ausreden sollen.« Harry rieb sich mit einer Hand über das Gesicht. »Irgendwie muss ich damals nicht ganz bei Trost gewesen sein.«

»Seine Stimme, Mrs. Morrison«, drängte Ben. »Haben Sie die vielleicht wiedererkannt? Können Sie sich erinnern, früher einmal mit dem Mann telefoniert zu haben?«

»Nein, bestimmt nicht. Dessen bin ich mir ganz sicher. Er war doch noch ein halbes Kind. Wir nehmen keine Gesprächswünsche von Minderjährigen an.«

»Wie kommen Sie darauf, dass er noch nicht erwachsen gewesen ist?«, fragte Ed rasch nach, weil er instinktiv erkannte, dass sie jetzt ziemlich dicht vor einer Spur standen.

»Weil er so ausgesehen hat. Höchstens siebzehn oder achtzehn, würde ich sagen. Sie wissen doch, dass man in unserem Staat erst mit einundzwanzig als volljährig gilt.« Die Röte war wieder vergangen. »Ich kann Ihnen nicht mehr dazu sagen, aber auf mich wirkte er noch sehr jugendlich. Und er war eher klein, vielleicht ein paar Zentimeter größer als ich. Na ja, ich bin eins zweiundsechzig, und er mag eins fünfundsechzig gewesen sein. Und er machte den Eindruck, noch nicht ganz ausgewachsen zu sein. Ich dachte die ganze Zeit, er ist doch noch ein Kind, das kann doch gar nicht wahr sein. Aber seine Stimme habe ich ganz bestimmt noch nie gehört; denn an die hätte ich mich gewiss erinnert.« Selbst jetzt, als sie sich im Arm ihres Mannes etwas geborgener fühlte, hatte sie den Tonfall noch im Ohr. »Und dann hat er gesagt ...« Instinktiv griff sie nach Tess' Hand. »Grundgütiger, er meinte, diesmal würde es anders. Er wollte nichts überstürzen. Und er hat eine Desiree erwähnt und wie sehr er sie geliebt hat. Wenn ich mich recht erinnere, hat er ihren Namen mehrmals erwähnt. Und einmal auch eine Roxanne, die in seinen Augen aber eine Nutte gewesen sei. Ergibt das irgendeinen Sinn für Sie?«

»Ja, Ma'am.« Ed notierte sich alles. Ein neues Teil für das Puzzle, dachte er.

»Mrs. Morrison.« Die Psychologin drückte ihre Hand. »Hatten Sie den Eindruck, er könnte Sie mit Desiree verwechselt haben?«

»Nein«, antwortete Mary Beth nach einem Moment des Nachdenkens. »Er schien mich eher mit ihr verglichen zu haben. Jedes Mal, wenn er ihren Namen erwähnt hat, klang so etwas wie Hochachtung in seiner Stimme mit. Aber ich habe mich wohl geirrt, das hört sich doch einfach zu dumm an, oder?«

»Nein«, entgegnete Tess und warf einen Blick auf ihren Mann, »ganz und gar nicht.«

»Er versuchte, freundlich zu mir zu sein, wenn auch auf eine ganz schreckliche Weise. Ich weiß auch nicht, wie ich das besser beschreiben soll. Es hatte irgendwie den Anschein, als erwartete er von mir, über sein Erscheinen beglückt zu sein. Der Junge wurde erst wütend, als ich mich gegen ihn gewehrt habe. Da ist er richtig fuchsteufelswild geworden wie ein Kind, dem man sein Lieblingsspielzeug wegnimmt. Die Tränen standen ihm in den Augen, und er klang richtig quengelig. Er nannte mich dann eine Hure. Nein, er sagte, wir alle seien verlogene Huren, und beim nächsten Mal würde er uns das heimzahlen oder so ähnlich.«

Ein verfetteter Cockerspaniel watschelte ins Wohnzimmer und beschnüffelte Tess.

»Das ist Binky«, sagte Mary Beth und fing wieder an zu weinen. »Wenn er nicht gewesen wäre …«

»Von nun an bekommt er bis ans Ende seiner Tage nur noch Steak zu fressen.« Harry küsste ihre Finger, und seine Frau musste trotz ihres Schluchzens kichern.

»Ich habe den armen Kerl vor die Tür gesetzt, weil ich dachte, er würde die Katze verbellen. Dabei hat er die ganze Zeit nur …« Die Stimme versagte ihr, und sie schüttelte den Kopf. »Ich weiß, dass sich die Presse über diese Geschichte hermachen wird, aber es wäre mir lieb, wenn Sie so wenig wie möglich an die Reporter weitergeben könnten. Wegen der Kinder, Sie verstehen.« Sie sah die Psychologin an und wusste, dass hier eine Frau saß, der sie sich anvertrauen konnte. »Ich möchte nicht, dass die Kleinen einen Schrecken bekommen. Und was meine Tätigkeit für Fantasy angeht, nun, ich schäme mich nicht deswegen, aber ich fürchte, die anderen Mütter werden wenig Verständnis aufbringen, wenn sie erfahren müssen, dass die Frau, die sich so bei den Schulveranstaltungen engagiert, einer solchen Tätigkeit nachgeht.«

»Wir sehen zu, was sich machen lässt«, versprach Ed ihr. »Aber wenn ich Ihnen einen Rat geben darf, ich würde bei Fantasy aufhören.«

»Ist schon erledigt«, erklärte Harry.

»Und es wäre sicher angebracht, wenn Sie während der nächsten Tage nicht allein blieben.«

Mary Beth wurde noch blasser. Aller Mut, den sie in den vergangenen Minuten angesammelt hatte, drohte, sie zu verlassen. »Glauben Sie, er kehrt zurück?«

»Man kann nie sicher sein.« Ed wollte der Frau keine Angst einjagen, aber es war seine Pflicht, ihr Leben zu schützen. »Dieser Mann ist außerordentlich gefährlich, Mrs. Morrison. Wir möchten nicht, dass Sie ein Risiko eingehen. Selbstverständlich werden wir Ihr Haus bewachen. Doch zunächst möchte ich, dass Sie mit uns aufs Revier kommen, sich dort die Verbrecherkartei ansehen und unserem Zeichner bei der Arbeit helfen.«

»Ich will alles tun, wenn ich Ihnen nur dabei helfen kann, ihn zu fassen, und zwar rasch.«

»Womöglich haben Sie uns schon einen entscheidenden Schritt weitergeholfen.« Ben erhob sich. »Vielen Dank für Ihre Mitarbeit.«

»Ich … ich habe Ihnen nicht einmal einen Kaffee angeboten.« Mary Beth hatte urplötzlich große Angst davor, die Beamten gehen zu lassen. Ihre bloße Anwesenheit vermittelte ihr Schutz und Sicherheit. Immerhin waren sie Polizisten, und als solche wussten sie, wie man mit Verbrechern umzugehen hatte. »Es ist mir wirklich peinlich, nicht daran gedacht zu haben.«

»Das macht doch wirklich nichts.« Tess drückte ihr wieder die Hand. »Sie sollten sich jetzt hinlegen. Ihr Mann kann Sie nach oben bringen. Er bleibt heute bei Ihnen. Und wenn Sie morgen auf die Wache kommen, erhalten Sie dort die Telefonnummern von Organisationen, die Ihnen dabei helfen können, die ganze Geschichte hinter sich zu bringen. Oder wenn Ihnen das lieber ist, rufen Sie gleich mich an.«

»So viel Furcht habe ich noch nie erlebt.« Mary Beth erkannte in den Augen der Psychologin tiefe weibliche Anteilnahme. Und in diesem Moment wurde ihr bewusst, dass sie dieser noch mehr bedurfte als des Schutzes der Polizei. »In der Küche überfallen zu werden ... Ich habe mittlerweile Angst, meine eigene Küche zu betreten.«

»Darf ich Sie nach oben bringen?« Tess legte ihr einen Arm um die Hüfte. »Sie legen sich aufs Bett und ruhen sich aus.« Die beiden Frauen verließen das Zimmer. Harry sah ihnen hilflos und frustriert hinterher.

»Wenn ich doch nur zu Hause geblieben wäre ...«

»Dann hätte der Täter noch etwas länger gewartet«, erklärte Ed ihm. »Wir haben es hier mit einem zu allem entschlossenen Mann zu tun, Mr. Morrison.«

»Mary Beth hat in ihrem ganzen Leben keiner Fliege etwas zuleide getan. Sie ist die großzügigste und sanftmütigste Frau, der ich je begegnet bin. Er hatte kein Recht, ihr so etwas anzutun ... und ihr Gesicht so zuzurichten.« Er nahm das Brandyglas seiner Frau und leerte es. »Vielleicht ist der Kerl ja wirklich sehr gefährlich. Aber wenn ich ihn finde, mache ich ihn zum Eunuchen.«

12

Sie hatte das Licht für ihn brennen lassen. Ed war froh, dass Grace nach Hause gegangen war, denn andernfalls hätte sie ihn sofort mit Fragen bestürmt. Und die musste er ihr beantworten. Doch im Stillen erfreute ihn ihre kleine Geste.

Er war müde und erschöpft, aber viel zu aufgekratzt, um Schlaf finden zu können. In der Küche holte er den Saft aus dem Kühlschrank und trank ihn direkt aus dem Krug. Grace hatte den Wein weggestellt und die Gläser gespült. Wenn ein Mann wie er so viele Jahre allein gelebt hatte, empfand er bei so etwas unbeschreibliche Freude.

Ed war sich bewusst, dass er sich bereits in sie verliebt hatte. Aus den ersten romantischen Fantasien, die Grace in ihm ausgelöst hatte, waren eindeutige Träume und ehrliche Absichten geworden. Sein Problem bestand nur darin, dass er nicht so recht wusste, wie er weiter vorgehen sollte. Schon früher waren ihm Frauen begegnet, die seine Gedanken in Aufruhr versetzt hatten, und da war es ihm nie schwergefallen, den nächsten logischen Schritt zu tun. Doch hier handelte es sich um wirkliche Liebe, und die verwirrte ihn immer mehr.

Ed hatte ein eher traditionelles Verständnis vom anderen Geschlecht. Man musste Frauen mit Wertschätzung und Freundlichkeit begegnen und sie beschützen. Und diejenige, die man in sein Herz geschlossen hatte, galt es zu verwöhnen und mit Respekt zu behandeln. Er hätte Grace am liebsten auf ein Podest gestellt, kannte sie aber schon gut genug, um zu wissen, dass sie es dort oben nicht lange aushalten würde.

Ed war durchaus in der Lage, Geduld aufzubringen. Er war mit dieser Eigenschaft geboren worden, und bei seinem Beruf als Polizist kam sie ihm immer wieder zugute. Also bedeutete der nächste logische Schritt in diesem Fall doch, Grace Zeit zu lassen, bis sie so weit war, sich von ihm dorthin manövrieren zu lassen, wohin er sie haben wollte: an seine Seite.

Er ließ genug Saft fürs Frühstück übrig und machte sich dann auf den Weg nach oben. Auf dem Absatz fing er an, die Jacke auszuziehen. Normalerweise ließ er sie und seine Waffe unten im Dielenschrank. Aber jetzt war er einfach zu erledigt, um noch einmal nach unten zu gehen. Er rieb sich den verspannten Nacken, öffnete die Schlafzimmertür und machte Licht.

»O Gott, haben wir denn schon Morgen?«

Eds Hand fuhr sofort an den Griff seines Revolvers, aber er ließ die Waffe stecken, als er Grace erkannte, die ausgestreckt auf seinem Bett lag. Sie schirmte ihre Augen mit einer Hand gegen das Licht ab und gähnte herzhaft. Er brauchte einen längeren Moment, ehe ihm klar wurde, dass sie bis auf eines seiner Hemden nichts am Leib trug.

»Hi«, blinzelte Grace und lächelte ihn an. »Wie spät ist es denn?«

»Schon ziemlich spät.«

»Aha.« Sie erhob sich und streckte sich. »Ich wollte mich nur für fünf Minuten hinlegen. Dieser Körper ist nicht für handwerkliche Arbeit geschaffen. Ich habe vorhin geduscht. Du hast doch nichts dagegen, oder?«

»Nein, woher denn.« Er glaubte, es würde seinem inneren

Gleichgewicht dienlicher sein, wenn er nur auf ihr Gesicht schaute. Aber da befand er sich im Irrtum. Sein Mund war völlig ausgetrocknet.

»Ich habe den Eimer mit der Pampe geschlossen, die du an die Wände klatschst, und die Werkzeuge sauber gemacht. Und danach, tja, da habe ich eine Weile Däumchen gedreht.« Grace war jetzt vollkommen wach und konnte wieder klar sehen. Sie legte den Kopf schief und betrachtete Ed. Er machte den Eindruck, als habe ihm gerade jemand einen Presslufthammer in den Solarplexus gerammt. »Fehlt dir was?«

»Nein, ich hatte nur nicht gedacht, dass du noch hier sein könntest.«

»Ich musste einfach bleiben, bis du wieder da bist. Gibt es etwas Neues?«

Er löste das Holster und hängte es unter den alten Stuhl, den er vorhatte zu restaurieren. »Die Frau hat großes Glück gehabt. Sie hat den Täter abgewehrt, und dann ist ihr Hund über ihn hergefallen.«

»Ich hoffe nur, der Hund war noch nicht geimpft. War es unser Mann, Ed? Bitte, ich muss es einfach wissen.«

»Möchtest du die offizielle Erklärung oder meine Privatmeinung hören?«

»Deine Meinung.«

»Er war es. Und jetzt ist er sauer.« Er rieb sich mit beiden Händen übers Gesicht und hockte sich auf die Bettkante. »Tess glaubt, dass er jetzt noch gefährlicher und unberechenbarer ist. Eine Frau hat sich gegen ihn gewehrt, ihn zurückgestoßen und damit sein Vorgehensmuster zerstört. Tess meint, er habe sich jetzt zurückgezogen, um seine Wunden zu lecken. Und wenn er damit fertig ist, wird er von Neuem und noch unbarmherziger auf die Jagd gehen.«

Grace nickte und dachte insgeheim, dass dies kaum der geeignete Zeitpunkt war, ihm zu erzählen, was sie vorhatte. »Die Frau hat ihn aber doch gesehen, oder?«

»Nein. Es war dunkel, und allem Anschein nach ist sie fast so blind wie ein Maulwurf.« Ed hätte am liebsten lautstark geflucht, wenn sich damit irgendetwas geändert hätte. Unter anderen Umständen hätte Mary Beth sie mit einer brauchbaren Täterbeschreibung versorgen können, und dann hätten sie ihn in null Komma nichts aufgespürt und dingfest gemacht. »Die Frau hat kaum mehr als einen Schemen von ihm wahrgenommen. Vielleicht fällt ihr beim Polizeizeichner noch etwas ein.«

»Also nur ein paar weitere Puzzleteile?

Er verdrehte die Schultern, aber die Knoten in den Muskeln wollten sich nicht lösen. »Wir überprüfen die Kundenliste von Fantasy und befragen die Nachbarn. Vielleicht haben wir Glück. Unverhofft kommt oft.«

»Du bist ja ganz verspannt.« Sie rutschte zu ihm und massierte seine Schultern. »Mir ist bisher noch gar nicht aufgegangen, wie sehr dich so ein Fall mitnehmen kann. Ich dachte, das wäre nur Routine für dich, und du würdest alles so nehmen, wie es kommt.«

Er sah sie über die Schulter an. Sein Blick war kälter und härter, als sie je bei ihm bemerkt hatte. »Für mich ist es niemals Routine.«

Nein, für einen Mann wie Ed sicher nicht. Dafür nahm er seine Arbeit viel zu ernst. Obwohl sie sich vorgenommen hatte, nicht auf seine Pistole zu starren, wanderte ihr Blick jetzt unweigerlich dorthin. Gleichgültig, ob er sie trug oder nicht, seine Dienstauffassung veränderte sich nicht. Grace wusste, dass sie das im Gedächtnis behalten musste. »Wie wirst du nur mit allem fertig? Ich meine, du wirst mit so vielen schrecklichen Dingen konfrontiert. Das muss dich doch belasten. Was unternimmst du dagegen, und wie schaffst du es, am nächsten Tag weitermachen zu können?«

»Einige von uns trinken. Nein, sehr viele von uns greifen zur Flasche.« Er lachte kurz. Die Verkrampfung wich aus seinen Schultern. Grace konnte mit ihren Händen wahre Wunder vollbringen. Zu gern hätte er ihr jetzt gesagt, dass er sich von diesen Händen festhalten lassen wollte. »Ist natürlich nur eine Flucht. Aber jeder sucht sich seinen Fluchtweg.«

»Und wie sieht deiner aus?«

»Ich arbeite mit den Händen. Ich lese Bücher.« Er zuckte mit den Achseln. »Und gelegentlich trinke ich.«

Grace legte ihr Kinn auf seine Schulter. Sie war so kräftig und breit, dass man es lange auf ihr aushalten konnte. »Seit Kathleen ermordet wurde, habe ich mir vor allem selbst leidgetan. All die Zeit dachte ich: Das ist doch nicht fair! Womit habe ich das verdient! Es war wirklich nicht leicht für mich, über den Verlust meiner Schwester hinauszublicken und das Gesamtbild zu erkennen.« Sie schloss für einen Moment die Augen. Er roch unwahrscheinlich gut. So warm und so heimelig wie ein Feuer, das abends im Kamin brannte. »Doch während der letzten Tage habe ich mich darum bemüht. Und irgendwann ist mir klar geworden, wie sehr du mir eine Hilfe warst. Ich weiß nicht, wie ich die vergangenen zwei Wochen ohne dich durchgestanden hätte. Du bist mir wirklich ein guter Freund gewesen, Ed.«

»Es freut mich, wenn ich dir ein wenig zur Seite stehen konnte.«

Grace lächelte leicht. »Und dann habe ich mich auch gefragt, ob dir irgendwann der Gedanke gekommen ist, du könntest etwas mehr für mich sein. Bevor wir heute Abend von Ben und Tess unterbrochen wurden, hatte ich den Eindruck, wir stünden kurz davor, einen Schritt weiterzugehen.«

Er nahm ihre Hand und löste sie von seinem Körper. Wenn sie ihn noch länger berührte, würde er nicht mehr in der Lage sein, ihr die Zeit zu lassen, die sie seiner Ansicht nach noch brauchte. »Ich bringe dich jetzt besser nach Hause, oder?«

Doch Grace gehörte nicht zu den Frauen, die leicht aufgaben. Und sie war auch nicht der Typ, der sich etwas in den Kopf setzte und dann mit demselben gegen die Wand lief. Sie atmete tief ein und hockte sich dann auf die Fersen. »Soll ich dir mal was sagen, Jackson? Wenn ich dich nicht besser kennen würde, könnte ich annehmen, du hättest Angst vor mir.«

»Ich habe sogar eine Heidenangst vor dir.«

Zuerst war Grace verblüfft, doch dann lächelte sie breit. »Tatsächlich? Nun gut, dann verspreche ich dir« – sie fing an, sein Hemd aufzuknöpfen –, »ganz, ganz vorsichtig zu sein.«

»Grace …« Er hielt ihre beiden Hände fest. »Einmal wird mir nicht genügen.«

Ihre Finger zogen sich in seinen Händen zusammen. Sie ging nicht leichtfertig Verpflichtungen ein. Wenn, dann war es ihr auch hundertprozentig ernst damit. »Okay. Und warum lässt du mich nicht damit fortfahren, dich zu verführen?«

Dieses Mal lächelte er. Er ließ sie los, um ihr über die

Arme streichen zu können. »Das hast du doch schon an dem Tag getan, an dem ich dich im Fenster gesehen habe.«

Er zog ihr Gesicht heran und küsste sie sanft. An diesen Moment wollte er sich sein Lebtag erinnern. Grace' Lippen schmeckten süß und wunderbar. Ihre Arme legten sich um seinen Hals, und er spürte, wie sie sich ihm hingab. War es nicht genau das, was ein Mann von einer Frau wollte? Grace sparte nie mit ihren Gefühlen, und jetzt, in diesem Moment, brauchte er alles, was sie ihm geben konnte. Vorsichtig legte er sie auf den Rücken.

Das Licht war hell, und in dem Raum roch es nach Staub. Er hatte sich das erste Mal so ganz anders vorgestellt. Kerzen, Musik und funkelnder Wein in kristallenen Gläsern. Wie gern hätte er ihr all dieses romantische Beiwerk gegeben. Doch auf der anderen Seite war Grace genau so, wie er sie sich vorgestellt hatte, wie er sie und keine andere wollte.

Ihr leises Murmeln verwandelte seinen Pulsschlag in ein Chaos. Als sie fortfuhr, sein Hemd aufzuknöpfen, spürte er wie einen sanften Lufthauch ihre kühlen Finger an seiner Brust. Ihre Lippen teilten sich, und ihr Seufzer füllte seinen Mund mit Wärme.

Das Letzte, was er wollte, war, über sie herzufallen. Fast fürchtete er sich davor, sie zu berühren – dann würde er mit aller Wahrscheinlichkeit seine Beherrschung verlieren. Doch so, wie sie ihn berührte, wusste er, dass er schon jetzt verloren war.

Grace war noch nie mit einem so sanften, liebevollen und besorgten Mann zusammen gewesen. Allein schon dieses Bewusstsein erregte sie mehr als alles andere. Noch kein Mann hatte sie wie etwas Zerbrechliches behandelt – vielleicht, weil sie alles andere als fragil war. Doch nun, während er sie mit so viel Rücksichtnahme und Zärtlichkeit verwöhnte, fühlte sie sich tatsächlich so.

Ihr Herz schlug schneller, ihre Haut schien weicher zu werden, und ihre Finger zitterten, als sie über seinen Körper wanderten. Sie hatte das hier schon vorher gewollt, aber sie hätte sich nie vorgestellt, wie wichtig und dringend es ihr war.

Dies war nicht einfach der nächste Schritt, sagte sie sich, sondern eine ganz neue Erfahrung, die sich von all denen unterschied, die sie früher gemacht hatte. Für einen Moment glaubte sie zu wissen, was er damit gemeint hatte, er habe eine Heidenangst.

Ihre Lippen suchten wieder seinen Mund, und sie spürte, wie ihr Verlangen die Nerven vibrieren ließ und daraus ein schmerzhafter Drang erwuchs. Ihre Finger zitterten noch mehr, als sie seinen Hosenknopf öffnen wollten. Wieder hielt er ihre Hand fest.

»Ich will dich«, flüsterte sie. »Ich habe gar nicht gewusst, wie sehr ich dich will.«

Er bedeckte ihr Gesicht mit Küssen, während in ihm alles brodelte. Nie wollte er den Anblick vergessen, den sie ihm jetzt bot. Der verschleierte Blick und die Haut, die vor Leidenschaft gerötet war. »Wir können uns doch Zeit lassen. Wir haben alle Zeit, die wir wollen.«

Den Blick weiterhin auf ihre Augen gerichtet, fing er an, ihr Hemd aufzuknöpfen. Als er es auseinanderzog, konnte er nicht anders als hinstarren. »Du bist unglaublich schön.«

Der schmerzende Drang ließ ein wenig nach, und sie lächelte. »Du auch.« Grace richtete sich ein Stück auf und nahm ihm das Hemd von den Schultern. Er besaß einen mächtigen Körperbau, fast wie ein wildes Tier, doch in diesem Moment spürte sie keinerlei Furcht. Sie legte ihm die Arme um den Hals und zog ihn zu sich herab.

Fleisch wärmte Fleisch, und beide heizten sich auf. Obwohl seine Hände weiterhin sanft blieben, spürte sie doch das Stählerne, das ihnen innewohnte. Er berührte sie, sie streichelte ihn, er schmeckte sie. Grace hatte geglaubt zu wissen, wie intim ein Mann und eine Frau miteinander werden konnten. Doch jetzt erfuhr sie, wie intensiv beide sich einander geben konnten. Sie erbebte, als sein Bart über ihre Brüste strich. Als ihre Hände sich auf seinen Rücken legten, um das Spiel seiner Muskeln zu fühlen, spürte sie die Kraft und die Kontrolle darin.

Seine Lippen wanderten immer tiefer über ihre dampfende Haut und lösten jetzt kein Beben mehr aus, sondern ein alles umfassendes Feuer. Grace drängte sich ihm entgegen, als die Lust nicht mehr auszuhalten war. Als er sie zum ersten Mal zum Höhepunkt führte, stöhnte er mit ihr.

Danach hatte sie große Mühe, zu Atem zu kommen. Sie wollte seinen Namen hinausschreien und ihm alles sagen. Doch sie konnte nur erbeben und ihn festhalten.

Ihr Pulsschlag galoppierte, und sie zerrte an seinen Kleidern. Die Leidenschaft verlieh ihr die Kraft der Verzweiflung. Dann rollte sie sich auf ihn, bedeckte sein Fleisch wie rasend mit Küssen und lachte befreit auf, als endlich das letzte Kleidungsstück entfernt war.

Er besaß den Körper eines urzeitlichen Kriegers, und ein solcher war er in Wahrheit auch. Die Stärke, die Selbstdisziplin und die Narben waren nicht zu übersehen. Es gab sie also doch, die wahren Helden, dachte Grace, während sie ihn überall berührte. Sie konnten einem in Fleisch und Blut begegnen, waren aber überaus selten.

Ed hätte noch länger gewartet, oder sich zumindest darum bemüht. Doch damit hätte er die Fesseln der Leidenschaft nur enger gebunden. Grace setzte sich rittlings auf ihn, führte ihn in sich ein und füllte sich selbst mit ihm aus. Er konnte nur ihre Hüften festhalten und sie auf und ab tanzen lassen.

Grace warf den Kopf in den Nacken und kam so rasch zum Höhepunkt, dass sie fast auf ihm zusammengebrochen wäre. Ihrer beider Hände fanden sich, die Finger verhakten sich. Der lustvolle Drang meldete sich machtvoll aufs Neue, und schon ritt sie ihn so hart, wie sie sich selbst hochtrieb.

Sie hörte sein lang gezogenes, verzweifeltes Stöhnen. Und direkt danach bäumte sich ihr eigener Körper auf, als das Feuer wie ein Pfeil durch sie fuhr. Alle Knochen in ihrem Körper schienen geschmolzen zu sein, und sie war völlig leer, als sie auf ihn hinabglitt.

Er zog die Decke über sie und sich, hatte aber keine Lust aufzustehen und das Licht zu löschen. Grace' Kopf lag auf seiner Brust. Er glaubte, sie sei eingenickt. Ed selbst hatte hingegen das Gefühl, nie mehr schlafen zu müssen. Es gefiel ihm, wie sie ein Bein um seinen Oberschenkel gewunden hatte, wie sie sich überhaupt an ihn kuschelte, als wollte sie ihn nicht mehr loslassen. Er strich immer wieder über ihr Haar, weil er nicht aufhören wollte, sie zu berühren.

»Weißt du was?« Sie klang immer noch etwas heiser.

»Was denn?«

»Ich fühle mich, als hätte ich den Gipfel eines sehr hohen Berges erreicht. So etwa in der Größenordnung des

Mount Everest. Und als wäre ich anschließend von dort mit dem Fallschirm durch die Lüfte geglitten. Endlos durch die kühle, dünne Luft. In meinem ganzen Leben war nichts so wundervoll.« Sie hob den Kopf und lächelte ihn an. »Du hattest übrigens recht: Einmal reicht bei Weitem nicht.« Grace lachte und rieb ihre Nasenspitze an seinem Hals. »Du riechst wunderbar. Weißt du, vorhin, als ich dein Hemd angezogen habe, bin ich endlich darauf gekommen. Detective Jackson, ein harter Bulle, ehemals Linebacker im Footballteam …«

»Nur Defensive Tackle« korrigierte er sie.

»Was auch immer. Also, dieser Detective Jackson benutzt Babypuder. Johnson & Johnson, nicht wahr?«

»Tut mir gut.«

»Das kann ich nur unterschreiben.« Wie ein kleiner Hund schnüffelte sie an ihm. »Das Problem ist nur, wenn ich jetzt irgendwo ein Baby sehe, werde ich bestimmt gleich scharf.«

»Ich glaube, ich werde dieses Hemd hinter Glas aufhängen und ihm einen Ehrenplatz geben.«

Sie knabberte an seinem Ohr. »Hat das Hemd an meinem Körper dich endlich doch noch schwach gemacht?«

»Nein, aber auch nicht das Gegenteil bewirkt. Ich glaube, ich sollte dir ein Geständnis machen: Nackten langen Beinen konnte ich noch nie widerstehen.«

»Tatsächlich?« Sie lachte und rieb ihre Schenkel an den seinen. »Und was gibt's da sonst noch?«

»Dich. Dir konnte ich schon vom ersten Moment an nicht widerstehen.« Er griff in ihr Haar und sah sie an. So viel zu seinem Vorhaben, ihr Zeit zu lassen. »Grace, ich will, dass du meine Frau wirst.«

Sie konnte nicht verhindern, dass ihr Unterkiefer nach unten fiel, und auch das scharfe Einatmen nicht aufhalten, das teils von ihrer Überraschung und teils von den Alarmglocken herrührte, die in ihr schrillten. Grace wollte etwas sagen, doch zum ersten Mal in ihrem Leben fiel ihr nichts ein. Sie konnte ihn nur anstarren, und langsam kam ihr die Erkenntnis, dass er ihr nicht aus einem Impuls heraus einen Antrag gemacht hatte. Allem Anschein nach hatte Ed lange und gründlich darüber nachgedacht.

»Wow!«

»Ich liebe dich, Grace.« Er bemerkte, wie ihr Blick ruhiger wurde. Doch die Furcht in ihr war noch nicht vergangen. »Du bist alles, was ich mir je gewünscht habe. Ich möchte mein Leben an deiner Seite verbringen und für dich sorgen. Natürlich ist es nicht leicht, mit einem Polizisten verheiratet zu sein, das ist mir durchaus bewusst, aber ich verspreche dir, alles in meiner Macht Stehende zu unternehmen, um dich trotzdem glücklich zu machen.«

Sie löste sich langsam von ihm. »Also eins muss man dir lassen. Wenn du dich einmal zu etwas entschlossen hast, verschwendest du keine Sekunde.«

»Ich wusste vorher nicht, worauf genau ich eigentlich warte. Mir war nur klar, dass ich es sofort erkennen würde, sobald es mir begegnete. Und jetzt ist es mir begegnet, in Gestalt von dir.«

»Großer Gott.« Sie presste eine Hand an ihr Herz. Wenn sie sich jetzt nicht vorsah, würde sie noch anfangen zu hyperventilieren. »Mich hat selten etwas so vom Stuhl gehauen. Ed, wir kennen uns doch erst seit ein paar Wochen, und …« Die Stimme versagte ihr, als sie seinen Blick sah. »Es ist dir wirklich sehr ernst damit, nicht wahr?«

»Ich habe noch nie einer Frau einen Heiratsantrag gemacht, weil ich immer Angst hatte, einen Fehler zu begehen. Aber bei dir weiß ich, dass mir kein Fehler unterläuft.«

»Du … du kennst mich doch gar nicht richtig. Ich bin alles andere als ein freundlicher, umgänglicher Mensch. Wenn etwas nicht so läuft, wie ich mir das vorgestellt habe, kann ich ganz schön giftig werden. Selbst meine besten Freunde fürchten sich vor meinen Wutanfällen, und dann … Ich komme mir vor, als rede ich gegen eine Wand.«

»Ich liebe dich.«

»Ach, Ed.« Sie nahm seine Hände. »Ich weiß nicht, was ich dir sagen soll.«

Grace wollte nicht das aussprechen, was er zu hören wünschte. Sie sah ihm an, dass er bereits dabei war, die Enttäuschung zu verarbeiten. »Sag mir, was du fühlst«, bat er sie.

»Ich weiß nicht … darüber habe ich mir noch keine Gedanken gemacht. Was heute Nacht geschehen ist, also, ich kann dir ganz ehrlich sagen, dass ich mich noch nie jemandem so nahe gefühlt, noch nie für jemanden so empfunden habe. Aber Heiraten steht auf einem ganz anderen Blatt, Ed. Ich habe nie viele Gedanken daran verschwendet, eines Tages vor dem Traualtar zu stehen, ganz zu schweigen, an wessen Seite. Tut mir leid, aber ich kann mir einfach nicht vorstellen, eine Ehefrau zu sein.«

Er ergriff ihre Hand und küsste die Fingerspitzen. »Heißt das etwa Nein?«

Grace öffnete den Mund und schloss ihn wieder. »Ich kann dir nicht Nein sagen. Aber es fällt mir genauso schwer, deinen Antrag anzunehmen. Verdammt, ich fühle mich wie in einer Zwickmühle.«

»Warum sagst du mir dann nicht, dass du noch etwas Zeit brauchst, um darüber nachzudenken?«

»Das tue ich doch längst. Gott, du hast meinen Kopf bereits in die schönste Unordnung gebracht.«

»Das ist immerhin ein Anfang.« Er zog sie zu sich herab. »Warum bringe ich es dann nicht gleich zu Ende?«

»Ed.« Sie legte ihm eine Hand auf die Wange, bevor er sie küssen konnte. »Vielen Dank für den Antrag.«

»Keine Ursache, gern geschehen.«

»Ed.« Grace hielt ihn ein zweites Mal zurück, doch jetzt blitzte es aus ihren Augen. »Bist du dir ganz sicher, dass du nicht nur meinen Körper willst?«

»Wer weiß. Am besten prüfe ich das gleich einmal nach, um sicherzugehen.«

Es hätte bestimmt angenehm werden können, den Samstag über zu faulenzen oder Ed dabei zu helfen, die Wände zu verputzen. Trotzdem war Grace froh, dass er zum Dienst musste. Schließlich gab es einiges zu überdenken, und das konnte sie am besten, wenn sie allein war. Außerdem erhielt sie so Gelegenheit, den zweiten Telefonapparat anschließen zu lassen, ohne ihm lange Erklärungen abgeben zu müssen. Dazu würde es noch früh genug kommen.

Grace hatte vor, den Lockvogel zu spielen. Das konnte sie nur, wenn sie bei Fantasy anfing. So lange, wie es sich als notwendig erweisen sollte – bis der Mörder gefasst war –, wollte sie die Abende damit verbringen, sich am Telefon mit fremden Männern zu unterhalten. Und früher oder später würde einer von ihnen persönlich bei ihr auftauchen.

Ed konnte ja ruhig das Puzzle auf seine Weise zusammensetzen, sie aber wollte direkt ins Zentrum vorstoßen und widerspenstige Teile zurechtstutzen.

Grace war es nicht wohl in ihrer Haut gewesen, als sie sich die Pistole gekauft hatte. In Manhattan hatte sie nie das Gefühl gehabt, sich bewaffnen zu müssen. Sie wusste natürlich, dass in der Metropole allerlei Gefahren lauerten, aber meist nur für diejenigen, die sich zur falschen Zeit in der falschen Gegend befanden. Grace hingegen hatte sich in der riesigen Stadt stets sicher gefühlt und es genossen, sich inmitten der Menge auf den vertrauten Straßen zu bewegen. Erst hier, in diesem ruhigen Vorort des viel kleineren Washington, verspürte sie das Bedürfnis, sich mit einer Waffe versorgen zu müssen.

Sie hatte sich eine kleine 32er mit kurzem Lauf zugelegt. Die Automatik sah aus, als könnte man damit einen Gegner ausschalten. Natürlich kannte Grace sich im Gebrauch von Schusswaffen aus. Das war Bestandteil ihrer Recherchen gewesen. Sie hatte Stunden auf dem Schießstand zugebracht, um ein Gefühl für Revolver, automatische Waffen und dergleichen zu bekommen und vor allem um zu erfahren, wie es sich anfühlte, wenn man abdrückte. Man hatte ihr dort gesagt, sie besitze ein sicheres Auge, und eine ruhige Hand. Aber als Grace die Waffe gekauft hatte, war sie voller Zweifel gewesen, ob es ihr wirklich möglich sein würde, diese zierlichen kleinen Patronen auf ein Lebewesen abzufeuern.

Sie legte die Automatik in die Schublade ihres Nachttischs und versuchte, sie zu verdrängen.

Der Morgen verging, während sie dem Mann von der Telefongesellschaft Kaffee brachte und immer wieder einen Blick aus dem Fenster warf. Nicht auszudenken, wenn Ed vorzeitig zurückkam. Sie wollte ihn lieber vor vollendete Tatsachen stellen. Andererseits konnte er natürlich auch nichts verbieten oder sie sonst wie von ihrem Vorhaben abbringen. Zumindest half es ihr, wenn sie sich das immer wieder sagte. Doch sicherheitshalber schaute sie von Zeit zu Zeit hinüber aufs Nachbargrundstück, trank ihren Kaffee und hörte dem Installateur zu, wie er ihr von den Heldentaten seines Sohnes in der Junior-Liga vorschwärmte.

Wie sie Ed gegenüber bereits erwähnt hatte, fassten alle möglichen Menschen sofort Vertrauen zu ihr. Meist schon wenige Minuten, nachdem sie Grace kennengelernt hatten, fingen sie an, ihr das zu berichten, was sie sonst nur im Kreis ihrer Familie oder ihren besten Freunden mitteilten. Grace hatte sich daran gewöhnt und dachte sich nichts weiter dabei. Aber heute hielt sie es für ratsamer, die Gründe dafür zu erforschen.

Lag es an ihrem Gesicht, dass die Menschen gern mit ihr sprachen? Gedankenverloren strich sie sich über die Wange. Ja, das war bestimmt ein Bestandteil dieses Phänomens, aber der Hauptgrund lag wohl darin zu suchen, dass sie eine gute Zuhörerin war, wie Ed einmal bemerkt hatte. Oftmals hörte sie nur mit einem Ohr hin, während sie in Gedanken einen Handlungsstrang oder eine Figur in ihrem neuen Roman ausfeilte. Und allem Anschein nach reichte das den Menschen, die ihr so freimütig allerlei erzählten, vollkommen aus.

Die Menschen entwickelten wirklich rasch Vertrauen zu ihr. Und genau darauf basierte ihr Plan. Grace wollte alles daransetzen, dass auch Kathleens Mörder Zutrauen fasste. Und wenn er dann glaubte, sie gut genug zu kennen, würde er sie bestimmt aufsuchen. Sie befeuchtete sich die Lippen und lächelte, als der Mann von der Telefongesellschaft ihr berichtete, wie hervorragend sich sein Sohn im dritten Viertel des letzten Spiels geschlagen hatte. Und wenn der Täter kam, war sie auf ihn vorbereitet. Grace würde sich ganz bestimmt nicht wie die anderen Opfer überraschen lassen und vor Entsetzen wie gelähmt sein.

Sie wusste ganz genau, wie sie vorgehen würde. Hatte sie nicht ihr halbes Leben damit verbracht, Plots zu entwickeln? Und dies hier war die realistischste Story, mit der sie es je zu tun gehabt hatte. Dank ihres Talents würde sie keinen Fehler begehen.

Als der Mann ging, waren sie schon per Du. Grace wünschte seinem Sohn für das Spiel am heutigen Nachmittag viel Glück und fügte hinzu, sie hoffe, ihn in ein paar Jahren in der Profi-Liga spielen zu sehen. Wieder allein dachte sie nur an das neue Telefongerät, das jetzt auf dem kleinen Schreibtisch in ihrem Schlafzimmer stand. In einigen Stunden würde es zum ersten Mal läuten. Und bis dahin gab es noch eine Menge zu erledigen.

Sie rief Tess an; das Gespräch vertrieb ihre Sorgen und festigte ihren Entschluss. Natürlich hatte die Psychologin auch einige Bedenken geäußert, aber die zählten nicht angesichts der neuen Argumente, die Grace jetzt besaß. Zufrieden nahm sie den Schlüsselbund ihrer Schwester in die Hand. Ja, das, was sie plante, war richtig, da bestand kein Zweifel mehr. Alles, was ihr jetzt noch zu tun blieb, war, die anderen davon zu überzeugen.

Als sie jetzt zur Wache fuhr, war sie kein bisschen nervös. Ihr Selbstbewusstsein war zurückgekehrt und damit auch die grimmige Entschlossenheit, das zu Ende zu bringen, was sie mit ihrer Bewerbung bei Fantasy begonnen hatte. Sie drehte das Autoradio auf und ließ sich von Madonnas neuestem verruchtem Song bedröhnen. Die Musik tat ihr gut, und sie fühlte sich immer besser. Zum ersten Mal seit Wochen konnte sie den Frühling genießen, der in voller Pracht in Washington Einzug gehalten hatte.

Die Azaleen zeigten sich von ihrer großartigsten Seite. In jedem Vorgarten standen sie fliederfarben, purpurn und korallenrot in überwältigender Blüte. Die Narzissen zogen sich langsam zurück und machten den Tulpen Platz. Die grünen Rasen erhielten ihren Sommerschnitt. Junge Burschen in T-Shirts oder alte Männer mit Baseballkappen schoben Rasenmäher. Hyazinthen und Hartriegel fügten dem Gesamtbild weiße Tupfer hinzu.

Die Natur erwachte kraftvoll aus dem Winterschlaf. Nein, dieser Satz war nicht kitschig, sagte sie sich; denn genau so fühlte sie sich. Nach der langen Starre infolge von Kathleens Ermordung war sie endlich wieder fit und voller Tatendrang. Sie verlangte vom Leben mehr, als dass es einfach nur weiterging. Jahr für Jahr musste es sich ihrer Ansicht nach verbessern. Mochten draußen in irgendeiner Wüste neue Waffen erprobt werden, hier sangen die Vögel und machten sich die Menschen Gedanken um die Dinge, die sie wirklich bewegten: die Junior-Liga, das erste Grillfest in diesem Jahr oder die Hochzeit eines ihrer Kinder. Ja, dies waren die Anlässe, die in Wahrheit zählten. Wenn der Tod ihrer Schwester ihr viel Kummer bereitet hatte, so hatte er ihr doch auch die Erkenntnis beschert, dass es nur auf die Kleinigkeiten im Alltag ankam. Und sobald sie dafür gesorgt hatte, dass der Gerechtigkeit Genüge getan worden war, konnte sie sich diesen Dingen auch wieder widmen.

Hinter den Vorgärten erwarteten sie Beton und zäh fließender Verkehr. Dank ihrer natürlichen Fahrbegabung wieselte sie gewagt um die anderen Autos herum. Es machte wenig aus, dass sie nur relativ selten hinter dem Steuer saß; sobald sie sich auf der Straße befand, fuhr sie mit Entschiedenheit und einem geübten Blick für frei werdende Lücken, mochten andere Fahrer auch mit den Zähnen knirschen und vor sich hin fluchen. Grace war allerdings so in Gedanken, dass sie zweimal falsch abbog, ehe sie endlich den Parkplatz vor der Wache erreichte.

Wenn sie nur ein bisschen Glück hatte, würde Ed gerade unterwegs sein. Dann konnte sie Captain Harris von ihrem Vorhaben in Kenntnis setzen, und die Angelegenheit wäre damit erledigt.

Doch kaum betrat sie das Mordkommissariat, erspähte sie Ed. Das Flattern, das sich sofort in ihrem Bauch entwickelte, rührte nicht vom schlechten Gewissen her, sondern aus der Freude, ihn zu sehen. Sie blieb stehen und betrachtete ihn. Er saß an einem Schreibtisch und tippte im Zwei-Finger-System etwas auf der Schreibmaschine.

Wie groß seine Hände waren. Grace erinnerte sich an ihre Berührungen in der letzten Nacht. Dies war der Mann, der sie liebte. Derjenige, der ihr einen Antrag gemacht hatte, und dem sie auch glaubte, dass er ernste Absichten hatte. Sie konnte schließlich dem Bedürfnis, ihn zu umarmen, nicht länger widerstehen.

Ed hörte sofort auf zu tippen, als er ihre Hand auf seiner Schulter spürte. Er wusste genau, wer da hinter ihm aufgetaucht war. Ihr Duft und ihre Berührung verrieten sie. Etliche Kollegen grinsten, als Grace sich zu ihm hinabbeugte und ihn küsste. Wenn er die Reaktion der anderen bemerkt hätte, wäre er sicher errötet. Doch in diesem Moment existierte nur sie.

»Hi.« Er hielt ihre Hand fest und zog sie zu sich heran. »Dich habe ich hier wirklich nicht erwartet.«

»Und ich störe dich bei der Arbeit. Ich persönlich werde fuchsteufelswild, wenn jemand mich bei etwas Wichtigem unterbricht.«

»Ich bin so gut wie fertig.«

»Ed, ich muss deinen Captain sprechen.«

Ihm fiel sofort die Zurückhaltung in ihrer Stimme auf. »Warum?«

»Das möchte ich lieber nur einmal erklären müssen. Ist er in seinem Büro?«

Ed studierte sie. Er kannte sie schon gut genug, um zu wissen, dass sie erst dann anfangen würde zu reden, wenn sie bereit dazu war. »Weiß ich nicht. Setz dich doch, während ich nachsehen gehe.«

»Danke.« Sie hielt seine Hand noch einen Moment länger. Rings um sie herum klingelten Telefone und ratterten Schreibmaschinen. »Ed, wenn ich gleich anfange, das zu erklären, was ich euch sagen muss – versuch bitte, ganz Polizist zu sein. Bitte …«

Ihm gefiel ganz und gar nicht, wie sie ihn jetzt ansah.

Sein Magen verknotete sich, aber er überwand sich und nickte. »Dann mache ich mich mal auf die Suche nach Harris.«

Grace nahm auf seinem Sitz Platz. In der Schreibmaschine steckte sein Bericht über Mary Beth Morrison. Sie bemühte sich, ihn genauso kühl und sachlich zu lesen, wie er ihn verfasst hatte.

»Ach, komm schon, Lowenstein, nur einmal einen Blick drauf werfen.«

Als sie Bens Stimme hörte, drehte sie sich um und sah, wie er mit einer schlanken brünetten Frau hereinmarschierte.

»Haben Sie nichts zu arbeiten, Ben«, entgegnete Lowenstein. Sie trug ein Paket in Händen, das mit einer Schleife zusammengebunden war. »Mir bleiben nur noch fünfzehn Minuten, bis ich zu dem Mutter-Tochter-Mittagessen aufbrechen muss.«

»Lowenstein, haben Sie ein Herz. Wissen Sie, wie lange es her ist, seit ich zum letzten Mal einen selbst gebackenen Kuchen kosten durfte?« Er beugte sich über das Paket, bis sie ihm einen Zeigefinger in den Bauch stieß. »Hm, Kirsche, nicht wahr? Lassen Sie mich doch wenigstens einen Blick darauf werfen!«

»Das vergrößert Ihr Leiden nur noch.« Sie stellte das Paket auf ihren Schreibtisch und schützte es mit ihrem Körper. »Es ist ein wunderbarer Kuchen, eine Kirschpastete. Ein richtiges Kunstwerk.«

»Etwa mit einer knusprigen Kruste?« Als sie nur lächelte, versuchte er, einen Blick über ihre Schulter zu werfen. Wahrscheinlich litt er an Schwangerschaftssymptomen, wie sie häufiger werdende Väter befielen, sagte er sich. Heute Morgen noch war ihm beim Aufwachen richtig schlecht gewesen. Wenn er schon Tess' Morgenübelkeit bekam, warum dann nicht auch ihren Heißhunger. »Stellen Sie sich doch nicht so an. Einmal hinschauen ist doch wohl erlaubt.«

»Ich kann Ihnen ja ein Foto davon zuschicken«. Sie wehrte ihn ab, indem sie ihm eine Hand auf die Brust legte, und entdeckte dabei Grace. »Wer sitzt denn da auf Eds

Platz? Die sieht ja aus wie ein Filmstar. Mann, für eine solche Jacke könnte ich zur Mörderin werden.«

Ben folgte ihrem Blick und entdeckte Grace. Er grinste ihr zu. »Wenn Sie mir den Kuchen geben, kann ich Ihnen vielleicht etwas über sie erzählen. Abgemacht?«

»Vergessen Sie's, Paris. Ist das etwa Jacksons neue Flamme?«

»Wenn Sie allerlei Gerüchte hören wollen, müssen Sie dafür auch etwas geben.« Aber Lowenstein sah ihn so streng an, dass er schließlich nachgab. »Ja, das ist sie, Grace McCabe. Sie schreibt erstklassige Kriminalromane.«

»Ehrlich?« Sie schob die Unterlippe vor und dachte nach. »Für mich sieht sie trotzdem aus wie ein Filmstar. Ich weiß nicht, wann ich das letzte Mal die Zeit für ein Buch gefunden habe. Ich komme ja nicht einmal dazu, die Rückseite der Cornflakes-Packung zu lesen.« Ihre Augen wurden schmal, als sie die sehr modischen und sehr teuren Schuhe bemerkte. Diese beiden Adjektive beschrieben überhaupt die ganze Erscheinung dieser Frau. Lowenstein fragte sich, wie Ed an sie gekommen war. »Sie wird ihm doch nicht das Herz brechen, oder?«

»Woher soll ich das wissen? Er ist ganz verrückt nach ihr.«

»Bis über beide Ohren verliebt?«

»Das ist noch milde ausgedrückt.«

Sie kannte Ben gut genug, um sicherheitshalber eine Hand auf das Paket zu legen. »Da kommt er ja. Mensch, man kann die Geigen am Himmel ja fast schon spielen hören.«

»Wir wollen doch nicht etwa zynisch werden, oder, Lowenstein?«

»Immerhin bin ich es gewesen, die bei Ihrer Hochzeit Reis geworfen hat, oder?« In Wahrheit war sie tief in ihrem

Herzen eine Romantikerin. »Aber wenn Sie schon eine so tolle Frau wie Tess dazu bringen konnten, Sie zu heiraten, warum sollte sich Jackson dann nicht seine Herzdame in Schriftstellerkreisen suchen?« Sie nickte in Richtung Ed. »Sieht ganz so aus, als würde man Sie brauchen.«

»Ja. Okay, Lowenstein, fünf Dollar für den Kuchen.«

»Wollen Sie mich beleidigen?«

»Zehn.«

»Er gehört Ihnen.« Sie streckte eine Hand aus und zählte die Scheine mit, die Ben aus seiner Brieftasche zog. Mit der angenehmen Vorstellung, den halben Kuchen zu Mittag zu essen, schob er ihn in die unterste Schublade seines Schreibtischs und folgte dann Ed in Harris' Büro.

»Was liegt denn an?«

»Miss McCabe hat um eine Zusammenkunft gebeten«, antwortete der Captain. Er lag bereits eine halbe Stunde im Zeitplan zurück und wollte diese Angelegenheit so rasch wie möglich hinter sich bringen.

»Ich freue mich, dass Sie etwas Zeit für mich frei machen konnten.« Grace lächelte Harris an und hatte ihn fast schon mit ihrem Charme für sich gewonnen. »Ich will Sie auch nicht lange aufhalten und deshalb gleich zum Thema kommen. Wir alle wissen, dass Fantasy die Verbindung zwischen den drei Überfällen darstellt. Und ich denke, wir stimmen darin überein, dass wir uns auf weitere Taten des Mörders gefasst machen müssen.«

»Die Ermittlungen laufen auf Hochtouren, Miss McCabe«, wandte der Captain ein, »und ich kann Ihnen versichern, dass unsere besten Männer an dem Fall arbeiten.«

»Dessen bin ich mir sicher.« Grace warf Ed einen letzten Blick zu und hoffte inständig, er würde sie verstehen. »Ich habe lange über diese Sache nachgedacht, zum einen weil meine Schwester davon betroffen wurde, und zum anderen weil Morde mich schon immer interessiert haben. Wenn es sich dabei um einen Roman handeln würde, gäbe es zu diesem Zeitpunkt nur einen logischen Schritt, die Handlung voranzutreiben. Und ich bin entschlossen, ihn zu tun.«

»Wir danken Ihnen für Ihr Interesse, Miss McCabe.« Als sie ihn wieder anlächelte, entwickelte er schon so etwas wie Vatergefühle. Aber dann sagte er sich, dass sie sich mit der Polizeiarbeit kaum auskannte. »Allerdings muss ich hier feststellen, dass meine Leute über erheblich mehr Ermittlungserfahrung verfügen.«

»Das ist mir klar. Würde es Sie denn interessieren zu erfahren, dass ich glaube, einen Weg gefunden zu haben, diesem Mann eine Falle zu stellen? Nun, ich habe bereits alle Vorkehrungen getroffen und wollte Sie nur davon in Kenntnis setzen, damit Sie dann alles veranlassen können, was Sie für notwendig erachten.«

»Grace, wir haben es hier nicht mit einem Roman oder einem Fernsehkrimi zu tun«, unterbrach Ed sie, weil das Gefühl in seinem Magen immer schlimmer wurde und er mittlerweile zu wissen glaubte, worauf sie hinauswollte.

Der Blick, den sie ihm jetzt zuwarf, wirkte so entschuldigend, dass seine Sorge sich nur noch vergrößerte. »Das ist mir bewusst. Und du ahnst nicht einmal, wie sehr ich mir wünsche, es ginge hier um eine Story.« Grace atmete tief durch und wandte sich dann an den Captain. »Ich bin bei Eileen Cawfield gewesen.«

»Miss McCabe …«

»Bitte, lassen Sie mich zu Ende reden.« Sie hob kurz ihre Hand, doch nicht, um Ruhe zu erbitten, sondern um ihre

Entschlossenheit zu demonstrieren. »Ich weiß, dass jede Spur, die Sie bis jetzt verfolgt haben, in einer Sackgasse endete. Die einzige, die übrig geblieben ist, heißt Fantasy Incorporated. Haben Sie die Firma inzwischen schließen lassen?«

Harris verzog das Gesicht und ordnete die Papiere auf seinem Schreibtisch. »So etwas dauert seine Zeit. Ohne entsprechende Unterstützung kann sich so etwas sehr lange hinziehen.«

»Dann sind wir uns doch wohl einig, dass weiterhin jede der Frauen, die für Fantasy arbeitet, als potenzielles Opfer anzusehen ist.«

»Theoretisch ja«, stimmte der Captain zu.

»Und ist es theoretisch möglich, jeder dieser Frauen einen Beamten als Schutz zur Seite zu stellen? Ich denke, nein. Aber Sie könnten Ihre Kräfte auf eine Person konzentrieren. Auf eine Frau, die weiß, was vorgeht, die bereit ist, das Risiko auf sich zu nehmen, und die – was am meisten zählt – bereits eine Verbindung zu dem Täter besitzt.«

»Bist du verrückt?« Ed hatte sehr leise gesprochen. Zu leise. Und das warnte Grace mehr als alles andere, dass er kurz davor stand zu explodieren.

»Ich will es gern erläutern.« Um sich zur Ruhe zu zwingen, zündete sie sich eine Zigarette an. »Kathleens Stimme war die erste, von der unser Mann sich angezogen fühlte. Als meine Schwester und ich noch Kinder waren, haben wir uns gern einen Spaß daraus gemacht, uns am Telefon als die andere auszugeben. Hat immer funktioniert. Wenn ich mich mit Kathleens Stimme als Desiree melde, wird er versuchen, mich zu finden. Und wir alle wissen, dass ihm das möglich ist.«

»Das ist doch viel zu riskant. Der ganze Plan ist hirnrissig!« Ed presste die Lippen zusammen, sah seinen Partner an und hoffte, bei ihm Unterstützung zu finden.

»Mir gefällt das Vorhaben auch nicht«, erklärte Ben, erkannte aber, dass zumindest eine Chance bestand, auf diese Weise an den Täter zu kommen. »Solide Polizeiarbeit hat sich immer schon mehr bezahlt gemacht als jedes Wagnis. Du hast keine Garantie, Grace, dass er auf deine Desiree-Imitation hereinfällt. Und noch weniger kannst du vorausberechnen, was er dann unternimmt. Davon ganz abgesehen sitzt Mrs. Morrison schon bei unserem Zeichner. Mit ein bisschen Glück bekommen wir noch heute eine brauchbare Täterbeschreibung.«

»Gut. Dann könnt ihr ihn ja womöglich fassen, bevor ich mich ans Telefon setzen muss.« Sie hob aus einem Impuls heraus die Hände, ließ sie aber ebenso rasch wieder sinken. »Ich würde mich aber nicht unbedingt darauf verlassen, was eine stark kurzsichtige, unter Schock stehende Frau in einem dunklen Raum gesehen zu haben glaubt.« Grace blies Zigarettenrauch aus und bereitete sich darauf vor, die nächste Bombe platzen zu lassen. »Ich habe heute Morgen mit Tess telefoniert und sie gefragt, wie hoch die Chancen stehen, den Mann mit dem gleichen Namen, der gleichen Stimme und derselben Adresse anzulocken.« Sie sah Ben an, weil es ihr zu schwerfiel, Ed in die Augen zu blicken. »Tess meinte, er könne dieser Versuchung wohl kaum widerstehen. Schließlich sei es Desiree gewesen, die ihn überhaupt erst aktiv hat werden lassen. Und deshalb wird es auch Desiree sein, die ihn in die Falle tappen lässt.«

»Im Allgemeinen vertraue ich den Worten unserer Psychologin.« Der Captain hob eine Hand, um Eds Protest abzuwehren. »Und darüber hinaus bin ich der Ansicht, dass wir nach drei Überfällen endlich stärkeres Geschütz auffahren sollten.«

»Und das Sonderkommando?«, fragte Ed.

»Wird trotzdem seine Arbeit aufnehmen.« Der Captain tippte auf den zuoberst liegenden Ordner. »Wir halten wie geplant am Montag eine Pressekonferenz ab. Unser Ziel heißt jetzt vor allem, weitere Morde zu verhindern. Aus diesem Grund bin ich gewillt, Miss McCabe ihre Chance zu geben.« Er wandte sich an Grace. »Wenn wir uns Ihrer Theorie anschließen, müssen wir von Anfang bis Ende Ihrer hundertprozentigen Kooperation sicher sein. Wir könnten eine Beamtin in Ihr Haus setzen, die die Anrufe entgegennimmt, während Sie für eine Weile in ein Hotel ziehen.«

»Es geht aber um meine Stimme«, wandte Grace ein. Und um ihre Schwester. Sie würde nie vergessen können, was Kathleen widerfahren war. »Captain, Sie können gern so viele Beamtinnen einsetzen, wie Sie für richtig erachten, aber ich habe bereits alles Notwendige veranlasst und werde für Fantasy arbeiten. Heute Abend geht's los.«

»Du wirst den Teufel tun!« Ed sprang auf, packte sie am Arm und zerrte sie aus dem Raum.

»He, Moment mal!«

»Sei still!« Lowenstein, die sich gerade auf dem Weg zum Kaffeeautomaten befand, trat erschrocken einen Schritt zurück und ließ Ed vorüberrauschen. »Ich dachte immer, du hättest Grips im Kopf. Und da lässt du dir einen solchen Mist einfallen!«

»Ich habe auch Grips im Kopf, aber ich habe bald keinen Arm mehr, wenn du weiter so an ihm herumreißt.« Doch er war schon mit ihr durch die Tür und draußen auf dem Parkplatz. Grace blieb nichts anderes übrig, als ihm halb stolpernd und kurzatmig zu folgen. Vielleicht sollte sie doch das Rauchen einschränken, sagte sie sich.

»Du steigst jetzt in deinen Wagen und fährst auf der Stelle nach Hause. Ich rufe Cawfield an und erkläre ihr, du hättest es dir anders überlegt.«

»Ich habe dir schon einmal gesagt, dass ich mir nichts befehlen lasse, Ed.« Sie hatte Mühe, zu Atem zu kommen, und noch mehr, nicht zu explodieren. »Es tut mir leid, dass du darüber so aufgebracht bist.«

»Aufgebracht?« Er hielt sie an den Armen und war versucht, sie zu packen und in ihr Auto zu werfen. »Sehe ich aus wie jemand, der nur aufgebracht ist?«

»Also gut, tut mir leid, dass du dich deswegen wie ein Wahnsinniger gebärdest. Warum zählst du nicht einfach bis zehn und hörst mich dann an?«

»Nichts von dem, was du zu sagen hast, kann mich davon überzeugen, dass du noch bei Trost bist. Wenn dir nur ein Funke Verstand geblieben ist und wenn meine Gefühle für dich dir überhaupt etwas bedeuten, dann steigst du jetzt in den Wagen, fährst nach Hause und wartest, bis ich zurückkomme.«

»Hältst du das etwa für fair? Findest du es richtig, die ganze Diskussion auf diese Ebene zu zerren?« Ihre Stimme war lauter, als sie eigentlich beabsichtigt hatte. Sie ballte eine Hand zur Faust und schlug sie ihm gegen die Brust. »Ich weiß, dass eine ganze Menge Menschen mich für exzentrisch halten und glauben, bei mir sei mehr als nur eine Schraube locker. Aber so etwas hätte ich am allerwenigsten von dir erwartet. Natürlich sind mir deine Gefühle für mich nicht egal. Und wenn du es unbedingt wissen willst, ich bin verrückt nach dir. Verdammt, jetzt kann ich dir auch alles sagen: Ich liebe dich. Und nun lass mich in Ruhe.«

Doch stattdessen nahm er ihr Gesicht in seine Hände. Als er sie küsste, waren seine Lippen nicht mehr sanft und zögernd. Und weil er fürchtete, sie könnte sich von ihm losreißen, hielt er sie noch fester als gewöhnlich, bis beider Zornaufwallung sich gelegt hatte. »Fahr nach Hause, Grace«, sagte er leise.

Sie schloss die Augen und drehte sich um, bis sie glaubte, genug Kraft gesammelt zu haben, um ihm entgegentreten zu können. »Also gut, aber dann musst du mir einen Gefallen tun. Ich möchte, dass du jetzt gleich zu deinem Captain gehst und ihm deine Marke und deinen Dienstrevolver aushändigst, um dann in der Firma deines Onkels anzufangen.«

»Was um alles in der Welt hat das denn damit zu tun?«

»Das ist eine große Bitte, die ich an dich habe, damit ich mir um dich keine Sorgen mehr machen muss.« Grace verfolgte, wie es in seinem Gesicht arbeitete. »Das wirst du für mich tun, nicht wahr? Denn ich habe gesagt, dass ich dich auch brauche. Du würdest es für mich tun und dich dann elend fühlen. Und du würdest mir nie so ganz verzeihen können, dass ich das von dir verlangt habe. Früher oder später würdest du mich sogar dafür hassen, dich gezwungen zu haben, etwas aufzugeben, das dir so wichtig ist. Und genauso verhält es sich umgekehrt. Wenn ich mich jetzt ins Auto setze und nach Hause fahre, wie du es wünschst, wird mich mein Leben lang die Frage quälen, warum ich meiner Schwester nicht diesen letzten Dienst erwiesen habe.«

»Grace, das musst du doch nicht tun.«

»Ich möchte dir noch etwas anderes erzählen. Vielleicht verstehst du mich danach ja etwas besser.« Sie fuhr sich mit beiden Händen durchs Haar und lehnte sich gegen den Wagen. Nun, da die beiden sich nicht mehr anfuhren, kehrte eine Taube zurück und pickte erwartungsvoll an einem Stück Aluminiumverpackung. »Es fällt mir wirklich nicht leicht, das auszusprechen. Ich habe dir doch einmal gesagt, dass Kathleen und ich uns nie sehr nahegestanden haben. Nun, um ganz ehrlich zu sein, sie war nie die Schwester, als die ich sie gern sehen wollte. Ich habe mir lange etwas vorgemacht und sie gedeckt und in Schutz genommen, wann immer mir das möglich war. Aber in Wahrheit hat sie mich stets abgelehnt und manchmal sogar gehasst. Dabei wollte sie das eigentlich gar nicht, doch sie konnte nichts dagegen tun.«

»Grace, belaste dich doch nicht damit, das alles wieder hervorzuzerren.«

»Ich muss es aber. Wenn ich es nicht endlich loswerde, werde ich es nie verarbeiten können. Ich habe Jonathan nie ausstehen können. Und, bei Gott, es war so einfach, ihn für alles verantwortlich zu machen. Das, was mir wirklich im Innern wehgetan hat, schmerzte dann nicht mehr so sehr. Weißt du, ich mag ungelöste Probleme nicht.« Sie knetete ihre Stirn, was sie sonst nur bei großer Ermüdung oder innerer Verkrampfung zu tun pflegte. »Meistens gehe ich ihnen aus dem Weg oder ignoriere sie. Und eines Tages kam ich zu dem Schluss, dass alles allein an Jonathan lag, wenn Kathleen meine Briefe nie beantwortete oder mich alles andere als herzlich bei einem meiner seltenen Besuche begrüßte. Ich habe mir eingeredet, er habe sie zu einer solchen Frau gemacht. Und als die beiden sich scheiden ließen, war für mich sofort klar, dass allein Jonathan die Schuld daran trug. Für mich gab es eben immer nur Schwarz oder Weiß, aber nichts dazwischen.«

Grace schwieg und holte tief Luft, weil es jetzt erst recht schwierig für sie wurde. »Ich habe ihn für ihre Tablettensucht und sogar für ihren Tod verantwortlich gemacht. Ed, ich kann dir gar nicht sagen, wie sehr ich mir gewünscht habe, er sei ihr Mörder.« Als sie ihn ansah, fühlte sie sich auf unerträgliche Weise verletzlich. »Auf der Beerdigung hat Jonathan es mir dann gegeben. Er hat mir all die Dinge gesagt, die ich tief in meinem Herzen längst wusste, mir aber nie eingestehen wollte. Wie habe ich ihn in diesem Moment gehasst. Vor allem dafür, mir all die Illusionen zerstört zu haben, die ich mir über meine Schwester gemacht hatte. In den vergangenen Wochen habe ich hart an mir gearbeitet, um Kathleen so zu akzeptieren, wie sie wirklich war.«

Ed strich ihr über die Wange. »Du musstest es so handhaben. Das ist eben dein Naturell.«

Also verstand er sie doch. Wenn sie nicht schon längst in ihn verliebt gewesen wäre, hätte er spätestens jetzt ihr Herz erobert. »Nein, es ging wohl nur so. Die Schuldgefühle sind längst nicht mehr so schlimm. Aber weißt du, sie ist immer noch meine Schwester. Ich kann sie immer noch lieben. Und mir ist bewusst, dass ich ihr diesen letzten Dienst erweisen muss, weil ich sonst nie davon loskomme. Wenn ich mich jetzt für den einfacheren Weg entscheiden würde, fände ich mein Leben lang keine Ruhe mehr.«

»Grace, es bieten sich immer andere Möglichkeiten.«

»Aber nicht hier. Und nicht für mich.« Sie nahm seine Hand. »Du kennst mich längst nicht so gut, wie du vielleicht glaubst. Seit Jahren habe ich alles Unangenehme irgendeinem anderen zugeschoben. Meinem Anwalt, meinem Finanzberater, wem auch immer. Auf diese Weise konnte ich die meisten lästigen Ablenkungen vermeiden und mich ganz aufs Schreiben konzentrieren. Wenn dann doch einmal etwas auftauchte, das ich allein erledigen musste, habe ich mich immer für den einfachsten Weg entschieden oder die Sache gleich vollkommen ignoriert. Bitte verlang jetzt nicht von mir, dir alles Weitere zu überlassen und nichts zu tun; denn es könnte dir womöglich gelingen, mich zu überzeugen.«

Er fuhr sich durchs Haar. »Was erwartest du denn, dass ich tun soll?«

»Mich verstehen«, antwortete sie leise. »Es ist für mich unglaublich wichtig, dass du mich verstehst. Auch wenn du es nicht kannst, werde ich mein Vorhaben durchziehen, aber es wäre mir wirklich angenehmer, wenn du es wenigstens versuchen würdest.«

»Es ist nicht so, dass ich dich nicht verstehen könnte. Ich halte deinen Plan nur einfach für einen Fehler. Nenn es meinetwegen Instinkt oder was auch immer.«

»Wenn es sich tatsächlich um einen Fehler handeln sollte, dann muss ich ihn machen und auch ausbaden.«

Ein Dutzend vernünftiger Argumente fiel ihm ein, die er jetzt hätte vorbringen können. Aber nur eines davon war ihm wirklich wichtig: »Ich könnte es nicht ertragen, wenn dir dabei etwas zustoßen sollte.«

Sie setzte ein schiefes Lächeln auf. »Ginge mir genauso. Hör zu, ich bin nicht ganz so blöde, wie du vielleicht vorhin geglaubt hast. Und ich schwöre dir, ich werde mich nicht so idiotisch benehmen wie irgendeine Heldin in einem billigen Action-Film. Du weißt schon, sie weiß, dass ein wahnsinniger Mörder sich in ihrer Gegend herumtreibt, und hört plötzlich draußen ein Geräusch.«

»Ja, und statt Türen und Fenster zu schließen, läuft sie vors Haus, um nachzusehen.«

»Genau.« Grace fand ihr Grinsen wieder. »Weißt du, es hat mich immer schon verrückt gemacht, nach einem vorgegebenen Plot schreiben zu müssen.«

»Warum kannst du nicht vergessen, dass wir uns hier nicht in einem deiner Romane befinden? Du gehst nicht nach einem Drehbuch vor, das du selbst geschrieben und entwickelt hast, Grace.«

»Ich habe wirklich vor, alle Vorsichtsmaßnahmen zu ergreifen. Und ich rechne damit, von den besten Kräften der hiesigen Polizei unterstützt zu werden.«

»Wenn wir mit dir zusammenarbeiten, wirst du dich dann genau an unsere Anweisungen halten?«

»Unbedingt.«

»Selbst dann, wenn sie dir nicht gefallen?«

»Ich hasse Blanko-Versprechungen, aber meinetwegen.«

Er nahm sie in die Arme. »Darüber reden wir noch.«

13

Charlton P. Hayden konnte auf seiner Wahlkampfreise durch den Norden des Landes große Erfolge verbuchen. In Detroit gelang es ihm, sich der Unterstützung durch die Gewerkschaften zu versichern. Die Facharbeiter der Automobilfabriken fühlten sich in großer Zahl von seinem Slogan »Amerika den Amerikanern« angezogen und versahen ihre Fords und Chevrolets mit Aufklebern wie HAYDENS AMERIKA – STARK, SICHER, ERFOLGREICH. Er bediente sich vor ihnen einer einfachen Sprache und schaute dem Volk aufs Maul. Zehn Autoren schrieben ihm die Reden, die er dann noch überarbeitete. Schließlich bereitete er sich schon seit über zehn Jahren auf seinen Einzug ins Weiße Haus vor. Hayden wäre persönlich lieber in einem Mercedes gefahren, aber um die Stimmen der Autohochburg Detroit zu gewinnen, mietete er für sich und seinen Stab einen Lincoln an.

Sein Auftritt im Tiger Stadion wurde so stürmisch gefeiert wie der Sieg der einheimischen Baseballmannschaft. Das Foto, auf dem er sich mit einer Baseballkappe und einem Schläger präsentierte, zierte die Titelseite der *Free Press*. Die Menschenmengen, die in Michigan und Ohio zu ihm strömten, glaubten seinen Versprechungen und klatschten ihm frenetisch Beifall.

Die Vorbereitungen für seine Tour durch Kansas, Nebraska und Iowa liefen bereits auf Hochtouren. Hier galt es, die Farmer auf seine Seite zu ziehen. Dank einer günstigen Fügung des Schicksals konnte er darauf verweisen, dass bereits sein Urgroßvater hier seinen Acker bestellt hatte. Damit galt er als einer der ihren, war wie sie das Salz der Erde und ein wahrhafter Sohn Amerikas. Dabei geriet der Umstand völlig in Vergessenheit, dass er bereits in der dritten Generation in Princeton studiert hatte.

Wenn er die Wahl gewinnen würde – das Wort »falls« kam ihm in diesem Zusammenhang nicht einmal im Traum in den Sinn –, würde er seinen Plan in die Tat umsetzen, der das Rückgrat des Landes stärken sollte. Er glaubte an Amerika, und deswegen wirkten seine kraftvollen Reden und eindringlichen Bitten, ihn bei seinen Vorhaben zu unterstützen, auch so überzeugend. Das Schicksal seiner Person wie das des Landes lag in einem tiefen Glauben verwurzelt, auch wenn Hayden wusste, dass Blut und Tränen vergossen werden mussten, um Amerika eine Zukunft zu geben. Er kannte in seinem Leben nur ein Ziel: herrschen. Einigen würde seine Präsidentschaft keine Vorteile bringen, andere würden Opfer bringen müssen, und wieder andere hätten dann zu leiden. Aber es gehörte zu seinen festen Grundsätzen, dass die Interessen der Mehrheit stets die irgendeiner Minderheit überwogen. Auch wenn es sich bei dieser Minderheit um seine eigene Familie handelte.

Hayden liebte seine Frau. Er hätte nie mit jemandem sein Leben teilen können, der nicht seiner Schicht entstammte. Dafür waren sein Ehrgeiz und seine Ziele viel zu sehr Bestandteil seiner selbst. Claire passte ausgezeichnet an seine Seite, aufgrund ihres Aussehens, ihres sozialen Hintergrunds und auch ihres Auftretens. Sie war eine geborene Merriville und wie die Angehörigen des Vanderbilt- oder Kennedy-Klans in der angenehmen Umgebung von ererbtem Reichtum und hoher gesellschaftlicher Position aufgewachsen, für die sich einst die ersten Kolonisten abgerackert hatten. Claire war zudem klug genug zu wissen, dass in ihren Kreisen die Planung eines Dinners genauso ernst und wichtig zu nehmen war wie die Vorlage und Unterzeichnung eines neuen Gesetzes.

Sie hatte Hayden in dem Bewusstsein geheiratet, dass er stets neunzig Prozent seiner Energie für die Durchsetzung seiner Ziele aufbringen würde. Er war ein tatkräftiger, entschlossener Mann, der davon ausging, dass zehn Prozent seiner Zeit für die Familie völlig ausreichten. Wenn jemand ihn beschuldigt hätte, seine Lieben zu vernachlässigen, wäre er darüber eher amüsiert als erzürnt gewesen.

Er liebte seine Familie. Natürlich erwartete er von ihnen, jederzeit nach außen hin ihr Bestes zu geben. So geboten es ihm sein Stolz und seine politischen Ziele. Es freute ihn, wenn seine Frau sich für irgendeinen Anlass besonders schön gemacht hatte. Und es begeisterte ihn, dass sein Sohn zu den Besten in seiner Schulklasse gehörte. Doch Hayden gehörte zu den Menschen, die für etwas, das ihnen selbstverständlich erschien, kein Lob erteilten. Ganz anders läge der Fall natürlich, wenn Jeralds Notendurchschnitt absacken würde. Hayden wollte das Beste für seinen Sohn und das Beste von ihm.

Er hatte frühzeitig dafür gesorgt, dass Jerald die bestmögliche Ausbildung erhielt, und es erfüllte ihn mit Stolz, wenn er verfolgte, wie sein Sohn in der Schule vorankam. Hayden fing bereits an, Pläne für Jeralds politische Karriere zu schmieden. Obwohl er nicht beabsichtigte, während der nächsten Jahre etwas von seiner Macht abzugeben, sollte, sobald es sich denn nicht mehr vermeiden ließe, wenigstens sein eigen Fleisch und Blut an seine Stelle treten.

Hayden erwartete von Jerald, auf diesen Moment zu warten und sich gründlich darauf vorzubereiten.

Der Junge besaß ausgezeichnete Manieren, war intelligent und konnte sich rasch auf neue Situationen einstellen. Wenn er zu viel Zeit allein verbrachte, machte sein Vater dafür die Komplikationen des Heranwachsens verantwortlich, die sich noch für keinen als einfach erwiesen hatten. Der Junge hatte zu seinem Computer eine geradezu emotionale Beziehung. Mädchen schienen ihn noch nicht zu interessieren, und darüber war Hayden zutiefst erleichtert. Wenn ein Junge erst einmal den jungen Frauen hinterhergaffte, mussten Schule und Ambitionen oft zurücktreten. Nun ja, Jerald sah nicht besonders gut aus. Ein Spätzünder, wie Hayden sich oft im Stillen sagte. Der Junge war immer schon etwas zu schmal und zu unauffällig gewesen, und wenn man ihn nicht ständig ermahnte, den Rücken gerade zu halten, lief er mit hängenden Schultern herum. Doch auf Dinnerpartys verhielt er sich höflich und gewandt, und mit seinen achtzehn Jahren besaß er solide politische Grundkenntnisse und wusste stets, welche Linie die Partei gerade verfolgte.

Eigentlich gab er seinem Vater nur selten Anlass zur Sorge.

Das hieß, bis vor Kurzem.

»Der Junge ist zu mürrisch, Claire.«

»Aber nein, Charlton.« Sie hielt in der einen Hand ihre langen Perlenohrringe und in der anderen die kleinen, diamantenbesetzten, um herauszufinden, welche besser zu ihrem heutigen Abendkleid passten. »Wir müssen ihm zugestehen, auch einmal schlechte Laune zu haben.«

»Und was soll dann diese komische Erklärung, er habe Kopfschmerzen und könne deshalb nicht an der Dinnerparty teilnehmen?« Charlton plagte sich mit den Manschettenknöpfen ab, die mit seinem Monogramm versehen waren. Die Wäscherei hatte die Hemden zu sehr gestärkt. Er würde mit seinem Sekretär darüber reden müssen.

Während er seine Konzentration auf etwas anderes richtete, betrachtete sie ihn kurz besorgt. »Ich fürchte, er lernt zu hart für die Schule. Und das tut er eigentlich nur, um dir zu gefallen.« Sie entschied sich für die Perlen. »Du weißt doch, wie sehr er zu dir aufschaut.«

»Er ist ein gescheiter Junge. Es besteht überhaupt kein Grund, sich selbst krank zu machen.«

»Sind doch nur simple Kopfschmerzen.« Das heutige Dinner war von großer Wichtigkeit. Da der Wahltag immer näher rückte, würden alle wichtigen Persönlichkeiten kommen. Auch Claire machte sich ihre Sorgen um Jerald, aber an einem Abend wie diesem wollte sie die lieber nicht zur Sprache bringen. Hayden war ihr stets ein guter Mann und immer aufrichtig zu ihr gewesen. Nur Toleranz gegenüber den Schwächen anderer gehörte nicht zu seinen starken Seiten. »Bedräng ihn bitte nicht, Charlton. Ich fürchte, er macht gerade eine schlimme Phase durch.«

»Meinst du damit vielleicht die Kratzer in seinem Gesicht?« Er machte sich daran, den Glanz auf seinen Schuhen zu inspizieren. Das Image musste stimmen. Allein darauf kam es an. »Glaubst du etwa, dass er mit dem Rad in einen Rosenstrauch gefahren ist?«

»Warum sollte ich daran zweifeln?« Sie bemühte sich vergeblich, ihre Halskette im Nacken zu schließen. Ihre Finger waren einfach zu feucht. »Jerald hat uns noch nie belogen.«

»Ich habe ihn auch noch nie so zerfahren erlebt. Claire, ich muss es einfach sagen: Seit wir aus dem Norden zurück sind, ist er nicht mehr er selbst. Ich erlebe ihn nur noch nervös, so als sei er ständig auf dem Sprung.«

»Ach, Charlton, ihn beschäftigt einfach die Wahl viel zu sehr. Er möchte, dass du gewinnst. Für Jerald bist du bereits Präsident. Hilf mir doch bitte mal, Schatz, heute Abend scheine ich wirklich zwei linke Hände zu haben.«

Gentleman, der er war, trat er sofort zu ihr und legte den Haken der Halskette ein. »Bist du aufgeregt?«

»Ich kann nicht verhehlen zu sagen, dass ich froh bin, wenn wir die Wahl hinter uns haben. Du stehst unter Stress, genauso wie wir auch. Charlton ...« Claire griff über ihre Schulter nach seiner Hand. Sie musste ihn einfach fragen, weil es sie viel zu sehr beschäftigte. Und vielleicht war jetzt der geeignetste Moment, um an seiner Reaktion zu erkennen, wie er darüber dachte. »Glaubst du, nun ja, ist dir je in den Sinn gekommen, dass Jerald bestimmte Versuche durchführen könnte?«

»Womit?«

»Mit Rauschgift.«

Es kam nicht oft vor, dass Hayden von einer Frage völlig aus der Bahn geworfen wurde. Aber jetzt konnte er sie nur anstarren und erst nach einem längeren Moment seine Sprache wiederfinden. »Aber das ist doch absurd. Jerald war einer der Ersten, der sich in seiner Schule der Anti-Drogen-Kampagne angeschlossen hat. Er hat sogar ein Papier über die Gefahren und Langzeitwirkungen von Rauschgift verfasst.«

»Das weiß ich, und vermutlich ist meine Angst auch absolut lächerlich.« Doch sie musste Gewissheit haben. »Er ist mir nur in den letzten Wochen so rätselhaft vorgekommen. Entweder schließt er sich in seinem Zimmer ein, oder er verbringt ganze Abende in der Bibliothek. Charlton, ist dir eigentlich bewusst, dass unser Sohn keine Freunde hat? Nie ruft jemand für ihn an, und niemand kommt ihn je besuchen. Erst vor ein paar Tagen hat er Janet wütend angefahren, weil sie seine schmutzige Wäsche einsammeln wollte.«

»Du weißt doch, wie viel Wert er auf seine Privatsphäre legt. Wir haben diesen Wunsch stets respektiert.«

»Ja, aber manchmal denke ich, wir haben des Guten ein wenig zu viel getan.«

»Möchtest du, dass ich ihn einmal zur Rede stelle?«

»Nein.« Claire schloss die Augen und schüttelte den Kopf. »Ich komme mir so dumm vor. Liegt nur am Stress. Du weißt doch, wie sehr Jerald sich in sich zurückzieht, wenn du ihm eine Standpauke hältst.«

»Um Himmels willen, Claire, ich bin doch kein Monster!«

»Ganz bestimmt nicht.« Sie nahm seine Hände und drückte sie. »Das Gegenteil trifft zu, mein Schatz. Kaum jemand ist so stark und so gütig wie du. Lass den Jungen einfach noch eine Weile gewähren. Alles kommt bestimmt wieder ins Lot, wenn er seinen Abschluss geschafft hat.«

Jerald wartete, bis er hörte, wie seine Eltern das Haus verließen. Er hatte schon befürchtet, sein Vater würde zu ihm kommen und von ihm verlangen, sie zu dem Dinner zu begleiten. Wieder so eine dämliche Hähnchen-mit-Spargel-Veranstaltung, auf der alle nur über Politik redeten und allein an ihren eigenen Anliegen interessiert waren, während sie insgeheim danach Ausschau hielten, an wessen Frackschoß sie sich hängen konnten.

Am begehrtesten war natürlich der seines Vaters. Er wurde bereits von zu vielen umringt, die ihm in den Hintern kriechen wollten. Das alles machte Jerald krank. Diese Leute wollten doch nichts anderes, als ein großes Stück vom Kuchen abbekommen. Und erst diese Reporter, die ständig ums Haus schlichen und nach irgendwelchem Schmutz suchten, mit dem sie den zukünftigen Präsidenten bewerfen konnten. Aber sie würden nichts dergleichen finden, denn sein Vater war perfekt und einfach der Beste. Und sobald er im November gewählt war, würde er all die Speichellecker mit eisernem Besen davonfegen. Sein Vater brauchte niemanden. Er würde reinen Tisch machen, all die Nichtstuer und Sesselfurzer aus der Verwaltung jagen und das Land regieren, wie es für alle das Beste war. Und Jerald würde an seiner Seite stehen und die Macht genießen, die ihm zufiele. Und er würde lachen, würde sich über all die Idioten die Seele aus dem Leib lachen.

Und wie würden ihn die Frauen umschwärmen. Sie würden flehen und betteln, um die Aufmerksamkeit des Präsidentensohns erhaschen zu können. Mary Beth würde es bitterlich bereuen, ihn abgewiesen zu haben. Selbstverliebt tastete er über die Kratzer in seinem Gesicht. Mary Beth würde vor ihm auf die Knie fallen und um Vergebung bitten. Aber er würde ihr nicht verzeihen. Wahrhaft mächtige Männer vergaben nicht, sie bestraften. So würde es Mary Beth und all den anderen Nutten ergehen, die Versprechungen machten, ohne je wirklich vorzuhaben, sie einzuhalten.

Und niemand konnte dann zu ihm durchdringen, weil er nämlich jenseits ihres beschränkten Verständnishorizonts stehen würde. Noch verspürte er allerdings Schmerz. Sogar in diesem Moment pochten die Wunden an seinem Unterschenkel dumpf. Doch bald würde er auch dieses Stadium überwunden haben. Er kannte das Geheimnis. Alles kam nur auf den Willen an. Jerald war zu Großem berufen, das hatte ihm sein Vater immer wieder gesagt. Aus diesem Grund hatte sich auch nie einer der kleingeistigen Schwächlinge in seiner Klasse dafür qualifiziert, sein Freund zu werden. Die wahren Großen waren noch nie von der Masse verstanden worden. Doch die Masse bewunderte sie, verehrte sie. Der Tag würde kommen, an dem er die Welt in seinen Händen hielt, so wie es bald schon sein Vater tun würde. Dann besäße Jerald die Macht, sie nach seinem Willen umzuformen. Oder wenn nötig, sie zu zermalmen.

Er kicherte und griff in seinen Beutel. Jerald rauchte nie zu Hause. Er wusste, dass der süßliche Pot-Geruch zu leicht bemerkt wurde, und dann würde man ihn bei seinen Eltern verpetzen. Wenn es ihn nach einem Joint verlangte, ging er lieber nach draußen. Zigaretten vermied er, denn seine Eltern waren beide in Anti-Raucher-Kampagnen aktiv. Nur ein Hauch von Zigarettenqualm würde die Reinheit des Hayden-Hauses beschmutzen. Jerald grinste, als er den Joint aus dem Beutel zog. Eine erlesene Qualität, mit Zusatz versehen: PCP oder Angel Dust. Lächelnd strich er mit zwei Fingern darüber. Nur ein paar Züge, und man fühlte sich wie ein Engel. Oder wie Satan höchstpersönlich.

Seine Eltern würden erst in einigen Stunden heimkehren, und die Bediensteten hatten sich allesamt in ihren Flügel zurückgezogen. Er brauchte jetzt dringend eine Dröhnung. Wenn er jetzt gleich wieder den Frauen lauschte, wollte er so high sein wie schon lange nicht mehr. Denn seine nächste Kandidatin sollte leiden. Jerald nahm den

Revolver seines Vaters aus der Schublade. Die Waffe, mit der Captain Charlton P. Hayden einst so viele Schlitzaugen in Vietnam abgeknallt hatte. Der zukünftige Präsident hatte sogar Orden für seine Tötungsquote erhalten, und das erfüllte Jerald mit mehr als bloßem Stolz und Bewunderung.

Er selbst wollte jetzt keine Orden, sondern nur einen Kick. Einen möglichst großen Kick. Der Teenager in ihm öffnete das Fenster, bevor er den Joint anzündete. Der Wahnsinnige in ihm schaltete den Computer ein und begann mit der Suche.

Grace verbrachte den ersten Abend an der Fantasy-Leitung hin- und hergerissen zwischen Belustigung und Verblüffung. Eigentlich war sie gar nicht so unglücklich darüber, noch zu solcher Überraschung fähig zu sein. Als Künstlerin zu leben und in New York zu wohnen, bedeutete allem Anschein nach doch nicht, schon alles gesehen oder gehört zu haben. Sie erhielt die unterschiedlichsten Anrufe: von Männern, die sich ausweinen wollten, von Träumern, von solchen mit wirklich bizarren Vorstellungen und von alten Lüstlingen. Grace hatte sich immer als Frau gesehen, die so leicht nichts umwerfen konnte und der nichts Menschliches fremd war. Doch in diesen Stunden geriet sie mehr als einmal ins Stocken. Ein Mann, der aus einer ländlichen Gegend in West Virginia anrief, erkannte gleich, dass sie auf dem Gebiet des Telefonsex noch neu war.

»Mach dir nichts draus, Schätzchen«, beruhigte er sie. »Ich sage dir schon, was du tun musst.«

Sie tat drei Stunden lang am Telefon Dienst und musste sich immer wieder ein Kichern verbeißen, einen gelinden

Schock wegstecken und mit dem Wissen fertigwerden, dass Ed unten wartete.

Gegen dreiundzwanzig Uhr rief sie den letzten Kunden an. Danach schloss sie ihre Notizen weg – man konnte ja nie wissen, wozu sich solche Erfahrungen noch einmal verwerten ließen – und lief die Treppe hinunter ins Wohnzimmer. Ed saß dort, und neben ihm sein Partner.

»Hi, Ben, ich wusste gar nicht, dass du auch gekommen bist.«

»Das ganze Team macht mit.« Ein Blick auf die Armbanduhr belehrte ihn, dass sie längst über die Zeit hinaus waren, in der der Täter zuzuschlagen pflegte. Sicherheitshalber wollte er aber noch eine halbe Stunde zugeben. »Und, wie ist es gelaufen?«

Grace hockte sich auf eine Sessellehne, warf einen vorsichtigen Blick auf Ed und zuckte dann mit den Achseln. »Irgendwie hatte ich es mir anders vorgestellt. Hat es einen von euch schon einmal erregt, eine Frau niesen zu hören? Na, macht ja nichts.«

Während sie sprach, beobachtete Ed sie genau. Er hätte schwören können, dass einige Anrufer sie doch etwas verlegen gemacht hatten. »Hat irgendeiner dich beunruhigt oder deinen Verdacht erweckt?«

»Hm, nein. Die meisten Kunden wollten eigentlich nur etwas Mitgefühl, jemand, der ihnen zuhört. Andere glaubten wohl, mit Telefonsex würden sie ihre Frau nicht unbedingt hintergehen. Am Telefon seine Wünsche erfüllt zu bekommen, ist doch viel sicherer und weniger drastisch, als zu einer Prostituierten zu gehen.« Aber für sie selbst war es nicht unbedingt einfacher gewesen, erinnerte sie sich. »Ihr habt alles mitgeschnitten, oder?«

»Ja, selbstverständlich«, antwortete Ed. »Du machst dir doch nicht etwa deswegen Sorgen, oder?«

»Vielleicht.« Sie spielte mit dem Ärmelsaum. »Ist schon eigenartig zu wissen, dass die Jungs im Revier alles zu hören bekommen, was ich am Telefon gesagt habe.« Aber dank ihres unbeschwerten Naturells konnte sie das rasch abschütteln. »Kommt mir ja selbst merkwürdig vor, was ich am Hörer alles von mir gegeben habe. Da war einer, der Bonsai-Bäume züchtet. Er hat mir während des ganzen Anrufs nur erzählt, wie sehr er diese japanischen Miniaturbäume liebt.«

»Tja, da kommt einem allerlei unter.« Ben bot ihr eine Zigarette an. »Wollte denn einer sich mit dir treffen?«

»Nun, einige ließen etwas in der Art durchklingen, aber keiner hat es wirklich ausgesprochen oder mich bedrängt. Na ja, das Einführungsgespräch heute Nachmittag hat mir ziemlich weitergeholfen. Ich habe etliche Tipps erhalten, wie man am besten auf diese oder jene Frage reagiert, und noch einiges mehr.« Grace fühlte sich jetzt so entspannt, dass sie das Ganze wieder belächeln konnte. »Ich war bei Jezebel. Sie arbeitet seit fünf Jahren für Fantasy. Nachdem ich eine Weile zuhören konnte, wie sie auf die verschiedenen Anrufer reagierte, hatte ich eine ziemlich gute Vorstellung von dem, was auf mich zukommen würde. Und dann habe ich noch das hier bekommen.« Sie zeigte ihnen einen blauen Schnellhefter. »Mein Handbuch.«

»Ehrlich?« Ben schien es gar nicht fassen zu können und riss ihr die Mappe förmlich aus der Hand.

»Da sind sexuelle Vorlieben aufgelistet. Die bekannten, aber auch einige, von denen ich noch nie gehört habe.«

»Ich auch nicht«, murmelte Ben, der schon eifrig blätterte.

»Außerdem kann man darin erfahren, wie sich ein und dieselbe Sache auf möglichst verschiedene Weise ausdrücken lässt.« Sie blies eine Rauchwolke aus und musste dann kichern. »Wisst ihr eigentlich, auf wie viele verschiedene Arten man sagen kann …« Grace brach abrupt ab, als sie Eds Blick bemerkte. Ihr wurde gleich klar, dass er im Moment an einer solchen Aufzählung überhaupt nicht interessiert war. »Na ja, ist ganz nützlich. Aber eins könnt ihr mir glauben, es ist wesentlich einfacher, Sex zu praktizieren, als darüber zu reden. Hat jemand Appetit auf leicht angegammelte Schokoladenplätzchen?«

Ed schüttelte sofort den Kopf, und Ben grunzte nur, weil er bereits viel zu sehr in die Lektüre vertieft war. »Pass nur auf, dass dir keine Haare auf den Handflächen wachsen«, ermahnte Ed ihn leise, als Grace das Zimmer verlassen hatte.

»Könnte es fast wert sein«, grinste Ben und sah auf. »Hier stehen Sachen drin, du glaubst es einfach nicht. Warum arbeiten wir beide eigentlich nicht bei der Sitte?«

»Deine Frau ist Psychologin«, erinnerte Ed ihn. »Ich wette, nichts von dem, was da drin steht, könnte sie überraschen.«

»Ja, da hast du vermutlich recht.« Ben legte den Schnellhefter beiseite. »Grace scheint es ganz gut über die Bühne gebracht zu haben, oder?«

»Ja, sieht ganz so aus.«

»Nun sei doch nicht so streng zu ihr, Ed. Sie muss das tun. Und wer weiß, vielleicht löst sie diesen verknoteten Fall ja.«

»Ich hoffe nur, dass sie sich dann nicht rettungslos darin verheddert.«

»Schließlich sind wir ja auch noch hier.« Er schwieg teilnahmsvoll, wusste er doch, was das für ein Gefühl war, wenn man am liebsten gegen etwas treten wollte, aber nichts herumstand, was der Mühe wert schien. »Kannst du dich noch daran erinnern, wie es mir ergangen ist, als Tess im letzten Winter bei uns mitgemacht hat?«

»Ja, sehr gut sogar.«

»Ich stehe auf deiner Seite, mein Freund. Das tue ich doch immer.«

Ed, der während der letzten Minuten auf und ab gelaufen war, blieb plötzlich stehen, als ihm auffiel, wie sehr dieses Haus bereits den Charakter von Grace angenommen hatte. Von Kathleen war hier kaum noch etwas zu bemerken. Vielleicht war das Grace noch gar nicht aufgefallen, aber es war ihr gelungen, mit einigen herumliegenden Illustrierten und ein paar achtlos stehen gelassenen Schuhen die sterile Atmosphäre ihrer Schwester verdrängt zu haben. Gar nicht zu reden von den Blumen, die in einer alten Vase verwelkten, und der Staubschicht auf den Möbeln. Binnen einigen Tagen hatte sie dieses Haus in ein Heim verwandelt, auch wenn das womöglich gar nicht ihre Absicht gewesen war.

»Ich möchte, dass sie meine Frau wird.«

Ben starrte seinen Partner eine volle Minute lang an, ehe er schnaufend ausatmete. »Verdammt, da hat meine Seelenklempnerin ja schon wieder ins Schwarze getroffen. Hast du ihr denn schon einen Antrag gemacht?«

»Ja, habe ich.«

»Und was hat sie gesagt?«

»Dass sie noch etwas Zeit braucht.«

Ben nickte und verstand alles: Grace wollte noch etwas warten, Ed nicht. »Soll ich dir einen Rat geben?«

»Wenn es sich nicht verhindern lässt.«

»Gib ihr nicht zu lange Zeit. Sonst findet sie am Ende noch heraus, was für ein Blödmann du bist.« Ed grinste, und Ben stand auf, um seine Jacke anzuziehen. »Könnte dir übrigens nicht schaden, dir mal das Handbuch zu Gemüte zu führen. Vor allem die Seite sechs.«

»Willst du schon gehen?«, fragte Grace, als sie mit einem Tablett zurückkehrte, auf dem sich eine Schüssel mit Plätzchen und drei Flaschen Bier befanden.

»Jackson kann heute allein die Nachtschicht übernehmen.« Ben nahm sich ein Plätzchen und biss herzhaft hinein. »Oh! Die sind ja furchtbar.«

»Ich weiß«, sagte sie und lachte, als er sich noch ein paar davon in die Tasche stopfte. »Kannst du nicht wenigstens auf ein Bier bleiben?«

»Nehme ich lieber mit, für unterwegs.« Die Flasche folgte den Plätzchen. »Du warst toll heute Abend.« Und weil er das Gefühl hatte, sie könne das brauchen, beugte er sich zu ihr hinab und gab ihr einen Kuss. »Bis bald.«

»Danke.« Grace wartete, bis er draußen war, und stellte dann das Tablett ab. »Er ist ein feiner Kerl, nicht wahr?«

»Der Beste.«

Solange Ben sich hier aufgehalten hatte, hatten sie sich nicht richtig unterhalten können. Jetzt setzte Grace sich an ein Ende des Sofas und knabberte an einem Plätzchen. »Wie lange kennst du ihn schon?«

»Ziemlich lange. Ben hat den besten Instinkt im ganzen Kommissariat.«

»Deiner ist aber auch nicht schlecht.«

Ed nahm sein Bier und sah sie an. »Ja, und weißt du, was er mir gerade sagt? Dass ich dich am besten ins nächste Flugzeug nach New York setzen sollte.«

Grace runzelte die Stirn. »Bist du immer noch sauer auf mich?«

»Ich mache mir nur große Sorgen.«

»Ich möchte nicht, dass du das tust.« Sie lächelte ihn an und streckte ihre Hand nach ihm aus. »Doch, eigentlich möchte ich das schon.« Als er ihre Hand ergriff, führte sie seine Finger an ihre Lippen. »Ich habe das Gefühl, du bist das Beste, was mir je passiert ist. Tut mir ehrlich leid, dass ich dir gewisse Dinge nicht ein wenig einfacher machen kann.«

»Du hast meine ganzen Pläne ruiniert, Grace.«

Das Lächeln auf ihren Lippen fror etwas ein. »Das soll ich getan haben?«

»Komm herüber zu mir.«

Sie rutschte über das Sofa zu ihm, bis sie sich an ihn kuscheln konnte. »Als ich das Haus nebenan kaufte, hatte ich mir alles so schön zurechtgelegt. Erst wollte ich alles renovieren und aus dem Kasten ein Heim machen. Und sobald dort alles fertig war, würde ich mir eine Frau suchen. Ich hatte noch keine rechte Vorstellung, wie sie aussehen sollte, aber das spielte damals noch keine so große Rolle. Auf jeden Fall müsste sie süß und geduldig sein und sich von mir verwöhnen lassen. Und natürlich müsste sie nie so hart arbeiten, wie meine Mutter das getan hat. Sie würde den ganzen Tag zu Hause bleiben, sich um den Haushalt, den Garten und die Kinder kümmern, müsste gut kochen können und meine Hemden bügeln.«

Grace rümpfte die Nase. »Und so etwas müsste ihr gefallen?«

»Meine Auserwählte würde es sogar lieben.«

»Hört sich ganz so an, als müsstest du dir irgendwo in

Nebraska eine Farmerstochter suchen, die seit zehn Jahren nichts mehr von der Welt mitbekommen hat.«

»Ich habe dir doch nur berichtet, was ich mir so überlegt hatte.«

»Tut mir leid. Erzähl bitte weiter.«

»Und jeden Abend, wenn ich vom Dienst nach Hause käme, würde sie auf mich warten. Wir würden uns zusammen hinsetzen, die Füße hochlegen und miteinander reden. Natürlich nicht über meine Arbeit. Damit würde ich sie nie belasten wollen. Und wenn ich in Pension gegangen wäre, würden wir beide uns die Zeit damit vertreiben, ein bisschen am Haus herumzuwerkeln …« Er strich über ihr Haar, hob mit zwei Fingern ihr Kinn und betrachtete ihr Gesicht. Die vorstehenden, hohen Wangenknochen, die großen Augen und die langen Wimpern. »Du bist nicht diese Frau, Grace.«

Für einen Moment überkam sie großes Bedauern. »Nein, ganz bestimmt nicht.«

»Du bist vielmehr die, die ich wirklich will.« Seine Lippen fuhren so sanft über die ihren, dass ihr Puls augenblicklich schneller schlug. »Siehst du, so hast du meine ganzen Pläne zunichtegemacht, und dafür liebe ich dich.«

Sie schlang die Arme um ihn.

Grace erwachte im Morgengrauen in seinen Armen. Die Decke reichte ihr bis zur Nasenspitze, und ihr Kopf ruhte an seiner Brust. Das Erste, was sie zu hören bekam, war der langsame, regelmäßige Schlag seines Herzens. Sie musste lächeln. Sanft und neblig drang das Licht durch die Fenster, und dazu erklangen die Morgengrüße der Vögel. Grace hatte ihre Beine um seine geschlungen, damit seine Wärme und Stärke sie bis in die Zehenspitzen erfüllte.

Sie drehte den Kopf, küsste ihn auf die Brust und fragte sich, ob es wohl irgendwo auf der Welt eine Frau gab, die nicht auf diese Weise erwachen wollte, wohlig und geborgen in den Armen des Liebsten.

Er regte sich und zog sie näher zu sich heran. Sein Körper war so hart, die Stärke darunter so im Zaum gehalten. Als ihre Haut mit der seinen zusammentraf, wurde sie heiß, feucht und sinnlich. Bevor der letzte Schleier des Schlafs von ihr gewichen war, fühlte sie sich im höchsten Maße erregt.

Leise seufzend ließ sie ihre Hände über seinen Körper wandern, suchend, erprobend und genießend. Noch halb träge bedeckten ihre Küsse seinen Leib. Als sie spürte, wie sich sein Herzschlag beschleunigte, stöhnte sie befriedigt und drehte sich lächelnd zu ihm um.

Seine Augen waren dunkel, seine Blicke intensiv. Und als er seinen Mund auf den ihren legte, verschwamm alles vor ihr. Seine Lippen waren nicht zärtlich, sondern fordernd und hungrig. Sein Verlangen war so stark und natürlich wie ihr Drang, ihm nahe zu sein. Grace wurde auf einer Woge panikähnlicher Erregung davongetragen.

Die Kontrolle, auf die er sich immer so verlassen hatte, war mit einem Schlag verflogen. Dennoch bewegte er sich vorsichtig, weil er um seine Körpergröße und Kraft wusste. Zusammen rollten sie über das Bett, als wären sie miteinander verschweißt, und er nahm sich das, was er wollte.

Sie zitterte nicht, sie bebte. Mit jeder Sekunde, die verstrich, steigerte sich ihre Leidenschaft, bis mächtiges Verlangen auf ebenso starkes traf. Vorher hatte er ihr Zärtlichkeit und grundehrlichen Respekt vor ihrer Person erwiesen, jetzt zeigte er ihr die dunkle und gefährliche Seite seiner Liebe.

Als ihr Kopf fest zwischen seinen Armen lag, drang er in sie ein. Ihre Finger, vom Schweiß ganz glitschig, fuhren über seinen Rücken. Am Ende erfuhren beide nicht nur Erfüllung, sondern geradezu Befreiung.

Grace keuchte immer noch, als er sich auf ihr niederließ. Sein Kopf ruhte zwischen ihren Brüsten, und ihre Finger waren mit seinem Haar verknotet. »Ich glaube, ich habe den besten Ersatz für Kaffee gefunden«, keuchte sie und musste dann lachen.

»Koffein ist nicht komisch«, murmelte er. »Das Zeug bringt einen um.«

»Nein, ich musste nur lachen, weil mir gerade der Gedanke gekommen ist, dass ich mein eigenes Handbuch verfassen kann.« Sie streckte die Arme und gähnte. »Ich frage mich, wie mein Agent die Marktchancen eines solchen Werkes beurteilen würde.«

Er hob den Kopf ein wenig, sodass das Ende seines Barts ihre Brust kitzelte. »Bleib lieber bei den Krimis.« Er wollte noch mehr sagen, aber in diesem Moment donnerte ein Rocksong aus dem Radio neben dem Bett. »Großer Gott, wachst du immer mit so etwas auf?«

»Keiner bringt morgens deinen Kreislauf so auf Touren wie Tina Turner.«

Ed hob sie mit beiden Armen hoch, drehte sie um und deckte sie zu. »Warum schläfst du nicht noch eine Runde? Ich muss aufstehen und mich für die Arbeit fertig machen.«

Sie ließ ihn nicht los. Er war so süß, wenn er versuchte, sie zu verwöhnen. »Lieber würde ich jetzt zusammen mit dir duschen.«

Ed schaltete Tina mitten in der höchsten Stimmlage ab und trug Grace ins Bad.

Eine halbe Stunde später saß sie am Küchentisch und ging die Post durch, während Ed am Herd stand und Haferbrei zubereitete. »Und ich kann dich wirklich nicht zu leicht angegammeltem Gebäck überreden?«

»Unmöglich. Ich habe alles in den Müll geworfen.«

»Aber sie waren doch erst auf einer Seite grün.« Mit einem Achselzucken wandte sie sich wieder den Briefsendungen zu. »Aha, das sieht mir ganz nach den Tantiemen aus. Stimmt, die Zeit ist wieder einmal reif dafür.« Sie schnitt den Umschlag auf, legte den Scheck beiseite und studierte die Abrechnung. »Dem Himmel sei Dank, die gute alte G. B. findet immer noch ein paar Leser. Wie wär's denn mit einem Schokoriegel?«

»Grace, über kurz oder lang werden wir uns wirklich einmal ernsthaft über deine Diät unterhalten müssen.«

»Ich mache doch gar keine Diät.«

»Genau deswegen.«

Sie verfolgte, wie er die Grütze in einen Suppenteller gab und diesen vor sich hinstellte. »Jackson, du bist so gut zu mir.«

»Das weiß ich.« Grinsend füllte er seine Schüssel. Als er dann die Pfanne auskratzte, fiel sein Blick auf den Scheck. Seine Hand blieb in der Luft hängen, und Porridge tropfte auf den Tisch.

»Daneben«, neckte sie ihn.

»Äh, kriegst du so etwas öfters?«

»Was meinst du? Ach so, die Tantiemen. Na ja, zweimal im Jahr, möge Gott jeden einzelnen meiner Käufer segnen.« Grace war hungriger, als sie angenommen hatte, und schob einen großen Löffel Brei in den Mund. Wenn sie nicht aufpasste, würde sie sich noch an dieses Zeug gewöhnen, sagte sie sich. »Dazu kommen natürlich noch die Vorschüsse. Weißt du, es könnte dieser Pampe wirklich nicht schaden, wenn etwas Zucker hineinkäme.« Sie griff nach der Dose, als sie seinen Gesichtsausdruck bemerkte. »Stimmt irgendetwas nicht?«

»Was? Nein.« Er stellte die Pfanne in den Ausguss, besorgte sich einen Lappen und fing an, den Porridgeklecks vom Tisch zu wischen. »Ich habe einfach nie geglaubt, dass man mit Büchern so viel Geld verdienen kann.«

»Na ja, das läuft nicht immer so. Aber manchmal hat man eben Glück.« Sie trank ihren Kaffee, und plötzlich fiel ihr auf, dass er immer noch die Stelle abwischte, auf die der Brei getropft war. »Ist das vielleicht ein Problem für dich?«

Er dachte an das Haus nebenan, auf das er so lange gespart hatte. Bei ihrem Einkommen hätte Grace es aus der Portokasse bezahlen können. »Ich weiß nicht. Ich denke, ich sollte kein Problem damit haben.«

Das hatte sie nicht erwartet. Nicht von ihm. Geld hatte für Grace nie eine besondere Bedeutung gehabt. Sie hatte es immer gern ausgegeben, nicht weil sie sich alles leisten konnte, sondern weil sie viel zu sorglos damit umging. So war es bei ihr immer schon gewesen, auch am Anfang ihrer Karriere, als sie noch nicht sehr viel verdient hatte.

»Nein, solltest du wirklich nicht. In den letzten Jahren bin ich mit dem Schreiben reich geworden. Aber deswegen habe ich nicht damit angefangen. Und es täte mir wirklich weh, wenn du deswegen deine Meinung über mich ändern solltest.«

»Ich komme mir wie ein Idiot vor, weil ich bis eben geglaubt habe, du könntest in einem solchen Häuschen mit mir glücklich werden.«

Sie legte die Stirn in Falten, und ihre Augen verengten sich zu schmalen Schlitzen. »Das ist vermutlich das erste Mal, dass ich dich etwas wirklich Blödes sagen höre. Kann sein, dass ich mir noch nicht darüber im Klaren bin, was für uns beide das Beste ist. Aber wenn es so weit ist, ist es mir wirklich verdammt egal, an welchem Ort wir leben werden. Und jetzt halt endlich die Klappe. Selbstmitleid steht dir überhaupt nicht.« Grace schob die Post beiseite und schlug die Zeitung auf. Als Erstes fiel ihr das Phantombild des Täters ins Auge, das der Polizeizeichner mit Mary Beth' Hilfe erstellt hatte.

»Ihr seid aber wirklich schnell«, sagte sie leise.

»Wir wollten, dass das Bild möglichst rasch in die Zeitungen kommt. Wird übrigens auch im Fernsehen gezeigt. Damit haben wir wenigstens etwas für die Pressekonferenz in der Hand.«

»Hm, ein Durchschnittstyp. Könnte praktisch jeder sein.«

»Mrs. Morrison war leider nicht in der Lage, uns mit mehr Details zu versorgen.« Ed gefiel überhaupt nicht, wie sie das Bild studierte, so als wollte sie sich jede einzelne Linie einprägen. »Die Frau meinte aber, die Gesichtsform und die Augen seien ziemlich gut wiedergegeben.«

»Der ist ja noch ein halbes Kind. Wenn ihr die Highschools der Umgegend abklappert, findet ihr mindestens ein paar Hundert Jungs, die so aussehen.« Sie verspürte ein Brennen im Magen und stand auf, um sich ein Glas Wasser zu holen. Sie hatte sich wirklich das Gesicht eingeprägt. Auch wenn es sich dabei nur um eine Phantomzeichnung handelte, sie würde diese Züge nicht mehr vergessen. »Ein halbes Kind«, sagte sie wieder. »Einfach unfassbar, dass ein Teenager so etwas meiner Schwester angetan haben soll.«

»Nicht alle Teenager stehen auf Schulbälle und Pizzerien, Grace.«

»Das weiß ich auch, ich bin schließlich nicht blöde!« Wütend starrte sie ihn an. »Ich weiß, wie es draußen in der Welt zugeht, verdammt noch mal! Mag sein, dass ich mein Leben nicht damit verbringe, durch dunkle Gassen zu schleichen und mich an verkommenen Ecken herumzudrücken, aber ich weiß trotzdem Bescheid. Schließlich bringe ich solche Sachen tagtäglich zu Papier. Und wenn ich mal naiv erscheinen mag, dann nur, weil ich das gerade beabsichtige. Zuerst muss ich damit fertigwerden, dass man meine Schwester ermordet hat. Und jetzt muss ich auch noch schlucken, dass sie von einem Minderjährigen vergewaltigt, geschlagen und umgebracht wurde.«

»Von einem Psychopathen«, verbesserte er sie ganz ruhig. »Geistesgestörtheit gehört nicht zu den Vorrechten bestimmter Altersgruppen.«

Sie zog eine Schnute und kehrte zu der Zeitung zurück. Grace hatte sich ein Bild vom Täter gewünscht, jetzt besaß sie eines, wenn auch ein recht vages. Ja, sie wollte sich diese Züge einprägen, die verdammte Zeichnung ausschneiden und sie sich übers Bett hängen. Und dann würde sie dieses Gesicht genauso gut kennen wie ihr eigenes.

»Eins kann ich dir jedenfalls sagen. Letzte Nacht hat kein Jugendlicher bei mir angerufen. Glaub mir, ich habe jedem Kunden sehr genau zugehört und auf jede Nuance, jede Schwankung im Tonfall geachtet. Ein solcher Bengel wäre mir bestimmt aufgefallen.«

»Stimmen verändern sich, wenn Kinder zwölf oder dreizehn werden.« Als sie schon wieder nach ihrer Zigarettenpackung griff, lag ihm ein scharfer Protest auf der Zunge.

Grace konnte sich doch nicht immerzu bloß von Tabak und Kaffee ernähren.

»Ich spreche nicht von der Tiefe der Stimmlage, sondern von der Phrasierung, von dem, was jemand vorzubringen hat. Vergiss nicht, Dialoge sind meine Spezialität.« Sie fuhr sich mit den Händen übers Gesicht, um sich zur Ruhe zu bringen. »Ehrlich, wenn ein Teenager angerufen hätte, wäre mir das gleich aufgefallen.«

»Mag sein. Nein, eigentlich bin ich sogar überzeugt davon. Du hast ein Auge für Details und notierst sie dir, das ist mir nicht entgangen.«

»Gehört zum Handwerkszeug«, murmelte sie und studierte wieder die Zeichnung. Die Zigarette qualmte unbeachtet vor sich hin. Irgendetwas fehlte an diesem Gesicht. Wenn sie nur lange genug hinsah, würde sie vielleicht dahinterkommen. »Er trägt das Haar recht kurz. Ein Militärschnitt vielleicht, auf jeden Fall sehr konservativ. Sieht mir nicht aus wie einer, der sich auf der Straße herumtreibt.«

Das war Ed auch schon aufgefallen, aber er wusste, dass die Frisur allein ihnen nicht viel weiterhelfen würde. »Mach mal Pause, Grace.«

»Geht nicht. Dafür bin ich viel zu sehr in die Geschichte verwickelt.«

»Und damit nicht mehr unbedingt objektiv.« Er drehte die Zeitung um. »Genauso wenig wie ich. Verdammt, das ist mein Job, und du machst ihn mir zur Hölle.«

»Wie denn das?«

Er zwickte sich mit zwei Fingern in die Nase und hätte fast laut gelacht. »Vielleicht, weil ich verrückt nach dir bin. Während ich noch dabei bin, mein Selbstmitleid niederzuringen, kann ich gleich alles zur Sprache bringen. Mir gefällt die Vorstellung nicht, dass du dich mit fremden Männern am Telefon unterhältst.«

Sie leckte sich über die Vorderzähne. »Verstehe.«

»Um ganz ehrlich zu sein, ich hasse es sogar. Als Polizist kann ich nachvollziehen, warum du glaubst, das tun zu müssen, aber als …«

»Du bist ja eifersüchtig.«

»Unsinn!«

»Bist du doch.« Sie strich ihm über die Hand. »Danke. Ich sag dir was. Wenn es einem dieser Kerle gelingen sollte, mich zu erregen, komme ich sofort zu dir gelaufen.«

»Grace, ich meine es ernst.«

»Gott, Ed, es muss sein. Wenn nicht, werde ich noch verrückt. Ich weiß nicht, wie ich es dir begreiflich machen soll, aber es war schon eigenartig, ihren Wünschen zu lauschen und dabei zu wissen, dass noch jemand mithört. Ich saß da, habe mich auf den jeweiligen Anrufer konzentriert und dabei doch auch an die Beamten gedacht, die alles aufzeichneten …« Sie atmete tief durch. »Ehrlich gesagt, ich habe mich sogar gefragt, was du wohl denken würdest, wenn du jetzt gerade zuhörtest. Und diese Vorstellung hat mich bewogen, mich noch mehr zu konzentrieren.« Sie legte die Zeitung so, dass sie die Titelseite wieder sehen konnte. »Weißt du, auf der einen Seite kam mir alles so lachhaft vor, und auf der anderen Seite musste ich mich ständig daran erinnern, warum ich das eigentlich tue. Aber wenn ich ihn höre, werde ich sofort Bescheid wissen. Das musst du mir glauben.«

Aber Ed sah sie gar nicht an. Etwas von dem, was sie gesagt hatte, brachte ihn auf eine neue Idee. Und die schien gar nicht dumm zu sein. Als es an der Tür klopfte, drängte alles in ihm, sich an die Arbeit zu machen. »Das wird meine Ablösung sein. Bist du okay?«

»Aber ja. Ich werde versuchen, etwas zu schreiben. Wird mir bestimmt guttun, zur alten Routine zurückzufinden.«

»Du kannst mich jederzeit anrufen. Wenn ich gerade nicht da bin, weiß die Zentrale, wo du mich finden kannst.«

»Mach dir keine Sorgen, ich komme schon klar.«

»Ruf mich trotzdem an.«

»Einverstanden. Und jetzt raus mit dir, ehe die bösen Buben zu übermütig werden.«

14

Ben steckte bereits bis über beide Ohren in Telefonaten und Papierkrieg, als Ed das Revier betrat. Rasch stopfte er sich einen halben Doughnut in den Mund. »Ich weiß schon«, begann er und legte den Hörer auf die Schulter, »dein Wecker hat gestreikt. Und du hattest einen Platten. Und der Hund hat deine Polizeimarke gefressen.«

»Ich war bei Tess. In ihrer Praxis.«

Weniger die Mitteilung als vielmehr Eds Tonfall ließ Ben auffahren. »Ich rufe Sie zurück«, sagte er in den Hörer und legte auf. »Was ist los?«

»Grace hat heute Morgen etwas gesagt, bei dem mir eine Idee gekommen ist.« Ed überflog die Memos und neuen Akten, die sich auf seinem Schreibtisch angesammelt hatten, und entschied, dass sie noch warten konnten. »Ich wollte das mit Tess besprechen, um von ihr zu erfahren, ob es dem psychologischen Täterprofil entspricht.«

»Und?«

»Volltreffer. Kannst du dich an Billings erinnern? Der früher im Raubdezernat gearbeitet hat?«

»Klar, war ein richtiges Arschloch. Vor ein paar Jahren hat er gekündigt und ist Privatdetektiv geworden. Angeblich Spezialist für Observierungen.«

»Komm mit, wir wollen ihm einen Besuch abstatten.«

»Sieht ganz so aus, als könnte man ein Vermögen damit machen, bei anderen Leuten Wanzen anzubringen«, brummte Ben, während er sich in Billings' Büro umsah. An den

Wänden klebten elfenbeinfarbene Seidentapeten, und der torfbraune Teppich war so dick, dass man bis zu den Knöcheln darin versank. Aber einige von den Bildern würden Tess bestimmt gefallen, dachte er. Durch die breiten, getönten Fensterscheiben hatte man einen wunderbaren Ausblick auf den Potomac.

»Mein Allerheiligstes«, erklärte Billings und drückte auf einen Knopf. Eine Wand glitt beiseite und enthüllte ganze Reihen von Monitoren. »So hole ich mir die ganze Welt ins Haus. Wenn einer von Ihnen die Nase vom Polizeidienst voll hat, Anruf genügt. Es ist mir immer eine Freude, Jungs, die was auf dem Kasten haben, ein ordentliches Gehalt zu bezahlen.«

Ben hatte recht gehabt, Billings war ein Arschloch. Aber Ed versuchte jetzt, sich auf das Wesentliche zu konzentrieren, als er sich auf den Rand des riesigen Schreibtischs hockte. »Hübsch haben Sie es hier.«

Das Einzige, was dem Privatdetektiv noch besser gefiel, als mit seiner Hightechanlage zu spielen, war, mit dem zu prahlen, was er erreicht hatte. »Das ist doch noch gar nichts. Auf dieser Etage gehören mir fünf Büros, und ich denke schon ernsthaft daran, ein sechstes aufzumachen. Politiker, Freunde und Nachbarn.« Er breitete die langen Arme aus. »In dieser Stadt findet sich an jeder Ecke einer, der gewillt ist, nichts unversucht zu lassen, um es einem anderen heimzuzahlen.«

»Hört sich nach einem schmutzigen Geschäft an, Billings.«

Der Mann grinste breit über Bens Bemerkung. Er hatte Brücken und Kronen für zweitausend Dollar im Mund. »Ja, ehrlich, ist das nicht furchtbar? Also, was verschafft mir das

Vergnügen, die beiden besten Detectives unserer Polizei bei mir begrüßen zu dürfen? Soll ich vielleicht für Sie herausfinden, mit wem sich der Polizeichef vergnügt, wenn seine Frau gerade nicht in der Stadt ist?«

»Vielleicht ein anderes Mal«, antwortete Ed.

»Sie bekommen natürlich von mir einen besonderen Rabatt, Jackson.«

»Daran werde ich mich erinnern. Doch bis dahin möchte ich Ihnen eine kleine Geschichte erzählen.«

»Schießen Sie los.«

»Wir haben da so eine Art Voyeur. Ein helles Bürschchen, aber irgendwie auch verdreht. Er klinkt sich gern in fremde Telefongespräche ein. Damit kennen Sie sich doch aus, oder?«

»Natürlich.« Billings lehnte sich in seinem Designersessel zurück.

»Nun, unser Freund belauscht besonders gerne Frauen. Er mag es, wenn sie sexy Dinge sagen, aber er selbst gibt sich nicht zu erkennen. Und eines Tages stößt er auf seine ganz private Goldmine, als er sich, vielleicht zufällig, in eine Telefonsexleitung einklinkt. Jetzt kann er stundenlang in seinem Kämmerchen hocken, zuhören und sich die Stimme heraussuchen, die ihn am meisten anmacht. Er lauscht ihr immerzu, wenn sie anderen Männern scharfe Sachen erzählt. Billings, wäre ihm so etwas möglich, ohne dass die Frau oder der Kunde etwas davon mitbekommt?«

»Mit der nötigen Ausstattung kann er sich wirklich in jedes Telefonat einklinken. Ich habe hier einige Anlagen, mit denen Sie alles von hier bis zur Westküste abhören können. Allerdings kostet so etwas eine Stange Geld.« Billings' Interesse war erwacht. Andere Leute zu belauschen hatte ihn immer schon begeistert. Wenn er eine Regierung gefunden hätte, die ihm vertraute, hätte er sich sicher der Spionage verschrieben. »Woran arbeiten Sie beide denn gerade?«

»Lassen Sie mich die Geschichte noch ein Stück weiterspinnen.« Ben hob die Kristallpyramide vom Schreibtisch und betrachtete sie eingehend. »Angenommen, unser neugieriger Lauscher beschließt, die Frau aufzusuchen, die ihm immer so angenehme Gefühle bereitet. Er kennt weder ihren richtigen Namen noch ihre Adresse, und er hat auch keine Vorstellung, wie sie aussieht. Nun möchte er sie aber so gerne einmal kennenlernen, hat aber nicht mehr zur Verfügung als ihre Stimme und die betreffende Telefonleitung. Ist es ihm irgendwie möglich, sie ausfindig zu machen?«

»Hat er wirklich etwas auf dem Kasten?«

»Sagen wir ja.«

»Nun, wenn er außerdem noch über einen guten PC verfügt, kann er alles herausfinden. Geben Sie mir mal Ihre Telefonnummer, Paris.« Ben nannte sie ihm. Billings setzte sich an seine Anlage und tippte die Zahlenfolge ein. Der große Computer fing an zu summen und zu klicken. »Aha, eine Geheimnummer«, murmelte der Privatdetektiv. »Das macht es nur umso spannender.«

Ben zündete sich eine Zigarette an. Bevor er sie halb aufgeraucht hatte, erschien seine Adresse schon auf dem Bildschirm.

»Kommt Ihnen diese Anschrift bekannt vor?«, fragte Billings.

»Kann so etwas jeder?«

»Jeder Hacker, der etwas auf sich hält. Ich sage Ihnen

was: Mit diesem Baby hier und einem kleinen bisschen Fantasie kann ich alles herausfinden. Geben Sie mir noch eine Minute.« Er arbeitete weiter mit Bens Namen und Adresse. »Hm, auf Ihrem Konto sieht es aber etwas flau aus, Paris. An Ihrer Stelle würde ich nichts kaufen, das teurer ist als fünfundfünfzig Dollar.« Er drehte sich wieder zu den beiden um. »Man braucht Erfahrung, Geduld und die richtige Ausrüstung. Wenn ich noch ein paar Stunden an diesem Baby sitze, kann ich Ihnen die Schuhgröße Ihrer Mutter sagen.«

Ben drückte seine Zigarette aus. »Wenn wir Sie mit unserem Lockvogel verbinden, könnten Sie dann dem Lauscher auf die Spur kommen?«

Billings grinste. »Für einen alten Kumpel – und gegen angemessene Bezahlung – finde ich sogar heraus, was er heute zum Frühstück zu sich genommen hat.«

»Tut mir wirklich leid, Sie stören zu müssen, Senator, aber Mrs. Hayden ist am Telefon. Sie sagte, es sei dringend.«

Hayden studierte weiterhin die überarbeitete Rede, die er heute Nachmittag vor der League of Women Voters halten wollte. »Welche Leitung, Susan?«

»Die drei.«

Er klemmte den Hörer zwischen Schulter und Kinn ein und drückte auf den entsprechenden Knopf. »Ja, Claire, was gibt's? Ich stehe etwas unter Termindruck.«

»Charlton, es geht um Jerald.«

Nach zwanzig Jahren Ehe kannte er seine Frau gut genug, um sofort herauszuhören, dass sie in größter Sorge war. »Was ist denn mit ihm?«

»Ich wurde gerade aus der Schule angerufen. Jerald war in eine Prügelei verwickelt.«

»Eine Prügelei? Unser Jerald?« Er grinste grimmig und wandte sich wieder dem Manuskript zu. »Mach dich nicht lächerlich.«

»Charlton. Rektor Wight hat höchstpersönlich angerufen. Unser Sohn hat sich mit einem anderen Schüler geschlagen!«

»Claire, für jeden, der Jerald kennt, ist das ein Ding der Unmöglichkeit. Außerdem halte ich es geradezu für eine Belästigung, uns anzurufen, bloß weil er mit einem anderen ein wenig aneinandergeraten sein soll. Wir reden später darüber, wenn ich wieder zu Hause bin.«

»Charlton!« Sie klang so aufgeregt, dass er den Hörer noch nicht auflegte. »Nach dem, was Wight mir mitzuteilen hatte, war es nicht nur eine harmlose Balgerei. Der andere Junge musste ins Krankenhaus gebracht werden.«

»Lachhaft! Hört sich für mich ganz so an, als wollte jemand ein paar Beulen und Schrammen maßlos aufblähen, um bei uns groß abzukassieren.«

»Charlton! Nach dem, was der Rektor sagt, hat Jerald versucht, seinen Gegner zu erwürgen.«

Zwanzig Minuten später saß Hayden kerzengerade in Wights Büro. Auf dem Stuhl neben ihm hockte Jerald, den Blick nach unten gerichtet und die Lippen fest geschlossen. Sein weißes Leinenhemd war zerrissen und beschmutzt, aber er hatte sich wenigstens die Zeit genommen, seine Krawatte gerade zu binden. Zu den Kratzern in seinem Gesicht hatten sich ein paar dunkle Flecke gesellt. Und die Knöchel an beiden Händen waren geschwollen.

Ein Blick auf den Jungen hatte Hayden gleich in seiner Überzeugung bestätigt, dass es sich bei dem Vorfall lediglich um eine Rangelei gehandelt haben konnte. Natürlich würde er Jerald zur Ordnung rufen müssen. Ihm eine Strafpredigt halten und ihm für einige Wochen ein paar seiner Vergünstigungen streichen. Hayden überlegte bereits, was er unternehmen konnte, damit die Sache nicht an die Presse gelangte.

»Ich hoffe, wir können diese Angelegenheit rasch regeln.«

Der Rektor seufzte leise. Nur zwei Jahre trennten ihn noch vom Ruhestand. Zwei Jahrzehnte am St. James' lagen hinter ihm, in denen er die Söhne der Reichen und Mächtigen unterrichtet und ihnen Disziplin beigebracht hatte. Viele seiner Zöglinge hatten es zu etwas gebracht und standen mittlerweile im Rampenlicht des öffentlichen Interesses. Wenn er in seiner langen Dienstzeit eins gelernt hatte, dann dass die Familien, die ihren Nachwuchs zu ihm schickten, keine Kritik zu hören wünschten.

»Ich weiß, dass Sie zurzeit einen vollen Terminkalender haben, Senator Hayden. Selbstverständlich wäre es mir nie in den Sinn gekommen, um diese Unterredung zu bitten, wenn die Sache mir nicht so dringlich erscheinen würde.«

»Und ich weiß, Rektor, dass Sie etwas von Ihrer Arbeit verstehen, sonst hätten wir Jerald nie auf diese Anstalt geschickt. Trotzdem kann ich nicht umhin festzustellen, dass die ganze Geschichte unverhältnismäßig aufgebauscht wird. Natürlich heiße ich es nicht gut, wenn mein Sohn sich an Prügeleien beteiligt.« Die letzten Worte waren direkt an Jerald gerichtet. »Und ich versichere Ihnen, dass wir diese Angelegenheit klären werden, zu Hause.«

Wight rückte seine Brille gerade. Sowohl Vater als auch Sohn Hayden durchschauten diese Geste als Zeichen der Nervosität. Der Senator saß ganz ruhig da, während Jerald sich insgeheim hämisch freute. »Ich weiß das zu würdigen,

Mr. Hayden. Trotzdem ruht die Verantwortung für das St. James' und die Schülerschaft auf meinen Schultern. Als Rektor bleibt mir daher keine andere Wahl, als Ihren Sohn vom Unterricht zu suspendieren.«

Haydens Züge wurden zu Stein, wie Jerald aus dem Augenwinkel erkannte. Nun würde er es dem fettgesichtigen Rektor geben, sagte sich der Junge.

»Das erscheint mir ziemlich extrem. Ich habe selbst eine höhere Schule besucht und kann mich noch gut erinnern, dass Raufereien zwar nicht gern gesehen wurden, man sie aber nie mit so drastischen Maßnahmen wie einem Schulverweis bestrafte.«

»Senator, in diesem Fall kann man wirklich nicht mehr von einer Rauferei sprechen.« Wight hatte den Ausdruck in Jeralds Augen gesehen, als seine Hände um den Hals des Schülers Lithgow lagen. Der Blick hatte ihn erschreckt und zutiefst entsetzt. Selbst jetzt, als der Junge vor ihm mehr kauerte als saß, spürte er das Unbehagen noch. Randolph Lithgow hatte ernste Gesichtsverletzungen davongetragen. Als Mr. Burns versucht hatte, die beiden auseinanderzubringen, war Jerald so ungestüm auf ihn losgegangen, dass der Mann zu Boden gegangen war. Dann hatte er versucht, den schon bewusstlosen Schüler zu erwürgen, bis es mehreren Schülern mit vereinten Kräften gelungen war, ihn loszureißen.

Wight hielt die Hand vor den Mund und hustete nervös. Er war sich der Macht und des Einflusses des Mannes, der ihm gegenübersaß, durchaus bewusst. Aller Wahrscheinlichkeit nach würde Charlton Hayden der nächste Präsident werden. Und sich rühmen zu dürfen, den Sohn eines Präsidenten auf der Schule gehabt zu haben, der auch noch hier seinen Abschluss gemacht hatte, bedeutete natürlich einen enormen Prestigegewinn. Dieser Umstand hatte den Rektor davor zurückschrecken lassen, Jerald zu relegieren.

»In den vier Jahren, die Ihr Sohn bei uns ist, hatten wir nie den geringsten Ärger mit ihm, was sein Betragen und seine schulischen Leistungen angeht.«

Natürlich hatte Hayden nichts anderes erwartet. »Dann kann ich es mir nur so erklären, dass man Jerald provoziert hat.«

»Schon möglich.« Der Rektor hüstelte wieder. »Obwohl die Schwere des Vorfalls nicht geduldet werden kann, sind wir dennoch gewillt, Jeralds Version zu hören, bevor wir irgendeine Disziplinarmaßnahme verhängen. Ich kann Ihnen versichern, Senator, dass wir nicht leichtfertig eine Suspendierung aussprechen.«

»Wo liegt denn dann das Problem?«

»Jerald weigert sich, eine Erklärung abzugeben.«

Hayden stöhnte leise. Er bezahlte zigtausend Dollar im Jahr für Jeralds Erziehung und Ausbildung, und dieser Mann war noch nicht einmal in der Lage, von einem Oberschüler eine Erklärung zu bekommen. »Wenn Sie uns bitte ein paar Minuten allein lassen würden, Rektor.«

»Selbstverständlich.« Wight erhob sich und schien froh zu sein, möglichst viel Distanz zu diesem kalt dreinblickenden Senatorensohn schaffen zu können.

»Rektor!« Haydens befehlsgewohnte Stimme ließ ihn an der Tür stehen bleiben. »Ich darf doch in diesem Fall auf Ihre Diskretion rechnen, oder?«

Wight wusste, wie viel die Haydens in den letzten Jahren der Schule gespendet hatten. Und ihm war auch nicht unbekannt, wie leicht ein dunkler Fleck im Privatleben die politische Karriere eines Mannes vernichten konnte. »Schulprobleme sind bei uns immer schon schulintern geregelt worden, Senator.«

Als Wight das Zimmer verlassen hatte, erhob sich Hayden und stellte sich vor seinen Sohn – eine Geste, die seine Autorität erhöhte und die er nicht erst lange hatte einstudieren müssen, weil sie angeboren war. »Also gut, Jerald. Ich möchte jetzt deine Version des Vorfalls hören.«

Die Hände des Jungen lagen auf den Oberschenkeln, wie man es ihm beigebracht hatte. Er blickte zu seinem Vater auf und sah in ihm mehr als nur einen großen, tatkräftigen und gut aussehenden Mann – nämlich einen König, der ein blutiges Schwert in der Hand hielt und auf dessen Schultern die Gerechtigkeit ruhte. »Warum hast du ihm nicht gesagt, er soll sich zum Teufel scheren?«, fragte Jerald allen Ernstes.

Hayden konnte ihn nur anstarren. Er wäre kaum weniger schockiert gewesen, wenn sein Sohn ihm ins Gesicht geschlagen hätte. »Wie bitte?«

»Es geht ihn doch einen feuchten Kehricht an, was wir tun oder lassen«, erklärte Jerald wie selbstverständlich. »Er ist doch bloß ein fettes Wiesel, das hinter einem Schreibtisch hockt und sich unheimlich wichtig vorkommt. Dabei hat er nicht die geringste Ahnung von dem, was wirklich in dieser Welt zählt. Wight ist doch bloß eine unbedeutende Kreatur.«

Der Junge klang, als würde er lediglich mit ihm plaudern, und sein Lächeln war so echt, dass Hayden es einfach nicht fassen konnte. »Wight ist der Rektor dieser Anstalt, und solange du hier zur Schule gehst, bist du ihm Respekt schuldig.«

Solange er hier zur Schule ging – das war doch nur noch einen Monat. Wenn sein Vater verlangte, dass er die paar Wochen noch warten sollte, ehe er Wight in den Arsch treten durfte, würde er sich eben so lange in Geduld üben. »Ja, Sir.«

Erleichtert nickte Hayden. Der Junge stand sichtlich unter Stress, musste womöglich erst noch den Schock verdauen. Es war ihm nicht angenehm, Jerald jetzt weiter zu bedrängen, aber leider musste er von ihm einige Antworten erhalten. »Berichte mir von der Auseinandersetzung mit diesem Lithgow.«

»Er hat mich beleidigt.«

»So etwas habe ich mir schon gedacht.« Für Hayden war die Welt wieder in Ordnung. Heranwachsende besaßen oft zu viel überschüssige Energie, die sie oft in Balgereien loswerden mussten. »Ich gehe davon aus, dass er angefangen hat.«

»Er hat mich die ganze Zeit provoziert, dieser Idiot.« Jerald rutschte nervös auf seinem Platz hin und her, riß sich aber sofort zusammen. Kontrolle war wichtig. Sein Vater verlangte von ihm Kontrolle. »Ich habe ihn gewarnt und ihm gesagt, er soll mich in Ruhe lassen, was eigentlich ziemlich fair von mir war.« Der Junge lächelte seinen Vater an. Aus einem Grund, den er nicht genau definieren konnte, fing Haydens Blut an, in den Adern zu gefrieren. »Er sagte, wenn ich noch keine Verabredung zum Schulball hätte, könne er mir seine Cousine mit dem Klumpfuß vermitteln. In dem Moment habe ich rot gesehen und hätte ihn am liebsten umgebracht. Ich wollte ihm wirklich das Gesicht einschlagen.«

Hayden hätte gerne geglaubt, hier nur mit dem Zorn

eines Teenagers konfrontiert zu sein, der in seiner Erregung alle möglichen Drohungen ausstieß. Aber irgendwie wollte ihm das nicht gelingen. »Jerald, die Fäuste zu erheben, war noch nie eine Lösung. Wir haben ein zivilisiertes Gesellschaftssystem, und an dessen Regeln müssen wir uns halten.«

»Wir lenken doch dieses System!«

Der Junge warf den Kopf in den Nacken. Hayden konnte jetzt beim besten Willen nicht mehr die Augen vor dem Wahnsinn, ja der Tollheit im Blick seines Sohnes verschließen. Doch dann wurde die Miene Jeralds von einem Moment auf den anderen wieder klar, und Hayden gab sich der Überzeugung hin, sich alles nur eingebildet zu haben. »Ich habe ihm entgegnet, ich hätte überhaupt keine Lust, mich auf irgendeiner Veranstaltung von Pickelgesichtern herumzutreiben, um dort Punsch zu trinken und irgendwelchen Mädchen in die Bluse zu fassen. Da hat er angefangen zu lachen. Er hätte mich nicht auslachen dürfen. Und er meinte, vielleicht stünde ich ja gar nicht auf Mädchen.« Jerald kicherte schrill und wischte sich die Speicheltröpfchen aus den Mundwinkeln. »Da stand für mich fest, dass ich ihn töten würde. Ich sagte ihm, natürlich mag ich keine Mädchen, ich stehe mehr auf Frauen. Und dann habe ich ihm eins auf die Nase gegeben, dass das Blut über seine ganze hässliche Visage gespritzt ist. Damit nicht genug, hat er sich gleich noch eine eingefangen, und noch eine, und noch eine …« Jerald grinste immer breiter, während sein Vater blass wurde. »Er hat die Schläge nicht deswegen abbekommen, weil er eifersüchtig auf mich war, sondern weil er mich ausgelacht hat. Du wärst stolz auf mich gewesen, wenn du gesehen hättest, wie ich ihn gezüchtigt habe.«

»Junge …«

»Ich hätte sie alle umbringen können. Wirklich, aber ich habe es nicht getan. Es wäre den Aufwand nicht wert gewesen, oder was meinst du?«

Für einen Moment glaubte Hayden, einem Fremden gegenüberzustehen. Aber nein, dies war sein Sohn, sein wohlerzogener, gut geratener Sprössling. »Jerald, ich begrüße es nicht, wenn du die Beherrschung verlierst, muss aber einräumen, dass so etwas uns allen einmal unterlaufen kann. Mir ist auch klar, dass wir Dinge tun oder sagen, die eigentlich nicht unsere Art sind, wenn man uns provoziert …«

Jeralds Lippen verzogen sich zu einem Lächeln. Er liebte es, die volltönende Rednerstimme seines Vaters zu hören. »Ja, Sir.«

»Wight sagte, du hättest versucht, den Jungen zu erwürgen.«

»Tatsächlich?« Jeralds Augen waren für einen Moment leer, dann zuckte er mit den Achseln. »Na ja, dann war es sicher richtig so.«

Hayden entdeckte, dass er schwitzte. Seine Achselhöhlen waren schon ganz nass. Hatte er etwa Angst? Ach was, er war immerhin der Vater dieses jungen Mannes. Wovor sollte er sich da fürchten. »Ich nehme dich mit nach Hause.« Nur eine kleine Atempause, dachte er, als er Jerald aus dem Zimmer führte. Der Junge hatte in der letzten Zeit wirklich zu viel um die Ohren gehabt. Er brauchte jetzt dringend etwas Ruhe.

Grace seufzte, als das Telefon klingelte. Heute war sie zum ersten Mal dazu gekommen, wieder zu arbeiten. Richtig zu arbeiten. Stundenlang hatte sie sich von ihrer Fantasie treiben lassen und etwas zu Papier gebracht, auf das sie stolz sein konnte.

Insgeheim hatte sie befürchtet, nie wieder schreiben zu können; jedenfalls nicht über Mörder und Opfer. Doch als sie sich heute an den Schreibtisch gesetzt hatte, war ihr Talent bald zurückgekehrt. Anfangs noch zögerlich, aber dann mit Macht. Die Geschichte, an der sie arbeitete, hatte nichts mit Kathleen, sondern nur mit ihr selbst zu tun. Nur noch ein oder zwei Stunden, und sie hätte genug zustande gebracht, um ein Päckchen nach New York schicken und die Nervosität ihrer Redakteurin lindern zu können. Aber jetzt musste dieses dumme Telefon läuten und sie in die Realität zurückholen. In die Wirklichkeit, in der Kathleen eine große Rolle spielte.

Grace hob ab und notierte sich die Nummer des Kunden. Nachdem sie sich eine Zigarette angezündet hatte, rief sie die Vermittlung an und ließ sich ein R-Gespräch mit dem Mann geben. »Hallo, Mike, was kann ich für dich tun?«

Was für ein Abend, dachte sie. Ed saß unten und spielte mit Ben Gin Romme, während sie hier so tat, als sei sie ein Bauer auf einem Schachbrett und Sir Michael der schwarze Springer.

Eigentlich ein harmloser Gentleman. Die meisten Anrufer verlangten nichts Unmögliches von ihr. Viele von ihnen fühlten sich einsam und suchten nach jemandem, der ihnen etwas die Zeit vertrieb. Die Kunden waren vorsichtige Männer, die lieber der Sicherheit des elektronischen Sex frönten. Oft standen sie unter großer Anspannung sowohl im Beruf als auch vonseiten ihrer Familie und waren zu dem Schluss gelangt, dass ein Telefonanruf sie immer noch billiger kam als der Besuch bei einer Prostituierten oder bei einem Psychiater. So simpel konnte man diesen Dienst sehen.

Aber Grace wusste, dass es bei weitem nicht so einfach war.

Die Zeitung mit dem Phantombild des Täters lag auf ihrem Nachttisch. Wie oft hatte sie es sich schon angeschaut? Wie oft hatte sie es betrachtet und nach ... ja, wonach eigentlich gesucht? Mörder und Vergewaltiger sollten anders aussehen als die restlichen Männer. Und doch wirkten sie so normal und durchschnittlich wie alle anderen auch. Das war ja das Entsetzliche an ihnen. Eine Frau konnte auf der Straße an ihnen vorbeilaufen, mit ihnen im Fahrstuhl stehen oder auf einer Party ein paar Worte mit ihnen wechseln, ohne auch nur zu ahnen, wen sie da vor sich hatte.

Würde sie ihn erkennen, wenn er sich meldete? Seine Stimme konnte durchaus so harmlos klingen wie die von Sir Michael. Trotzdem glaubte sie, dann sofort Bescheid zu wissen. Sie legte die Zeitung neben sich und warf wieder einen längeren Blick auf die Zeichnung. Ja, die Stimme würde zu diesem Gesicht passen, und dann hätte sie Gewissheit.

Ben verließ das Haus und lief über die Straße zu einem Lieferwagen. Ed hatte ihm bereits zwölf Dollar fünfzig abgeknöpft. Höchste Zeit, einmal nach Billings zu sehen. Er zog die Seitentür auf. Der Privatdetektiv sah ihn und salutierte.

»Ist ja einmalig«, grinste Billings. »Einfach unbeschreiblich. Wollen Sie mal reinhören?«

»Billings, Sie sind wirklich krank.«

Der Mann kicherte und schob sich eine Erdnuß in den Mund. »Die Lady zieht wirklich eine tolle Show ab, alter

Freund. Ich muss mich eigentlich bei Ihnen für diesen Auftrag bedanken. Halb bin ich schon versucht, sie selbst anzurufen.«

»Warum tun Sie das nicht? Es würde mir bestimmt gut gefallen, dabei zuzusehen, wie Jackson Ihnen beide Arme ausreißt und sie Ihnen in die Nase stopft.« Doch genau aus dem Grund – um Ärger zu vermeiden – hatte Ben Ed zurückgehalten und sich selbst auf den Weg zu dem Lieferwagen gemacht. »Haben Sie hier drin eigentlich noch etwas anderes für das Geld des Steuerzahlers gemacht, als sich einen runterzuholen?«

»Fangen Sie bloß nicht an zu hyperventilieren, Paris. Vergessen wir nicht, dass Sie zu mir gekommen sind, und nicht umgekehrt.« Er zerkaute die Erdnuss und schluckte sie herunter. »O Mann, den Burschen hat sie aber wirklich dort, wo er es gerne haben möchte. Jeden Moment …« Billings beugte sich über seine Anlage. »Achtung!« Er hielt mit einer Hand den Kopfhörer fest, während er mit der anderen rasch etwas auf der Tastatur der Anlage eintippte, die vor ihm aufgebaut war. »Hört sich ganz so an, als wolle hier jemand einen Freifahrtschein.«

Ben trat näher und beugte sich über den Privatdetektiv. »Haben Sie ihn?«

»Vielleicht, nur noch ein kleines bisschen. Beobachten Sie die Nadel. Ja, ja, das ist er.« Billings drehte an einigen Schaltern und kicherte. »Jetzt haben wir eine Menage à trois.«

»Können Sie ihn orten?«

»Trägt der Papst einen lustigen Hut? Verdammt, der Junge ist clever. Ein verflucht gerissener Hurensohn. Arbeitet mit einem Zerhacker. Scheiße!«

»Was ist denn?«

»Die Lady hat aufgelegt. Vermutlich sind die drei Minuten abgelaufen.«

»Konnten Sie ihm auf die Spur kommen, Billings?«

»Himmel noch mal, ich brauche länger als dreißig Sekunden. Wir können nur abwarten und darauf hoffen, dass er sich wieder einklinkt.« Billings Linke verschwand in der Erdnusstüte. »Wissen Sie, Paris, wenn dieser Junge das tut, was Sie glauben, dass er tut, dann stellt er sich nicht blöde an. Ein pfiffiges Kerlchen. Die Chancen stehen nicht schlecht, dass er über die beste und modernste Anlage verfügt und auch weiß, wie man damit umzugehen hat. Damit kann er problemlos dafür sorgen, dass ihm keiner auf die Schliche kommt.«

»Soll das etwa heißen, Sie sind nicht in der Lage, ihn festzunageln?«

»Wie kommen Sie denn darauf? Ich habe lediglich gesagt, dass er wirklich gut ist. Aber ich bin besser. Da kommt der nächste Anruf.«

Jerald konnte es einfach nicht fassen. Seine Handflächen waren schweißnass. Ein Wunder war geschehen, und er hatte es bewirkt. Sein Verlangen nach ihr hatte nie aufgehört, und ständig musste er an sie denken. Und jetzt endlich war sie zurückgekehrt und bereit für ihn. Desiree war wieder da und wartete auf ihn.

Wie in Trance setzte er erneut den Kopfhörer auf und schaltete sich erneut ein.

Diese Stimme. Desirees Stimme. Allein sie zu hören, rief bei ihm schon höchste Erregung und verzweifeltes Sehnen hervor. Desiree war die einzige Frau, die ihm das geben konnte, was er wollte. Die ihn bis an den Rand zu treiben vermochte. In ihr wohnte eine ähnliche Macht wie in ihm. Er schloss die Augen und ließ sich von ihr davontragen, ergab sich ganz dem Gefühl. Desiree war wieder da, war zu ihm zurückgekehrt, weil er einfach der Beste war.

Gott, alles entwickelte sich zu seinen Gunsten. Er hatte recht daran getan, seine Maske fallen zu lassen und den Schlappschwänzen in der Schule zu zeigen, wen sie in Wahrheit vor sich hatten. Desiree war zurück. Sie wollte ihn, wünschte sich nichts dringender, als ihn in sich zu spüren und durch ihn den ultimativen Höhepunkt zu erleben.

Er konnte sie schon unter sich spüren, wie sie schrie, sich an ihn presste und ihn anflehte, es ihr noch härter zu besorgen. Desiree war zurückgekehrt, um ihm zu zeigen, dass er nicht nur Macht über die Lebenden, sondern auch über den Tod hatte. Er hatte sie zurückgebracht. Wenn er sie wieder besuchte, würde es noch besser werden als beim ersten Mal.

Die anderen Frauen waren nur ein Test gewesen. Das wurde ihm jetzt in aller Eindeutigkeit bewusst. Sie waren nur dafür da gewesen, ihm zu beweisen, wie sehr er und Desiree zusammengehörten. Und heute sprach sie wieder mit ihm.

Natürlich musste er so bald wie möglich zu ihr. Aber nicht heute Abend. Schließlich galt es, die nötigen Vorbereitungen zu treffen.

»Er hat sich ausgeschaltet!« Billings fluchte und drückte vergeblich auf einige Knöpfe. »Der kleine Mistkerl hat sich verabschiedet. Komm zurück, Junge, komm schon, ich hatte dich schon fast.«

»Haben Sie überhaupt irgendwas herausgefunden, Billings?«

Immer noch Verwünschungen ausstoßend, zog der Mann einen Stadtplan aus einem Fach. Er kreiste darauf ein Rechteck aus sechs Straßenblocks ein. »Hier irgendwo hockt er. Mehr kann ich Ihnen nicht geben. Dafür muss er sich erst wieder einschalten. Gott, kein Wunder, dass er sich ausgeklinkt hat. Dieser Kunde plärrt ja wie ein Säugling.«

»Bleiben Sie dran.« Ben steckte den Stadtplan ein und sprang aus dem Wagen. Das reichte noch lange nicht, aber wenigstens waren sie jetzt weiter als noch vor einer Stunde. Er klopfte an die Haustür. Ed öffnete ihm. »Wir haben jetzt seinen ungefähren Standort. Liegt innerhalb von sechs Blocks.« Ben warf einen Blick die Treppe hinauf und marschierte dann ins Wohnzimmer, um die Karte auf dem Couchtisch auszubreiten.

Ed hockte sich auf die Sofalehne und beugte sich über den Plan. »Vornehme Gegend.«

»Das kannst du laut sagen. Tess' Großvater lebt hier.« Er tippte auf eine Stelle, die sich außerhalb des Vierecks, aber dicht dran befand. »Und der Kongressabgeordnete Morgan hat hier sein Domizil.« Sein Finger wanderte in den Kreis.

»Vielleicht war es ja doch kein Zufall, dass jemand mit Morgans Kreditkarte einen Strauß Blumen bestellt hat«, murmelte Ed. »Möglicherweise kennt unser junger Freund ihn oder seine Kinder.«

»Der Sohn des Kongressabgeordneten dürfte ungefähr in seinem Alter sein.« Ben nahm sein Glas. Die Cola darin war schon etwas schal geworden.

»Sein Alibi ist aber wasserdicht, und dem Phantombild ähnelt er nicht sehr.«

»Stimmt, aber ich frage mich, was er uns wohl zu sagen hätte, wenn wir ihm die Zeichnung unter die Nase hielten.«

»Wie heißt doch noch die Schule, die der junge Morgen besucht? St. James', nicht wahr?«

»Ja, eine der vornehmsten, konservativsten und verkrustetsten höheren Schulen im Lande.«

Ed fiel der Bürstenhaarschnitt wieder ein, den der junge Mann auf dem Phantombild trug. »Ich rufe sofort dort an.«

Ben trat ans Fenster. Draußen war der Lieferwagen zu sehen. In ihm hockte Billings, knabberte Erdnüsse und war vielleicht gerade dabei, den Jungen noch weiter einzukreisen. Ben spürte, dass ihnen die Zeit davonlief. Bald, sehr bald schon, würde etwas geschehen. Und wenn irgendwas schiefging, steckte Grace in der Klemme.

Er warf einen Blick über die Schulter. Ed telefonierte noch. Er wusste, welche Emotionen einen beherrschten und wie furchtbar man sich fühlte, wenn sich die Frau, die man liebte, in einer Situation befand, die man nicht kontrollieren konnte. Man bemühte sich dann, ein guter Polizist zu sein. Aber sich an der eigenen Objektivität festzuhalten, war genauso, als wollte man sich an einem nassen Seil festklammern: Unweigerlich rutschte man immer weiter ab.

»Morgans Mutter ist heute Morgen gestorben«, sagte Ed, nachdem er aufgelegt hatte. »Die ganze Familie hat für ein paar Tage die Stadt verlassen.« Ben las in Eds Augen, wie frustriert er war. Ein paar Tage waren viel zu lange. »Ich ziehe Grace von der Sache ab.«

»Das verstehe ich.«

»Verdammt, sie hat kein Recht, sich so der Gefahr auszusetzen. Grace gehört nicht einmal hierher. Sie ist New

Yorkerin und lebt dort in einem Penthouse. Je länger sie bleibt …«

»Desto schwerer wird es dir fallen, dich von ihr zu verabschieden«, wandte Ben ein. »Ed, vielleicht will sie gar nicht von hier fort.« Kein Partner ließ den anderen je im Stich.

»Ich liebe sie so sehr, dass es für mich einfacher wäre, sie sicher und geborgen in New York zu wissen als hier an meiner Seite.«

Ben hockte sich auf die Couchlehne und zündete sich eine Zigarette an. Die achtzehnte heute. »Weißt du, was ich immer an dir am meisten bewundert habe? Abgesehen von deiner Meisterschaft im Armdrücken? Deinen Blick für Menschen, Ed. Normalerweise weißt du schon nach zehn Minuten, wen du vor dir hast. Deswegen dürfte dir sicher längst aufgegangen sein, dass Grace bestimmt keinen Rückzieher macht.«

»Vielleicht habe ich es ihr nur noch nicht deutlich genug gesagt.« Er schob trotzig die großen Hände in die Hosentaschen.

»Noch vor ein paar Monaten hatte ich ernsthaft vor, Tess Handschellen anzulegen und sie ins nächste Flugzeug zu setzen. Ganz gleich wohin, Hauptsache, weit weg von hier.« Ben betrachtete bedauernd die Spitze seiner Zigarette. Wie rasch diese Glimmstängel doch verqualmten. »Heute, mit etwas Abstand, weiß ich es besser. Es hätte nie funktioniert. Wenn Tess sich einmal zu etwas entschlossen hat, zieht sie das auch bis zu Ende durch. Sie ist eben aus solchem Holz geschnitzt. Damals war mir um sie wirklich angst und bange. Und damit habe ich ihr wohl den letzten Nerv geraubt.«

»Wenn du sie mehr bedrängt hättest, wäre sie womöglich

nicht in die Situation geraten, in der du sie beinahe verloren hättest.« Die Worte waren Ed wie bei einem Energieausbruch über die Lippen gekommen, und er bereute sie schon einen Moment später. »Tut mir leid, ich war nicht ganz bei mir.«

Wenn er nicht seinen Partner vor sich gehabt hätte, wäre Ben jetzt bestimmt auf ihn losgegangen, um ihm mit schlagkräftigen Argumenten die Meinung zu sagen. Aber weil es Ed war, schluckte er seinen Ärger hinunter. »Glaub mir, das habe ich mich selbst mindestens schon hundertmal gefragt. Ich kann einfach nicht vergessen, wie ich mich gefühlt habe, als er Tess in seiner Gewalt hatte.« Er drückte seine Zigarette aus, erhob sich und lief auf und ab. »Du willst Grace aus diesem Teil deines Lebens ausschließen, und zwar vollkommen. Du möchtest, dass sie gar nicht erst mit der ganzen Scheiße in Berührung kommt, durch die du Tag für Tag watest. Die Bandenüberfälle, die häuslichen Auseinandersetzungen, die Nutten und die Zuhälter. Doch lass dir von mir gesagt sein, dass das nie klappen kann; denn ganz gleich, wie sehr du dich auch anstrengst, du wirst immer etwas von dem ganzen Mist mit nach Hause bringen.«

»Zwischen etwas davon mit nach Hause bringen und die Liebste als Zielscheibe aufstellen, besteht ja wohl ein Unterschied.«

»Stimmt, aber Grace ist nun einmal in diese Sache verwickelt.« Ben fuhr sich durchs Haar. »Bei Gott, ich weiß, was du zurzeit durchmachst, und ich kann es nicht ausstehen. Nicht nur wegen dir, sondern auch deswegen, weil alle Erinnerungen wieder in mir hochkochen. Aber die Tatsache bleibt bestehen, und kein Weg führt daran vorbei, dass sie den Kerl an die Angel bekommt. Ganz gleich, wie sehr du dir wünschen magst, es wäre anders – Grace ist diejenige, die ihn für uns festnagelt.«

»Darauf hoffe ich selbst am allermeisten«, sagte sie. Grace stand in der Tür. Beide Männer drehten sich zu ihr um, aber sie sah nur Ed an. »Tut mir leid, aber als mir klar wurde, dass ihr beide euch privat unterhaltet, hatte ich schon zu viel von dem Gespräch mitbekommen. Ich bin auf dem Weg in die Küche, um Kaffee zu machen. Aber vorher möchte ich gern noch meine Meinung dazu sagen: Wenn ich etwas beginne, beende ich es auch. Immer.«

Grace verschwand, und Ben nahm seine Jacke. »Ich glaube, ich ziehe mich jetzt zurück und schaue draußen noch mal bei Billings rein.«

»Ja. Danke.«

»Wir sehen uns morgen.« Er ging zur Tür, blieb dann aber stehen. »Ich würde dir ja gern sagen: Nimm es locker. Aber das lasse ich lieber. Wenn ich an deiner Stelle wäre, könnte ich das auch nicht.«

Grace hörte, wie die Haustür ins Schloss fiel. Ein paar Minuten später näherten sich Eds Schritte der Küche. Sofort machte sie sich daran, den Kessel, den sie bis jetzt nur angestarrt hatte, mit Wasser zu füllen.

»Ich begreife einfach nicht, warum Kathy sich nie eine Mikrowelle zugelegt hat. Jedes Mal, wenn ich mir hier etwas kochen will, komme ich mir vor wie im tiefsten Busch. Ich hätte Lust, eine Pizza aufzutauen. Hast du auch Hunger?«

»Nein.«

»Der Kaffee schmeckt wahrscheinlich sowieso nicht mehr.« Sie stellte die Tassen in den Schrank zurück. »Im

Kühlschrank steht sicher noch Saft. Nimm dir doch welchen.«

»Ich brauche jetzt nichts. Warum setzt du dich nicht einfach hin und lässt mich alles erledigen?«

»Jetzt reicht's!« Sie wirbelte so abrupt herum, dass die letzte Tasse in die Spüle fiel und zerbrach. »Verdammt noch mal! Hör endlich auf damit, mich zu verhätscheln und mir jede Arbeit abzunehmen. Ich bin kein Kind mehr. Seit vielen Jahren sorge ich schon für mich selbst, und bis jetzt hat alles immer bestens geklappt. Ich will nicht, dass du für mich Kaffee oder irgendetwas anderes machst.«

»Gut.« Wenn sie Streit wollte, sollte sie ihn haben. In ihm war genug Dampf, der abgelassen werden musste. »Was um Himmels willen willst du denn eigentlich?«

»Ich will, dass du mich in Ruhe lässt. Dass du mich nicht einengst und mir die Luft zum Atmen nimmst. Dass du damit aufhörst, mich ständig zu beschützen, so als ob ich sofort auf die Nase fallen würde, wenn ich mal einen Schritt ohne dich mache.«

»Das dürfte mir nicht schwerfallen, wenn du ein wenig mehr darauf achten würdest, wohin du gehen willst.«

»Ich weiß sehr gut, was ich tue, und ich brauche niemanden, weder dich noch einen anderen, der ständig bereitsteht, mich aufzufangen. Wann siehst du endlich in mir die intelligente, vernünftige und durchaus fähige Frau, die ich bin!«

»Sobald du aufhörst, Scheuklappen zu tragen. Du siehst immer nach vorn, Grace, und deswegen bekommst du auch nie mit, was sich links und rechts von dir oder hinter dir tut. Und niemand wird dich in Ruhe lassen, am allerwenigsten ich, solange diese Geschichte nicht ausgestanden ist.«

»Dann hör damit auf, mir ständig wegen dem, was ich tun muss, Schuldgefühle einzujagen.«

»Was erwartest du eigentlich von mir? Soll ich aufhören, mir Sorgen um dich zu machen, mich dafür zu interessieren, wie es dir ergeht oder ergehen wird? Glaubst du denn, ich kann meine Gefühle wie einen Wasserhahn auf- und dann wieder abdrehen?«

»Du bist Polizist!«, fuhr sie ihn an. »Und von solchen Männern erwartet man, objektiv zu sein. Dein einziges Interesse muss darin bestehen, den Täter zu fassen zu bekommen, und zwar ganz gleich wie!«

»Ich will ihn ja auch kriegen.« Grace sah, dass er wieder abkühlte. Doch seine Miene sagte ihr, wie weit er gehen würde, wenn er sich dazu genötigt sah.

»Dann ist dir doch wohl auch klar, dass ich ihn dir auf dem Silbertablett präsentieren werde. Denk doch nur mal für eine Minute darüber nach, Ed. Vielleicht darf eine Frau heute Abend weiterleben, weil er auf mich steht und mich wiedergefunden hat.«

Das war ihm durchaus bewusst. Sein Problem bestand auch vielmehr darin, dass er ihr seinen Standpunkt einfach nicht deutlich machen konnte. »Alles wäre so verdammt viel einfacher für mich, wenn ich dich nicht so sehr lieben würde.«

»Dann liebe mich doch einfach so, dass du in der Lage bist, mich zu verstehen.«

Ed wollte gern vernünftig klingen, wieder der logische, ausgeglichene Mann sein, als den er sich selbst kannte. Aber es gelang ihm einfach nicht. Und wenn diese Situation nicht bald ein Ende fände, würde er nie wieder der alte sein. Mit einem Mal fühlte er sich furchtbar müde und rieb sich die Augen. Sechs Blocks und ein Phantombild. Nicht viel, aber es musste reichen. Er würde dem ein Ende bereiten. Entweder das, oder er musste Grace morgen Abend ins Flugzeug nach New York setzen. Ed ließ die Hände sinken.

»Dein Wasser brennt an.«

Grace verbiss sich eine Verwünschung und drehte den Herd ab. Als sie den Kessel von der Platte nehmen wollte, griff sie daneben und verbrannte sich drei Fingerspitzen. »Nicht!«, warnte sie Ed, als er instinktiv aufsprang.

»Ich habe mich verbrannt, und deswegen werde ich mich auch darum kümmern.« Sie warf ihm einen finsteren Blick zu und hielt die Hand unter kaltes Wasser. »Siehst du? Ich schaffe es auch ohne dich. Und ich will auch nicht, dass du Küsschen auf die Fingerspitzen gibst und die Schmerzen wegpustest.«

Wütend drehte sie das Wasser ab, stand dann nur da und starrte auf die tropfenden Finger. »Tut mir leid. Verdammt, es tut mir so leid. Ich kann mich selbst nicht ausstehen, wenn ich so hässlich bin.«

»Wirst du mich treten, wenn ich dich bitte, wieder Platz zu nehmen?«

Sie schüttelte den Kopf und ging zum Tisch. »Ich glaube, ich bin schon den ganzen Abend ziemlich nervös. Als ich dann herunterkam und dich mit Ben reden hörte, bin ich ausgerastet.« Sie nahm einen Topflappen und zupfte und zerrte an ihm herum. »Ich weiß nicht, wie ich mit deinen oder meinen Gefühlen klarkommen soll. Soweit ich mich zurückerinnern kann, habe ich noch nie jemandem so viel bedeutet wie dir.«

»Gut.«

Das Wort klang aus seinem Mund so komisch, dass sie lachen musste. Und danach konnte sie ihn endlich wieder ansehen. »Ich denke, es ist nur fair, wenn ich noch einen Schritt weitergehe und dir gestehe, dass ich noch nie für jemanden solche Gefühle hatte wie für dich.«

Er wartete einen Moment. Als von ihr nichts mehr kam, fragte er: »Aber?«

»Wenn es sich um die Vorlage für einen Roman handeln würde, wüsste ich längst, wie ich alle Verwicklungen auflösen kann. Weißt du, ich möchte dir gern sagen, was ich fühle, aber ich fürchte, wenn ich das tue, wird es für uns beide nur noch schwieriger.«

»Versuch es doch wenigstens.«

»Ich habe eine Scheißangst.« Sie schloss die Augen und wehrte ihn nicht ab, als er seine Hand auf die ihre legte. »Ich fürchte mich so sehr. Als ich oben am Telefon saß, hätte ich am liebsten eingehängt und gesagt: ›So, das war's.‹ Aber das konnte ich dann doch nicht. Ich bin mir ja nicht einmal mehr sicher, ob ich überhaupt das Richtige tue. Die Gewissheit ist mir abhandengekommen, und trotzdem muss ich weitermachen. Und was das Ganze noch schlimmer macht, bist du; denn du ziehst mich in die andere Richtung. Und das Letzte, was ich will, ist dir wehzutun.«

»Du willst meine Unterstützung. Du hoffst, ich sage dir, das, was du machst, ist richtig … Ich weiß nicht, ob ich das kann.«

»Dann sag mir einfach nicht mehr, dass ich etwas Falsches tue. Denn wenn du das noch oft von dir gibst, fange ich an, dir zu glauben.«

Er betrachtete ihre ineinander verschränkten Hände. Sie waren so klein, fast zierlich. Sie hatte sich die Nägel geschnitten und nicht lackiert. Ein goldener, mit Diamantsplittern besetzter Ring steckte an ihrem kleinen Finger. »Bist du schon einmal campen gewesen?«

»In einem Zelt?« Verblüfft schüttelte sie den Kopf. »Nein. Und ich habe auch nie begreifen können, warum Menschen sich freiwillig in Schlamm und Dreck schlafen legen.«

»Ich kenne da eine hübsche Stelle in West Virginia. Ein Bach fließt da, und es gibt jede Menge Felsen und wilde Blumen. Ich würde gern einmal mit dir dorthin fahren.«

Sie lächelte. Auf seine Weise machte er ihr ein Friedensangebot. »In einem richtigen Zelt?«

»Ja.«

»Ich schätze, der Room Service ist da nicht so besonders.«

»Ich könnte dir eine Tasse Tee an den Schlafsack bringen.«

»Okay.« Sie drehte die Hand und zeigte ihm die Brandwunden. »Ed, warum küsst du meine Finger nicht und pustest die Schmerzen fort?«

15

»Tess, du siehst großartig aus.« Claire Hayden küsste kurz die Wange der Psychologin und nahm dann an dem Ecktisch im Mayflower Platz. »Ich bin dir wirklich dankbar, dass du am Ende eines arbeitsreichen Tages noch Zeit gefunden hast, dich mit mir zu treffen.«

»Ich freue mich doch immer, dich zu sehen, Claire.« Tess lächelte, obwohl ihre Füße brannten und sie sich nach einem heißen Bad sehnte. »Außerdem hat es ja ziemlich dringend geklungen.«

»Wahrscheinlich mache ich wieder einmal aus einer Mücke einen Elefanten.« Claire zog ihre elegante Jacke gerade. »Ich nehme einen trockenen Martini«, erklärte sie dem Kellner und sah dann Tess an. »Du auch?«

»Nein. Für mich lieber ein Perrier.« Die Psychologin verfolgte, wie ihr Gegenüber unablässig den Ehering am Finger drehte. »Wie geht es Charlton? Seit Monaten habe ich euch nicht mehr gesehen, höchstens in den Abendnachrichten. Dieser Wahlkampf bringt sicher viel Aufregung mit sich.«

»Du kennst doch Charlton. Er ist an so etwas gewöhnt, und es scheint ihm auch überhaupt nichts auszumachen. Was mich angeht, nun, ich versuche, mich auf den Hexenkessel vorzubereiten, der uns im Sommer erwartet. Immerzu lächeln, Reden über mich ergehen lassen und Veranstaltungen durchstehen. Die Presse hält unser Haus bereits unter Belagerung.« Sie zuckte mit den schmalen Schultern. »Das gehört wohl dazu. Charlton meint zwar immer, die Aussage ist wichtiger als der Kandidat, aber das kann er mir lange erzählen. Wenn er nur einmal die Tür zu laut schließt, steht am nächsten Tag in mindestens zwanzig Zeitungen, der zukünftige Präsident sei unbeherrscht.«

»Ist sicher nicht leicht, im Rampenlicht der Öffentlichkeit zu stehen. Und ganz sicher nicht für die Frau des Mannes, den seine Partei auf den Schild gehoben hat.«

»Ach, das ist doch halb so wild. Damit habe ich schon lange gerechnet.« Sie legte eine kleine Pause ein, während der Kellner die Bestellung brachte. Claire schwor sich, es bei dem einen Martini zu belassen, sosehr es sie auch nach einem zweiten Glas drängen mochte. Niemandem war damit gedient, wenn irgendwer sie dabei sah und man morgen in der Zeitung lesen konnte, die Frau des kommenden Präsidenten sei Alkoholikerin. »Allerdings muss ich zugeben, dass es Momente gibt, in denen ich mir wünsche, wir könnten alles stehen und liegen lassen und uns irgendwo auf eine Farm verkriechen.« Sie nippte an ihrem Glas. »Natürlich hält so etwas nie lange an. Dafür liebe ich Washington viel zu sehr. Ich bin gern die Gattin eines bedeutenden Politikers. Und es wird mir bestimmt gefallen, die neue First Lady zu sein.«

»Wenn es nach meinem Großvater ginge, wirst du das eher, als du dich versiehst.«

»Der gute Jonathan.« Sie lächelte wieder, aber Tess entging die Anspannung nicht, die ihren Blick beeinträchtigte. »Wie geht es ihm?«

»Wie immer. Er wird sich sicher freuen, wenn ich ihm erzähle, dass wir beide uns getroffen haben.«

»Ich fürchte, das hier ist nicht ein bloßes Wiedersehen alter Freundinnen. Und eigentlich möchte ich auch nicht mit deinem Großvater darüber reden. Oder mit jemand anderem.«

»Einverstanden, Claire. Warum erzählst du mir nicht einfach, was dich so bedrückt.«

»Tess, ich habe immer deiner Berufserfahrung vertraut, und ich weiß, dass ich mich auf deine Diskretion verlassen kann.«

»Wenn du damit ausdrücken möchtest, dass ich das, was du zu sagen hast, für mich behalten soll, brauchst du dir wirklich keine Sorgen zu machen.«

»Danke, ich wusste, dass du mich verstehen würdest.« Claire wollte einen Schluck nehmen, beließ es dann aber dabei, mit dem Finger den Stiel des Glases hinabzufahren. »Wie ich schon sagte, hat es vermutlich nichts zu bedeuten. Charlton wäre sicher nicht begeistert, wenn er wüsste, dass ich mich damit an eine Psychologin wende, aber ich muss einfach mit jemandem darüber reden.«

»Dann weiß er also nicht, dass du hier bist?«

»Nein.« Sie hob den Kopf. Ihr Blick wirkte nicht mehr angespannt, sondern gehetzt. »Ich möchte auch nicht, dass er davon erfährt, jedenfalls jetzt noch nicht. Du verstehst doch sicher, dass er unter enormem Druck steht, vor allem weil er sich überall und immerzu als der ideale Kandidat präsentieren muss. Sobald irgendein Fleck auf seiner weißen Weste entdeckt wird, stürzt sich sofort die Presse wie ein Wolfsrudel darauf und bauscht die Geschichte auf, bis der Mann als Monster dasteht. Tess, dir ist sicher klar, was irgendeine Torheit, die von einem seiner Familienmitglieder oder einem seiner engeren Freunde begangen würde, für seinen Wahlkampf bedeuten würde, oder?«

»Ja, aber ich glaube, du hast dich nicht wegen Charltons Wahlkampf mit mir treffen wollen.«

»Nein …« Claire zögerte. Wenn sie es einmal aussprach,

konnte sie die Worte nicht mehr zurücknehmen. Zwanzig Jahre ihres und des Lebens ihres Mannes hingen von der Entscheidung ab, jetzt fortzufahren oder zu schweigen. »Es geht um Jerald. Um meinen Sohn. Ich fürchte, er, na ja, irgendwie ist der Junge in letzter Zeit nicht mehr er selbst.«

»Wie meinst du das?«

»Er war immer ein ruhiger Mensch und hatte nie viele Freunde. Wahrscheinlich kannst du dich nicht an ihn erinnern, obwohl er uns oft zu Dinnerpartys und Galas begleitet hat.«

Tess hatte das Bild von einem schmalen Jungen im Gedächtnis, der sich lieber zurückhielt und kaum ein Wort über die Lippen brachte. »Ich fürchte, ich muss gestehen, dass ich mich nicht sehr gut an ihn erinnere.«

»Macht nichts. Den meisten Menschen fällt er nicht besonders auf.« Ein kurzes Lächeln zuckte über ihre Lippen und verging rasch. Ihre Hände lagen im Schoß, und sie fing an, den Saum der Tischdecke zu kneten. »Jerald war schon immer unaufdringlich. Dabei ist er hochintelligent. Er gehört zu den Spitzenschülern seiner Klasse. Seit er auf der Oberschule ist, hat sein Name in jedem Jahr auf der Liste der Klassenbesten gestanden. Einige sehr renommierte Privatcolleges haben sich bereit erklärt, ihn aufzunehmen, aber er wird natürlich der Familientradition folgen und nach Princeton gehen.« Sie redete immer schneller, so als befände sie sich auf der Achterbahn in der Abwärtsschleife und befürchte, der Atem würde ihr ausgehen. »Es bekümmert mich, dass er mehr Zeit an seinem Computer als mit seinen Mitmenschen verbringt. Ich selbst verstehe von solchen Apparaten ja nichts, aber Jerald hat ein ganz besonderes Geschick, wenn es um Maschinen geht. Ganz ehrlich, Tess, der Junge hat mir nie auch nur einen Moment lang Ärger gemacht. Er war nie unhöflich oder rebellisch. Wenn Freunde mir erzählen, wie viel Kummer ihnen ihre Sprösslinge bereiten, bin ich insgeheim überglücklich, dass Jerald stets ein so ruhiges und verständnisvolles Kind gewesen ist. Mag sein, dass es bei ihm etwas mit der Liebenswürdigkeit hapert, aber er besitzt einen wirklich guten Kern.«

»Also der ideale Sohn«, murmelte Tess. Sie vermied lieber den Ausdruck »perfekt«, weil sich dahinter zu viele Dinge verbergen ließen, die unter den Teppich gekehrt worden waren.

»Ja, genau. Und er betet Charlton geradezu an. Vielleicht ein bisschen zu sehr, wenn du verstehst, was ich meine. Manchmal wäre etwas weniger angebracht, aber auf der anderen Seite gibt es einem so viel, wenn ein Junge zu seinem Vater aufblickt. Wie dem auch sei, wir wurden nie mit den Problemen konfrontiert, denen sich heutzutage so viele Eltern gegenübersehen. Drogen, Trotz, Sex und so weiter. Aber vor Kurzem …«

Sie stockte, und Tess sagte: »Lass dir nur Zeit, Claire.«

»Danke.« Sie griff nach dem Glas und trank nur so viel, um ihre trockene Kehle anzufeuchten. »Seit einigen Monaten verbringt Jerald immer mehr Zeit allein. Jede Nacht schließt er sich in seinem Zimmer ein. Natürlich weiß ich, dass er sehr viel für die Schule arbeitet, und ich habe auch schon mit ihm darüber gesprochen, ob er nicht vielleicht etwas kürzertreten könnte. An manchen Morgen sieht er richtig übernächtigt aus. Und dann weiß man nie, woran man bei ihm ist, weil seine Launen sich ständig wandeln. Ich war in der letzten Zeit ziemlich im Wahlkampf eingespannt, deswegen habe ich versucht, diesem Stimmungswechsel nicht allzu viel Bedeutung beizumessen. Schließlich bin ich selbst ja auch nicht ständig bester Laune.«

»Hast du mit ihm darüber geredet?«

»Ich habe es versucht. Vielleicht nicht intensiv genug. Ich hätte mir auch nie vorgestellt, dass es so schwierig sein könnte, zu ihm durchzudringen. Vor einiger Zeit kam er abends aus der Bibliothek zurück, und was soll ich dir sagen, Tess, er sah furchtbar aus. Die Kleidung in Unordnung und das Gesicht zerkratzt. Offensichtlich war er in irgendeine Auseinandersetzung geraten, aber das Einzige, was er dazu zu sagen hatte, war, er sei vom Rad gefallen. Damals habe ich es dabei bewenden lassen und ihn nicht bedrängt, die Wahrheit zu sagen. Heute bereue ich das. Selbst als sein Vater Zweifel anmeldete, habe ich mich auf Jeralds Seite gestellt, obwohl ich doch ganz genau wusste, dass der Junge an dem Abend nicht mit dem Rad, sondern mit dem Wagen unterwegs gewesen ist. Ich sagte mir, wir hätten seine Privatsphäre zu respektieren, und ansonsten sei er ja immer ein so lieber Junge gewesen. Doch seitdem ist irgendetwas in seinem Blick, das mich zutiefst beunruhigt.«

»Claire, vermutest du etwa, dein Sohn nimmt Drogen?«

»Ich weiß es nicht.« Für einen Moment konnte sie nicht anders, als ihr Gesicht mit beiden Händen zu bedecken. »Ich habe wirklich keine Ahnung, was ich vermuten soll. Ich weiß nur, dass ich etwas unternehmen muss, bevor es noch schlimmer wird. Erst gestern hatte er in der Schule eine furchtbare Schlägerei. Der Rektor hat ihn suspendiert. Tess, angeblich soll Jerald versucht haben, den anderen Jungen zu töten … mit seinen bloßen Händen!« Sie sah auf ihre Finger. Der goldene Ring glitzerte im Licht. »Dabei ist er noch nie in solche Schwierigkeiten geraten.«

Tess wurde es ganz anders. Sie musste schlucken, bevor es ihr gelang, so ruhig und neutral wie möglich die Frage zu stellen: »Was hat dein Sohn denn zu dem Kampf zu sagen gehabt?«

»Nichts. Jedenfalls nicht zu mir. Er hat aber mit seinem Vater darüber gesprochen. Charlton macht sich ziemliche Sorgen.« Ihr Blick wanderte kurz zu Tess und kehrte dann rasch zur Tischdecke zurück. »Er tut natürlich so, als wäre nichts, aber ich merke es ihm deutlich an, wie sehr der Vorfall ihn beunruhigt. Er befürchtet natürlich, dass die Presse Wind davon bekommt. Nicht auszudenken, was dann aus seinem Wahlkampf wird. Charlton sagt mir immer, Jerald brauche lediglich ein paar Tage Ruhe, um wieder zu sich selbst zu finden. Ich wünschte, ich könnte das auch so sehen.«

»Möchtest du, dass ich mal mit Jerald rede?«

»Ja.« Sie nahm die Hand ihrer Freundin. »Ja, das möchte ich sogar sehr, denn ich weiß nicht, was ich sonst noch tun kann. Ich fürchte, ich bin in all den Jahren keine allzu gute Mutter gewesen. Jerald scheint mir immer mehr zu entgleiten. Ich mache mir die größten Sorgen um ihn. Er wirkt so distanziert, und dann wieder setzt er eine so selbstgefällige Miene auf. Es kommt mir dann vor, als wisse er etwas, von dem wir anderen keine Ahnung haben. Ich kann nur hoffen, dass er sich öffnet, wenn er mit jemandem sprechen kann, der nicht zur Familie gehört, aber trotzdem unserer Schicht angehört.«

»Ich will tun, was ich kann, Claire.«

»Das weiß ich. Danke.«

Randolf Lithgow hasste das Krankenhaus, und noch mehr Jerald, weil der ihm das eingebrockt hatte. Die Demütigung war für ihn weitaus schlimmer als der Schmerz der

Verletzungen. Wie konnte er jemals wieder in die Schule gehen und den anderen gegenübertreten, nachdem ihn der Klassenfreak verdroschen hatte?

Der kleine Spinner hielt sich für den Größten, bloß weil sein Vater für das Amt des Präsidenten kandidierte. Randolf wünschte sich, Charlton Hayden möge die Wahl haushoch verlieren und nicht einen einzigen Bundesstaat für sich gewinnen. Hoffentlich fiel seine Niederlage so katastrophal aus, dass er Washington bei Nacht und Nebel und mit seinem größenwahnsinnigen Sohn verlassen musste.

Der Junge rutschte in seinem Bett hin und her. Wann war endlich wieder Besuchszeit. Er konnte nur durch einen dünnen Schlauch etwas zu sich nehmen, und das Schlucken fiel ihm schwer, weil dann seine Kehle anfing zu brennen. Wenn er erst wieder auf den Beinen war, würde er es diesem verblödeten Spinner mit Zins und Zinseszins heimzahlen.

Ihm war langweilig, er fand keine Ruhe, und sein Selbstmitleid wurde immer größer. So klapperte er mit der Fernbedienung die TV-Kanäle ab. Nein, auf die Achtzehn-Uhr-Nachrichten hatte er jetzt wirklich keine Lust. Randolf suchte weiter und stieß auf die Wiederholung einer Sitcom-Episode. Die soundsovielte Wiederholung. Der Junge kannte die Dialoge auswendig. Schimpfend schaltete er um. Noch mehr Nachrichten. Randolf wollte gerade entnervt aufgeben und sich ein Buch vornehmen, als das Phantombild des Mannes gezeigt wurde, der Mary Beth Morrison überfallen hatte.

Unter anderen Umständen hätte er es vielleicht gar nicht bemerkt, wenn da nicht dieser Blick gewesen wäre. Er verengte die Augen zu Schlitzen und sah genauer hin. Genau so hatte Jerald ihn angestarrt, als er anfing, ihn zu würgen. Randolf konzentrierte sich auf das Bild und versuchte, die Details hinzuzufügen, die dem Zeichner wohl nicht zur Verfügung gestanden hatten. Doch bevor er sicher sein konnte, erschien der Moderator wieder auf dem Bildschirm. Aufgeregt und überhaupt nicht mehr gelangweilt suchte Randolf nach anderen Nachrichtensendungen, um dort die Zeichnung noch einmal sehen zu können.

Wenn er sie wiedersah und seine Vermutung sich bestätigte, wusste er, was er dann unternehmen würde. »Die ganze Nacht hindurch fahren unsere Wagen Streife.« Ben schloss die Mappe, während Ed immer noch auf den Stadtplan starrte, als warte er darauf, dass ihn irgendeine Erkenntnis anspringen würde. »Sobald er hier auftaucht, stehen die Chancen nicht schlecht, dass die Kollegen ihn entdecken.«

»Ich verlasse mich nicht gern auf Wahrscheinlichkeitsrechnungen.« Er warf einen Blick in die Diele. Oben fungierte Grace bereits schon in der dritten Nacht als Lockvogel. »Wie oft sind wir heute durch das umkreiste Gebiet gelaufen oder gefahren?«

»Weiß nicht, hab irgendwann aufgehört zu zählen. Ich halte die Schule immer noch für lohnend. Rektor Wight mag das Gesicht auf dem Phantombild nicht erkannt haben, aber er ist sehr nervös geworden.«

»Die meisten Menschen fangen an zu zappeln, wenn die Polizei zu ihnen kommt.«

»Ja, aber ich habe trotzdem so ein Gefühl, dass wir ein großes Stück weiterkommen, sobald Lowenstein allen Schülern die Zeichnung vorgelegt hat.«

»Könnte sein. Aber damit bleiben unserem Mann noch die ganze Nacht und der halbe morgige Tag.«

»Hör mal, wir sind doch beide hier im Haus, Billings sitzt draußen an seinem Wunderkasten, und alle Viertelstunde kommt ein Streifenwagen vorbei.«

»Ich muss die ganze Zeit an das Profil denken, das Tess von dem Täter angefertigt hat. Ich frage mich, warum es mir einfach nicht gelingen will, so wie er zu denken.«

»Vielleicht weil du persönlich und emotional in diesen Fall verstrickt bist.«

»Nein, daran liegt es nicht. Du weißt doch, wie es ist, wenn man über einen Täter eine Menge Fakten zusammengetragen hat. Ganz gleich, wie verdreht oder durchgeknallt er ist, man fängt an, wie er zu denken und seine nächsten Schritte vorauszuahnen.«

»Das tun wir doch hier auch. Deswegen läuft er uns über kurz oder lang in die Falle.«

»Nein, wir sind noch nicht auf seiner geistigen Wellenlänge.« Ed rieb sich die Augen. Seit dem Nachmittag plagten ihn Kopfschmerzen. »Und das liegt daran, dass er noch ein Kind ist. Je länger ich darüber nachgrüble, desto plausibler erscheint mir diese Erklärung. Kinder denken anders als Erwachsene. Das ist meiner Ansicht nach auch der Grund dafür, warum sie Kinder in den Krieg schicken. Wenn man jung ist, kann man sich noch gar nicht vorstellen zu sterben. Diese Erkenntnis kommt einem erst in den Zwanzigern.«

Ben musste an seinen Bruder denken. »Manche Kinder sind schon mit sechzehn erwachsen.«

»Aber nicht unser Täter hier. Alles, was Tess über ihn herausgefunden hat, führt zu dem Schluss, dass er nicht nur ein Psychopath, sondern auch noch sehr unreif ist.«

»Na schön, dann fangen wir eben an, wie ein Teenager zu denken.«

»Wahrscheinlich hat er erst einmal eine Weile geschmollt, nachdem es bei der Morrison nicht so geklappt hat, wie er wollte.« Ed versuchte, sich in den Jungen hineinzuversetzen, und lief nachdenklich auf und ab. »Mary Beth hat doch ausgesagt, er habe richtig quengelig geklungen. So wie ein Kind, dem sein Lieblingsspielzeug zerbrochen ist. Was fängt so ein kleiner, verzogener Satansbraten an, wenn ihm etwas kaputtgegangen ist?«

»Er zerstört das Lieblingsspielzeug von einem anderen Kind.«

»Ganz genau. Aus dir wird bestimmt mal ein toller Vater.«

»Danke. Alle Vergewaltigungen und Vergewaltigungsversuche, die uns seit dem Überfall auf Mrs. Morrison gemeldet worden sind, passen nicht in sein Schema.«

»Ich weiß.« Hatte er nicht alle Berichte wieder und wieder studiert, um dort irgendeinen Hinweis zu finden? »Vielleicht hat er sein Mütchen ja gar nicht an einer Frau ausgelassen, sondern an jemand anderem. Du weißt doch, wenn ein Vergewaltiger daran gehindert wird, sein Vorhaben durchzuführen, wird er nur noch wütender und frustrierter. Unser Täter ist noch ein Kind, kann sich schlecht beherrschen. Er hat bestimmt seinen Frust längst an jemandem abgelassen.«

»Du meinst, er hat sich an einem anderen Teenager abreagiert?«

»Ich vermute, er ist über einen Schwächeren oder Kleineren hergefallen, zumindest jemanden, den er für unterlegen gehalten hat. Und seinem verletzten Stolz hat es bestimmt gutgetan, wenn es sich dabei um jemanden gehandelt hat, den er kannte.«

»Also sollten wir uns die Festnahmen der letzten paar Tage vornehmen.«

»Und die Krankenhäuser. Ich glaube kaum, dass er es bei ein paar Ohrfeigen und einem bisschen Gerangel belassen hat.«

»Du fängst schon an, wie Tess zu denken«, grinste Ben. »Deswegen liebe ich dich auch so sehr.« Das Telefon klingelte. »Das wird sie sicher sein. Ich habe meine Holde gebeten, mich gleich anzurufen, wenn sie wieder zu Hause ist.«

Ed setzte sich wieder zu den Unterlagen. Doch Bens Tonfall hinderte ihn daran, sie sich noch einmal anzuschauen.

»Wann? Haben wir eine Adresse? Gut, Sie und Renockie lösen uns hier ab, und wir fahren dorthin. Hören Sie, Lowenstein, mir ist wirklich scheißegal, um wen es sich … Was? Wer? Gott im Himmel.« Ben fuhr sich mit einer Hand übers Gesicht und versuchte nachzudenken. »Wenden Sie sich an Richter Meiter, der ist Republikaner. Nein, das war kein Witz. Ich will innerhalb einer Stunde einen Haftbefehl in Händen halten. Wenn Sie es nicht schaffen, fahren wir eben ohne ihn.«

Er legte auf und hätte jetzt dringend, obwohl er im Dienst war, einen doppelten Wodka gebraucht. »Jemand hat unseren Mann auf dem Phantombild erkannt. Ein Teenager, der im Georgetown-Krankenhaus liegt, hat gemeldet, das sei der Junge, der ihn zusammengeschlagen und versucht habe, ihn zu erwürgen. Beide besuchen das St. James'. Der Captain schickt einen Beamten hin, um eine schriftliche Aussage zu bekommen.«

»Haben wir einen Namen?«

»Der Anrufer nannte ihn Jerald Hayden. Die Adresse liegt mitten in Billings' Kreis.«

»Dann nichts wie hin.«

»In diesem Fall müssen wir uns strikt an die Dienstvorschrift halten, Partner.«

»Scheiß auf die Dienstvorschriften.«

Ben machte sich nicht die Mühe, seinen Partner darauf hinzuweisen, dass für gewöhnlich er es war, der auf die Einhaltung der Bestimmungen pochte. »Der Bengel ist der Sohn von Charlton P. Hayden, dem Wunschkandidaten von Millionen.«

Ed starrte ihn für einen Moment verständnislos an. Dann schüttelte er den Kopf. »Ich hole Grace.«

Ben wollte noch etwas sagen, als sich wieder das Telefon meldete. »Paris.«

»Ben, tut mir leid, dich zu stören.«

»Hör, Schatz, ich muss diese Leitung dringend frei halten.«

»Ich beeil mich ja. Heute Nachmittag bin ich auf etwas ziemlich Wichtiges gestoßen.«

Ben warf einen Blick auf die Uhr und stellte fest, dass Lowenstein noch achtundfünfzig Minuten blieben, um durchzukommen. »Schieß los.«

»Ich bewege mich hart an der Grenze zur Verletzung der ärztlichen Schweigepflicht.« Das hatte schon die ganze Zeit in ihr rumort. »Heute Nachmittag habe ich mich mit einer Frau getroffen, einer guten Bekannten, um genau zu sein. Sie macht sich große Sorgen um ihren Sohn. Allem Anschein nach hat er sich gestern in der Schule mit einem Klassenkameraden geprügelt und ihn dabei fast erwürgt. Ben, sehr vieles von dem, was sie mir zu sagen hatte, passt haargenau in das Profil von unserem Serientäter.«

»Also hat er einem anderen Kind das Spielzeug kaputtgemacht«, murmelte er. »Sag mir den Namen.« Als Tess schwieg, stellte er sich vor, wie sie jetzt an ihrem Schreibtisch saß und mit ihrem Gewissen rang. »Dann versuchen wir es anders herum. Kommt dir der Name Jerald Hayden irgendwie bekannt vor?«

»Großer Gott!«

»Tess, ich brauche was Handfestes. Wir versuchen bereits, einen Haftbefehl zu erwirken. Ein Anruf von dir könnte die Angelegenheit wesentlich beschleunigen.«

»Ben, ich habe mich einverstanden erklärt, den Jungen in Behandlung zu nehmen.«

Er atmete tief durch, weil er wusste, dass es keinen Zweck hatte, sie jetzt anzuschreien. Schließlich konnte sie nicht aus ihrer Haut. »Dann sollte dir auch klar sein, dass es in seinem Interesse wäre, ihn möglichst bald dingfest zu machen. Ruf den Captain an und erzähl ihm, was du mir gerade berichtet hast.«

»Sei vorsichtig, Ben. Er ist jetzt noch gefährlicher als vorher.«

»Warte mit unserem Junior auf mich. Ich liebe euch beide.«

Er legte gerade auf, als Ed mit Grace ins Wohnzimmer kam. »Ihr habt herausgefunden, wer er ist?«

»Ja. Bist du bereit, deine glücklichen Stunden am Telefon aufzugeben?«

»Mehr als bereit. Wie lange dauert es noch, bis ihr ihn habt?«

»Wir warten auf den Haftbefehl. Du siehst etwas blass um die Nase aus, Grace. Möchtest du einen Brandy?«

»Nein danke.«

»Tess hat gerade angerufen.« Ben zündete eine Zigarette an und reichte sie ihr. »Washington ist doch wirklich ein Dorf. Sie hat heute Nachmittag mit Jeralds Mutter gesprochen. Die Frau glaubt nämlich, ihr Sprössling benötige dringend einen Seelenklempner.«

»Wie eigenartig«, sagte Grace und stieß den Rauch aus. »Ich dachte immer, wenn es so weit ist, kommt es bestimmt zu einem dramatischen Showdown. Stattdessen regelt sich alles mit einem Telefonanruf und einem Stück Papier. So was kann doch nicht möglich sein.«

»Die Polizeiarbeit setzt sich hauptsächlich aus Papierkrieg zusammen«, sagte Ed.

»Tja«, lächelte sie, »in meinem Job sieht es nicht viel anders aus. Ich möchte ihn sehen, Ed.« Sie nahm einen tiefen Zug. »Ich muss ihn unbedingt sehen.«

»Warum wartest du damit nicht, bis wir alles erledigt haben?« Er strich ihr über die Wange, und sie drehte den Kopf, um ihn anzusehen. »Du hast getan, was du tun musstest, Grace. Jetzt kannst du Kathleen loslassen.«

»Sobald alles geregelt ist, werde ich meine Eltern anrufen. Und auch Jonathan. Ja, ich glaube, dazu bin ich jetzt in der Lage.«

Lowenstein brauchte weniger als vierzig Minuten, um Ben den Haftbefehl zu bringen. »Haydens Blutgruppe fand sich in den Unterlagen im Krankenhaus. Passt haargenau zu der des Täters. Holen Sie ihn sich. Wir schieben hier Wache, bis Sie wieder da sind.«

»Du bleibst hier.« Ed legte die Hände auf Grace' Schultern.

»Ich habe auch gar nicht vor, irgendwohin zu gehen. Weißt du, ich glaube, die Welt braucht Helden, aber ich brauche dich mehr. Sei ein guter Polizist, Jackson, und pass auf dich auf.« Sie zog ihn am Hemdkragen herunter, damit sie ihm einen Kuss geben konnte. »Bis dann.«

»Passen Sie gut auf diese Lady auf, Renockie«, sagte Ben im Hinausgehen, »ich möchte nicht miterleben müssen, wie Ed Ihnen den Arsch aufreißt. Kein schöner Anblick.«

Grace atmete langsam aus und wandte sich dann an ihre neuen Beschützer. »Möchte jemand meinen lausigen Kaffee probieren?«

Claire hörte die Türglocke und hätte fast laut geflucht. Wenn sie nicht in fünf Minuten das Haus verließen, würden sie noch zu spät kommen. Sie schickte die Haushälterin zurück, strich ihr Haar glatt und öffnete dann die Tür.

»Detectives Jackson und Paris.« Die Blechmarken, die die beiden ihr entgegenhielten, lösten in Claire Alarm aus. »Wir möchten Jerald Hayden sprechen.«

»Jerald?« Die jahrelange Praxis machte sich bezahlt. Claire konnte ein unverbindliches Lächeln aufsetzen. »Worum geht es denn?« Der junge Lithgow, schoss es ihr durch den Sinn. Bestimmt hatten seine Eltern sich entschlossen, Anzeige zu erstatten.

»Wir haben hier einen Haftbefehl, Ma'am.« Ben reichte ihn ihr. »Die Polizei will Jerald Hayden in Zusammenhang mit den Morden an Kathleen Breezewood und Mary Grice und der versuchten Vergewaltigung von Mary Beth Morrison verhören.«

»Nein.« Claire war eine starke Frau. In ihrem ganzen Leben hatte sie noch keinen Ohnmachtsanfall erlitten. »Da muss ein Irrtum vorliegen.«

»Was ist denn da los, Claire? Wir sind wirklich schon etwas spät dran.« Charlton Hayden kam zur Tür. Das freundliche Lächeln auf seinen Lippen änderte sich nur geringfügig, als er die Dienstmarken sah. »Oh, Polizei. Gibt es ein Problem?«

»Es geht um Jerald.« Claires Finger verkrallten sich in seinem Arm. »Sie wollen unseren Jungen mitnehmen. Großer Gott, Charlton, sie lasten ihm zwei Morde an.«

»Das ist doch absurd.«

»Ihre Gattin hält den Haftbefehl in Händen, Senator«, entgegnete Ed. »Wir sind bevollmächtigt, Ihren Sohn mit auf die Wache zu nehmen.«

»Claire, ruf Stuart an.« Höchste Zeit, die Anwälte einzuschalten, sagte er sich. Obwohl er nicht glauben wollte, nicht akzeptieren konnte, dass Jerald etwas damit zu tun hatte, beschlich ihn doch das Gefühl, dass alles, was er in vielen Jahren aufgebaut und erreicht hatte, von Auflösung bedroht war. »Ich bin sicher, dass sich die Sache rasch klären lässt. Ich hole den Jungen.«

»Wir würden gern mitkommen«, sagte Ed.

»Meinetwegen.« Hayden drehte sich um und ging zur Treppe. Mit jeder Stufe, die er höher stieg, spürte er, wie sein Leben, seine Ambitionen und alles, was er für gut und richtig hielt, Stück für Stück zerbrach. Der Ausdruck in den Augen seines Sohnes fiel ihm wieder ein, als er mit ihm im Büro des Rektors gesprochen hatte. Nach außen hielt er sich aufrecht wie ein Feldherr mitten im Toben einer Schlacht. Dann standen sie vor Jeralds Zimmer, und er klopfte kräftig an.

»Darf ich mal, Senator?« Ben stieß die Tür auf. Das Licht brannte, und das Radio spielte, aber der Raum war leer.

»Er wird sicher unten sein.« Schweißbäche rannen über Haydens Rücken.

»Ich begleite Sie.«

Während Ben mit dem Senator ging, betrat Ed das Zimmer. Nach zehn Minuten stand fest, dass Jerald sich nicht im Haus aufhielt. Ben kehrte schließlich mit den Eltern in den Raum zurück.

»Ihr Sohn hat hier einen richtigen Vorrat angelegt.« Ed zeigte auf eine aufgezogene Schublade. »Bitte, fassen Sie nichts an«, erklärte er, als der Vater näher trat. »Ich lasse einen Kollegen kommen, der das alles sicherstellt. Meiner ersten Schätzung nach finden sich hier vierzig Gramm Kokain und ein Viertelpfund Marihuana.« Er tippte mit einem Bleistift auf eine Dose. »Und darin befinden sich etliche Pillen.«

»Das kann doch gar nicht sein!« Claire klang, als würde sie jeden Moment in Hysterie ausbrechen. »Jerald nimmt keine Drogen. Dafür ist er ein viel zu gewissenhafter Junge.«

»Tut mir leid.« Ben betrachtete die Computeranlage, die fast die ganze Schreibtischplatte beanspruchte, und wandte sich dann an seinen Partner. Wie Billings vermutet hatte, verfügte Jerald über die beste und modernste Ausrüstung. »Er ist nicht im Haus.«

Während Claire im Zimmer ihres Sohnes schluchzte, stieg Jerald über den Zaun, der Eds Grundstück von Kathleens trennte. In seinem ganzen Leben hatte er sich noch nie besser gefühlt. Das Blut rauschte in den Adern, und das Herz schlug wie rasend. Desiree wartete auf ihn, um ihn über den Tod hinaus in die Ewigkeit zu führen.

Renockie trank im Wohnzimmer Kaffee, während Grace mit ihrer Tasse spielte und immer wieder auf die Uhr schaute. Wo blieb Ed nur? Warum hatte er noch nicht angerufen?

»Ich glaube, man könnte sagen, dass ich ein großer Fan von Ihnen bin, Miss McCabe.«

»Das ist sehr freundlich von Ihnen, Detective.«

»Ich wollte lieber warten, bis Lowenstein nach draußen zu Billings gegangen war, um Ihnen mitzuteilen, dass ich selbst auch schriftstellerisch tätig bin. Natürlich nur als Amateur.«

Wer auf der großen weiten Welt hatte sich noch nicht auf diesem Gebiet versucht?, dachte sie und zwang sich dann zu einem Lächeln. Es gehörte nicht zu ihrer Art, unfreundlich zu reagieren. »Tatsächlich? Verfassen Sie am Ende auch Kriminalromane?«

»Eigentlich nur Kurzgeschichten.« Sein breites, freundliches Gesicht lief rot an. »Wissen Sie, man verbringt eine Menge Zeit im Wagen. Herumsitzen und warten – das macht den Großteil meines Dienstes aus. Da hat man viel Zeit, um sich Gedanken zu machen.«

»Vielleicht sollten Sie mir einmal ein paar Ihrer Werke zeigen.«

»Ich möchte mich Ihnen wirklich nicht aufdrängen.«

»Ich würde sie aber gerne sehen. Warum kommen Sie nicht ...« Sie schwieg abrupt, als sie sah, wie sich sein Gesichtsausdruck veränderte. Auch sie hatte das leise Geräusch gehört. So, als wenn jemand vorsichtig eine Tür geöffnet hätte.

»Warum gehen Sie nicht nach oben und stellen fest, ob alle Fenster geschlossen sind.« Der Detective zog seine Waffe und legte ihr die freie Hand auf den Arm. »Sicherheitshalber.«

Grace setzte sich sofort und ohne Widerspruch in Bewegung. Renockie hielt den Revolver jetzt mit beiden Händen und drehte sich langsam um die eigene Achse.

Im Schlafzimmer stellte sich Grace mit dem Rücken an

die Tür, wartete und lauschte gespannt. Wahrscheinlich etwas ganz Harmloses. Warum auch nicht? Ed hatte den Jungen bestimmt schon längst festgenommen, und jeden Moment würde er sie anrufen.

Dann knarrte ein Dielenbrett, und Grace zuckte zusammen. Sofort trat ihr der Schweiß auf die Stirn. Führ dich nicht wie eine Närrin auf, ermahnte sie sich. Das konnte nur das hoffnungsvolle Nachwuchstalent sein, das ihr mitteilen wollte, alles sei in Ordnung.

»Desiree?«

Das Flüstern trocknete allen Schweiß in ihrem Gesicht. Sie roch und schmeckte Furcht, die sie nicht hinunterschlucken konnte. Der Türknauf drehte sich erst nach links und dann nach rechts.

»Desiree …«

Gefangen. In der Falle. Grace konnte an nichts anderes mehr denken. Sie war hier allein, und vor der Tür stand der Mann, der gekommen war, sie zu ermorden. Grace presste beide Hände vor den Mund, um den Schrei zu ersticken. Warum war sie nur in diese Lage geraten, wo sie doch genau gespürt hatte, dass er sie aufsuchen würde? Aber halt, so ganz hilflos war sie nun doch nicht. Grace versuchte noch, mit ungelenken Fingern die Schublade aufzuziehen, in der sich die Pistole befand, als die Tür aufging.

Er ist ja wirklich noch ein halbes Kind, dachte sie, als er vor ihr stand. Wie konnte so ein Junge, dem noch Pickel auf dem Kinn sprossen, ihre Schwester umgebracht haben? Aber dann blickte sie in seine Augen und erfuhr dort den Grund.

»Desiree, du wusstest, dass ich zurückkehren werde.«

»Ich bin nicht Desiree.« Er hatte ebenfalls eine Pistole. Grace blieb fast das Herz stehen, als sie die Waffe in seiner

Rechten entdeckte – und dann das Blut an seinem Handgelenk. Und was war das in seiner Linken? Ein Strauß rosafarbener Nelken.

»Es spielt überhaupt keine Rolle, wie du dich jetzt nennst. Du bist zurückgekommen und hast mich angerufen.«

»Stehen bleiben.« Sie zielte mit der Pistole auf ihn, als er einen Schritt auf sie zu machte. »Kommen Sie mir nicht zu nahe. Ich will Ihnen nicht wehtun müssen.«

»Das könntest du auch gar nicht.« Er lachte voll des Glücks. Nie hatte er etwas so sehr gewollt wie sie, und es war sein größter Wunsch, sie glücklich zu machen. »Wir beide wissen, dass du mir kein Leid zufügen kannst. Diese Stufe haben wir längst hinter uns gelassen. Erinnerst du dich noch, wie es war? Weißt du es noch, Desiree? Dein Leben strömte in meine Hände, während das meine in dich floss.«

»Sie haben meine Schwester umgebracht. Die Polizei weiß das und ist schon auf dem Weg hierher.«

»Ich liebe dich.« Er kam näher, und sein Blick hätte sie fast hypnotisiert. »Du bist immer in meinem Herzen gewesen. Zusammen können wir alles erreichen, alles sein. Du kehrst immer wieder zu mir zurück. Und ich werde warten und lauschen. Genau so, wie es vorher war, wie es immer wieder sein wird.« Er hielt ihr die Blumen entgegen.

Sie hörten das Geräusch im selben Moment. Grace sah Renockie. Blut lief aus der Wunde, wo Jeralds Pistolenknauf ihn am Kopf getroffen hatte, über sein Gesicht. Er lehnte an der Tür und hatte Mühe, auf den Beinen zu bleiben.

Jerald fuhr herum und zog wie ein Raubtier die Lippen zurück. Als er die Waffe auf den Detective richtete, drückte Grace ab.

»Was ist denn da los?« Ben und Ed rannten über die Einfahrt. Lowenstein gelang es, die Haustür aufzubrechen.

»Ich bin nur schnell zu Billings gelaufen, um ihm ein paar Doughnuts zu bringen und ihm mitzuteilen, dass er zusammenpacken könne. Als ich zurückkam, war die Tür verriegelt.« Die drei zogen ihre Waffen und verteilten sich über das Haus. Ed entdeckte auf dem Boden eine Blutspur. Sie führte die Treppe hinauf. Als sie den Schuss hörten, war er schon auf dem Weg nach oben.

Sein Herzschlag drohte auszusetzen. Er hörte, wie jemand Grace' Namen erst rief und dann brüllte, ohne zu begreifen, dass das aus seinem Mund kam. Er sprang über Renockie hinweg und stellte sich mit der Waffe breitbeinig hin. Ed war bereit und mehr als nur gewillt zu töten.

Grace war zusammengebrochen und lag halb auf dem Bett. Sie hielt immer noch eine Schusswaffe in der Hand. Alle Farbe war aus ihrem Gesicht gewichen, und ein Schleier lag über ihrem Blick. Aber sie atmete noch. Ed zerstampfte Nelken, als er zu ihr eilte.

»Grace?« Er berührte sie an den Schultern, im Gesicht und am Haar. »Grace, sag mir, ob er dir etwas angetan hat. Sieh mich an. Sprich mit mir.« Er löste vorsichtig die Automatik aus ihrer Hand.

»Er war noch so jung. So furchtbar jung, ich konnte es gar nicht glauben. Und er hat mir Blumen mitgebracht.«

Ihr Blick wurde klarer, als Ed sich erhob und den Körper betrachtete, der einen Meter entfernt ausgebreitet auf dem Boden lag. »Er hat gesagt, er liebt mich.« Als sie anfing zu keuchen, drehte er sich wieder zu ihr um und wollte sie an sich ziehen. Aber sie wehrte ihn ab. »Lass nur, es geht schon. Mir fehlt nichts.«

Lowenstein erschien. »Renockie hat gesagt, Sie hätten ihm das Leben gerettet. Bravo, Sie haben wie ein richtiger Polizist reagiert.«

»Ja.« Grace' Kopf ruhte in ihrer Hand. »Ed, mir geht es wirklich einigermaßen. Ich fürchte nur, ich kann ohne fremde Hilfe nicht aufstehen.«

»Lehn dich an mich«, sagte er leise. »Wenigstens für einen Moment.«

Sie legte den Kopf an seine Schulter und nickte.

»Sie haben es hinter sich, junger Mann.« Ben kniete neben Jerald. Er hatte die Schusswunde bereits in Augenschein genommen. Ihm konnte niemand mehr helfen, auch die Ambulanz nicht, die Lowenstein gerufen hatte. »Wenn Sie sich noch irgendetwas von der Seele reden wollen, dann ist jetzt der rechte Moment dafür.«

»Ich habe keine Angst vor dem Sterben.« Jerald spürte keine Schmerzen. Das versüßte ihm den Tod. »Die letzte aller Erfahrungen. Desiree kennt sie. Sie hat sie bereits gemacht.«

»Haben Sie Desiree und Roxanne getötet, Jerald?«

»Ich habe ihnen das Beste gegeben, das ihnen je widerfahren ist.« Er hob leicht den Kopf und entdeckte Grace. »Desiree.«

Ed wollte Grace fortziehen, doch sie blieb stehen und blickte hinab auf den Jungen. Sie hatte immer wissen wollen, wie der Täter aussah, und jetzt würde sie diesen Anblick nie mehr vergessen können. Grace hatte Gerechtigkeit verlangt, doch in diesem Moment wusste sie nicht mehr, was darunter zu verstehen war.

»Ich komme wieder«, sagte Jerald. »Ich warte auf dich. Vergiss es nicht.« Seine Lippen verzogen sich zu einem Lächeln, und er starb.

»Komm mit nach unten, Grace.« Ed führte sie aus dem Zimmer.

»Glaubst du, wir werden je den Grund dafür erfahren? Ich meine, den wahren Grund?«

»In meinem Job lernt man früh genug, sich mit den Antworten zufriedenzugeben, die man bekommt. Setz dich, ich hole dir einen Brandy.«

»Da sage ich nicht Nein.« Sie hockte sich aufs Sofa, zog die Knie an und bedeckte das Gesicht mit den Händen. »Ich habe ihm gesagt, ich wolle ihm nicht wehtun. Und bei Gott, es war mir ernst damit. Als er mir gegenüberstand und ich sah, wie jung er noch war, konnte ich ihn nicht mehr so hassen.«

»Hier, trink.«

»Danke.« Sie nippte erst vorsichtig an dem Glas und nahm dann einen großen Schluck. »Und ...« Sie schniefte und wischte sich mit dem Handrücken die Nase ab. »Wie war dein Tag?«

Ed stand nur da und betrachtete sie. Die Farbe kehrte langsam in ihr Gesicht zurück, und ihre Hände zitterten nicht mehr so stark. Grace war schon eine verdammt zähe Lady. Er kniete sich vor sie hin und nahm ihr den Schwenker aus der Rechten. Sie breitete die Arme aus, und er zog sie an sich.

»Ach, Ed, ich möchte in meinem ganzen Leben nicht noch einmal eine solche Angst ausstehen müssen.«

»Ich auch nicht.«

Sie drehte leicht den Kopf, bis ihre Lippen seinen Hals erreichen konnten. »Du zitterst ja.«

»Nein, das bist du.«

Grace lachte und hielt ihn fester. »Wer auch immer.«

Ben blieb an der Tür stehen, zögerte und räusperte sich kräftig.

»Verzieh dich, Paris.«

»In einer Minute. Also, wir haben Renockies Aussage, deswegen kannst du dir mit deiner noch etwas Zeit lassen, Grace. Ich lasse den ganzen Verein hier so bald wie möglich abrücken, damit ihr endlich allein sein könnt.«

»Danke.« Grace löste sich etwas von Ed, um ihm die Hand zu geben. »Du bist ein wahrer Freund, Ben.«

»Ich wünschte nur, wir wären etwas schneller wieder hier gewesen.« Er hielt ihre Hand für einen Moment fest. »Du hast ein paar sehr schlimme Minuten durchstehen müssen, Gracie. Tess will sicher von mir, dass ich dir sage, du kannst jederzeit bei ihr anrufen, wenn du mit jemandem über die Sache reden musst.«

»Ich weiß. Richte ihr bitte aus, dass ich froh bin, ihr ihren Mann abends wieder zurückgeben zu können.«

Ben legte Ed eine Hand auf die Schulter. »Bis morgen, Partner.«

»Klar.« Als Ben gegangen war, drückte Ed Grace das Glas in die Hand zurück. »Trink noch etwas davon.«

»Mann, ich glaube, ich könnte die ganze Flasche brauchen.« Sie hörte Stimmen und Schritte auf der Treppe. Doch diesmal zuckte Grace nicht zusammen. »Ed, wenn es dir nichts ausmacht, möchte ich fort von hier und nach Hause.«

Er strich ihr kurz über die Wange und erhob sich dann. In diesem Moment, in dem er sie verlor, war es ihm unmöglich, in ihrer Nähe zu bleiben. »Tut mir leid, Grace, aber du kannst heute Abend nicht nach New York zurück. Das wird erst in ein paar Tagen möglich sein, wenn du all den Papierkrieg hinter dir hast.«

»New York?« Sie stellte das Glas ab. »Ich habe gesagt, ich will nach Hause. Und das liegt nur eine Haustür weiter.« Als er sich zu ihr umdrehte und sie fassungslos anstarrte, fügte sie mit einem Grinsen hinzu: »Das heißt, natürlich nur, wenn dein Angebot noch gilt.«

»Tut es.« Er legte einen Arm um ihre Hüften. »Noch sieht es dort nicht gerade heimelig aus, Grace. In meinem Haus gibt es eine Menge zu tun.«

»Ich habe doch jetzt die Abende frei.« Sie schmiegte sich an ihn. »Ich glaube, ich habe dir noch nie erzählt, dass mir am Tag meiner Ankunft dein Haus gleich aufgefallen ist. Ich habe mir gewünscht, einmal in einem solchen Schmuckstück leben zu können. Lass uns heimgehen, Ed.«

»Sehr gern.« Er half ihr hoch.

»Ach, da wäre noch eine Sache.« Sie rieb sich mit den Handballen übers Gesicht, um die letzte Feuchtigkeit zu entfernen. »Ich habe nicht vor, deine Hemden zu bügeln.«

Werkverzeichnis der im Heyne und Diana Verlag erschienenen Titel von Nora Roberts

© Bruce Wilder

› Zusatzmaterial

HEYNE ‹

Die Autorin

Nora Roberts wurde 1950 in Silver Spring, Maryland, als einzige Tochter und jüngstes von fünf Kindern geboren. Ihre Ausbildung endete mit der Highschool in Silver Spring. Bis zur Geburt ihrer beiden Söhne Jason und Dan arbeitete sie als Sekretärin, anschließend war sie Hausfrau und Mutter. Anfang der Siebzigerjahre zog sie mit ihrem Mann und den beiden Kindern nach Maryland aufs Land. Sie begann mit dem Schreiben, als sie im Winter 1979 während eines Blizzards tagelang eingeschneit war. Nachdem Nora Roberts jedes im Haus vorhandene Buch gelesen hatte, schrieb sie selbst eins. 1981 wurde ihr erster Roman *Rote Rosen für Delia* (Originaltitel: *Irish Thoroughbred*) veröffentlicht, der sich rasch zu einem Bestseller entwickelte. Seitdem hat sie über 200 Romane geschrieben, von denen weltweit über 500 Millionen Exemplare verkauft wurden; ihre Bücher wurden in mehr als 30 Sprachen übersetzt. Sowohl die Romance Writers of America als auch die Romantic Times haben sie mit Preisen überschüttet; sie erhielt unter anderem den Rita Award, den Maggie Award und das Golden Leaf. Ihr Werk umfasst mehr als 195 New-York-Times-Bestseller, und 1986 wurde sie in die Romance Writers Hall of Fame aufgenommen.

Heute lebt die Bestsellerautorin mit ihrem Ehemann in Maryland.

E-Books

Alle Romane in diesem Werkverzeichnis sind auch als E-Book erhältlich.

Besuchen Sie Nora Roberts auf ihrer Website
www.noraroberts.com

1. *Einzelbände*

Licht in tiefer Nacht *(Come Sundown)*
So lange Bodine denken kann, liegt ein Schatten über dem Familienanwesen. Ihre Tante Alice lief mit achtzehn fort und wurde nie wieder gesehen. Was niemand ahnt: Alice lebt. Nicht weit entfernt, ist sie Teil einer Familie, die sie nicht selbst gewählt hat …

Dunkle Herzen *(Divine Evil)*
Eine New Yorker Bildhauerin erlebt in ihren Albträumen eine »Schwarze Messe«, welche in ihrem Heimatort in Maryland stattfindet. Sie erinnert sich an den grauenvollen Tod ihres Vaters und entschließt sich zur Heimkehr in ihr Elternhaus. Dunkle Mächte werden daraufhin wiedererweckt.

Erinnerung des Herzens *(Genuine Lies)*
Eine alleinerziehende Mutter und erfolgreiche Autorin soll für eine Filmdiva die Memoiren verfassen. Sie erhält deshalb immer häufiger Drohbriefe, je mehr sich die Diva in ihren brisanten Informationen öffnet.

Gefährliche Verstrickung *(Sweet Revenge)*
Die schöne Adrianne führt ein Doppelleben: bei Tag elegante Society-Lady, bei Nacht gefürchtete Juwelendiebin. Doch all ihre Einbrüche sind bloß Fingerübungen für ihren größten Coup: Sie will jenen Mann bestehlen, der einst ihrer Mutter das Leben zur Hölle machte. Nur einer könnte ihre Pläne zunichtemachen: Philip Chamberlain, Ex-Juwelendieb und Interpol-Agent …

Das Haus der Donna *(Homeport)*

Eine amerikanische Kunstexpertin wird zu einer wichtigen Expertise über eine Bronzefigur aus der Zeit der Medici nach Florenz eingeladen, doch vorher wird sie überfallen und mit einem Messer bedroht. Die Echtheit der Figur und der Überfall stehen in einem gefährlichen Zusammenhang.

Im Sturm des Lebens *(The Villa)*

Teresa Giambelli legt die Führung ihrer Weinfirma in die Hände ihrer Enkelin Sophia und in die von Tyker, dem Enkelsohn ihres zweiten Mannes, beide charakterlich sehr unterschiedlich. Als vergiftete Weine der Firma auftauchen, erkennen beide, dass sie gemeinsam für ihre Familie und das Weingut kämpfen müssen.

Insel der Sehnsucht *(Sanctuary)*

Anonyme Fotos beunruhigen die Fotografin Jo Hathaway, und deshalb kommt sie nach Jahren zurück in ihr Elternhaus auf der Insel Desire. Dort findet sie ihren Vater und die Geschwister vor. Jo versucht herauszufinden, weshalb ihre Mutter vor langer Zeit verschwand.

Lilien im Sommerwind *(Carolina Moon)*

South Carolina. Tory Bodeen findet keine Ruhe, seit vor achtzehn Jahren ihre beste Schulfreundin Hope ermordet wurde. Heimlich stellt sie Nachforschungen an, unterstützt von Hopes Bruder. Sie stellen fest, dass Hope das erste Opfer einer Mordserie ist.

Nächtliches Schweigen *(Public Secrets)*

Der Sohn eines umjubelten Bandleaders wird entführt und dabei versehentlich getötet. Die Tochter Emma beobachtet die Untat, stürzt dabei und verliert jede Erinnerung an die Täter. Sie quält sich mit Vorwürfen und versucht mithilfe eines Polizeibeamten, ihr Gedächtnis wiederzuerlangen. Dadurch gerät sie in große Gefahr.

Rückkehr nach River's End *(River's End)*
Auf mörderische Weise verliert die kleine Livvy ihre Eltern, ein Hollywood-Traumpaar. Die Großeltern bieten ihr im friedlichen River's End eine neue Heimat. Jahre später kommen die Erinnerungen und damit die Gefahr, dass bedrohlicher Besuch eintreffen könnte.

Der Ruf der Wellen *(The Reef)*
Auf der Suche nach einem geheimnisumwitterten Amulett vor der Küste Australiens wird James Lassiter bei einem Tauchgang ermordet. Dessen Sohn Matthew und sein Onkel sind weiter auf der Suche, zusammen mit Ray Beaumont und dessen Tochter Tate, und entdecken ein spanisches Wrack.

Schatten über den Weiden *(True Betrayals)*
Nach der Trennung von ihrem Mann erhält Kelsey einen Brief von ihrer totgesagten Mutter. Diese widmet sich seit ihrer Entlassung aus dem Gefängnis der Pferdezucht in Virginia. Kelsey entdeckt dort ihre Wurzeln, verliebt sich, beginnt aber auch in der Vergangenheit ihrer Mutter zu forschen: Weshalb wurde ihr ein mysteriöser Mord zur Last gelegt?

Sehnsucht der Unschuldigen *(Carnal Innocence)*
Innocence am Mississippi ist für die Musikerin Caroline Waverly der richtige Ort der Erholung nach einer monatelangen Tournee mit Beziehungskonflikten. Tucker Longstreet, Erbe der größten Farm in Innocence, verliebt sich in Caroline. Drei Frauen werden innerhalb einiger Wochen ermordet, eine von ihnen war die ehemalige Geliebte von Tucker.

Die Tochter des Magiers *(Honest Illusions)*
Roxanne teilt das geerbte Talent für Magie mit Luke, einem früheren Straßenjungen, den ihr Vater, ein Zauberkünstler, einst aufnahm. Allerdings erleichtern sie Reiche auch um deren Juwelen. Sie werden Partner in der Zauberkunst und in der Liebe. Ein dunkler Punkt in Lukes Vergangenheit lässt ihn verschwinden – Jahre später taucht er wieder auf ...

Tödliche Liebe *(Private Scandals)*
Die erfolgreiche Fernsehmoderatorin Deanna Reynolds hat Glück im Beruf – und in der Liebe mit dem Reporter Finn Riley. Doch eine eifersüchtige Kollegin und anonyme Fanpost machen ihr das Leben schwer.

Träume wie Gold *(Hidden Riches)*
Philadelphia. Die Antiquitätenbesitzerin Dora Conroy kauft eine Reihe von Objekten und gerät damit ins Blickfeld von internationalen Schmugglern. Sie und der ehemalige Polizist Jed Skimmerhorn beginnen, Diebstähle und Todesfälle im Umkreis der geheimnisvollen Lieferung zu untersuchen.

Verborgene Gefühle *(Hot Ice)*
Manhattan. Auf der Flucht vor Gangstern landet der charmante Meisterdieb Douglas Lord im Luxusauto von Whitney. Dabei erfährt sie von Douglas' Plan, im Dschungel von Madagaskar einen sagenhaften Schatz zu suchen.

Verlorene Liebe *(Brazen Virtue)*
Zwei Schwestern. Während Grace unbekümmert alleine als Krimiautorin lebt, arbeitet Kathleen als Lehrerin an einer Klosterschule und verdient sich nebenbei Geld mit Telefonsex für den Scheidungsanwalt. Ein lebensgefährlicher

Job, denn Grace findet Kathleen mit einem Telefonkabel erdrosselt.

Verlorene Seelen *(Sacred Sins)*
Washington. Blondinen sind die Opfer eines Frauenmörders, die Tatwaffe immer eine weiße Priesterstola. Mithilfe der Psychiaterin Tess Court versucht Police Sergeant Ben Paris, die Mordserie aufzuklären. Doch nicht nur er hat ein Auge auf Tess geworfen.

Der weite Himmel *(Montana Sky)*
Montana. Der steinreiche Farmer Jack Mercy verfügte in seinem Testament, dass seine drei Töchter aus drei Ehen erst dann ihren Erbteil erhalten, wenn sie ein Jahr lang friedlich zusammen auf der Farm verbringen. Sie versuchen es, doch in dieser Zeit geschehen auf der Farm mysteriöse Dinge.

Tödliche Flammen *(Blue Smoke)*
Reena Hale ist Brandermittlerin und kennt durch ein schlimmes Kindheitserlebnis die Macht des Feuers. Neben Bo Goodnight interessiert sich noch jemand sehr für sie – allerdings verfolgt dieser Unbekannte ihre Spur, um die Macht des Feuers für seinen Racheplan zu benützen.

Verschlungene Wege *(Angels Fall)*
Reece Gilmore ist auf der Flucht: vor der Erinnerung und vor sich selbst. Als sie sich endlich in einem Dorf in Wyoming dem einfühlsamen Schriftsteller Brody anvertraut, glaubt sie, zur Ruhe zu kommen. Doch die Vergangenheit holt sie bald ein.

Im Licht des Vergessens *(High Noon)*
Phoebe MacNamara kennt die Gefahr. Geiselnehmer, Amokläufer – kein Problem für die beim FBI ausgebildete Expertin für Ausnahmezustände. Aber erst die Liebe zu Duncan hat sie unverwundbar gemacht. Glaubt sie. Bis sie von einem Unbekannten brutal überfallen wird. Fortan muss sie um ihr Leben fürchten.

Lockruf der Gefahr *(Black Hills)*
Tierärztin Lilian führt auf ihrer Wildtierfarm in South Dakota ein erfülltes, aber auch abgeschiedenes Leben. Fast zu spät erkennt sie die Gefahr, der sie ausgesetzt ist, als ein Mann sie und ihre Familie bedroht. In letzter Minute nimmt sie die Hilfe ihrer Jugendliebe Cooper an. Kann er sie retten?

Die falsche Tochter *(Birthright)*
Als die Archäologin Callie Dunbrook an den Fundort eines fünftausend Jahre alten menschlichen Schädels gerufen wird, ahnt sie nicht, dass dieses Projekt auch ihre eigene Vergangenheit heraufbeschwören wird.

Sommerflammen *(Chasing Fire)*
Die Feuerspringerin Rowan kämpft jeden Sommer erfolgreich gegen die Brände in den Wäldern Montanas. Doch seit ihr Kollege dabei ums Leben kam, plagen sie Schuldgefühle. Hätte sie Jim retten können?

Gestohlene Träume *(Three Fates)*
Tia Marshs Leben gehört der Wissenschaft. Dass das Interesse für griechische Mythologie ihr einmal zum Verhängnis wird, ahnt sie nicht – bis sie Malachi Sullivan begegnet. Der attraktive Ire ist dem Geheimnis dreier Götterfiguren auf der Spur, und nicht nur er will die wertvollen Statuen um jeden Preis besitzen …

Das Geheimnis der Wellen *(Whiskey Beach)*
Eli Landon wird unschuldig des Mordes an seiner Frau verdächtigt. Im Anwesen seiner Familie an der rauen Küste Neuenglands sucht er Zuflucht. Auch seine hübsche Nachbarin, Abra Walsh, will dort ihre schmerzhaften Erinnerungen vergessen. Doch während sich die beiden näherkommen, holt sie die Vergangenheit ein.

Ein Leuchten im Sturm *(The Liar)*
Nach dem Unfall ihres Mannes erfährt Shelby, dass Richard ein Betrüger war. Der Mann, den sie geliebt hat, ist nicht nur tot – er hat niemals existiert. Shelby flüchtet mit ihrer Tochter zu ihrer Familie nach Tennessee, wo sie Griffin kennenlernt. Doch Richards Lügen folgen ihr und werden zur tödlichen Bedrohung.

2. *Zusammenhängende Titel*

a) Quinn-Familiensaga

– Tief im Herzen *(Sea Swept)*
Maryland. Der Rennfahrer Cameron Quinn kehrt zurück in die Kleinstadtidylle an das Sterbebett seines Adoptivvaters. Dieser bittet ihn, sich mit den beiden Adoptivbrüdern um den zehnjährigen Seth zu kümmern. Er ist ein ebenso schwieriger Junge, wie es Cameron einst war. Hinzu kommt, dass sich die Sozialarbeiterin Anna Spinelli einmischt, um zu prüfen, ob in dem Männerhaushalt die Voraussetzungen für eine Adoption gegeben sind.

– **Gezeiten der Liebe** *(Rising Tides)*
Ethan Quinn übernimmt während der Abwesenheit seiner Brüder die Rolle des Familienoberhaupts. Seine Arbeit als Fischer und die Verantwortung für den zehnjährigen Seth binden ihn an die kleine Stadt. Außerdem liebt er Grace Monroe, eine alleinerziehende Mutter, welche den Haushalt der Quinns führt.

– **Hafen der Träume** *(Inner Harbour)*
Gemeinsam kämpfen die drei Quinn-Brüder um das Sorgerecht für Seth, denn sie wissen, dass Seths Mutter eher am Geld als an dem Jungen gelegen ist. Da kommt die Bestsellerautorin Sybill in die Stadt und will unbedingt verhindern, dass Seth von Philipp und seinen Brüdern adoptiert wird.

– **Ufer der Hoffnung** *(Chesapeake Blue)*
Seth Quinn hat sich durch die Fürsorge seiner älteren Brüder zu einem erfolgreichen Maler entwickelt. Als er aus Europa nach Maryland zurückkehrt, wird er von seiner leiblichen Mutter mit der Publikation seiner Kindheitsgeschichte erpresst. Seth lernt Drusilla kennen, welche sich auch nicht mehr mit ihrer leiblichen Familie identifizieren kann.

b) Garten-Eden-Trilogie

– **Blüte der Tage** *(Blue Dahlia)*
Tennessee. Die Witwe Stella Rothchild kehrt mit ihren kleinen Söhnen in ihre Heimat zurück. Die Gartenarchitektin beginnt, sich ein neues Leben in der Gärtnerei Harper aufzubauen, unterstützt von der Hausherrin Rosalind. Alles ist gut, bis Stella dem Landschaftsgärtner Logan Kitridge begegnet. Doch jemand will diese Verbindung verhindern.

– **Dunkle Rosen** *(Black Rose)*
Rosalind Harper hat sich in die Arbeit gestürzt, um den Tod ihres Mannes zu überwinden. Besonders der Gartenkunst widmet sie sich. Doch in dem harperschen Anwesen geht ein Geist um. Rosalind engagiert den Ahnenforscher Mitchell Carnegie, um zu erfahren, um welche übernatürlichen Kräfte es sich dabei handelt.

– **Rote Lilien** *(Red Lily)*
Hayley Phillips kommt mit ihrer neugeborenen Tochter Lily zu ihrer Cousine Rosalind Harper und findet dort ein neues Heim. Für Rosalinds Sohn Harper empfindet sie tiefe Gefühle, doch dann ergreift eine dunkle Macht von Hayley Besitz.

c) Der Jahreszeiten-Zyklus

– **Frühlingsträume** *(Vision in White)*
Gemeinsam mit ihren Freundinnen Parker, Laurel und Emma betreibt Mac eine erfolgreiche Hochzeitsagentur. Sie lebt und arbeitet mit den drei wichtigsten Menschen in ihrem Leben – wozu braucht sie da noch einen Mann? Doch als Mac Carter trifft, gerät ihr so gut ausbalanciertes Leben ins Wanken.

– **Sommersehnsucht** *(Bed of Roses)*
Freundschaft und Liebe – das geht nicht zusammen. Zu dumm nur, dass sich Emmas langjähriger Freund Jack völlig überraschend als ihre große Liebe erweist. Nun steckt Emma in der Klemme, zumal sie weiß, wie sehr Jack an seiner Freiheit hängt.

– **Herbstmagie** *(Savor the Moment)*
Laurel verliebt sich in den smarten Staranwalt Del, den Bruder ihrer Freundin Parker. Er ist für sie die Liebe ihres Lebens, aber sieht der heiß begehrte Junggeselle das ebenso?

– Winterwunder *(Happy Ever After)*
Parker ist anscheinend mit ihrem Beruf verheiratet – bis Malcolm in ihr Leben tritt. Aber wie soll sie mit ihm eine Beziehung führen, wenn er sich weigert, über seine Vergangenheit zu sprechen?

d) Die O'Dwyer-Trilogie

– Spuren der Hoffnung *(Dark Witch)*
Iona verlässt Baltimore, um sich im sagenumwobenen County Mayo auf die Suche nach ihren Vorfahren zu machen. Als sie den attraktiven Boyle trifft, bietet er ihr an, auf seinem Gestüt zu arbeiten. Schnell spüren beide, dass sie mehr verbindet als die gemeinsame Leidenschaft für Pferde. Doch dann droht ein dunkles Familiengeheimnis das Glück der beiden zu zerstören.

– Pfade der Sehnsucht *(Shadow Spell)*
Ionas Cousin Connor O'Dwyer hat die Frau fürs Leben noch nicht gefunden, doch auf wundersame Weise fühlt er sich immer mehr zur leidenschaftlichen Meara hingezogen. Das Glück wird getrübt, als Cabhan, der alte Feind der Familie, Meara benutzt, um sie alle zu vernichten. Hält der Kreis der Freunde dieser Herausforderung stand?

– Wege der Liebe *(Blood Magick)*
Branna und Fin waren schon mit siebzehn ein Paar, doch dann ist ihre Liebe zerbrochen. Branna liebt Fin zwar noch immer, sie fühlt sich aber von ihm verraten und misstraut ihm seither. Doch sie gehören beide zum magischen Kreis der Freunde und kämpfen gemeinsam gegen Cabhan, den unversöhnlichen Feind des O'Dwyer-Clans. Aber welche Rolle spielt Fin eigentlich in

diesem Kampf? Ist er in die Machtspiele seines Vorfahren verwickelt, oder steht er aufseiten von Iona, Connor und Branna?

e) Die Schatten-Trilogie

– Schattenmond *(Year One)*

Lana und Max verbindet eine große und außergewöhnliche Liebe. Als eine weltweite Seuche ausbricht und New York innerhalb kürzester Zeit ins Chaos stürzt, fliehen sie aus der Stadt und gründen mit Gleichgesinnten die Gemeinschaft New Hope. Doch auch hier rückt die Gefahr dem Paar bedrohlich nahe. Lana setzt alles daran, dem Inferno zu entkommen, denn sie trägt inzwischen ein Kind unter dem Herzen, die »Auserwählte«, ihre zukünftige Tochter, die als Einzige in der Lage sein wird, dem Leid der Menschheit ein Ende zu setzen.

– Schattendämmerung *(Of Blood and Bone)*

Lieferbar ab September 2019

Fallon trägt eine schwere Verantwortung: Sie wurde mit den Kräften geboren, die notwendig sind, um die postapokalyptische Welt vom Bösen zu befreien. Doch dafür muss sie ihrer geliebten Familie den Rücken kehren und von der kleinen Farmerstochter zur mutigen Kriegerin werden. Gleichzeitig tritt immer wieder Duncan in ihr Leben, mit dem sie etwas Tieferes verbindet, als sie sich eingestehen will. Um den dunklen Mächten und dem Mörder ihres leiblichen Vaters Einhalt zu gebieten, muss das junge Mädchen magische und nichtmagische Wesen zusammenbringen und Hinterhalt und Intrigen enttarnen, die die Gesellschaft noch vor der ersten Schlacht zu unterwandern drohen.

– **Schattenhimmel** *(The Rise of Magicks)*
Lieferbar ab September 2020
Die erste Schlacht ist bereits geschlagen, doch der große Kampf um Gut und Böse steht noch bevor: Die junge Fallon führt ihre Armee nach Washington D.C., um die schwarze Magie aus der Welt zu verbannen. Sie ist die Auserwählte, die nach der Apokalypse die Welt wiederaufbauen und ihre Bewohner vereinen soll. Auf der jungen Frau liegt eine große Last, denn die Familie des Mörders ihres Vaters sinnt auf Rache an ihr und ihren Liebsten. Doch ihre große Mission fällt Fallon mittlerweile leichter als die Deutung ihrer Gefühle für Duncan, dessen Schicksal unvermeidlich mit ihrem verwoben ist.

3. Sammelbände

a) Die Unendlichkeit der Liebe

(Drei Romane in einem Band)

Auch als Einzeltitel erschienen:

– **Heute und für immer** *(Tonight and Always)*
Kasey gewinnt das Herz von Jordan und seiner Nichte Alison, aber jetzt fürchtet Großmutter Beatrice, dass sie die Macht über ihre Familie verliert.

– **Eine Frage der Liebe** *(A Matter of Choice)*
Ein Antiquitätenladen im Herzen Neuenglands. Ohne Jessicas Wissen dient er einer internationalen Schmugglerbande als Umschlagplatz für Diamanten. Zu ihrem Schutz reist der New Yorker Cop James Sladerman nach Connecticut, wo ihm Jessica die Ermittlungen aus der Hand nimmt.

– **Der Anfang aller Dinge** *(Endings and Beginnings)*
Die beiden erfolgreichen Fernsehjournalisten Olivia Carmichael und T.C. Thorpe sind erbitterte Konkurrenten im Kampf um die neuesten Meldungen. Sie kommen sich näher, doch da gibt es einen dunklen Punkt in Olivias Vergangenheit.

b) Königin des Lichts
(A Little Fate)

(Drei Fantasy-Kurzromane in einem Band)

– **Zauberin des Lichts** *(The Witching Hour)*
Aurora muss den Königsthron zurückerobern, nachdem Lorcan ihre Eltern getötet und ihre Heimatstadt zerstört hat. Verkleidet gelangt sie an den Hof des Tyrannen. Dort trifft sie auf dessen Stiefsohn Thane und verliebt sich.

– **Das Schloss der Rosen** *(Winter Rose)*
Der schwer verletzte Prinz Kylar wird von Deidre, Königin der Rosenburg, auf welcher ewiger Winter herrscht, gerettet und gepflegt. Dafür will Kylar die Rosenburg von ihrem Fluch befreien.

– **Die Dämonenjägerin** *(World Apart)*
Kadra ist auf der Jagd nach den Bok-Dämonen. Dabei erfährt sie, dass sich der Dämonenkönig Sorak des Tors zu einer anderen Welt bemächtigt hat. Um beide Welten vor dem Untergang zu bewahren, folgt sie Sorak dorthin. Sie landet mitten in New York, in der Wohnung von Harper Doyle. Sie braucht seine Hilfe.

c) Im Licht der Träume
(A Little Magic)

(Drei Romane in einem Band)

– Verzaubert *(Spellbound)*

Der amerikanische Fotograf Calin Farrell begegnet im Schlaf der Hexe Bryna, welche ihn um Hilfe bittet, und wird dazu bewogen, nach Irland zu reisen, ins Land seiner Vorfahren. Dort kommt er dem Rätsel auf die Spur: Die Vorfahren von Calin und Bryna waren vor tausend Jahren ein Paar. Doch der Magier Alasdir hatte ihr Leben zerstört – und er versucht es aufs Neue.

– Für alle Ewigkeit *(Ever After)*

Allena aus Boston soll eigentlich ihrer Schwester in Irland helfen. Durch Zufall verbringt sie stattdessen einige Tage im Haus von Conal O'Neil. Die offenbar zufällige Begegnung scheint vom Schicksal vorbestimmt zu sein, denn die beiden fühlen sich stark zueinander hingezogen.

– Im Traum *(In Dreams)*

Die Amerikanerin Kayleen landet durch einen Sturm im Haus des Magiers Draidor. Kayleen verliebt sich sofort in Draidor, und er bereitet ihr einen im wahrsten Sinne des Wortes zauberhaften Aufenthalt.